抚摸记忆

刘克宽 / 著

图书在版编目（CIP）数据

抚摸记忆 / 刘克宽著. —北京：知识产权出版社，2018.1
ISBN 978-7-5130-5144-6

Ⅰ.①抚… Ⅱ.①刘… Ⅲ.①散文集–中国–当代 Ⅳ.①I267

中国版本图书馆CIP数据核字（2017）第227514号

责任编辑：卢媛媛　　　　　　责任出版：刘译文

抚摸记忆
FUMO JIYI

刘克宽　著

出版发行：知识产权出版社 有限责任公司	网　　址：http://www.ipph.cn
电　　话：010－82004826	http://www.laichushu.com
社　　址：北京市海淀区气象路50号院	邮　　编：100081
责编电话：010－82000860转8597	责编邮箱：31964590@qq.com
发行电话：010－82000860转8101	发行传真：010－82000893
印　　刷：北京嘉恒彩色印刷有限责任公司	经　　销：各大网上书店、新华书店及相关专业书店
开　　本：720mm×1000mm　1/16	印　　张：20.5
版　　次：2018年1月第1版	印　　次：2018年1月第1次印刷
字　　数：334千字	定　　价：42.00元
ISBN 978－7－5130－5144－6	

出版权专有　侵权必究
如有印装质量问题，本社负责调换。

抚摸的意义

记忆是对人生过往的珍藏，不论何时何地，也不管什么缘由，你只要走进它的时空里，就能看到生命过程中曾经的自己。

记忆是对人生情景的速写，尽管经年累月，也不怕时空转换，只要你像心适意地面对它，即能让生命因感悟而无比生动。

从科学的概念上说，记忆是人脑对经历过事物现象的识记、保持、回忆和再认的一种功能，作为一种基本的思维过程，它与人的其他心理活动是密切联结在一起的。

当然，这里所说的记忆是指长时记忆。

从内容上说，无论是形象记忆、情绪记忆、逻辑记忆还是动作记忆，都需要对记忆原型经过识记、保持、回忆和再认等环节，转换成记忆密码储存在大脑的记忆区域中。换句话说，任何的长时记忆都必须经过"记"和"忆"两个基本的过程，也即通过识记与保持，为回忆和再认奠定下基础。

人作为一介生物，记忆过程的生理体验和感受活动，从最真切自我的意义上，决定着生命的意义和价值。换个角度说，记忆是体验生命意义最核心的组成部分。人不能失去记忆，因为失去了记忆也就失去了自我，失去了自我也就失去了存在的价值。

茫茫宇宙日月轮回，人生在砥砺奋进时，会经历很多难忘的情景。而这些情景在穿梭般的时空里，会转瞬即逝。特别是充满梦想和急于追梦的年龄，那时光匆匆的感觉，就如同一首歌里所唱的：来不及等待来不及沉醉，来不及感慨来不及回味。

很多事情，时过境迁之后，只有留下的记忆可以追溯。

因此，漫漫人生路，回忆便成了重要的生命构成要素。

无论是顺境还是逆境，开心还是失意，又或是体验、感受、怀想、思考，曾经的生命元素，都会因当下生存状态的触发，程度不同地再现于回忆之中。不管衍生出经验、教训，还是启迪、领悟，抑或是悠然的情景、复杂的心迹，对现实和未来都是有所裨益的。

有句时髦的语言是"向前看"，与之相对，我们同样也看到过不能忘记过去的一些经典化表述。落实到人生的思维里，这二者实际上是相辅相成的，在一生当中各有侧重。在成家立业的上升期，集中精力向前看是一种人生的自觉，等到了一定的人生阶段，回忆过往便成为生活中必不可少的调剂。

从生命感受的状态上说，无论如何复杂的情感记忆，岁月之神都能将其化为浓郁的陈酿，进而转换成惊艳心理时光的生命滋养。

有人说，记忆是这个世界上唯一不能复制和买卖的东西。在我看来，记忆是最自我的人生因素，它留在生命中的印迹深浅，是受情感因素影响的。所以回忆是一种触发情感与思想的动能，它能使过往的经历变成一种资源来反哺现实的生命。

换个角度说，人生到了一定阶段，对记忆的触及与抚摸，能够最真切地透见到一个多面立体的自己。

而从自我的感受来说，抚摸是一种最富有生命直觉而私密性极强的行为。

所谓抚摸记忆，是完全规避了既定思想的干扰，既不存在社会风向的诱导，也不存在功利意识的绑架，更不是为了填充现实的空虚。它是在现实生活的触发下，立足于生命体验的基础上，不受任何外界打扰，自由自在地去回忆保持在头脑中的原初景象。

从这个角度来理解，抚摸意味着心灵的找寻，情感的回归，遗憾的补慰，灵魂的爱抚。它由衷情于内心开始，经由温柔、怡和的自我脉动，慢慢地由感觉、体验升达至灵魂，进而从生命情态的层面上，逐渐拉伸着人生的深度、厚度、直觉柔韧度与感觉舒适度。

在抚摸的过程中，过往的时光能够在回忆中得到重温，人生的岁月能够在回味中得以充盈，逝去的场景能够在设想中得以重现，自我的情感能够在体验中得到洗礼，思想意识自然也会随之得到提升。

以上这一切加起来，便会使生命的情态变得无比充实丰满。

所以，人生在世，是不能辜负自我记忆的。而善待记忆的最适切的选择，则是对它的倾情抚摸。

在抚摸的过程中加深理解，在抚摸的感受中强化体验，在抚摸的交流中感悟时空，在抚摸的收获里充盈情怀。进而让生命本身证明，人生走过的所有岁月，不论是充满感叹还是令人欣慰，不管是留有遗憾还是无怨无悔，那些曾经的过往，都是生命不可或缺的部分，是让人生丰富多彩丰灵生动的真正财富。

抚摸记忆，是对陈年往事的精心擦拭。

一个人从记事开始，就会经历很多的事情，特别是那些曾经的亲力亲为，很可能因为突发性和瞬间性，给人留下的感觉深浅不一、浓淡有别，随着日月更替斗转星移，时间长了更会被一层层的历史风尘蒙蔽起来。而当你经历多了，受某一方面的触动引发回忆的时候，慢慢地去抚摸擦拭它，或许就能从平凡平淡中感悟到不寻常的东西。

因此，对于生命中那些潜在的珍藏，哪怕是瞬间的记忆，那静心地抚摸都能起到擦拭历史封尘、切近原本情色的作用。它能让人回看到本真的自己，进而领悟到蕴含在其中的生命真谛。

年轻气盛志向远大时，理想甚或梦想极容易遭遇挫折，形成遗憾与失落。而当人生一旦相对稳定下来，再去抚摸记忆擦拭曾经的隐恫，慢慢地就会发现，那些当年的悲伤情怀，都只因为涉世太浅。等到经历多了，省悟了，释然了，也就明白了，很多身外之物其实并不像当时想象的那么重要，人生在世最重要的，是和睦的亲情，甜美的爱情，纯正的友情，灵俗的人情，这些才能够最终标识生命本真的成功与幸福指数。

特别是上了年纪，人会在对记忆的抚摸中越来越明白真情的可贵，进而开始剔除那些繁杂而浅薄的欲求，在删繁就简中重新构建自己的生命空间，使人生变得越来越潇洒透彻、轻松适意。

抚摸记忆，是对既往经历的篦梳整理。

所谓往事如烟，只是在无暇回顾的人生状态下才有的感觉。等人真正闲下来，回顾过往则会变得身不由己。所以那种建议停止回忆过去的空论，毫无现实意义。因为人的意识是一个斩不断的河流，从总体上说生命不息流动不止。自己可以做到的，只能是清淤疏浚，让思维的河水流动得更通畅更欢快。

走过了才明白，原来那种"不识庐山真面目"的天真、莽撞、执意、愚钝等处于直觉状态下的人生体验，随着历史年轮的不断扩展，那人生观察的坐标便会愈益超脱，当形成了最佳的有效审视距离，再来回望过往的岁月，才真正明白，权利、名誉、地位、财富等身外之物，只不过是过眼云烟，陷入其中太久，会浪费真正的生命。

真正摆脱社会现实关系的缠绕，人才有可能进入大音希声、大象无形的生命境界，感受美妙体悟真谛，就会发现，真正能给人生带来充实和快乐，别人永远拿不走的，是深藏在心底的值得记忆的那些东西。

在新的心理背景下重新审视故人往事，人生价值观便自然有了新的高度。对自我回望和生命的理解，也都会得出全新意义上的认知。立足于新的认知平台上抚摸人生记忆，篦梳过往的繁杂内存，该提炼的提炼，该删除的删除，让自我的珍藏更接近简约与优雅，就从本质上提升了活在当下的意义。

抚摸记忆，是对封尘浪漫的重新品味。

生活在喧嚣繁杂的快节奏环境中，人的思维很容易被社会新潮所制导，特别是网络信息的无孔不入，让人们习惯了被动地快餐式思维消费。令人目眩神迷的热词符号，引诱着瞬间欲望的洪水，漫流过人的自我精神家园，一味追逐娱乐致死的轻狂感受，极容易将历史价值挤压进遗忘的区域，而忽视逝去的岁月对自我生命的意义。

等精神上的静心回想与自我反思的能动性被逐渐瓦解，进入肉体消费疲劳、神经麻痹瘫痪的轻狂状态，人就会活得癫狂变异，再也找不到自己。而抚摸记忆，则能够通过回味岁月尘封的浪漫，防止陷入这种被动性遗忘的状态。

记忆是珍藏在心底里的历史。年纪越大，记忆的长河越是婉转而漫长。当年曾经的青春热血、唯美浪漫，如同储存在头脑里的一幅幅画卷，经过岁月风雨的不断侵蚀，很多已经斑驳陆离、纹理模糊。不去翻腾，它就有可能永远沉寂在那里。而抚摸的触动，则能让其生发出新的人生价值。

抚摸是一种维护，是一种还原。抚摸的过程，能够将模糊的纹理再描画清晰，将斑驳的画面再着色还原。就如同颜色发黄变暗的老照片，经过精心打理点染，让它接近原色，会更加自然生动。如此，再短暂轻浅的记忆，都能变成一辈子咀嚼不尽的资源，进而让生命的感受更切实，更具体，更富有张力。

抚摸记忆，是对过往岁月的深情拥抱。

说到底，人生存在的意义，是在过程之中的。可情况恰恰是，当我们正经历着的时候，没有任何经验，往往会把本该珍惜的东西浪费掉；等到时过境迁，明白了悟到了，想回过头来再体味一番从前，却只能去寻求自我的记忆。所以，回忆与思念，蕴藏着一个人最深切的期望与情感。

从这个意义上说，抚摸是人生记忆中永不泯灭的期待。静静地抚摸，能够将当年的浪漫与激情、向往与追梦的美好，变为春风的气息吹拂现实的心境；将历史脉动中形成的一眼眼深泉，汇集幻化成现实的精神涌流，沿着生命潜能的沟渠来浇灌当下的心田。

无论自己经历过多少，潇洒的和平庸的，顺利的和挫折的，得意的与失意的，爱过的与恨过的，得到的关怀与呵护，受到的冷眼与委屈，甚至那些说不清道不明的复杂的感觉，都是证明我们走过的岁月存在、证明生命意义的不可或缺的因素。我们能做的，就是用善良之心温情地去抚摸它们，以让现实的生命更加丰盈生动。

记住快乐，忘记烦恼。

当过去的岁月在头脑里变得鲜活起来，能够让有些和你早已远离的挚爱情怀，重新回到现实生命的感受和体验中来。这样的一种生命境界，当然是充满着新异感受与体验的，它能让现实的生命之火燃烧得更明，更亮，更多姿多彩。

正是抱着这样的一种理念，我近年所写的博文中，往往都会涉及对记忆的深情抚摸。不知不觉，也已经有几十篇了，现结集成书，作为自己写作的一段小结。

书中的文章，无论是写景、抒情，还是叙事、说理，都包含着对过往的回忆。有的是直接叙写对过往岁月的记忆，有的则是在抒写现实生活、感叹眼前景象时，触发了对过往的回想，进而在现实与记忆的相互参照中，重新认识已逝的岁月，以图提升对社会、对生活、对自然、对人生的理解和感悟。

总之，人生到了可以静看闲云野鹤的年龄，回过头来巡视和观察过往的岁月，便获得了更加冷静客观的心态。不论是那些令人感动难以忘怀的瞬间或场面，还是那些让人耿耿在心难以释怀的人与事，在经历过峥嵘岁月之后，都成了人生可以平心静气观赏与体味的风景。

在抚摸记忆的过程中，汲取那些当年来不及细细品味的细节，让回忆生发出的丰富滋养，来反哺现实的生命，使其变得更加丰盈、生动，更富有张力。

抚摸的感受如此快慰，缘何不能乐在其中？

时光一去不复返，岁月无情催人老。面对大自然的法则，人没有必要悲叹，因为我们还有心灵，能战胜不老的岁月。心灵和容颜不同，只要你愿意，它会在风霜雪雨的不断历练下，变得越来越生动。

让我们共同努力，保持心灵不老，使生命更加丰盈灵动。

目 录
C O N T E N T

◇ 山乡春来早　　　　　　　　/ 1
◇ 那些年过春节　　　　　　　/ 7
◇ 把春天装进心里　　　　　　/ 13
◇ 春雨无声哺春情　　　　　　/ 21
◇ 蒿林遐想　　　　　　　　　/ 27
◇ 身边的小河　　　　　　　　/ 32
◇ 六月的小院儿　　　　　　　/ 37
◇ "七夕"浮想　　　　　　　　/ 44
◇ 中秋的月亮　　　　　　　　/ 49
◇ 感受严冬　　　　　　　　　/ 55
◇ 宁静淡泊楝子树　　　　　　/ 61
◇ 老家养过的两条狗　　　　　/ 67
◇ 善惜生命那些事儿　　　　　/ 74
◇ 生命中那些永恒的瞬间　　　/ 96
◇ 中途回味悟人生　　　　　　/ 103
◇ 人生机缘在努力　　　　　　/ 109
◇ 筒子楼的日子　　　　　　　/ 119

CONTENT

◇ 我心中的文化路　　　　　／130

◇ 想起当年　　　　　　　　／139

◇ 往事未曾如烟　　　　　　／152

◇ 相约威海　　　　　　　　／167

◇ 关中情愫　　　　　　　　／174

◇ 重游桂子山　　　　　　　／181

◇ 爱情需要经营　　　　　　／197

◇ 为人处世皆有度　　　　　／205

◇ 母亲的哲学　　　　　　　／211

◇ 聚会的感悟　　　　　　　／221

◇ 四季心中花　　　　　　　／238

◇ 放声歌唱　　　　　　　　／258

◇ 心灵的空间　　　　　　　／272

◇ 走咧走咧去宁夏　　　　　／278

◇ 回忆访美趣事　　　　　　／285

◇ 感怀之处是追溯——俄罗斯考察琐忆　／298

山乡春来早

早就读过白居易"人间四月芳菲尽,山寺桃花始盛开"的诗句。一直以来,总以为山里的春天总要比山外晚很多。可最近的一次山中漫游,却使我对文学阅读积淀在头脑中的这一观念有了转变。

今年的春节,母亲是在莱芜三弟家过的。正月初四,她想去济南三叔那里看看,于是我们就分别从泰安、莱芜汇聚到济南。返回经过泰安时,母亲就在白马石紫欣园的三妹家住下了。

正月十五这天,我们到三妹家守着母亲过元宵节,午饭之后,趁她休息的工夫,我和妻子便决定去山里走走。我们顺着卧龙峪的那条小路一直往上,沿着新修的一条水泥路走进了山中腹地,惊奇地发现,在泰城依然是男女老少皆冬装的时节,山里却是一派春情初展的萌动景象。

那朝阳的山坳里,满坡的枯草都已开始染黄吐绿,特别是水沟两旁的,已经泛出青翠的色泽,显露出一派葱郁气象。还有那涧边的白杨,缨状的花絮都已经长到三四厘米长了。临水的垂柳,随轻风自我曼舞,引人联想到"风弱知催柳,林青觉待花"的诗句,就如同城中的爱美女性,感悟到春风春意,便即刻开始扭动起腰肢,以抖落掉整个冬季绕身积聚的脂肪,来展示"春风杨柳"的迷人形象。

显然,"人间四月芳菲尽,山寺桃花始盛开"这两句诗,放在这里是不确切的。元宵节的泰城,整个还是一派冬意未尽的气氛,走进山里,却感受到了"弱柳千条杏一枝,半含春雨半垂丝"的境界。由此便想到,我们读过的文学作品,即使是名诗名句,也只能是为人们提供一个审美的角度,如果当成普遍的规律来理解,很可能就会走入认识的误区。

白居易的《大林寺桃花》,写的是庐山牯岭寺院的春天景象。庐山牯岭,是海拔

1164米的云中小镇，大林寺即是牯岭历史上著名的三大寺院之一。当然，寺院现在已经不存在了，但是白居易当年咏诗的花径还在。2005年去庐山考察时，我还在雕刻着白居易诗歌的花径旧址拍照留念。

高处不胜寒，所谓人间芳菲尽，山寺桃花开，写的是千米之上高山寺院的桃花，不但反映了环境的独特，而且蕴含着诗人特有的主观意绪，是不能作为普遍的规律来认定的。

人们习惯于把书视为知识的海洋，读书可以增长知识、愉悦性情，同时也是认识世界的一条捷径。然而如果完全脱离社会实践只从书中寻求处世方式，一味沉浸其中，也容易导入自我认识的歧途。特别是文学作品，本身就是一个虚构的世界，蕴含着复杂的个人情怀，就更需要既深入其中感悟真谛，又超脱其外保持自我。

元宵节的山中漫步，使我进一步领悟到在亲身经历中自我感知的神圣，进而开始触摸淡忘已久的山乡记忆，并意识到当年的体味与感悟，在自己成长的过程中，起到的作用或许是无可取代的。

我是在鲁南的平原地区长大的。第一次认识山里的世界，还是在初中毕业后。

春节刚过，勤劳的庄稼人就要开始筹划春耕生产，因为许多开春之际的播撒栽植，是要在此之前的许多天就必须动手做准备的。譬如地瓜这种用薯秧扦插栽植的作物，就需要在扦插前，先经过40至50天的温室育苗，因此，如果要在农历三月栽植，出了正月就必须开始育地瓜苗了。为了少花钱又能买到优质的地瓜品种，那一年，队长决定派人到邹县的城前镇去买地瓜种。

城前地处鲁中南的低山丘岭地带，那里山峦环绕，丘陵连绵，沟壑纵横，多以种植地瓜、谷子等耐旱作物为主。

从方位上说，城前镇位于滕县东北，与现在的邹城、滕州、平邑、泗水交界。这里有著名的蓝陵城遗址，据明万历三年《滕县志·古迹志》记载："蓝陵城，在滕县东北八十里（亦说为一百一十里）处城前集后。城前者，蓝陵城之前也。"

由于独特的地理位置，城前镇一直是方圆百里之内的农副产品集散地。

按理说，到百里之外进行采购，一般要派那些年长而富有经验的人员，但考虑到异乡交易记账结账的重要性，队长便决定派一个有文化的年轻人跟着，我则有幸被选中了。按照城前镇农历逢四排九为集日来计算，过完二月二，我与其他三位长辈一起，拉着两辆地排车，一大早便向着东北方向出发了。

一上路没走多远，年长的三位便开始感叹，说村里的好多人，到老都没出过滕县地界，我年纪轻轻的，第一次出门就到这么远的地方，是很难得的。

他们都是我的父辈人，不但年纪大，经历也丰富，那言谈话语中的意思，分明包含着对我这个从小老实听话、上学后也一直是好学生的乖孩子的夸赞与肯定。尽管我小学刚要毕业时就遇上了"文化大革命"，可以说自此没怎么再系统地学习，然而那从小就在人们心里留下的印象，却始终都没有改变。这次队长派我跟着几位长辈出远门，在他们看来，犹如现在职务职称晋升时的破格提拔。他们围绕着这一现象你一言我一语的感叹，提炼为内心里的潜台词，那意思类乎就是：我们不会看错的，这孩子从小就有出息，怎么样，刚刚初中毕业，就被队长重用了吧？

我在长辈们那里树立起来的乖孩子形象，除了学习好之外，还有一个重要的原因，那就是从来不与大人顶嘴，老实听话，少言寡语。当然这种心性后来慢慢转变了不少，不过在农村的那一段时间，本色保持得还是比较稳定的。所以在前往城前的一路上，听着三位叔叔大爷天南地北的侃大山，我则一声不吭，只顾举目观察着迎面扑来的新奇世界。

时近晌午，我们将几十里的平原小路甩在了身后，开始跨入了丛山包围的丘陵地区。映入眼帘的，是四面环山层叠有序的自然环境。有别于大平原那极目远眺一片空旷的感觉，这里满眼都是枝杈交错的一棵棵果树，它们沿着碎石垒起的堤堰层层排列，其中的早熟种类譬如杏树，都已花蕾初绽，那白色的花苞零落稀疏，似辰星般点缀在满山满坡的果树林里。

从路边开始，树丛随堤堰层层上升，不断把人的目光引向高处，进而将远山近树结合起来，拼组成一幅幅质朴的、多维而又立体的自然风景。为了抓紧时间赶路，我们加快脚步前行，随着山路的蜿蜒，那眼前的风景画，就如同儿童时期看过的"拉洋片"似的，一幅幅变幻着逐渐后移。

傍晚时分，我们到达了城前镇。

在镇里，找到了一家车马店。店主领我们来到一个房间里，由于外地来赶集的买卖人很多，那铺着谷草和苇席的地铺上，早已经住下了好几个人，再加上我们四个，着实有点拥挤了。

店家说："今天客人多，劳驾大家挤一挤。"

一位年轻人很不情愿，一边挪被窝一边嘟哝着："怎么挤啊，再挤只能压摞睡了。"

话音未落，店家不愿意了，"你说的什么话？要压回你们那里压去！"

一边说着，一边就要上去夺那青年人的行李，说什么也不让他在这里住了，非要把他赶出去。

周围的人赶紧打圆场，"大哥大哥，别生气，他是顺嘴说笑话的。"

"谁是你大哥！"哪承想店家听到这称呼更火了，非要把他们这一伙儿全都赶走，"这是正经店，不收留不三不四的人！"

麻烦了！这"压摞"的官司还没了结，一句"大哥"又火上浇油，矛盾越闹越大。

有位看似走南闯北的长者，自言自语地说："十里不同风，百里不同俗，年轻人不懂深浅，乱说话，惹祸了吧？"

他怕闹得不可收拾，影响了大家住店，只好倚老卖老挺身而出，赔笑脸面对着店家"二哥二哥"地叫着，开始施展自己见多识广的本事。那可能是一个读过几年诗书的农村秀才似的人物，你别说，那说出来的话，还真的让人有一种文出有典、句句在理的感觉。

随着"秀才"的一句句劝说，其他人才纷纷恍然大悟，是啊，这是什么地方？是丛山包围的蓝陵故城，坚守的就是传统的习俗与面子。本来年轻人的玩笑话已被视为山外不良心态的入侵，你再用"大哥"武大郎来触发店家不愉快的联想，那不是明摆着找抽吗？

长者费尽了口舌，最后总算说服了店家，不再追究了。大家各自吃饭睡觉，谁也不敢再多说话。

第二天吃过早饭，走出车马店，那集市上已经是人头攒动。

山乡的集市，给人的最大感觉是朴实而内敛。与山外特别是城里的春的浮华不同，这里的春情春意，是早早地涌动在人们心里的，充满着生命的质感。这种质感，说到底是不同的生活理念、价值观念和人生境界造成的。巡视整个集市，春天的种子，春天的树苗，春耕的牲畜，春播的用具，应有尽有。从外表上看，不见春的奢迷与浮华，而置身其中，你却能真正感受到一种压抑不住的春的气息，萦回在每一个角落里。

我们把整个集市大概的走了一遍，然后直奔卖地瓜的区域。

一问价钱，并不比平原地区便宜，如果按照这个价格买回去，加上人工费用等，还不如在当地买合适。

不过来都来了，大家决定还是分头去讲价。

我来到一个地瓜摊前，问完价格，便按照自己想好的逻辑，一五一十地与卖家讨起价来。我先从几斤地瓜晒一斤地瓜干说起，然后再拿集市上的地瓜干价格与地瓜价格相比较，一斤鲜地瓜的价格都快赶上一斤地瓜干的钱了。心想着这样一论证，足可以说明地瓜卖得太贵了吧，逼他降降价，理由够充分了吧。

哪成想我讲了半天，卖主最后只回应了一句话，他承认与地瓜干相比，这鲜地瓜确实不便宜，"你买的是地瓜种，买针不能品铁！"

他不和你争辩空洞的道理，那没用。他以具象来类比：你是买地瓜种，那地瓜干再便宜，也没有参考价值，这就如同买针，那么丁点儿的东西，以铁的价格来论它的贵贱，那合适吗？当然不合适。

"买针不能品铁"，短短六个字，生动而真切，形象而具体，简洁而深刻，朴实无华，说出的是生活中的大道理，充满着辩证思维的深刻哲理。多少年来，它一直深藏在我的内心里，影响着我对生活的思考与认识。

由于价格的原因，我们那次城前之行并未完成队长交付的地瓜种购买任务，只买了少量的地瓜回来，其他的地瓜种，依然还是在当地的集市上解决的。然而作为一次远行，那次经历可谓是一次山乡初春的洗礼。

临返回之前，我抽空逛了趟城前镇上的代销店，看到店里悬挂着的革命样板戏《智取威虎山》的剧照，其中有一幅是杨子荣"打虎上山"图像，特别喜欢。在茫茫林海中，杨子荣扬鞭催马，昂首高歌，剧照下方的一串文字分外耀眼：迎来春色换人间！

我掏钱买了一张,作为这趟远离家乡的旅行纪念。

……

元宵节的山里漫步,引发我翻开了当年记忆的闸门,走进了记忆中的山间小路和集镇上的古旧街道,徜徉其中。反复地触摸着那头脑中接踵而来的景象,不单印证着山乡春来早的体验,还让我想到了很多很多。

譬如随着书越读越多,很多时候往往就疏忽了亲身的体验,不论是对社会万象还是对自然人生,都慢慢地疏懒了自我的实践,而习惯于动辄从脑海里翻腾既有的概念。久而久之,生活便越来越简单化概念化,失却了很多感受。

事实上,世界既复杂又多变,理论也好文学也好,都只能概括反映它的冰山一角,特别是具体到内在的细节层面,没有什么能比亲身的感知更鲜活、更真切、更丰富、更具有说服力。

常言道,读万卷书,行万里路。而无数现实告诉人们,读万卷书重要,行万里路更重要;如果把行路理解为亲身的实践,也可以说,读万卷书,不如行万里路。

那些年过春节

逢年过节的时候，往往也是人们翻晒记忆的时刻。

无论是传统的节庆场面，民俗的人文环境，还是节日中营造的细节，都会不时触发起人们对过往岁月的回忆。

今年春节前后，各类媒体集中营造的节日情绪是"过年回家"。这一主题的倡导，无疑会强化人们对故乡的情感与记忆。

我从1975年进城上学开始，仅仅在学习期间和刚参加工作的最初几年，春节是回老家过的。后来结婚生子在城里安家之后，每年都是在春节前或者春节后回老家探亲，而春节一般都是在城里度过的。至今一晃30多年了，未曾再回到故乡老家过春节。

父亲去世后，只剩母亲一个人在老家，兄弟姊妹都想接母亲来城里生活，可怎么劝说她都没有同意。大家磨破了嘴皮，母亲无奈之下，才退让了一步，同意每年春节的时候来城里过年。

春节前，为接母亲来城里过年，我们回了趟鲁南老家。触摸有关春节的记忆，感慨颇多。其中之一，即是过往岁月的节日体验，早已时过境迁，只有作为头脑里的美好记忆，才有鲜活丰富的生命力。如果你想到现实中再去体验一番，那十有八九不会如意。因为你就是回到了原地，那曾有的感觉，也是很难原汁原味地找回来的。

很多人可能都有这样的体会，随着时间流逝和年龄增长，那陈年的记忆会变得越来越清晰，越来越令人难忘，于是便想尽一切办法回到曾经生活过的地方，去捡拾旧有的记忆，重温儿时的旧梦。结果却每每都是遗憾或者是失望。我几乎每年都会听到一些回故乡过春节的朋友谈到自己的体会，意思大同小异：如今的农村，年味儿也越来越淡了，远不如从前了。

实际上，如果更确切一些说，并不是农村的年味儿淡了，而是春节的内蕴和色调都变了。过去的春节，虽然物质上不如现在充裕，文化生活方面与现在相比也显得单调落后，但那由岁月年轮和情感色彩共同装饰而成的鲜活记忆，无论对谁，都充满着生命中的依恋性诱惑。当我们以这种浸润着装饰色彩的记忆来检验现实的时候，很自然的就会产生一种若有所失的感觉。

从本质上说，时光是不可能有片刻停留的，社会不断发展，生活不断变化，人生能将自己的过往形成记忆储存在脑海里，现实却永远无法原原本本地保留下历史的痕迹。所以，时过境迁，再去旧有的地方捡拾记忆，是不可能找回那种原初感受的。

我们是刚过了腊月二十三回去的。在回去的路上，我的脑海里就反复上演着小时候老家过小年的景象。

儿时记忆最深的小年，是与灶糖即麦芽糖紧密相连的。

在鲁南一带，每到腊月二十三，即小年的时候，家家户户都要举行简朴但却又庄重的仪式，打发灶王爷上天。民间传说，灶王是玉帝派往人间监督善恶的，能够通达天地、在仙境与凡间传递信息。于是每年在祭送灶王爷的时候，人们为了避免他到玉帝面前说人间的坏话，都会把又甜又黏的麦芽糖当成供品，好让灶王吃了粘住嘴巴。当然也有另一种解释，说供奉灶糖，是为了让灶王爷吃了嘴巴变得甜甜的，上天多进好言，以便玉帝来年给人间多降福气。

无论是哪一种说法吧，反正在打发灶王爷上天的时候，灶糖都是绝对不能少的。所以每年一进腊月，好多家庭就开始焙制上好的麦芽，然后加上一定比例的糯米或者红薯，开始熬制灶糖。

熬制灶糖是一个复杂而费时的过程，为了使灶糖又黏又甜，必须在火候最佳的时候起锅，将熬好的糖浆倒进平底的托盘里。等着糖浆凝固了，一块块地撬下来，就成了灶糖。当整个工序都完成之后，小孩子们便会抱起盛过糖浆的托盘，伸嘴去啃那紧扒着盘底撬不下来的糖稀。这一带流传的所谓"啃糖盘"的儿歌，就是这样形成的。

当然除了灶糖以外，祭灶神还有其他的果蔬供品。为了让灶神尽快升天，人们还往往用高粱秸插制成神马，加上一些高粱叶子作为马料，与灶爷的像一起焚烧。不过对孩子们来说，打发灶王爷上天的仪式，最具吸引力的还是灶糖。等着仪式完成了，他们便拿了用过的灶糖，跑出家门边吃边唱。那时候，你就会听见满大街的儿歌不时响起：

二十三，啃糖盘，
再过七天就到年！

如果这一年没有年三十，大人们还会专门交代孩子，把"七天"改为"六天"。

打发灶王爷上天后，就算真的进入了年关，家家户户便开始"忙年"。支起油锅炸菜蔬，铺开饭桌剁饺子馅儿，买纸挂、写春联，整个村子里到处都会弥漫起过年的声响，飘荡起过年的味道，营造起过年的景象。

可如今，这一切真的都成了遥远的记忆。

当我把车停在老家门口，往大街上观望的时候，丝毫没有感受到过去那种"忙年"的氛围。

后来仔细想想，也是啊，以前过年的"忙"是平时的清贫衬托出来的。在物资匮乏的年代，人们挤干了日常生活中的油水，日积月累地积攒成春节的"丰富"，才有可能在"忙年"中品尝到生活的快乐与满足。换句话说，正是清贫岁月里对春节的诸多期待、盼望和诺许，才让过年充满了平时难得的欢欣与餍足。

而现在，由于生活环境和人文环境的变化，人们的生活内容无形中变得丰富多彩了，包括打发灶王爷上天在内的诸多过年仪式，就很难再引起人们的重视。说到底还是社会存在决定人的社会意识，过去那种拉风箱生火做饭的灶屋不存在了，就连我八十多岁的老母亲，自己做饭也用电磁炉、电饭锅了，如同传统的灶王年画已经找不到地方可贴一样，传统春节所承载的诸多内容与形式，早已被日常生活的丰富多彩所取代。

当年只有到春节才可能实现的美好期盼，现在已经都变得稀松平常，不管是琴棋书画的高雅爱好，还是吃喝玩乐的俗常需求，想什么时候体验就什么时候体验，完全不需要再等靠典型的节日环境。所以，春节的旧有吸引力和传统依赖感自然逐渐在消失，而代之以许多富有时代新鲜感的内容形式。

当然，这种变化的背后，也深潜着生命和文化意义上的隐忧。

过去，春节是农村里一年到头最悠闲最从容的日子，从祭祀仪式、拜年礼节，到各类形式简朴的民俗活动，节日氛围一直会延续到正月十五闹元宵。期间虽然少有后来的铺张豪华场面，但那种清贫中的一丝不苟，却充分体现着男女老少对生活的热爱与对大自然的敬畏：简朴的场面里，蕴含着纯粹的寄寓；温情的氛围里，裹挟的是丰满的期望。

这种纯净精粹的丰满，体现着深邃的中国文化精神，在总体上显现出人与自然的和谐统一：既追求个体感情、欲望的满足，又强调主观上的适度与节制。在人与社会的关系上，遵循着厚德载物的信仰，自强不息，本质上体现的是自利、利人的历心善意。

翻晒过去的春节景象，那整个过程，就相当于人们在一年的初始，对天人合一的温馨生活进行的一场一丝不苟的彩排。演练的主要目的，是提醒人们在面对社会和大自然的时候，力避毫无顾忌地过度索取与苛求，进而倡导在克制自我中感受生命的舒畅。

现如今，春节的这种感染力或者说对人的影响力，确实已经淡而又淡了。

这次故乡之行，还让我特别惊异的一幕是，储存在记忆里的春节期间那绿色麦苗铺染的绵延旷野，现实中已经变成塑料大棚组成的白色海洋了。目睹着曾经生活了20多年的这片土地，看到它沧海桑田似的变化，我内心里浮上的是一种说不出的感叹与无奈。

作为小麦主产区的鲁南平原，起码在我的家乡，过去的春节所守望的，举目皆是舒心旷达的沃野春情，接收到的是透过青青麦苗传递出来的幽深地气。作为世界上的三大谷物之一，冬小麦是质量最佳而生长过程最长的农作物。它秋天播下种子，需要经过一个冬天的生命积淀，春节之际才开始逐渐返青拔苗，继而再经过几个月的精心管理，到农历五月才能进入收获期。

而今天，人们急于寻求种地效益的最大化，这种从头年秋天到第二年夏天的漫长等待，已经让很多人难以忍耐。所以，现在故乡的周围，已经找不出一寸地的冬小麦了，全部改成了新型土豆种植。所有的土地都搭建成了塑料大棚，人们把整个冬天都利用起来，一季小麦换成了两季土豆，收益增加了好几倍。

望着茫茫无际的塑料大棚的海洋，我的思绪回到了小时候正月十五的夜晚。

那时的正月十五，农村里除了摆放自捏的面灯、燃放自制的火花之外，还有一项大场面的活动，那就是年轻人到村外的麦田里扔火把。所谓的火把，是将家里刷锅用的废旧炊帚晒干，点上火形成的。

吃过晚饭，年轻人纷纷出门集中在村外的麦田里，把从家里带来的旧炊帚用火点着，一次次地抛向空中。抛起的炊帚借风势燃起火苗，在空中形成形状各异的火球抛物线，把节日的夜空编织得腾跃绚烂。

大家的情绪不断高涨，嘴里喊着"霉气走了，好运来了"，奔跑着去捡拾从空中落下的火把，拾了扔，扔了拾，直到火把烧尽，灰烬落地化为肥料。而整个奔跑抢拾的过程，也在实际上起到了对麦苗根须的碾压作用，能使麦苗在土壤里根须更扎实，更有利于保墒返青。

元宵节点炊帚扔火把的活动，将节日的娱乐与麦田管理有机融合，变成了令人难忘的记忆。而如今，再也找不到这样的自然环境了。人们一年四季把土地利用到了极致，就连冬天也不让它有片刻的停歇，而这种因科技进步发展带来的变化，是喜中有忧的。

土地也是有灵性的，它也需要休养生息。

在过去，秋季收了庄稼之后，为了改变那板结的土壤，人们每年都要深耕翻土，为的就是借用严冬里的风霜雪雨，将万物汇聚起来的大自然的精华，灌注进深深的土壤里，以更有利于来年孕育庄稼。

可现在，人们把土地当成了纯粹的繁育平台，连休养生息的时间也不给它留了，采用超量的化肥激素，逼迫着土地超强度地去"生儿育女"。用催产催生再加上激素催养的手段，来换取早熟而超重的价值交换物。这对人类发展所潜伏的危机，可想而知。

置身于曾经生活过的环境里，回想过往的生活情景，我感受到了记忆与现实之间的太大落差。

当然说到底，人应该生活在现实中，不能沉浸在记忆里。任何的发展都是有代价的，我们不能因为需要付出代价而停止前行，更不能因为被记忆所引诱而否定现实。我们所需要的，应该是不断地总结经验教训，探讨出合理的发展节奏，以便将发展的代价降到最低。

所以，既正视现实，又能够在过往的记忆里感受到生命的深远丰盈，这才是最佳的选择。

……

记忆是珍贵的，它是曾经的所见、所闻、所做、所想。无论时间过去了多久，因为都是自己的亲力亲为，所以只要翻腾出来，都依然浸润着真情实感。而且随着岁月的增长和人生的积淀，这浸润着真情实感的记忆，就如同储藏在酒窖里的老酒，会越来越醇香诱人。

伴着新鲜的节日食材，品尝着储藏头脑深处的记忆的老酒，能使人进入酒不醉人人自醉的上佳状态。

这样的节日，过得才有意思，才有滋有味儿！

把春天装进心里

一

春天是充满希望的季节，那万物复苏、蓬勃向上的时令状态，是一年四季独有的，令人向往。

然而，我们能够真正享受到的如意春光，又往往是很短暂的。特别是在北方，人们对这种短暂总结出一句话叫"春脖子短"。

正常的年份，从立春开始也即农历的春节前后，就应该算是进入春季了。然而现实的情况往往是，在此后的很长一段时间，寒冬的余威迟迟都还不会消减，近些年的情况大都如此，农历猴年的立夏当天，央视气象预报还提醒大家"冷空气要做最后一搏"呢。

春天里冷空气隔三岔五地突然来袭，让人们体验足了春寒料峭、乍暖还寒等成语所蕴含的深意，等到它真正的偃旗息鼓，大家好不容易换上春天的装束，准备享受那春风拂面的美好感觉，气温却往往会一下子飙升到30摄氏度开外，特别是到了中午，那骄阳下的燥热劲儿，就好似到了夏天一样。

这说的还是正常的年份，如果再遇上倒春寒，所谓的春意盎然，更会让人有一种不经意间就匆匆而逝的遗憾。人们每每会叹惜，冬装才刚刚换下，马上又该穿夏装了。

在四季轮转的过程中，大自然就如同一位任性的公主，动不动就会使性子发脾气，在人们毫无防备时，施展各种魔法来放纵自己。这也没办法，人们期盼平和温情的季节长一些，可对大自然的变幻莫测，起码目前人类还没有能力完全把握。

话又说回来了，既然人类一时很难改变大自然桀骜不驯的本性，那就不妨试着从自身的角度作一些调整。生活就是这样，和谐美满的境界，很多时候是需要通过自身的不断努力来构建的。因此，把握不了大环境，最明智的选择就是调整自己。

既然春天的温情很容易稍纵即逝，而我们又希望这种温情的体验能绵延悠长，那只有一个办法，就是把她装进心里。

英国浪漫主义诗人雪莱的《西风颂》最后一句是这样写的：如果冬天来了，春天还会远吗？

你看，诗人的感受就是不一样，在雪莱那浪漫主义的思维境界中，对大自然的体验就如同谈恋爱，无论距离有多远，都能一下子把爱恋拉进自己的怀里。在诗人的心里，冬天变成了春天的序幕。从人生的追求上来理解，这强调的本来是一种信念，可是如果把它运用在生活中，落实为现实的行动，就完全有可能在内心里创造出生生不息的春之风景，使春天的感觉在生命中变得深切而悠长。

是的，内心里的春天，是可以从冬天开始的：

从冬天开始的春天，充满着期盼。那期盼的感觉，让春的情愫变得真切而具体；

从冬天开始的春天，充满着创造。那创造的快乐，使春的情韵变得丰满而灵动；

从冬天开始的春天，沉稳而从容。那从容的体验，使春的情态多彩而富有质感。

二

把春天装进心里，让人充满着期盼。憧憬着，想象着，无论时日多么漫长，内心里一直都在和春天相伴。而且这种相伴的感觉，生动中蕴含着深情，能激发人的思维与想象，进而让生活充满着积极的元素和浪漫的色彩。

我是鲁南平原一个普通的农家小院里出生的孩子。从自己具备长期记忆能力开始，春天既不是现实的美好感受，也不是花红柳绿的风景欣赏，在那连年春荒的岁月里，春天是在人们心灵深处萌生的真切希望。那时的农村，总体上还处于贫困的状态，所以人们奢望的，不是让春天的脚步变得慢一些，而是更希望它尽快地过去，因为只有度过了春荒，才能迎来收割庄稼的季节，进而使院子里有柴、房屋里有粮。尽管那柴和粮都不富余，但伴上一些杂草省着烧，掺杂上糠菜省着吃，总是能过上一段平稳安宁的日子，心里不再为生计犯愁发慌。

在那些温饱问题还未得到彻底解决的年代里，处在漫长冬天里的农村人，对春意盎然的期盼，不是只供欣赏的自然风景，更多的是大地回春里禾苗返青、田野泛绿所带来的看得见摸得着的收获的希望。就连那坡崖上和沟渠边长出的野菜杂草，有一些也能够成为度春荒的口粮，至于树枝上结出的榆钱串、槐花朵等，那更是餐桌上的佳品。

所以，春天的意义在那时候不是观赏的，而是实在的。

随着社会的不断发展进步，在生活达到了衣食无忧的水平之后，人们的追求和期盼也不一样了。在吃住行之外，更多地开始关注人与自然的和谐，于是，保护和美化环境，在很大程度上便成了一种自觉的行动。

去年深秋的一个上午，妻子在赶集的路上，看到准备拆迁的一片果园里，有人正在用挖掘机挖树，那些树眼看着该结果了，却被当成木材，她觉得太可惜，就和人家商量，挑了十几棵根部尚好的核桃和板栗，打电话让我找车拉了回来。接着找人帮忙，用了大半天的时间，全部栽到了河边的绿化园里。

从节气上说，当时并不是最佳的移栽果树的时间，然而为了抢救那即将被抛却的生命，也就来不及讲究季节时令，只能在栽植的过程中往最好处努力：把坑挖得大大的，水灌得足足的，等水完全洇下去之后，把树根放进坑里，用土埋上一层，再继续浇水。最后，再把土培得厚厚的，踩得实实的。

从把树栽上的那一刻起，春天的希望也同时栽进了我的心里。换句话说，我对春天的期待，从那一刻就开始了。每逢天气有变，我就会想到刚栽上不久的那些树，想到它们，就会联想到春天的风，春天的雨，春天的阳光，进而想到春天那万木争荣的景象。具体到每一棵树的身上，就好似看到了它们在春天里发芽成长，一天天地枝繁叶茂，将春天装点得愈加美丽。

总之，生活充满着期盼，人就会变得积极而富有能动性。这期盼与现实联系得愈紧密，内心就会变得愈充实；期盼与生活结合得愈真切，精力便会愈充沛，联想便会愈丰富，情感也便会愈富有浪漫的质素。

相守着漫长的冬天，我的脑海里会不时地有春天的景象在回荡。即便是在寒风呼啸、大雪纷飞的三九严寒里，一想到那些树，万木复苏、莺飞草长等形容春天的词语就会灵动着在眼前浮现，随之变幻为春天的图景，一幕幕地在头脑里上演。继而，那止不住的春情春意，便会从心底油然而生，开始向全身弥漫。

全身弥漫着春情春意的冬天，充盈着温馨的情愫与浪漫的情调，感觉充实，令人兴奋，不是春天，胜似春天。

三

把春天装进心里，让人充满着创造力。那创造的快乐，又会在心底里转化为撩人的春光春色，激起人装扮春天的冲动，让人一年四季都会为春的创造竭尽其主观能动性。而这种以装扮春天为目的的劳动，能使生活变得有声有色、韵味无穷。

为了使栽上的树到春天能及时地生根发芽，我咨询了有经验的农民与专家，在土地封冻之前，为了保障树根周围土壤的充足水分，为这十几棵树浇水便成了生活中的重要内容。从家里提水浇树，每一趟来回都有上百米的距离，然而有期盼的劳动是快乐的，快乐的劳动总是不乏创意。从《少林寺》小和尚们手拎水桶双臂伸直过河练功的场面里得到启发，为树浇水时，我一般都是两臂伸开分别从两边拎着水桶，虽然做不到双臂平肩，但也力争做到两肩耸起，两腿绷直，两脚踏实，迈步稳健，掌握节奏，不紧不慢，照样可以使身体的各个关节绷得紧紧的，那锻炼的力度特别是对臂力的拉伸，比单纯的器械锻炼还出效果。

听着MP3里播放的歌曲，想象着电影《少林寺》里小和尚们拎水练功的场面，憧憬着冬去春来时那绿树成荫的景象，这一切都使劳动进入一种最佳境界，身心协调、热情如火、血脉贯通、气绕丹田，这样一种生命情态，虽然与"刀光影，挥舞弹指间"的境界离得尚远，却也能够驱赶跑一切寒风冷气。

我家小院门前的一片绿化园，栽种着雪松、海棠、碧桃和楝子树等，我装扮春天的热情被激发起来之后，便决定为这片园林的进一步美化贡献点力量。虽然栽上的树归公家所有，然而这环境美化好了，自己却是常年的受益者。因此，在征得有关方面同意后，时令一过冬至，我便开始筹划并购买了一些既能开花结果又具备美化功能的园林树，譬如石榴、苹果等，在植树节前夕，栽到了规划好的空地里。

在做好以上事情的同时，我还认真查阅有关蛇瓜、秋葵等菜蔬作物的育苗知识，季冬的时候，就开始用花盆进行温室育苗，这样一开春，菜苗就能移栽到小院的菜园里。更重要的是，当你真正专注地去干这件事情，过程中就能体验到很多的乐趣，从催种、培育到发芽、生长，蔬菜育苗的每一个环节，都潜藏着作物自身的生命规律，细心钻研，能够不断发现自然界潜藏的奇妙之处。

在从事上面那些活动的过程中，我不时地会想起自己少年时期一个春天早晨的难忘的画面。

在我上了小学后的一个秋天里，从小伙伴那里得到了几颗葵花籽，自己没舍得吃，用白纸包好了，宝贝似的藏进了一个空墨水瓶里，守护了整整一个冬天，初春的时候小心地拿出来，种在了自留园靠墙角的一小片空地里。从此，每天放学之后，我都会跑到菜园里去观察那片空地的动静。

终于，在一个星期天的早晨，我再次跑去察看那片空地的时候，惊喜地发现有几颗嫩芽拱出了地面。赶紧翻过篱笆到跟前仔细观看，那一株株还有点发黄的嫩绿的芽瓣，在阳光的照耀下，泛着珍珠般的光泽，瞬间凝结成了少年之春的最美风景，镌刻在了我的人生记忆之中。

换句话说，从某种意义上，那点缀着嫩绿芽瓣的一尺见方不到的土地，在阳光的照射下变成了最美的风景画，开启了我少年时代浪漫幻想的闸门。无论是在白天的想象里，还是在夜晚的睡梦中，都不止一次地看到那棵棵嫩芽，变成了一株株高大的向日葵，头顶着硕大的花盘，花盘周围的黄色花蕊，紧紧围绕着的，是镶嵌得整齐有序、颗粒饱满的葵花籽，取下来晒干了，就是既可显摆又可解馋的珍贵小食物。

正是从那时起，凝聚着少年奢望的春天，固化为一尺见方的嫩芽破土的浪漫风景画，深深地嵌进了我的心底。几十年过去了，现在每每想到它，依然还会那么鲜活那么生动。

即使人生到了花甲之年，一路走来浸润过数不清的岁月风雨，那起步于少年时期的充满着浪漫想象的美好情怀，依然还保留在内心深处，舞动在情感的经脉里。

在体验到生活韵味无穷的同时，一种探求科学扮靓春天的自豪感也油然而生。随着对春天内涵认识的不断加深，跨越对春天浮光掠影的浅层欣赏感觉，那不老之"春"的声、色、神、韵，越来越和谐曼妙地渗透进自我的人生境界里。

四

把春天装进心里，让人沉稳与从容。而沉稳与从容的感觉，是面对大自然的一种儒雅大气的生命境界。进入这一境界，能够更加平心静气地去品味春的风情，体验春的浪漫。精深细密地领会春天的多姿多彩，把握其迷人景象下的神秘质感。

如此，从深秋到冬季，再到来年的早春，无论时令如何变化，在我的内心里，都一直荡漾着春天的鳞波涟漪。

因为把春天放进了心里，你就会时时想着与春天有关的一切，细心地观察万物生灵的微妙变化。特别是立春之后，每天早晨起来，我都会去观察一下亲手栽植的树，看它们是不是开始复苏了泛绿了。包括对路边的迎春、河边的垂柳等最早感应春天的花木，观察得也比以往任何时候都细微。

心细了，就会发现很多过去不曾留意的细节，收获很多不曾想到的惊喜。原来只习惯于从宏观角度来领略的油画般的世界，现在当成了需要静心审视的工笔画，细细地去观察，就能发现大自然在描摹春光春色时的匠心独运，那运笔的功力，越到细微处越让人叹服。

从时间上说，今年鸟语花香的盛春景象依然很短。连翘黄了，杏花白了，柳枝绿了，桃花红了，可也就是几天的工夫，那万紫千红竞相争艳的场面，已然变得稀疏零落。一场不大的风雨过后，玉兰花瓣撒落一地，朵朵樱花堆积成片，浅红的海棠开始翻白，殷红的碧桃也萎缩蔫蔫……当引人注目的春之明星纷纷表演过后，一般就认为，今年的春情春景已经收场了。表面上看，也似乎真是如此，时至初夏，接下来登台的，应该轮到夏天的风景了。

然而在我心里，春情依旧、春色正浓。

只要你停下行色匆匆的脚步，抬起头去寻求，就会看到那挂满枝头的红香槐花，含蓄内敛的苦楝子花，还有诸多的掩映在繁茂枝叶中的小花碎花，都依然在不甘于寂寞地倾情开放着。它们虽然比不上月季、玫瑰这些四季之花夺人眼球，然而内心里包蕴的那份春情，却是一点都不逊色的。特别是到了晚上，沿着河边散步的时候，闻着那阵阵扑鼻的暗香，你就会觉得，这些躲在春天背后的平凡使者，她们含蓄内敛的美，会让人感受到更加深切悠长的春的情味。

心里装着春天，在观察春之声春之色的时候，才不会放过每一个细节。从体验新栽树木发芽吐绿时的惊喜，到惊叹每一种花草树木生长过程中的神秘，让人切切实实感受到了，春天的多姿多彩，是包孕在每一棵树木、每一株花草、每一片绿叶、每一丛禾苗之中的，只要用心地去体会，春天就会变得灵动立体，具有多棱镜般的吸引力。

五

还是选碧桃作个例子吧。

春风将最后一拨果树的花瓣纷纷吹落了，可春天对生命的雕塑并没有结束。细心地去观察，那些依附在果树枝条上的花托里，全都露出了豆粒般大小的雏形果实。在观察这些小生命生长的趋势时，绿化园里的几株碧桃引起了我的兴趣。

作为桃树的变种，碧桃开花比传统的桃树稍晚几天，但是它的花朵更丰腴、色彩更鲜艳。栽植于绿化园里的那片碧桃树，属于红花红叶的品种，花盛开的时候是殷红的，远远望去，好似片片红霞。当花朵凋谢之后，那枝条生出的叶子，好似比红花的颜色还要浓。清晨起来拉开窗帘，透望窗外的绿化园，远处那一片碧桃树，花虽然凋谢了，可茂盛的树叶，依然在上演着红红火火的热烈。

到了夜晚，特别是明月当空的时候，你再看那一丛丛深红的树冠，便会散发出一种让人难以猜测的神秘感。去小河边散步，我专程绕道走到一棵碧桃树下，想看看这一树火红，近距离地观察究竟是个什么样子。

我立足树下，隔着那一树深红去透望空中的明月。

哇！眼前展现出的，是从未感受过的新奇。

明媚的月光洒在浓密的树冠上，将一片片深红的树叶照得鲜活透亮，刚刚脱掉花衣露出雏形的碧桃果，如蚕豆般大小，碧绿的表皮上泛着白色的绒毛，在深红树叶映衬下，被月光一照，闪着翠绿透明的色泽，如同一颗颗细粒的翡翠。

深红的底色上洒满翠绿的颗粒，面对这样的背景，如果闭上眼睛，是不是容易引起超时空的丰富联想？

反正我当时想到的场景，时间的跨度可以论世纪，空间也足够十万八千里。涉及的关键词，基本上是典雅、华贵、高远、大气，等等之类的。伴随着庄重舒缓的圆舞曲，我脑海里分明有一幢幢雍容华贵的深红色晚礼服在移动，那遍布晚礼服全身的，是点缀着的一颗颗透绿的珍珠！

……

把春天装进心里，能使生活充满着期盼与创造；能让人变得从容沉稳，富于想象与幻想；更能促发人秉性上的开朗大气，使人变得乐于付出。

而这一切，都是爱所必须具备的。

这样来爱春天，一年四季，那春之声，春之韵，春之情，春之色，都会时时与你相伴。

请把春天装进心里，她会让你收到爱的甜蜜，创造的自豪，新奇的体验，真情的浪漫。

春雨无声哺春情

搬来嘉和宿舍的那一年，恰遇上让人感受强烈的倒春寒。

清明过后毒寒来袭，让停了暖气的城市人几经喟叹，轮番演练着"脱秋裤穿秋裤"的换季更衣动作。更有人用"刚脱了保暖裤，又换上厚棉裤"调侃着入春之后的季节反水滋味儿。

眼看着春季的最后一个节气谷雨都到了，俗语说得好："清明断雪，谷雨断霜"，谷雨节气的到来，意味着寒潮天气的真正结束，气温回升应该明显加速。可大西北的寒流，依然时不时地出现在天气预报中，这不免让人担心，盼了一个冬季的春天，总不能在还没感受到春风和煦的情况下，就匆匆地点个卯狠心而去吧。

后来的事实证明，春季其实还真的没那么无情。节令毕竟有自己的内在科学性与更替交接的严肃规则。在这方面，老天也是有所顾忌的，尽管他老人家矜功恃气，动不动就会发点小脾气，然而，一旦平静下来，那还是有自己的原则底线。毕竟觉得节气到了，从哪个角度说都不好违信背约、延误农时。于是，终于在谷雨的前一天，布施了一场春雨，带着少有的温情，悄悄地潜入了宁静的夜里。

人们终于从依稀尚存的微寒料峭中，感觉到了温婉而清新的气息，于是才真正地确信，春天真的到了，这是真正的春天的雨。

那场雨酝酿得平心静气，真正下起来的时候，又是少有的从容透彻。一板一眼，不紧不慢，整整下了一夜，又加上一个白天。

正是因为一场前所未有的倒春寒，使人们对迟到的春雨产生了空前未有的热情。一般的情况下，每年感受春季，人们印象深刻的，不是柳绿花红，就是燕归鸟鸣。所谓"侵陵雪色还萱草，漏泄春光有柳条""高楼晓见一花开，便觉春光四面来"等诗句，都反映了"春到人间草木知"的自然现象。

从很小的时候就有一种感觉，春到人间的最早的动静，是通过野草花木传达出来的。到现在还记得，在堂屋里的火盆旁圈窝了一冬，终于有一天，被奶奶牵着手，走出大门，趁着中午去村东的那棵古老的杏树下晒太阳。紧随在奶奶身旁，我一边走一边朝着远处老杏树方向的沟崖上观望，初识记下了"草色遥看近却无"的初春的景象。过不了几日，慢慢地就发现，柳条绿了，杏花开了，天气暖了，燕子来了。

一年又一年，岁数不断增大，见识也越来越多，但在内心里，开春之时的这种自然氛围与情景，却并未随着时空的流转发生多大的变化。想起春天，首先浮上头脑中的景象，依然还会是柳树发芽、杏树开花。

记得最清晰的是刚上初小，从语文课本里学到了杜甫的"两个黄鹂鸣翠柳，一行白鹭上青天"的诗句，老师说这是描写春天的名句。在肚子里装的字能够连猜带蒙地自我阅读时，放学回到家里，便从木箱里储藏的旧书中，翻腾出《绘图五言千家诗》和《绘图七言千家诗》等刻本读物来，又从里面读到了不少诸如"春眠不觉晓，处处闻啼鸟"之类的写春天的句子。

如此时间长了，慢慢地，内心里的春天，便沾染上了些许的书卷气。直到上了中学读了大学，习惯了用形象思维来审视这个世界的美，通过联想与想象来构建春天的景象时，便对"草长莺飞二月天，拂堤杨柳醉春烟"之类的描绘春天的图景，佩服得五体投地。

也可能是钟情于文学的人的一种通病吧，阅读艺术性的文字多了，往往就会有意无意地与现实疏离，使心仪的迷恋与追求，长期生动在优美的虚构图景里。津津乐道、扬扬得意。而一旦退休闲下来，开始将身心融入世俗，才发觉，过往的岁月里，辜负了太多的大自然的馈赠。因为活在自我的内心里，构建的文字再高雅，与鲜活的自然现象比起来，都显得精瘦而单一。

挣脱了书卷气的束缚，回顾过往的春天，记忆最深刻的，竟然是自己小学时代的那些图画。特别是每到清明，全校的同学排着队，到龙阳村东的一处土坟前，去给烈士扫墓的情景，至今历历在目。

同学们抬着老师用柳条和松柏扎制的花圈，来到烈士墓前，唱的一首歌，也是从写春天开始的：

山鸟啼，

　　红花开，

　　阳光照大路，

　　少先队员扫墓来。

　　……

　　那歌词的每一句，我到现在都记得很清楚。

　　也可能与清明这个节气有关吧，再加上我是少先队大队长，需要带领同学们向烈士宣誓："接过革命火炬，将先辈们开创的事业进行到底！"从那时起，烙印在头脑里的春光春景，就与革命先烈抛头颅洒热血的教育融合在了一起。

　　政治意识的思维导向，固化为季节变换的代表性物象，慢慢地就在头脑中仪式化进而形式化。品味春天，按照诗书概念的导引，每每联想到的春之形春之色春之声，往往就会着眼于对花红柳绿、莺飞草长的赞美。而对那"润物细无声"的春雨，虽有概念上的抽象认同，从来就没有专心专情地付出过时间与精力，就更不用说细细地品味与鉴赏了。

　　空前凌厉的倒春寒，终于烘托出了春雨资质与品性的可贵。

　　一场迟来的春雨，下得如此透彻如此倾情，无法不让人欢欣鼓舞、注目叹赏。好似猛然领悟，春天的万千风景，原来都缘之于春雨这位幕后的摹画师，是它"润物细无声"的结果。很显然，世人因为它的"无声"，就疏忽了它"润物"之于春天的奠基作用，这无论怎么说，都是有些不义气的。

　　真正理解春的世界，就不能忽视春雨的倾情奉献。感受万物的蓬勃生命，必须先感受为它们带来舒心欢畅的春雨。既然这场春雨没有因天亮而停歇，我便决意拿出时间，来一番气定神闲的倾情观赏，绝不再对它有所辜负。

　　早饭之后，我便坐在了入户花园的台阶上。

　　那疏密有致的雨帘，下得不紧不慢，好似悄无声息，如果你静心洗耳，又能听到细弱游丝的淅淅沥沥的声响。这场春雨，以静谧舒缓的姿态下着，整个世界仿佛都被她的文静内敛而感染,享受着一种难得的空寂。你就是凝神屏息,都感受不到一丝风的气息。

盯着被雨淋得越发黛青的石板小路,我的脑海里一时竟浮现出了烟雨江南的图景。可理智提醒我,这是北方的春天的细雨,于是赶紧把"心远乐处景应妍"的思绪收拢起来,将目光洒向身边的雨中小景,开始体验"景若佳时心自快"的感觉。

小院里的菜园里,早就种上的黄瓜、豆角,由于前些天的倒春寒一直都不见动静,此刻却有几棵顶出了泥土,露着黄嫩的芽瓣。就是那些没有冒出来的,也在春雨的抚慰召唤下,显露出了明显的欲破土而出的迹象,那欲望中所传达出的生命力,让人不由地产生一种春情萌动的雨中幻影。

刚刚栽上的青椒苗,昨天还在担心它们会有一个较长的挪移返青的过程,被这春雨一淋,现在却都一棵棵精神焕发地挺拔着,自我炫耀似的。还有那长势正旺的蒜苗、油菜和韭菜,一畦畦的浓绿四射,那情态、那气色,透显出的是一种吃饱喝足后的天真乖巧。

菜园里正在萌芽和茁壮生长的种种绿植,在细雨中表现出的春心萌动和春情勃发的状态,使人不得不相信,世间万物,无论何时何地,最能够让人心动神迷的,说到底还是生命本身焕发出来的天然魅力。而这润物细无声的春雨,正是以自身奉献给大地为代价,哺育了这世间万物的勃勃生机。

梳理着越来越稠密的雨丝,我将目光投向小院里的柿子树、樱桃树和石榴树,它们都纹丝不动地立在雨中,静静地享受着多天来少有的舒畅和惬意。我明白,它们是在春雨的哺育下,快速地发育成长着,以积聚起足够的心神精力,一旦雨过天晴阳光灿烂,便开始倾情地释放生命的本能,以开花结果的方式,去创造夏天的浪漫,充实秋天的收获。

就连平时无风也摇曳的那一丛毛竹,这时候也文静得不行。在平时,那轻飘的竹梢竹叶,有时候你从它身旁走过,步伐快了都能惹起轻轻的摇摆,可此时却保持着少有的亭立沉稳之态。雨点打在竹叶上,也只是轻微地低低头,温顺地让那雨滴顺势滑落,让人感觉到一种闭着眼睛不想睁开的疏懒。

我站起身,打着伞走出了小院,来到门前的海棠树旁,观赏那雨中的海棠花,少许的花蕾还如胭脂般殷红，而那些早开的花瓣，原先的殷红都已经变淡，呈现给人的，是一种白里透红的自然。细细观察，你就会从白里透红的自然色韵里，体味出一种淡然、怡然与悠然的情愫。雨中的海棠花，没有了盛开期的浓烈，却更能让人领悟到什么是真正的静雅之气。

还有那果实初现的杏树，花期已过的桃树，加上近处的楝子树、杉树、针叶松，远处的垂柳、琵琶、广玉兰等，放眼望去，无一例外，一棵棵的都纹丝不动，空前温顺地任凭着密集的雨丝尽情梳洗。

看到眼前的景象，我内心一时充满了柔情。

是啊，春雨本身之于大自然，就如同人类的慈爱母亲，竭尽自己的温柔与挚爱，把世间万物哺育得体壮心健，欲满情熟，然后放手让它们去迎接未来的日子。

沐浴在春雨里的花草树木，菜棵根苗，就如同一边吸吮着母亲的乳汁，一边贪恋着母亲的抚摸，恣意地撒娇，无所顾忌，将一切都抛在了脑后，尽情地享受这柔性亲情。

这种情深意远的境界，只有春雨才能创造出来。

是的，春雨默默无声，它有着伟大母亲一样的胸怀和奉献精神，它对世间万物的爱，是深藏在内心里的，表现在行为上，往往在不经意间就用尽了自己的全部深情。想想慈母之爱，哪个不是这样？为了子女的茁壮成长，甘心奉献出自己的全部。宁愿把自身挤干了，也要把子女滋养成为品性出众、形象动人的小伙子、大姑娘。

春雨无声哺春情。这春情，是春天的情根，春天的情欲，春天的情态，春天的情茂。

情和欲是生命力的集中体现，无论是物是人都一样。我们往往把整个生命割裂开来去认识，或者分割成几个部分来说事儿，实际上那都不是生命本身。生命是不可能被割裂的，换句话说，情欲的强弱程度，直接体现着生命力的强弱，创造力的强弱。

春雨无声哺春情。这春情，是春天的情怀，春天的浪漫，春天的力量，春天的创造。一句话，是春天的朝气蓬勃的生命！

人们为什么期盼春雨？就是因为它有牺牲自己来创造春天的可贵品性。春雨以自身的绵绵柔情，把世间万物从冬天里唤醒，继而又一次次地用自己的生命，无私地滋养哺育着花草树木五谷禾苗的生长壮大。

听着春雨淅淅沥沥的声音，我好似听到了《爱的箴言》那美妙的旋律："我将青春付给了你，将岁月留给我自己；我将生命付给了你，将孤独留给我自己……"

春雨无声哺春情。说的就是春雨在哺育生命，成就生命。春雨与其他季雨不同的是，它哺育的是情之根，命之源，所以难能可贵。

春雨的哺育是不求回报的，无私而大气。等到生命变得血气方刚、风姿绰约，去创造夏天的浪漫，收获秋天的成熟，焕发自身光彩的时候，春雨对人们来说，便成了遥远的记忆。然而它却印证着时下的一句话：我不在你的生活里，却在你的生命里。

世间万物生性不同，秉性各异，但如果离开了春雨，生命的根就扎不深，生命本身就不会有灵性。春种秋收也好，春华秋实也好，说到底，春都是基础，春雨都是关键。

当然，当春雨哺就了春情，完成了自己的使命，万物生长还是要靠自己。在此后的夏、秋、冬季里，风雨雷电、雪霜冰雹，都不可能再有春雨这般的温柔体贴、润物无声的品性。它们在为万物生长提供必要条件的同时，往往也难免会带来损害。面对未来的种种考验，怀揣着春情之梦的生命，究竟能否过关，那就要看自己的历练和造化了。

春雨中的领悟：人同此情，情同此理。

蒿林遐想

晚春时节去地里挖野菜的时候，在丘陵阳坡的土崖上，遇到了一片白蒿。

虽然经过了一个秋冬的风霜雨雪侵蚀，蒿子的枝杈全都干枯了，然而当你走近它的时候，仍能触嗅到那淡淡木气中包裹着的阵阵清香。

进入白蒿丛蹲下来，在每一棵白蒿的根部，都会看到伴春而生的灰绿色小苗，一簇簇卷曲成团状，浑身泛着白色的茸毛。拔起来握在手里，有一种绵软如绒的感觉。这就是人们常说的茵陈，一味珍贵的中药。用它煮水喝，具有利胆护肝、解热抗炎、降血压血脂等作用。如果洗净用来炒鸡蛋、贴面饼等，也能制成多样化的药膳。

茵陈是二年生草本植物，长大后茎高能达1米，呈半灌木状态。小苗的时候被称为茵陈，长大就成蒿子了，称为茵陈蒿，当地人也叫白蒿。它主要生长在山坡、路边等闲置的土地上。这片枯干的白蒿，就是去年茵陈长成了蒿子留下来的。

置身于干枯的白蒿中，闭上双眼静静地体味，你似乎能感觉到一种经过岁月淘洗的幽香，在身边深情而缠绵地萦绕。那温情弥漫、沁人心脾的情味儿，不会因时过境迁而变淡。无论过了多长时间，只要想起来，都会触动内心隐秘处的记忆与怀恋。

置身于白蒿中细细地品味，没有任何现实功利意图参与其中，它的明净清纯，能让人的思绪变得空妙而悠远。特别是触嗅着那风霜雪雨浸润过的清寂幽香，人不但变得感觉精微，而且思绪的触角会延伸得很远很远。

我就这样，由眼前的空旷、静谧，一下子联想到了自己的童年时代。一幅没有受到世俗风尘惊扰过的画面，从最为深潜的记忆中浮了上来。

那应该是我3岁大小的时候吧，也就刚刚记事，跟着奶奶去河北岸的亲戚家喝喜酒。那是奶奶的干儿子结婚，依照风俗，头一天要把自己的干娘请到家里。奶奶的干儿子家住河北岸边的一个村庄，离我们六七里地，照今天来看不算远，但那时农村人所说的"里"，似乎与现在的500米没有任何的换算关系，单从距离的角度说，与现在的公里差不了多少。何况中间还隔着一条河，再加上当时落后的交通工具，所以这样的亲戚，就已经是相隔比较远的了。

刚吃了午饭请客的大车就到了，是一辆前后都有人驾辕子的木轮车，是牛还是马拉着，可能我的关注点没有集中在那里吧，反正是记不得了。当时已经是初秋时节，天气开始转凉，我们带着一床棉被，坐在车上的时候，奶奶让我倚靠在棉被上，感觉很舒服很安稳也很神气。

那车走得很慢，从我们村走到北沙河的时候，已经都快到傍晚了。

北沙河是当地比较大的一条河流，它从龙山之东的丘陵山脉里流出，经过上游的一座水库继续向西流去。我们坐的木轮大车行驶在河里的时候，正值西方晚霞初现，那霞光映在清浅的河水里，粼粼波光发出了梦幻般的色彩，使我幼小的心灵，领略到一种未曾见过的广阔空灵的新鲜世界。

木轮车在河的中央跋涉着，从车轮那里传出了吱吱的声响，让人觉得它每前进一步都很费力。听到奶奶叫我，顺着她手指的方向看去，呀！不远处的清浅河水中，有两只水鸟。它们浮在水面上，一动不动的，宁静而又安详。不一会儿，那两只鸟开始扇动翅膀，白色的羽毛在霞光照耀下，显得格外漂亮。这样的一幅画面映入眼帘，对我来说，是新奇而迷人的。

怎么说呢，现在回忆起来，那种境界，朴素中带着浪漫，空旷里透着生机，在我生活的纯田园的村庄里从不曾遇见。所以，就是从那一刻起，那从远处蜿蜒而来的大沙河，那夕阳下泛着艳丽鳞波的清澈河水，还有那远处悠闲自得的玲珑水鸟，永远镌刻在了我的脑海里。

20世纪的80年代，湖南作家何立伟曾发表过一篇小说《白色鸟》，为短篇小说创作带来了一股清新之风。我每每讲课或者写作涉及这篇小说的时候，当年跟着奶奶喝喜酒的情景、坐木轮大车在大沙河里看到的那一幅画面，都会自然而然地在脑海里浮现出来。

岁月的日历一页页地翻过去，从20世纪50年代翻到了21世纪，把一个人从懵懂幼儿期翻到了花甲之年。然而叠印在岁月里的记忆画面，却依然在那里朦胧地鲜活着。以至于一旦置身在白蒿丛这样纯然宁静的环境里，朦胧的家乡小河和静谧安详的水鸟的记忆，依然会在脑海里翩然而至。

当下的鲁中丘陵的静静白蒿丛，与20世纪鲁南平原上的小河，还有那两只安详的水鸟，它们之间究竟有什么内在的联系？在我的脑海里，怎么会把它们跨时空地衔接在了一起？

结束了对过往的回忆，我的思绪回到了现实，起身再次遥望着远处那高高的塔吊，心里进一步确认，这种超越时空的意识勾连，缘于对现实的担忧引起的对过往的美好的潜意识怀念。

近年来，社会上追求的所谓跨越式发展，对自然环境和社会资源形成了极大危害。特别是很多地方不惜以过度破坏人类生存的自然资源为代价，无休止地追求最快、最强、最高、最大，人类毫无节制的欲望膨胀，已经使我们居住的这个地球不堪重负。

我童年时初识水鸟的大沙河，后来被当地人改称为龙河。姥姥家就住在这条河的上游。少年时期，我去姥姥家走亲戚，还曾跟着表哥到村后的河里去洗澡。因那里紧挨着水库，那深而湍急的河水，还能供我们在里边游来游去。20世纪70年代初，我所就读的龙阳中学的新校区，就在龙河滩涂北面不远的土坡上，暑假里留校值班看果园的时候，我们还经常到河里去洗澡。

总之，留在记忆中的大沙河，河水清澈，两岸葱郁。

然而到了我大学毕业参加工作之后，一次回老家探亲，想去看看高中的老师。走到龙河大桥上，记忆中的景象就已经完全不见了。河水干涸，垃圾遍地，那河滩上堆积着废弃的建筑材料，把几十米宽的河道挤压成了不到一米宽的沟渠，里面流淌着的，全是酱油色的污水。据说上游不远处有一个造纸厂，是镇里的交税大户。当地为了每年那十几万元的利税，就选择以牺牲沿途十几万村民的生存环境为代价了。

望着眼前面目全非的大沙河，我想到了上游的姥姥家，当年曾经与表哥游水嬉戏的地方，如今不知道变成了什么样子。而河下游十几里的地方，我曾经跟着奶奶喝喜酒经过的那一脉温馨平缓的水域，那霞光中粼粼碧波水鸟相偎的美丽画面，恐怕也只有在朦胧的记忆里还能找到。

在我上高中的20世纪70年代初，这横贯鲁南平原的大沙河，还是流水潺潺绿荫盈岸，然而到了80年代，仅仅十年多的时间，却已经变得污水暗流，垃圾遍地，两岸树木枯萎，河滩寸草不生了。大沙河，那碧水蓝天相映、远景近情相依的画面，过早地变成了久远的梦境。

这不能不让人惋惜！

我们只为了经济增长的突飞猛进，而不惜放纵着空前的破坏自然和暴滥资源的行为，就如同一位教授所说，这是以消耗子孙后代的生存资源为代价来促进发展，30年的时间，我们几乎连300年后子孙的生存资源都破坏得差不多了。一味地追求超越时代的生活水平，让很多人几乎变成了城市动物，为追求自我的享乐，肆无忌惮地去践踏自然、破坏环境。

只顾着拉动经济而忽视了构建精神文明，必然会出现社会发展的畸形状态。说到底，那就是发展更多地体现在外表上，与社会的整体水平严重脱节。就拿教育来说，一谈发展，人们似乎想到的就是建大楼、扩校园，你如果到发达国家去考察对比一下那些世界顶级的大学，看看它们朴素的校园和朴实的校风，就能够认清我们的浅薄所在。

不单是教育，各行各业普遍存在着的急功近利的政绩心态，使城市里的钢筋水泥越垒越高，单纯为了显摆，为了豪华，为了出风头，为了求政绩的面子工程，在城市本就非常拥挤的空间里，见缝插针地拼着命铺排。形成的密不透风的生活环境，不要说白天让人难觅安静，就是到了夜晚，那萦绕不断的耳际杂音，也会给你一种城市不堪重负、整天气喘吁吁的感觉。

搬到郊区居住之后，终于找回了贴近大自然的那份宁静。然而没过几天，前后左右便都树起了高高的塔吊。不用说，那本就为数不多的田园林丛，也很快会被钢筋水泥的森林所取代。过不了多少时日，想找一片野生的白蒿丛，置身其中感受宁静，呼吸纯粹天然的馨香气息，肯定也成了一种奢望。

当然，社会需要发展，发展就需要建设。但这里有两点至关重要：一是建设必须适应实际需要；二是建设不能对环境形成毁灭性破坏。这两个方面，我们过去的教训已经明摆在人们面前，它所欠下的环保债，可以说我们每个人都正在偿还。

人是具有劣根性的，很容易被欲望中的"潘多拉"所迷惑。所以，不但是能够掌控一方的当权者要学会收敛自己。就是纯粹的个人行为，也必须防止贪心不足：有了足够大的客厅，还想着将它变成宫殿；空间已经足够用，还非要和别人攀比。为了满足自己的欲望，不惜掘地破墙，移门卸窗，至于能给安全带来多少隐患，会给环境造成多大危害，全然不顾。欲壑难平，变本加厉，总有一天，那潘多拉的魔盒是会被打开的。

针对着这些时代病，《人民日报》曾连续撰文提倡"极简主义生活方式"，而极简主义有一个重要核心，那就是"如无必要，勿增实体"。也正是针对这些时代病，有一些青年人譬如唐冠华、邢振等，开始去大自然里实验"家园计划"：到大山深处找一块地，盖一间屋，尝试一种自给自足的生活方式。表面上看这种行为有些极端，但在原始化的生活试验中，却包蕴着生态环保的现代意识。

我宁愿把他们的行为看成是一种无声的呼吁！

让我们珍惜自己的家园，少一些占领与破坏，以便为大自然留下更多的可以恣情怡性的空间。让我们居住的这片土地多一些天然的河流湖泊，多一些野生的白蒿丛，以便让地球更加轻松自在地调节，更加开心舒畅地运转。

它脾气好了，风调雨顺，人类才能生活得祥瑞平安。

身边的小河

盛夏的夜晚，散步来到小河旁，倚着岸边的石栏，观赏倒映在水中那摇曳的灯光，还有那稀疏的星星、当空的月亮。舒心地享受着温顺的微风拂面而过，细细地体会那闲适爽气的清凉。

退休了，能有一处临水而居的住处，真的是人生一大幸事。

家门旁的这条小河，应该算是凤凰河的一条支流。它自西而来，穿过财政大学的东方学院，到我居住的小院儿旁边，形成了一湾平缓的水面，使整个园区灵气顿现。每每走近它的身旁，你仿佛能够感觉到花草树木的呼吸都变得舒心通畅了。

枯水的季节，小河里芦苇丛生、溪水盈盈，淡黄色的枝叶掩护着溪溪清流，向人们展示着秋冬里气温变化带来的改变；随着春天的到来，小河里的水开始变大变深，特别是到了暑期，一场又一场的夏雨，会把小河鼓动得逐浪扬波、心游神荡，遇上下游的橡胶坝，便逐渐充盈为涧水式的小型湖泊，粼粼碧波轻轻荡漾着，和周围的花草树木一起，共同酝酿着夏日里的诗情画意。

从我居住的小院儿门口走到小河边，不到20米的距离。跨过健身小广场，缓坡上是松软如茵的草坪，绕过草坪上的几棵雪松，从连片的楝子树丛里走过，就到河岸了。连续的几场大雨，使河里的水涨得满满的，白天杨柳垂岸、碧波荡漾；夜晚知了鸣叫、哇声不断。

住在这样一种环境里，犹如置身于水天一色的绿岛田园。

我是在鲁南平原的农村长大的，所在的村庄，既不靠山，也不临水，作为名副其实的旱鸭子，我对多水的环境有一种本能的渴望。无论是山涧清流，还是高崖瀑布，它们以自我牺牲的精神所营造出的风景，对我有一种独特的吸引力，而且还会让我产生一种感佩的情绪。

乔羽先生曾在《黄果树瀑布》的歌词里这样写道："人从高处跌落，往往气短神伤；水从高处跌落，偏偏神采飞扬……人有所短，水有所长。水，也可以成为人的榜样。"在对闻名天下的瀑布的形象赞美中，透见出了为人处世的深刻哲理。

至于散落于山涧与平原上的河流湖泊，滋润万物而又甘于清静、与世无争，就更加契合我崇尚的做人理念。平常的日子，它们为世人推出的是镜光水影、层层涟漪，即使遇上狂风暴雨，掀起的也是粼粼清皱、细波微澜。在我看来，那种宁静的秀丽与温婉的形态，本身就富有一种无可取代的魅力。

不信你可以试试，找一个风和日丽的闲暇时光，收敛起自己游山玩水的张狂，默默地守在河湾、涧水的身旁，去感受它的平易而温婉的品性，慢慢地，自己的心灵就会变得悠然而沉静。而人的心灵有多清纯，也就会变得多澄澈。以清纯澄澈的状态去搜寻那些曾经的过往，感受真切而甜蜜的当下，那全部的身心，都会被无限缠绵的情味儿萦绕得丝丝入扣，真的能够进入大音希声、大象无形的人生极美佳境。

是啊，水，本来就是人类赖以生存的重要资源，就如同空气、阳光一样不可或缺。再加上水所具有的随性自然的可贵品性，它与大自然的万事万物相互配合，便能为人类创造出怡悦性情而又触动心灵的万千风景。作为大自然的神奇造化，这种种风景之于人类生活的意义，不但美化着天地，而且能够给人以深刻的启迪。

老子所谓的"上善若水"，从根本上也是立足于水的"善利万物而不争"的价值观上来立论的。无论是"居善地"，还是"心善渊"，都与"唯不争，故无尤"在人生价值观念上一脉相承。然而，说到底，这些都必须具有一个先决条件，那就是和谐的自然环境与人际关系。水的"善利万物而不争"，在本质上是与万事万物的相依相存关系为基础的。反之，和谐的状态一旦被破坏，水的泛滥所造成的灾害，也足以让人触目惊心。

正是洞悟到水至柔也至刚的品格，佩服其不欺弱也不惧强的秉性，孔子才发出了"智者乐水"的感叹。

与山的沉稳、大气、宽仁厚重不完全相同，水灵活而多变，柔顺而温婉，富有韧性而不乏锋利。表面上看，它是亲和的，体贴的，富有灵性的，然而很多的时候它又具有无法追逐、深不可测、难以逾越的性格内涵。所以，智者理应像水一样，

33

"明事物之万化，亦与之万化"。

对水的这种品性，我小的时候就似有所悟。在那个生产生活完全靠手工操作的年代，村子里为了洗衣、涮物的方便，遍布着大大小小的水坑，也就是人们常说的池塘。到了夏天，这些水坑就成了孩子们的乐园。我就是在水坑里学会游泳的。

当时的水坑虽说不是很大，但也有十几米见方的面积，水最深的地方，能够达到三米。孩子们在里面玩得胆儿大了，有调皮者就开始爬到坑崖边的大柳树上，往下扎猛子，由于抽筋、呛水而被淹死，真也算不上什么稀罕事儿。

在我的记忆里铭刻着的，就有一次危险的经历。

那次是由于往水里扎猛子太过用力，身体陷进了水底的淤泥，无论如何挣扎，双腿都拔不出来，我瞬间的感觉是"这回完了"。不过求生的本能使我并没有放弃，憋得难以承受时也没放开捏着鼻子的手，而是闭住气地拼命挣扎。忽然感觉到绕身的水形成了一股向上的旋力，在这股力的协助下我用力一挣，双腿终于脱离了淤泥，旋即冲顶浮上了水面。

这一次的生命历险，给我还未成熟的心理上了一课，虽然我当时还不知道"水能载舟、亦能覆舟"的典故，却从内心里彻悟了这一道理。换句话说，水下逃生的瞬间，让我认识到了无论何时何地，都必须对大自然怀有敬畏之心。如果狂妄无知、恣意妄为，看似温柔平静之水，也是能带来灭顶之灾的。

特别是随着年龄的增长，见识也不断增加。对水的载舟覆舟之本性内涵的认识便越来越深刻。它的柔顺缠绵，让世间万物充分感受到了无水不欢的生命极佳体验；而它的刚性暴烈，又造成过人类发展历史上无数的灾难。仅近代以来的100多年间，黄河、长江以及淮河、海河、珠江、松花江等有名的大江大河所发生的洪涝灾害，就累计有上百乃至数百次，一次大的灾难即可造成数万、数十万人的丧生。

中华人民共和国成立之后虽然国家重视了水利工程建设，但长江上的抗洪抢险，也还是形成了人们刻骨铭心的记忆。

为了秋的收获

为了春回大雁归

满腔热血唱出青春无悔

　　望穿天涯不知战友何时回

　　……

　　每每唱起这首歌曲，我的脑海中就会出现1998年解放军战士奋不顾身，不惜用身躯挡住决口，以大无畏的牺牲精神保卫人民生命财产安全的动人画面。至于那些在突发性的洪灾面前，为抢救人民生命财产而拼搏的勇士们谱写出的可歌可泣故事，那更是数不胜数的。

　　经历过因水成灾的人们，不断地总结经验教训，逐渐懂得了在遵循大自然规律的基础上改造自然，在兴水之利、避水之害的努力中，促进着天、地、人之间的和谐发展。慢慢地，更多地品尝到了水之于生命万物的润养之情，感受到与之和睦相处的生命快乐。

　　总之，水的温和柔性确实值得亲近，但那是以大自然万事万物之间的和谐相处为基础的。只有天、地、人之间达到敬慕协和的状态，它才能成为生命中的托举力量。正是抱着这样的理念，我对居所旁的这条小河，深怀的是一种庆幸与感恩的情怀。

　　它所形成的一湾柔水，不但使我们居住的环境富有了灵性，使一方田园平添了特有的诗情画意，而且随着春夏秋冬的季节更替，这片水域还无形地起着净化空气、调节气温和湿润度的作用。换句话说，守着这条小河，就如同生活中觅到了一位随时能够知冷热、嘘寒暖的知己，虽然不一定每天都会促膝凝眸，但那份心灵的通透与感受的温柔，却时时刻刻都情动在心里。

　　由于环境和季节的不同，水所表现出的品性也是富有变化的。而我最心仪的，则是那种"泉眼无声惜细流，树阴照水爱晴柔"的状态。身边的小河所营造出的临水而居的生活环境，恰好就能让人感受到这一人生意境。特别是它在这里形成的一湾清流环绕而过的文静状态，既没有惊涛拍岸，也没有浪花汹涌，水流缓缓、安详宁静，展现出一脉温馨从容的诗意，只要身临其境，心神专一，很容易就让人陶醉情迷。

　　当阅读或者写作累了的时候，走出家门来到小河边，倚身于岸边的石栏远远望去，那上游堤坝处，两岸全是郁郁葱葱的花草树木，杨柳依依，盈天蔽日，就是在酷暑的高温里，它所形成的幽深清凉的视觉效应，也能让你周身感受到一种清凉之气。

如果将目光收回眼前，近岸的洲渚上，绿苇绰约，蒲花片片，郁郁青草摇摆着轻柔；稍远的深水区，蓝天白云，倒影闪烁，粼粼碧波荡漾着明媚。整个河面风光让人感受到的远景近情，都像跳动着的曲谱音符似的，引导人拨动自我的心弦，来弹奏内心里那最美的音乐，以抒发储藏在心底里如梦如幻的浪漫情怀。

宁静的夜晚，徜徉在微风拂煦的小河岸边，凝望着悠远神秘的夜空，然后俯身求觅那闪烁的星星还有偶尔当空的明月在水中的倒影，你的心会变得无比宁静清澈。夜深了，回到家躺在床上，耳边不时响起的蛙声，还有树林里知了的鸣叫，仍会把人的朦胧的睡意，再一次地引向河边那如诗如画的境地，让思绪沿着缓缓的河水流去，流向广阔的平原、岁月的时空，流向梦中的鲁南大地，去搜寻当年的夏夜里，那生动多彩的人生故事。

临水而居的住所，与水相伴的生活，正好适应着退休后的温馨、从容、轻松、随性的人生情态。

闲下身来的日子，有大把的时间可以随心所欲地去回忆去想象去畅怀去向往，让自由浪漫的意识流，汇入身边的小河，踏波逐浪地流向祖国乃至世界的四面八方，去访问那些与水结缘、拥水抱秀的地方。

总之，小河在家门口幻化出的一湾秀水，给人带来的是机敏的思维和浪漫的情怀；河边那绿树成荫的丛林，与荡漾的水面遥相辉映，演绎出的是镜花水月般的人生意境。

不论是朝霞初现的清晨，还是晚霞漫天的傍晚，也不管春夏秋冬、季节更替，草衰水瘦、碧波绿荫，只要有这条小河映衬着，周围的一切都会显得富有灵气、充满生机。

我倾慕身边的小河。感受着水的清灵与温婉，人生会充满无尽的活力，会永远保持着心舒意朗的朝气。

处在这样一个环境里，不容你不珍惜这似水流年，满怀热情地去经营好生活中的每一天。

六月的小院儿

嘉和北区的宿舍,最令我欣赏的是有个独门小院儿,虽然面积不大,但却是属于自己的一方领地,可以依照个人喜好,依性随情地规划设计,构建成怡然自乐的生活环境。

我是农村里走出来的孩子,虽然在种地方面算不上好劳力,可毕竟是在田间沃野的大环境里长大的。春夏秋冬四季轮回,无论是耳闻目睹还是思绪的拼接,最能触发起神经兴奋的客观事物,依然是那些土生土长的生命律动。特别是退休之后,回归田园便成了理想的归宿。

当然,所谓回归田园,在我这里,并非是一定要回归到自己出生长大的地方。说实话,由于多年城市生活所养成的习惯,如果真正再回到原始状态的庄稼院里生活,许多方面还真是适应不了。从这个角度说,我很欣赏"故乡是用来怀念的、青春是用来追忆的"这句话。难忘乡愁也好,青春永驻也好,在人生价值上,指的都是一种情结,以及由这种情结所生发出来的一种生命状态。这种状态无论是在主观感受还是在客观表现上,都应该比原来有所提升,或者说高一个层次,这才是符合社会发展规律的。

我之所以青睐嘉和北区的居住环境,就是它在大环境的天然开阔之中,每一家都有自己的一方小院儿,面积上和我故乡老家的小院儿差不多。

20世纪的五六十年代,我在故乡的小院里度过了自己的幼年乃至少年时代,直到上了中学之后,父亲和伯父才又在老家后面建起了院落更大的一处宅子。虽然搬到大宅子里去住了,但小院里的童年和少年时光,却一直留在了记忆里,随着年龄的增大,这记忆反而越来越清晰。

退休后搬来嘉和居住,每天在小院儿里进进出出,潜意识里,即能够将生命的根脉与故乡的水土联结在一起，在返璞归真的日常生活中，创造一种岁月回忆的典型环境，将自己的老年与青少年时代乃至童年、幼年时期无形地衔接起来，在生命长河的流动中，感受生命情态的真切充实，体味不老时光的青春跃动。一句话，就是拒绝早衰，努力营造和保持人生的光鲜与精彩。

正是出于以上的想法，我在规划铺设小院儿的时候，就特别留下了两块地，既可以种菜也可以养花，目的是让小院儿保持着田园格调，始终萦绕着万物生长、春种秋收的劳作气息。或者说，通过松土、栽种、浇灌、除草、间作、采摘等劳动性操作，让小院儿里一天到晚保持着勃勃的生机，使墙壁围起的这方土地，与墙外的山川河流保持着有机联系，以保障居住环境更接地气。

春天，我作为农村出身的城市人，便开始在小院儿的两块菜园里，培育栽植多种多样的喜好与期望。菜园不大但品种繁多，技术不高然管理精心，随着气温的不断提升，种下的十多种瓜果蔬菜，各自按照固有的规律，高矮有别品性各异，在酷暑的六月里，抽枝拔节，开花结果，尽显生命风采。特别是几场大雨浇灌过后，本就一片生机的菜园，更加激发出新的活力。

如果静下心来仔细观察，真的能感觉到它们那种抑制不住的生机勃发。大家争先恐后，各显神勇，将自然形态的生命，演绎得气象万千、风情万种。

这其中，处于入户小路两边的青椒，是属于最质朴最低调的。它对生长环境的要求也最少，既不需要攀缘上架，也不需要疏枝剪杈，只要肥水充足，它就会茁壮生长。而且始终保持着不事张扬的品性，开花时，朵朵小花遍撒在绿叶丛里，文文静静，含蓄而内敛；结果了，一枚枚青果全躲在浓密的枝叶下面，不声不响，沉稳而朴实。平时并不引人注意，忽然一天清晨，你为它除草的时候，掀开那青枝绿叶，就会惊喜地看到那枝头上挂满了一个个的大"灯笼"。

我喜欢青椒的这种品性，更喜欢它那青淡平和的味道。特别是自己种的，没用过任何农药，纯绿色的，摘下来用清水洗一洗，掰成一块块的，用肉片一炒，一盘清纯淡雅的炒青椒就出来了。很多的时候，吃腻了炖煮烹炸，将一个青椒掰开，直接吃起来，又爽脆又清口。结得多了摘一些送人，让别人品尝一下自己的劳动成果，心里的美，更是任何美味都难以比拟的。

与青椒相比，黄瓜可以算得上个性张扬的一类。它作为最常见的菜食作物，是人们春夏之际最喜欢吃的，栽植方法简单，管理起来也不复杂。但是有一点，等它长到开始抽秧爬架的时候，你必须为它搭好高高的蔓架，因为它喜欢攀到高处，望着远处的风景来展示自己的"绝代风华"。

特别是到开花结纽的时候，只要肥水跟上，黄瓜能一天一个样地表演给你看。有人说，黄瓜全是水灌起来的，这话不无道理。待到黄瓜开花结果的鼎盛期，你只要一天一水地浇，它就会拼着命地展示自己，头天的黄瓜纽还不到一拃长，一夜过后，早晨起来你再看，就变成一尺多了。而且瓜秧蹿得越高，越得风光，那花开得越鲜艳，果实长得越有形儿，一个个精神抖擞的，让人有一种摘都摘不及的感觉。

如果把黄瓜比喻成喜欢张扬的男子汉的话，那么小院儿里的那几棵豆角儿，也真的就像风姿绰约的窈窕淑女了。由于节气没有掌握好，今年的豆角种得有点早，一开始温度低，苗不但出得慢，而且出来以后也不怎么旺盛。又遇上连续的倒春寒，一畦的幼苗，许多都被冻死了，好歹救活了几棵，后来就移栽到别的菜畦里，和小西红柿也就是人们雅称的圣女果栽到了一起。

枝蔓粗壮的西红柿，是从集市上买苗栽植的。接受了往年的教训，按时剪枝打杈，适时地施肥浇水。还真的是功夫不负有心人，那爬上架的西红柿秧子，旺而不疯，早早地就开花结果了。一丛丛一串串的，开始时青翠油绿，一个个碧玉似的，不几天，满架上就变得火红点点，被阳光一照，如同玛瑙般闪耀，在满园绿色中显得格外夺目。

同一个沟畦里，绿色的小西红柿如同粒粒碧玉，在阳光下晒红了，又像颗颗玛瑙，特别是它们迎着骄阳交相辉映的时候，微风一吹，满架的珠光宝气在那里闪耀。而那一根根的豇豆角，虽有着委婉秀丽、柔情似水的姿态，却难掩柔中有刚的骨子里的傲。它们在那里不住地摇摆着线性身材，尽显其逍遥自娱心态。那意思好像在说：不论是碧玉还是玛瑙，只有用我们这种体型串起来，才能供人佩戴，真正成为有用的珠宝……

小院儿本就不大，有了这些应该不算少了吧？其实非也，还有更风流倜傥更风情万种的呢。

就说那两棵蛇豆吧，本来是别人给的小苗，当时纤纤细细的，一副羸弱的模样，有点让人不待见的情味儿。可听人说蛇豆是品性很好的蔬菜，它肉质松软，含有蛋白质、脂肪、粗纤维以及矿物质等多种营养成分，具有清暑解热、利尿降压的功效。更为可贵的是，它一般不生病虫害，是天然的无公害绿色蔬菜。

既然这么多优点，那就栽上见识见识呗。

上网查了一下，蛇豆也叫蛇瓜、大豆角，是属于葫芦科的一年生攀缘性草本植物。按照它的生长要求，事先用长竹竿为它搭好了攀爬的藤架，每天看着它那细细的藤蔓往上攀缘着。终于有一天，蛇豆开花了，完全绽放的花朵形如雪花，纯白无瑕。更让人惊奇的是，花谢之后没几天，它那豆荚就以让人很难置信的速度快速拉长，有的舒展垂吊，有的攀缘环绕，有的盘虬卧龙，以各种形状表演着生命的万千风景。

蛇豆架下的东墙边，正好栽植了一畦秋葵，也早已开花结荚了。观赏完蛇豆蹲下来再看秋葵的花与荚果：那花如此的娇艳温婉，那荚又如此的刚正挺拔，这世间完全不同的两种风情，怎么能够从一个生命中体现出来的呢？我在想，这可能就是生命本身的魅力所在吧，你用人世间的经验来分析理解大自然的生命现象，有时候会感觉，越分析越神秘，越发现越奇妙。

小院里还栽有两棵苦瓜。苦瓜又称凉瓜，具有清热解暑、明目消毒的功效，每年的夏天我们都会买很多。今年栽了两棵，想试验一下。那天仔细一看，没想到结的果实都已经可以收获了。和苦瓜一起种植的，还有丝瓜，是靠着楼前的墙根栽种的，它的藤蔓已经越过了二楼，到达了三楼的露台。那里没有竞争者，它可以独享风光，尽情地彰显生命力的顽强。

历数了这么多，已经够丰富多彩了吧？

说真的，还没完。

在东墙边靠近竹子的地方，还生长着两棵野山药呢！那是去年挖野菜的时候，在地里发现的。小时候，家里每年都会在房后的菜地边上，种一沟山药。山药不但到秋后挖出根茎可以吃，那秧子上结出的山药豆，摘下来放到稀饭里，或者炖到菜锅里，都有一种独特的味道。

我生物学得不好，但知道山药属于无性繁殖的植物，它没有种子，种植的话，只能把顶端发芽的部分截下来插栽到地里。如果用山药豆来种植，那需要用一年的时间，把山药豆培植成山药栽子，然后再把山药栽子插到地里，才能长成我们平时吃的山药。所以，山药与一般的蔬菜不同，它需要比较纯熟的种植技术，不是随随便便就可以成功的。

正是因为这一点，也是出于对生命的珍惜与呵护吧，我当时就把两棵山药苗挖回来，栽到墙根了。经过一年的繁殖，今年的山药苗都已经蹿得和墙一样高了。而且，拨开藤蔓观察，发现已经有很多的山药豆。想想这种生命繁殖的过程，你就会感觉到，这个世界，无奇不有。就这小小的院落里，你用心地去体味，每一个角落都充满着自然的生机灵动，每一种植物都包藏着生命的万千神秘，每一项试验都蕴含着让人意想不到的收获。

各种的菜蔬绿植，再加上周边的毛竹和果树，这六月的小院儿，就真的成了植物形态尽显自我特长、演绎生命浪漫的地方。它们所形成的时空交叉立体错落的暑期风景，让你目光所及之处，无不感受到大自然的万千魅力。

而这种魅力的感受过程，比任何物质的收获都有意义。因此，感受奇妙，收获快乐，也成了我经营小院第一位的目的。

两棵柿树从前年就开始挂满黄澄澄的大柿子，它们带给我的知识和快乐自不待言。而靠南墙的两棵大樱桃，今年也已经两三米高了。很多人都建议，应该把树头砍了，要不然长得太高，将来结了果实不好采摘。可我的理念是，栽树种菜不单纯是为了果实的收获，过程还是最重要的。

如果要作出选择的话，我宁愿这些菜蔬果木，尽情舒展自己的生命活力，也绝不会为了便于采摘果实而将它们人为地扭曲。看着生命如此神秘生动的成长过程，心里的快乐不是收获所带来的快乐可比的。

就如同栽在入户花园前的那棵石榴树，从它春天开始发出红红的纤细的嫩芽，到后来繁茂成一树碧绿，我每一天都在观察它的长势，希望它早日开花结果。后来，外面的石榴树大都开花了，它依然没有动静，我心里就想，这才栽上一年呢，慌什么呀，明年肯定就开花了，耐心等着吧。

儿子回国探亲，我忙着去接站，加上制订旅游方案，有两天没关注这棵石榴树。一天清晨打开房门，猛然间一朵红红的石榴花蕾映入眼帘，心里一阵惊喜，赶紧到近前细看，发现那翠绿的叶丛里，已经有好多火红的花蕾绽放着。我急忙喊妻子儿子出来观看。当时还给儿子开了个玩笑：看来哈佛博士的气场就是不一样啊，我们等了这么多天都没动静，你一回来，它竟然开花了……

现在，那石榴已经长得有小苹果大小了，被太阳照着的部分，皮开始变得红艳艳的，每天进出房门时看到它们，心里都荡漾着一汪美气。我想说的是，这一切带给生活的快乐，不是比任何物质的收获更加难能更加可贵吗？

总之，六月的小院儿，每天每时每刻，都在上演着生命的浪漫交响曲。它带给了我太多的欣喜、想象与惊奇。

六月的小院儿，那蓬蓬勃勃的满眼绿色，如同聚集在一起的天真烂漫的眼睛，让我回忆起自己的童年、少年时光。在鲁南农村的房前屋后，田野沟渠，桃林果园，那些曾经逝去了的无数个酷热的夏天，那些美丽难忘的早晨与黄昏，白昼和夜晚，发生在畦间路旁、瓜田李下的特殊年代里的美丽童话。这种回忆，不但能充实对已逝岁月的感受与想象，也能增强对现实生活体验的敏锐与生动，使生活更富有情调更充满韵味。

置身于六月的小院儿里，听微风吹拂枝叶窸窣作响，人就会如同经不住一群调皮孩子拍手怂恿挑逗一样，那思绪会跨越时空，联结起生命勃发年代里的一个个场景。

天边的那片彩霞。

树上的鸟啼蝉鸣。

夜晚的微风拂面。

路边的促膝长谈。

……

那一幅幅温馨浪漫的图景，在青春热血与萌动情感的编织下，幻化演绎着特殊年代里的浪漫故事，贯穿从青春年少到满头华发的过程，定格成生命瞬间的永恒，成为欣赏不尽的人生风景画。

劳作在六月的小院儿里，感受那生命的蓬勃万象，不但能让人想到当年，想到故乡，而且能引发人想到曾经在异国他乡遇到的某一个片段。

在韩国访问时，参观济州岛的民俗旅游村，那农家小院墙角的杏花树；在俄罗斯远东城市布拉戈维申斯克，参观郊区的农庄，农庄主所经营的特色菜园；还有与瑞丽傣族村寨一河之隔的缅甸农家，畹町河边九谷桥头的市井小院，等等。

总之，六月的小院儿，能让我想到过去置身大自然拥抱大自然的每一个场景，在感受自然的过程中丰富着人生的体验。这种体验能扩展生命的意域，能给想象与幻想插上青春的翅膀，能让感悟到的人生哲理更生动更富有灵性，进而给因岁月侵蚀而发白变黄的人生印迹，涂抹上鲜活生动的色彩，使其变得曼妙灵动起来。

世界本来是丰富多彩的，人的内心也应该是无拘无束的，只不过被现实的名誉地位以及生活需求所累，不得不自我压抑，把人生的浪漫掩盖起来，去违心地扮演社会定好的角色，有时候想想，这既对不起自己也属于一种无奈，因为人毕竟是社会关系的总和，不能太过于自我，大家都是这样走过来的。

退休后就好多了，人生进入了相对自由的阶段，可以从容淡定地来经营自我。就如同这蓬勃的小院儿，各类植物都可以无拘无束地舒展自己。

每天晚上从外面散步回来，打开大门走进小院的时候，嗅到那浓浓的清新气息，望着月光下那满院绿荫与满架的花果，真得就能够感受到丛丛的大自然的生命气息在身边围绕，这时候你才能真正感受到，生命的意义，不是空洞的，而是具体真实的。

我最痴迷的，还是每天的清早，站在小院里，望着那些蓬勃的生命，欣赏它们青春无敌的浪漫情态。有的枝蔓在藤架上相互缠绕，尽显缠绵；有的触须腾跃，花朵艳丽，妩媚妖娆；有的果实高悬，迎风而动，雄健刚毅；有的清纯如茵，果实累累，沉稳圆润，万千景物各显神勇，在我的眼里，全都富有言说不尽的灵性。

六月是浪漫的季节，这个季节不能辜负；生命是大自然的造化，说到底它的美是从内里生发出来的。小院里这些生机勃勃的生命展示，就如同都市大街上的少男少女一样，在浪漫的六月，男人显露强健的胸肌，女人显露修长的美腿，都是在抓紧这个季节来展示自己。

这是力与美的体现，是青春的魅力。

农历六月，是浪漫的季节。

六月的小院儿里，蓬勃着生命的浪漫！

"七夕"浮想

"七夕"的晚上，驻足小河边，遥望天上的星星，寻找着小时候那星光弥漫的银河。在思绪遨游夜空的同时，一个很有意思的话题浮上脑海：

科技落后的时代，人们想的都是天上的事，思维无限开阔、漫无边际；现在科技发达了，手机电脑电视机，随时随地都保持着与外界的联系，人的思维空间反而变得狭窄了，纠结的多是眼前的事。

为什么？

就这个话题进行短信交流，收到朋友回复，大意如是：

科技落后的时代，人们更多的时候是面对大自然，面对的空间广阔，思维不受拘束、是发散型的，天上人间可以畅想无限。现在的人，哪有自己的时间啊，空闲时拿起手机，你就成了网络上的一个点，被那无形的"网"牵着，哪还有机会天马行空？！

仔细想想，真是如此。

无论是手机、电脑还是电视，你一旦打开，不管是阅读信息还是网上漫游，抑或是观赏综艺节目，实际上都在瞬间将自己置于一种被动的行为状态，不由自主地跟着既定的程序来延展自己的思维，渐渐地，自我的主体能动性就在无形中消弭殆尽。

当然，从人生的感受层面上说，被动思维也是一种主体境界，并非毫无意义。但如果人生的过程始终被既定的外力所牵制，时间长了，思维的主体性就会越来越弱，变得依赖感十足。

人的主体性不强，头脑里就容易缺失想象与幻想，心态就容易变得现实，无论是思维逻辑还是价值选择，都会自然而然地导入急功近利的单一模式。

当前的社会，各行各业都崇尚现实价值或者眼前利益，干什么都追求短期效应甚或即时效应，具体分析其原因虽然很复杂，但从主体文化理念与价值选择的动因上说，与急功近利的思维模式不无关系。

从文化发展的角度分析，人越来越热衷于看得见摸得着的东西，变得越来越实际，起码说明生活中的精神价值理念已经淡化。内心里缺少了"神话"，缺失了想象与幻想，进而便会丧失对自然万物的崇拜与敬畏感，其结果，不但会破坏自然、社会与心灵之间构成的和谐关系，而且会消解生命本身的积极能动性和文化认同感。

就如同"七夕"节，作为被收入我国第一批国家非物质文化遗产名录的节日，它的文化意义，近年来已经被急功近利的思维模式拉伸得松脆而扭曲。

从传统文化的角度分析，在牛郎织女的传说里，承载着相爱双方不离不弃的美好情感。那种男女之间对爱的承诺，特别是恪守承诺的过程，体现出一种情高意远的人生价值意义。然而近年来，在商家以赚钱为中心的变相炒作中，这一深邃的文化意义，却被扭曲成了对"时髦情人"的浅薄认同。

在这样的节日操作中，原本情深义重的神话形象，已然在既现实又势力的价值选择中变得面目全非。

本来，作为对大自然的一种朴素理解，神话故事是当时人们能动性地感觉和把握世界的一种方式。它是人类面对人与自然存在的神秘感，意欲寻求其合理性的一种解释，凝聚着当时社会的基本世界观和价值观。换个角度说，这一把握和感觉世界的过程，也是人类自身审视生活意义与创造生活意义的过程，本身没有丝毫的功利性目的。

按照荣格的观点，神话的文化价值和现实意义，还体现在它对民族心理和民族情绪、民族精神的塑造与维护等方面。就这方面的话题，曾于"七夕"与家人、朋友聊起牛郎织女的故事，就涉及传统的七夕节里，在不同地区因不同的风俗习惯所衍生出的种种民间传说。

在我的家乡鲁南一带，就曾有这样的说法：在"七夕"的午夜，如果有人钻进梅豆架下，就能够听到牛郎和织女会面时的窃窃私语。然而对于芸芸众生来说，这一传说只是作为一个美好的想象存在着，从来没有人敢于以身探试。

为什么？关键是这传说里有一个特别重要的细节，那就是在钻进梅豆架的时候，人是不能穿任何衣服的，否则休想听到天上的只言片语。接下来的说法更重要，如果身体触碰到梅豆秧乃至梅豆叶，上面的露水掉下来，滴到身上是会溃烂的。这后面的提醒与警告，才是传说在流行中一直保持着自身想象与幻想资质的基础。

试想一下，有如此明确的文化警示作铺垫，思维正常的人，有谁还会煞风景地去刻意破坏那传说中的美丽构建呢？这可能就是神话思维的一种逻辑智慧，它本身既包含着对大自然神秘现象的好奇，又充满着对它的崇拜与敬畏。

在这种逻辑思维的指导下，当人们将所有的智慧都拓展于广阔的宇宙加以想象的时候，便又尽力想办法让这种想象与现实保持着必要的距离，目的即是让生活在现实中的芸芸众生明白，绝不能用它来换取现实的价值。

换句话说，神话想象的本身是用来丰盈生命的，用不着其他的价值理念来支撑。因为它的价值就体现在传说的过程之中，其中的启发和强化听说主体的能动性思维活动，才是最重要的作用。

多少年来，牛郎织女的故事，一直都引发人们遥望着天空那条银河，凝视着牛郎星和织女星，进而展开想象的翅膀，尽情地发挥自己的主体创造性，让这天上的神话，在想象思维的过程里，悄无声息地影响着人们的生活习惯和行为理念。

这种影响随着历史的发展，逐渐凝结为文化的精华，对人的心灵起着无可取代的哺育和浸润作用。

回想自己的幼年时期，夏天的夜晚，在大门口的榆树下，依偎在奶奶的怀里，奶奶一边摇着蒲扇为我驱赶着蚊子，一边不厌其烦地给我讲着不知讲过多少遍的牛郎织女的故事。现在想来，奶奶所讲的内容，说不定就是当年从她的奶奶那里听来的，在加上了自己几十年生活中的理解与领悟后，进而创造性地再演绎给自己的子孙。

随着故事的讲述，奶奶会指着天上的星星让我看，告诉我那繁星汇聚着的一条星光带，那就是天河。天河的一边，有颗最亮的星星，那便是织女；银河对岸的三颗并列着的星，中间最亮的那颗便是牛郎，两旁的小星星，奶奶说是牛郎挑着的两个孩子。

那时的夜空真明净啊，天上的星星，不论是大而亮的，还是小的光度低的，映入眼睛里，全都明澈而清晰，整个星空，让人感觉到剔透而悠远。

现在，城市里几乎看不清哪里是银河了。退休后搬到了嘉和的宿舍来住，这里基本上还属于农村，夜空比城里生动多了，只要天晴污染不很严重时，都能够看到星星。然而感觉上再找不到从前那种清澈而悠远的星空了。

什么原因呢？是整个的城乡环境都倒退了，还是年纪大了，眼睛不似从前了，抑或是现实的社会太喧嚣，使人的心灵不那么纯净专一了？

应该都有吧。

单说心灵方面，在经济大潮的不断冲击下，人们对民族文化的价值渊源不再关注，在不少人的心中，那些可以滋养心灵丰盈生命的"民族记忆"，被越来越现实的物质诱惑所取代。眼前的直接性价值选择，加上急功近利的思维制导，使人的思维空间变得越来越狭小。

只重视眼前的利益，抛却了精神文化的长远性价值，致使一些令人担忧的社会现象层出不穷。

失却了心灵中的文化价值构建，畸形虚妄的价值观念便乘虚而入，自我心态膨胀，追求官能刺激，吃喝玩乐，挥霍无度，没有人再关顾精神的、长远的、隐性的、间接的价值。

面对这一切不正常的现象，人们曾经从政治、经济、道德、伦理等各个方面分析其原因，其实追根究底，还是文化心理上出了毛病。

人一旦没有了精神层面的生命感受，只剩下肉体本能的欲望，肯定就会只盯着眼前那点事儿，在现实性价值与急功近利的思维制导下，社会形成一种文化滑坡与道德沦丧的恶性循环是必然的。

割断了文化命脉，就容易将信仰丢失；人生没有了信仰，就会迷失方向。丧失了精神的追求，生活就找不到寄托，梦想和希望就缺少了载体，无从依附。说到底，一个民族，如果丢失了优秀的传统文化精神，思维模式必然是急功近利的，而人生观价值观也肯定会变得空前的现实与浅薄。

毛泽东曾说过一句话：人是要有一点精神的。对于这句话里的所谓精神，我们不能理解得太狭隘。我个人认为，从生命本身的角度说，这种精神就是一种信念，一种境界，一种信仰，一种情怀。而这一切，都曾经蕴藏在民族文化的精华里。

就拿信仰来说，它作为心灵的产物，本应是时时处处与心相随的文化意识，是一种超越自然和世俗存在的无条件信任，在无形中制导着人的行为、规范着人的自我价值选择。可曾几何时，由于把精神层面的东西理解得太急功近利，致使信仰变成了在集会、仪式上拿来高调宣扬的口号，过后便扔在一边，依然我行我素。

久而久之，信仰的缺失便成了我们这个社会潜伏着的最大危机。

因为无论人类发展到什么程度，无论科技多么发达，人对自然现象的认识都是有限的。所以，社会中的人，不但需要信仰来及时校正自身的意识行为，而且需要想象与幻想来扩展与按摩自我的心灵。

因此，仰感幽静夜空，传承优秀文化，净化自我心灵，提升精神境界，应该是我们这个社会在例行的宣传灌输之外，刻不容缓的思想教育的引导方式。从人文教养的潜移默化的效果上说，它比空洞的宣传更能抵近人的心灵。

回望历史，单就牛郎织女的故事，它的文化精华就曾哺育出数不清的美好而感人的挚爱深情。

阅读白居易的《长恨歌》，人们能够对"在天愿作比翼鸟，在地愿为连理枝"熔铸成终生的记忆；吟诵秦观的《鹊桥仙》，更会对"金风玉露一相逢，便胜却人间无数"的情感价值的赞颂感叹不已。诸如此类，还有很多很多的例子，都足以说明，"两情若是久长时，又岂在朝朝暮暮"，应该就是"七夕"带给人们的永恒文化意义。这一文化内蕴虽然不会即刻换算成现实价值，但却能够切理会心，体现在本真的生命里。

很庆幸，老来能有一个田园般的居住环境，这不但有益于与大自然的身心交流与深情对话，而且逢到像"七夕"这样的节日，还能够驻足小河边或者林丛中，静静地展开自由的遐想。

将意识超越繁杂的现实羁绊，让思绪漫游在开阔的天地时空里，才能真真切切地领悟到，人生对爱的承诺，作为一种恪守，体现在内心里，不受任何现实条件的影响，是多么的纯然崇高、难能可贵！

它每时每刻都能幻化为一种美好的感受，一种激动的体验，一种温婉的情绪，一种生命的动力。尽管作为一种人生价值，它看不见摸不着，然而却能使人生品貌变得丰盈生动。

让我们超越现实的纠结与纷争，多些时间来遥望浩渺无际的太空，展开自我的想象与幻想，去追寻内心里的神话！

中秋的月亮

新闻媒体老早就开始造势,中秋节将迎来难得一见的"超级月亮"。

月亮变大,显然是因离地球近了造成的,那明亮的程度当然可想而知。关键还在于天公作美,八月十五这一天的齐鲁大地,可谓秋高气爽,晴空万里。特别是到了晚上,朗朗星空一片明净。

去年的中秋,我是做了母亲的工作,把她从老家接到泰安来过的。母亲是个恋旧的人,在父亲去世之后,她依然守着自己那一亩三分地儿不愿离开,城里再好,她都觉得不如在自己家里自由自在。再者说,现在农村里也都电气化了,以做饭为例,母亲的操作间里电饭煲、电磁炉等应有尽有,不比城里差多少。她答应到城里来过节,实在是给儿子很大的面子。所以,今年我们决定回老家过中秋。

其实回去过节还有一个重要原因是岳父身体不好,正躺在枣庄医养结合的卫生院里。中秋这样的团圆日子,怎么着都得到医院里看看他老人家。

十五那天,我和妻子一早出发,先到滕州老家里给母亲点了个卯,接着又驱车直奔枣庄。到医院里探望了岳父,给服务人员说了许多感谢的话。返回的时候,我就把妻子放在了薛城,她平时上班抽不出太长的时间,这次准备在那里陪着自己的母亲过个小长假。

安排好这一切,我便又回到了自己的老家,和弟妹们一起陪着母亲吃了个团圆饭。母亲已经习惯了与后辈的电话交流,所谓团圆,并不在乎非要在跟前守着她,所以,怕天黑了开车不安全,不到四点她就开始撵我们动身返回。

中秋节与国庆节差几天,人们都等着十一长假的免收过路费福利,所以中秋节的高速路上车很少,来回都畅通无阻,刚过六点钟,我就回到泰安嘉和的家里了。

进屋首件事,先从母亲开始,逐个打电话发信息报了一遍平安。然后洗了个热水澡，换好衣服，便开始做晚饭。因为中秋节该吃的都在中午吃过了，所以饭菜比较简单，炒了两个菜，吃了个月饼，又吃了一个带回来的滕州特有的大烧饼，一大一小两个圆，象征着中秋的团圆，更祝愿着今后的圆满。

刚吃过饭，儿子发自大洋彼岸祝福中秋的微信就到了。当时正是美国东部的早晨，再有十多个小时，那超级大月亮就照到地球的另一面了。我在回复儿子别忘了吃月饼的同时，顺手发去了两个有关中秋的情趣动画。

一个人的中秋夜晚，在父子交流中变得情深意浓，一点儿都没有感到孤单。

静下心来想想也是，高度发达的通信工具，已经完全颠覆了传统的距离观念，无论是团圆还是圆满，实质上都变成了一种内心的感觉与体验。换个角度说，决定人与人之间距离的关键，在于心，而不在于身。有句话说得好：人与人之间的最大距离，是我们虽然在一起，你却在专心地玩手机。

想明白了这一切，一个人的中秋夜晚，完全可以安排得丰富而又浪漫。

整理好厨房，看完新闻联播，我又看了会儿"万家邀明月"的直播节目。等到明月升上半空的时候，便走出了家门，开始围着大院的外环路散步。

夜空下的嘉和北区大院儿，除了草木偶尔发出的窸窣轻音之外，可谓是万籁俱寂。在诗文中经常读到一句话叫"月光如洗"，那究竟是一种什么境界，只有在如此静谧而又明晰的环境里，你才能够真切地体验与感受到。

头顶一轮圆月，沐浴在明亮皎洁的月光里，使人自然而然地产生了一种温情满满的感觉。

身处这样的氛围里，曾经听过的唱过的与月亮有关的歌曲，接连不断地都浮现在头脑里。从20世纪70年代的"月亮代表我的心"，到80年代的"月亮走我也走"，乃至后来的"十五的月亮"等。在那个火热纯真的年代里，人们抒发离别、相思、相恋等男女情感的时候，都会不约而同地借助于月亮来表情达意，用它的温柔与圣洁来象征情感的纯净与真挚。

进入21世纪，随着社会的全面开放，人们的思维空间不断拓展，抒情方式也在发生着明显变化，借助月亮来抒情达意的思域越来越宽泛，就我熟悉的歌曲中，既出现了《月亮之上》那种以月亮为支点，面向广阔宇宙进行直抒胸臆式的发散性的恣情宣泄；也出现了《望月》那种以月亮为中心，将万般思绪千般情愫总揽心底的柔情式孤吟。可谓风格多样，应有尽有。

走着想着哼唱着，由歌曲又联想到了有关月亮的诗词，特别是那些古代的名句。由月亮而营造出的静谧幽深圣洁朦胧的美，古往今来，都是诗文最引人注目的审美热点。

在人生的启蒙阶段，我读的第一首入眼入心的诗，即是王维的"独坐幽篁里，弹琴复长啸，深林人不知，明月来相照"；再大一点，当我对绘画开始着迷之后，最想追求的画意境界，则是"明月松间照，清泉石上流"；大学毕业后从事当代文学的教学与研究，然而当儿子问我什么是文学的"意境"时，我首先想到的是"鸡声茅店月，人迹板桥霜"。

可见对月亮的情有独钟。

是啊，月亮本来就是纯洁、亲和的象征，古往今来，人们有情感需要抒发，有心思需要寄托，往往都会将月亮作为可以交心寄情的知己。今年中秋遇上了离人最近的月亮，当然更是借以传递情意的好时机。

到了皓月当空的时刻，我转身朝小河边走去，准备找个地方停下来，细细地观赏超级月亮那难得一见的貌相。

"近水楼台先得月，向阳花木易为春。"漫步到小河上游的拐弯处，沿着凉亭下的石阶，我踏上凸进水里的一片平台，一轮又大又圆的中秋月亮，即刻就从河边的水影中映现出来。水中的月亮，明晰而温婉，如同近在眼前，那景象，不由令人想起孟浩然的名句：野旷天低树，江清月近人。

是啊，河水就如同一面镜子，月亮映在上面自然貌相分明，更何况时逢一个朗朗夜空，像极了张若虚在《春江花月夜》里所描述的"江天一色无纤尘，皎皎空中孤月轮"。

天空洁净如洗，圆月明亮异常，再加上青青河水的映衬，烘托出的中秋明月，自然更显得纯洁无瑕，温婉可亲。看着河水里那轮明月，体味着内心里那份丰富和感动，感受着思绪中那股缠绵和浪漫，这中秋的夜晚，变得更加多彩生动、韵味无穷。

水中的月亮静静地叠印在天上，沉稳、明静而安详，那温馨的画面，能让人感觉到整个世界都是静止的。偶尔，水面上有小虫爬行蠕动，荡起了轻微的涟漪，那月亮便随着涟漪扭动一会儿身姿，显露出瞬间的顽皮，让人领略到它妖娆的一面之后，很快便又恢复了正常。

每当这时候，我就会不由自主地抬头看看天上的月亮，它依然一如既往不动声色地悬挂在那里，让人感觉到平静默然，遥不可及。然而，当这遥不可及的月亮映在了水里，就不但让人感到距离近了，而且还会平添几分凡俗的气息。何以如此，也可能只是一种感觉吧，反正解释不清楚。

你不得不承认，这世间万物里，真是蕴藏着令人思索不尽的神秘。

中秋的月亮，一个在天上，一个在水里，哪个才更真实、更浪漫、更令人着迷？

我不禁想起了彭邦桢，想到他的诗《月之故乡》。这位身在异乡的游子，通过"天上一个月亮，水里一个月亮"的反复吟咏，传递出辗转漂泊的无奈和思念故土的情感。"望月亮，思故乡，一个在水里，一个在天上"，20世纪80年代，这首诗被谱上曲子，在歌唱家们倾情演唱之后，引起了极大反响。歌曲通过"天上的月亮在水里，水里的月亮在天上"的不断回环往复，传达了游子的思乡之情，在反复的视角转换中，引导人深入地思考生命。

诗仙李白曾写过一首《把酒问月》，如果从人生的大主题上来看，《月之故乡》应该是与之一脉相承的。李白的诗，通过对世事推移、人生短促的慨叹，展现出一种旷达的胸襟和潇洒的个性。"青天有月来几时，我今停杯一问之。人攀明月不可得，月行却与人相随"，明月万古如一，人类却世代更替，如何把握这前不见古人，后不见来者的短暂生命？作者以"唯愿当歌对酒时，月光长照金樽里"来作答。莫负人生，享受美好，这当然没有什么不对，然而，与《将进酒》中的"人生得意须尽欢，莫使金樽空对月"一样，对于诗中这种及时行乐的表达，我宁愿相信是一种醉意朦胧情绪的浪漫演绎。

李白借月亮来宣泄自我情绪的时候，多少显出了对自己怀才不遇的无奈，在这种无奈所产生的逆反心理作用下，诗歌就很容易充满着放荡不羁的任性，所以，"月光长照金樽里"也好，"人生得意须尽欢"也好，我们都不能解释得太具象，如果将其完全落实到人生的具体操作层面上来理解，那就很容易遮掩了蕴含其中的积极意义。

只有将审美的坐标提得高一些，视野才能拓展开来，也才能够体察出诗中那种浪情而有则、亲切又神秘的美学特征：世事如此，人难以永攀明月，明月却可以长与人随行。如何才能改变明月长存不变、人生倏忽短暂的无奈，唯有以自我的意愿为基础，调动自身的主观能动性，活在当下，珍惜点滴光阴，在时光流逝中把握人生真谛，才能在瞬间追求到永恒。

思绪飘得太远了，赶紧收回来。

时间已经不早，那当空的月亮，无论从河边的哪个方位观察，都能从水里看到它完整的倩影。我抬起脚步，沿着河边的石栏来回走了两趟，从不同的角度观赏水里的天空，然后便离开了水中的月亮，头顶着当空的那轮明月，回到了自己的小院儿里。

打开大门，整个小院儿被皎洁的月光灌注得满满的。周边的樱桃、柿子和石榴树的浓密树冠，还有门后那一丛毛竹，全都沉浸在月光所营造的温馨之中，好一派幽美纯净的氛围！置身其中，让人有理由相信，所谓的物华天宝，本来就不是指单一的物质品性，它应该是天地万物达到高度和谐兴奋的状态，让融入其中的人，体验到的是一种全方位全身心的美妙。

沉醉了片刻，举头四周观看，大叶的柿子树，树叶在月光下显得越加丰厚饱满，那枝杈中的一颗颗微黄的大柿子，在树叶的掩映下，与月光遥相辉映，朦朦胧胧中若隐若现，给人一种如梦如幻、扑朔迷离的美感。石榴树上的红石榴，白天在强烈的阳光照射下，抖擞着精神争红竞艳，到夜晚估计都有些累了，再也抵御不住月光的温柔，一颗颗都收敛起凌厉的容妆，尽显慵懒之态，恣意地享受着月光的抚慰。还有门后的那一片毛竹，在月光浸润下，犹如一幅鲜活的水墨画，我打开手机里的拍照功能，试着从"竹林筛月"的角度拍了张照片，下载下来一看，还真是有点水墨翠竹的意境。

人们一直以为，月亮不同于太阳，它的光是没有颜色的，以至于词典在解词释义的时候，把"月色"就解释为"月光"。可中秋的这个夜晚告诉我，月光也是有颜色的，所谓的月色也是多姿多彩的。

……

这是一个令人难忘的中秋之夜，沐浴着月光，观赏了月相，在欣赏过小院里的月色之后，怀揣着内心的充实和丰富，我打开推拉门，走进客厅前的门廊里，在藤椅上坐下来，开始换拖鞋准备进屋休息。可当我俯下身子的时候，忽然发现，天空中的月亮，透过推拉门的玻璃，映射到了门廊地面砖的光影里，带着微微泛红的色润，安然而含蓄。

我不禁一阵惊喜。

啊，这中秋的月亮，与人相随，形影不离，陪我结束了散步的里程，又相伴着在小河边来回徜徉，最后跟进了小院儿里，又走进了门廊。我明白了，她注定要印在我的心里。

"海上生明月，天涯共此时"，我在默念着张九龄的这两句诗，想象着处在不同时空中的亲人和朋友，他们肯定也在寄望着这同一个月亮，在相思相念中体验着人生的美好时光。

社会在发展，交通与通信的高度发达，为"团圆"提供了更多样化更富现代意义的渠道与方式，那种"情人怨遥夜，竟夕起相思"的月光式牵挂已经不存在了。

在交流如此及时便当的环境里，无论是相聚一起还是相隔两地，只要彼此都在对方的心里，就会体验到人生的充实与甜蜜。

感受严冬

生活不但需要用心经营,更需要认真感受。

就我们所在的这个地球来说,无论是莺飞草长、鸟语花香的阳春,还是寒风呼啸、白雪飘舞的严冬,作为一种季节现象,其中都蕴含着大自然对人类的慷慨馈赠。生活在其中的人们,只有及时去领略与感受这难得的季节风情,才不会辜负自己的人生。

换个角度说,一年四季日月轮回,自然界幻化出的景象层出不穷、多姿多彩。春风、夏雨、秋霜、冬雪,品性虽各有不同,然而你只要静下心来,真正融入其中,就能切身地体验到它的神奇魅力;只要用心用情地去感受,无论春夏秋冬,都能营造出人生的美丽风景。

相反,如果只沉迷于风和日丽、鸟语花香的环境,而对严冬酷暑失却了自我调节的适应能力,生命就容易越来越缺乏张力。特别是一到冬天,许多人很容易用东拼西凑的"医学知识"编织成厚厚的外套,把自己严严实实地包裹起来,畏寒成习;就连一些血气正盛的年轻人,也习惯了躲进空调房,窝在暖融融的环境里懒得出来,躲寒成癖。

远离酷暑、躲避严冬,俨然成了现代人自鸣得意的生活选择。诚然,不断提升生活环境的舒适度,是社会发展进步的重要体现,随着科技水平的不断提高,人们追求一种没有冬夏、四季如春的美好世界,也是可以理解的。然而,如果这一切都以躲避自然来作为代价,它对于生命本身,喜耶忧耶,却真的很难说。

没有了对大自然四季变幻的切身体验,生命的感受自然会变得越来越单薄,人生的记忆也会越来越浮浅。这就如同吃饭,你将一日三餐全都变成了叫外卖,生活便捷舒服了,但对生命本体而言,却毋宁说是一种恶性消费。因为只顾饱食终日而忽视了自我的锻炼调节，久而久之，在惯坏了肠胃的同时，人体的各种机能也会慢慢变得愚钝麻木。

实际上，四季的变化与各种生物之间，在矛盾对立的表象下，体现的是生命与自然和谐统一的规律。从直觉的意义上说，我也喜欢春暖花开的时节，然而理性又会告诉我，无论严冬还是酷暑，都能让人的肌体在自我调节中得到必要的锻炼，换个角度说，它不但能提升人的生命力，也能从本质上开拓生命的深度与广度。

明白了大自然的良苦用心，你才能用良好的心态来迎接每年的"三九"与"三伏"，进而满怀乐趣地去感受它独特中蕴含的可贵之处。

拿当下身处的这个冬季来说，除了少许的"极寒"天气之外，我以为整体上还算得上是善解人意而又充满着浪漫情怀的。不说别的，小雪节气一到，初冬的雪花就飘零而至，带给人们的是多年少有的惊喜。入"九"之后，基本上是半个月下一场雪，虽然不是很大，但也称得上"飘飘洒洒漫天遍野"。

在我的意识里，冬天的雪是上天对大地表示爱恋的一种浪漫仪式。特别是在我们生活的这片齐鲁大地上，能欣赏到天地之间这种情真意纯的爱情演绎，往往是可遇而不可求的事情。所以，一遇雪天，我便会拿着手机冲出家门，兴奋地去赏景自拍：于飘飘洒洒的氛围中，感受那雪花飞舞的妖娆多姿；在纯白无瑕的世界里，观赏那惟余莽莽的宏阔壮烈。

当然，近年来，冬天里雨雪稀少成了一种常态。面对平日里萧瑟清冷的气候，我也绝不会消极地终日躲在温暖的房间里，而是会满怀兴致地去寻求时机，走出家门感受它特有的魅力。

白天自不必说，即使是晚上，只要不刮大风，看过新闻联播，我就会穿上衣帽连体的羽绒服，从头到脚把自己武装起来，嘴里哼着"三九严寒何所惧，一片丹心向阳开"的曲调，出门围着大院的外环路，迈开大步去丈量地球。

深冬的夜晚，那寂静中所蕴藏的无尽魅力，你不深入其中是永远感受不到的。没有春回大地时万物勃发的灵动，没有炎热夏季里的林中蝉鸣、水里哇声，就连路边衰叶杂草里秋虫悲凉微弱的叫声，也早已消逝得无影无踪。一个人行进在夜色里，除了鞋底摩擦地面的声音之外，几乎听不到任何的动静。在这样的环境里，你才真正能领悟到什么叫万籁俱寂。

在近于纯净超然的境界里，人对自我生命的存在状态，体验得真切而又细微。

静夜中，一个人，昂首挺胸，提臀收腹，甩起双臂，迈开大步，以紧走慢赶的节奏，快速前行。不一会儿，就能感觉到双脚下生发出两股热气，自涌泉穴盘旋出发，顺着双腿内侧徐徐上升，到会阴处汇合之后，直灌丹田，与从背后冲过来的命门之气相拥而吻，缠绕着、扭动着，以激情难抑的状态升腾而上，迷漫开来，灌注进体内，让人感觉到全身的热力都在攒动，把夜的寒冷驱赶得远远的。

随着身体动能的不断提升，人的思绪也变得格外敏捷。特别是头顶那澄澈明静的星空，使寒夜的苍穹变得幽深悠远，促动着思维超越时空地恣意发散，招引得四面八方的陈年记忆纷纷汇聚到脑海里。其中最清晰最生动的，则是小时候鲁南农村的寒冬，夜晚捉迷藏、打螽贼的游戏。

身处现实的静夜，回忆着儿时的冬天里那一幕幕生动的情景，你才真正能够体验到老子所说的"大音希声、大象无形"的生命境界。

20世纪五六十年代，冬天好多人家连个火炉也没有，在屋里冷坐着，还不如出来活动着暖和。年轻人要靠生命的火力来抵御严寒的袭击，所以就创造出了多种多样的游戏。首先是打螽贼，类似于现在打保龄球的思路：找一些砖头瓦块或者小石头，前后左右按照一定的间距摆起来，在十几米开外固定一个地点，大家轮番着投石进行撞击，撞上不同方位的目标，便能获得相应的分数，如果能一下子使最远最中间的目标中枪，就会取得决定性胜利。

这样的一种比赛，说起来很简单，可当年玩起来，比真正的保龄球比赛还有意思。

还有一种游戏叫"打蛋烧腿"，属于更加激烈的对抗赛。小伙伴们凑齐5个人，一商量，每人回家拿一根推磨用的木棍出来，找个地势平缓的地方，划一个三四米见方的方框，在四个角上挖好小坑。一开始，大家先猜拳决胜负，最后输了的站在中间，类似打擂者。其他四位每人占领一个坑，把木棍的一头插在坑里，以木棍作半径，便形成了自己守擂的阵地。

游戏开始，打擂者用木棍击打一个鸡蛋大小的石子也即"打蛋"，这石子碰到谁腿上就算谁输，必须马上和打擂者换位置。为守住自己的领地，守擂者不但要躲避石子的攻击，还要及时将打过来的石子拨到别人那里去。但当你拔出木棍拨石子的节奏慢了，你的坑被打擂者占了，也算失败出局。所以，游戏玩起来不但需要身手灵活，更需要头脑的机智。再冷的天，不一会儿大家都会浑身冒热气。

随着年龄的增长，特别是上了中学、当了民办教师之后，严冬里的记忆自然就有了新的形式与内容。包括后来离开家乡上大学，毕业后参加了工作，在几十年的人生旅途中，随岁月流变、风雨兼程，任霜雪侵蚀、人世沧桑，那寒冬中所留下的或深或浅的步履，都依然在头脑中保持着清晰的印迹。

沿着历史的步履去回忆人生的过往，追寻那每一个冬天里的故事，依然都是情韵独具、意味深长的。这其中最为难忘的，还是当年参加工作队住在大山深处的那个冬天。

那是"农业学大寨"大搞农田基本建设的年代，冬季里，正是修渠垒坝的好时机。上级强调，不但要把冬闲变成冬忙，而且要求每个大队都要形成人喧马啸、热火朝天的局面。当时提出的口号是："早起四点半，地里两顿饭，中午不休息，晚上加班干"。带有极"左"色彩的思维模式，以挑战人的潜能极限的政治强权，人为地创造着当年那个改天换地的不寻常的冬天。

强烈的宣传攻势，在打破山村冬夜里沉稳梦境的同时，也极大地激励起我作为工作队队员的积极性。晚上，从承包的自然村回到居处的小院里，每天都是在零点之后，收拾洗漱好睡下，被窝刚暖和起来，就又到了自己定下的起床时间。因为按上级要求四点半村民们就要出工上山，我当然不能让社员们在冬夜里抡镐挥锹，自己躺在被窝里睡大觉。要想做出表率，他们凌晨四点半出工，我就必须在四点之前起床，因为工作队住的那个小村，与我负责的那个村庄之间，还有近半个小时的山间路程。

我们进驻的那个大队，下属四个自然村，全都坐落在山坳里，四周被大大小小的山峰包围着。特别是到了冬天，当你看到太阳从山顶露出脸来的时候，差不多就已经到了上午十点钟。所以，暂且不说太阳落山夜幕降临到零点睡觉这段时间有多长，就是从四点起床开始算起，到迎来山头上太阳光芒的初现，就足足有五六个小时的时间。所谓夜的漫长，只有走进这些深山的村落，你才能有切身的体验。

在那个难忘的冬天里，修渠垒坝造梯田，大多数时间都是顶着夜幕在干。连续的夜战，使人们每天最盼望的，就是那山头上露出的太阳。上小学的时候，我就记住了课文里的一句话，叫"太阳露出了笑脸"。老师当时说这是一种形容，理解它必须在心里进行形象的转换。然而十多年之后，当我由少年成长为青年，来到了层峦叠嶂的大山深处，才真真切切地感受到，"太阳的笑脸"在严冬里根本不算什么拟人，她一出来，真就是满面笑容的。她不但能给这个世界带来光明，还能给人们带来温暖。虽然大山深处的太阳出来得很晚，但只要她一露出山头，整个世界都会喜笑颜开起来……

正是因为有着当年山村里的寒冬经历，所以我对城市里的冬天从来都少有畏惧的心态。而且始终执拗地认为，那种躲节气去暖和的地方租房过冬的候鸟式避寒行为，实际上是无益于身体健康的。

寒风叠雪饰冰凌，我自岿然不动。立足于齐鲁大地上，热情地迎接三九严寒，从容深入地去感受，你才能够体验到它蕴含其中的无限魅力。这魅力，不但体现在冬夜中万籁俱寂的神秘生命的质感中，还包孕在清晨中那初升太阳的极度温情里。

只要天气晴朗，就是温度再低，我都会坚持清早去户外散步。身上穿得暖暖的，从头到脚将自己保护好。走出家门，马上就会感觉到，那清晨的空气，既是冰冷的，又是热情的，特别是对人的一呼一吸，都会报之以迅疾的反应，让人感觉凌厉而又切实，绝不应付公事。特别是气温比较低的时候，你呼出的每一口气息，它都帮着幻化成如霜似雾的朦胧形态。换个角度说，平时看不见抓不着的空气，只有在冬天的清晨，才能清晰地体察到它存在的质感。

围着大院走上一圈，从背阴处来到小河边，迎面便是刚刚升上楼顶的太阳。这时候你会有一种强烈的感觉，那就是冬天的太阳，不但温柔，也是最体贴最善解人意的。

面对着太阳往前走，会感觉到满满的温情，暖暖的、柔柔的，逐渐在往内心里渗透。你如果停下脚步，与太阳来个对视，那平时凌厉刺目的光芒，这时也全都消融在乳黄柔软的光晕里，那光晕如梦如幻，紧紧地围绕着中间一面乳白色的圆圆的明镜。假如你闭上眼睛，站在那里不动，似乎能感受到有只温柔的手，在你脸上轻轻地按揉，从鼻尖开始，逐渐将冷风浸透的麻木，变为向四周弥漫的热晕，涟漪般地向内里渗透。慢慢地，一种无迹可寻而又感受真切的温情舒畅，便会在全身弥漫开来。

啊，如此直面而又从容地感受太阳的温柔，真是生命中难得的享受。而这种缘自大自然的享受，只有在冬季的早晨才有可能！

此时此刻，我想到了齐秦的那首《大约在冬季》：

没有你的日子里，

我会更加珍惜自己；

没有我的岁月里，

你要保重你自己……

在表达极尽缠绵温婉的爱情时，歌者为什么将情感的炽点指向了冬季？我似乎明白了。

冬季，不但汇聚着"漫漫长夜"里的思念，更有对"未来日子"的憧憬。

冬天的雪，能营造浪漫的童话故事。

冬天的雨，能酝酿沉潜的人间温情。

冬天的夜，静谧中最能触动心灵的隐秘。

冬天的阳光，能让你想到世间最动情最温暖的人生瞬间。

还有，还有，很多的时刻，那份情怀，那份心境，都是其他季节很难感受到的。

不论是白天还是黑夜，暖阳还是冷风，抑或是雪的浪漫还是雨的温情，严冬里，都蕴含着感受不尽的人生。

宁静淡泊楝子树

晚饭后出门散步的时候,我习惯先到小河边看看风景。从小院儿门口去河边,要经过一片草坪养护的缓坡,那里栽有十多棵楝子树。

春天里从树下经过,闻到的是淡淡的花香。到了夏天,花香没有了,但那浓密葱郁的枝叶里,开始伸出一簇簇的楝子豆,像极了没有成熟的小粒葡萄,让人在视觉上产生一种审美的遐想。

每当看到楝子豆那碧绿点点、精神抖擞的模样儿,我便会联想起小时候老家的两棵楝子树。

我出生的那个年代,农村里正在大搞互助组、合作社运动。依据当时的情况,我们家的土地不算少,但还够不上划为"地主"或者"富农",所以,在农业合作化运动中,我们家将大部分土地划归合作社以后,还是留下了几分自留地用以种菜。这也是当时的政策,只要不是地主、富农,一般农民都是可以有少量自留地的。

我们家的自留地,就是原先自己的一块菜园,在村东口的大路北侧。

菜园里有一口水井,从井口处的苔藓来看,那井已经有些年头了。高高的井台上,长年架着一副辘轳。那时的农村还保持着纯朴的风俗习惯,井和辘轳虽然是我们家的,但长期以来供大家共同使用。附近不论谁家的菜园要浇水了,也用不着打招呼,脱了鞋走上井台,摇起辘轳就可以浇地。

也可能是为了烈日下摇辘轳的人有个遮挡吧,在架着辘轳的井台旁边,栽着两棵楝子树,而且无论是从树型还是从品像上看,都是属于比较优质的一类。树干挺拔,高达十多米,树冠蓬松、枝叶浓密。

在鲁南的农村,人们对楝子树的崇尚,主要是它的谐音可以让人联想到"恋子""连子"之意。在当时,农村里有条件的家庭,在给儿子娶媳妇的时候,大都会用楝子木来做新床，不但木质好、不招虫蛀，更暗含着对多子多福的美好期盼。

"恋子"期盼的是早生贵子，而"连子"那当然是希望连着生儿子了。有这种世俗心理所承载的文化意识作基础，我们家井台边上那两棵楝子树，在人们心中的位置就可想而知，无论谁来摇辘轳浇园，都会非常注意对它们的保护。

我懂事之后，特别是后来学了点文化，还曾经想过这个问题：我的先辈们，为什么不像有些人家那样，在近水的井台旁栽植上桃树或者杏树什么的，那多有现实价值呀，每年都可以摘子吃。

思考后，我是这样认为的：我的前辈之所以栽植两棵花不鲜艳果不能吃的楝子树，与家传的文化理念有直接的关系。太远了我无从了解，从我的曾祖父那一辈开始，就我所听到的家道、家学与家风方面的故事，大都体现着尚德崇美的家庭文化观念。

举一个例子，到我上小学的时候，我们家还一直保留着专供举办婚礼使用的一些物品，譬如放在新媳妇床头的"等秤"，蒙在新媳妇头上的"蒙脸红子"，挂在大门上的"红绸子"等，据母亲说，再早的时候，还有新媳妇带的各种头饰，可以说应有尽有。小的时候，本村和附近村庄办喜事的人家，都会来我们家借这些东西。等喜事办完了，把东西还回来的时候，他们往往都要给两个喜馍馍作为答谢，所以，农村结婚的喜馍馍，我小时候真的是没少吃。

一个家庭的家训家风，不但能充实家学的渊源与传统，而且会影响后代的性格养成甚至是思维习惯。特别是筹划未来家族发展的时候，在人生价值的判断上，肯定是要受家道传统影响的。譬如我爷爷开始学着为乡邻把脉看病，并让我伯父去私塾里读"四书五经"，包括置办一些供乡亲们办喜事用的礼俗道具等。应该都是出于一种乐于善道、敦于德行的文化价值理念和思维习惯。

遇上种树置业这类的事情，涉及一个家庭的未来走势，自然就更不会被吃个鲜果解个嘴馋这种急功近利的价值观所左右。而楝子树无论从材质还是从本身蕴含的文化含义上，都包孕着人丁兴旺家道繁盛的进取意识，为了"十年树木百年树人"的长远利益，前辈们选择楝子树栽植于自家的井台旁，就丝毫也不奇怪了。

除了楝子树之外，在那片菜园里，围着井台还有其他比较稀罕的植物和花草，像高秆儿的金针等。除此之外，就是平时吃的辣椒、茄子、豆角等家常菜了。到了春末夏初的时候，菜园里的许多高棵矮植开花结果了，就会引得蝶舞蜂飞。这时候，奶奶每天都会领着我去小菜园，在那里玩一会儿，顺便摘些豆角茄子的带回家。

我小学毕业的时候，读到一篇《从百草园到三味书屋》，写鲁迅在自家的"百草园"度过的童年时光。我当时就想，我们家可没有那么阔，要回忆与花草树木结缘的童年时光，那架着辘轳的井口和旁边长着两棵楝子树的小菜园，就算是印象深刻的了。因为每每读鲁迅这篇文章，我的头脑里都会浮现出这样一幅画面：

夏天到了，楝子花盛开了。奶奶领着自己的大孙子，到东坡小菜园的井台边去看花草、捉蝴蝶。离小菜园还有十多米的时候，那淡淡的楝子花的香味便会飘过来。孙子望着井台旁正在盛开的楝子花问道：

"奶奶，那是什么树啊？"

"那是楝子树啊。"奶奶回答。

"楝子树是干吗的呀？"孙子又问。

"楝子树啊，等我大孙子长大了，娶媳妇的时候，好打床啊。"

"娶媳妇干吗呀？"

"娶媳妇啊，好给你做饭、生儿子啊！"

……

娶媳妇、做饭、生儿子，这些人生景象，在孩子的心灵里，未免还是太遥远的事情，那其中包含的内容也太复杂，孙子理不出头绪，只好停止提问，祖孙就这一主题的对话才会告一段落，进而转到别的更有兴趣的话题上去。

伴随着幼小心灵中一直未被解开的疑问，井台旁的那两棵楝子树，年复一年的生长着。随着季节的更替，它春天开始抽枝发芽，谷雨前后天气一热便会开花，那花香可以持续得很长，到了炎热酷暑，楝子花才逐渐地凋谢。可是过不了几天，你就会看到一簇簇碧绿的楝子豆，从繁茂的青枝绿叶中伸出来，经阳光一照，油绿烁亮，让人有一种很神奇很好玩儿的感觉。

随着秋季的到来，天气逐渐转凉，秋风开始扫落叶了，楝子树的叶子也和其他树叶一样，开始变淡变黄，逐渐地随风飘落。然而，直到那树叶全掉光了，那一簇簇的楝子豆，还依然会顽强地挂在树枝上。

到我四五岁和其他的孩子一起捉迷藏、做游戏的时候，便开始认识到楝子树并非毫无用处。那盛开的楝子花，可以做成花环，套在狗或者羊的身上，不但好玩儿，还能防止蚊蝇对它们的骚扰。那黄黄的楝子豆，作为弹弓的"子弹"，既圆滑，又坚硬。当大家都去井台旁的树底下捡拾楝子豆的时候，我心里便充满了自豪感。

可以这样说，我家的两棵楝子树，为当年没有什么玩具可玩儿的农村孩子，提供了能充分施展自身想象力和创造力的花、果素材，在装扮孩子们快乐童年的同时，无形中启发着他们的心智潜能。

可惜的是，到了"文化大革命"时期，生产队里要收菜园、填水井，水井旁那两棵楝子树，自然也就给砍掉了。从那时到大学毕业参加工作，我几乎再没看到过楝子树，也很少听到有人提起。

直到去年搬到新宿舍之后，小院儿的旁边有一片楝子树林，我才真正认识到楝子树的价值，体验到它在生活中的意义。

春末夏初，每天晚饭后出去散步，只要走出大门，就能闻到一阵阵的清香，哪里来的？慢慢地才弄清楚，是来自那片楝子林。白天的时候，没有人注意到楝子树开花的情景，因为它花朵很小，白里透紫，而且躲在繁茂的树叶里，静静地开放，毫无招摇之态。但那香气却是很特别的，尤其是到了夜深人静的时候，会变得清香阵阵，淡然悠远。香味里没有丝毫的招引之气，却又能让人心仪流连。

我开始对楝子树产生了兴趣。

查阅有关资料显示，楝子树属于落叶乔木，从物质品性上说，它材质优良、纹理细腻美观，坚硬适中，易于加工，品相好，抗虫蛀，是制造高档家具、木雕、乐器等的优良用材。而且它的花、叶、根、皮均可入药，特别是楝子豆，又称金铃子，具有疏肝泄热、行气止痛的效用。

更让我惊异的是，从楝子树的叶子、树枝、树皮和果豆的皮肉中分离提炼出来的楝素，可用以生产牙膏、肥皂、洗面奶、沐浴液等，而且楝子豆的种子还可以用来榨油。

原来，平凡无奇的楝子树，浑身上下都是宝。

而且，除了物体品性上的高尚，楝子树在精神文化层面上，其素质内蕴更是沉潜丰厚。依据我国古代文献记载，楝子树是季节转换中"二十四番花信风"的标志，它的花期，有着标示春夏交替的意义。

所谓"二十四番花信风"，是农历节气的一种分类说法。我国古代以5日为一候，3候则是一个节气。每年的冬去春来，从小寒到谷雨共120天，有8个节气。按照一个节气为3候来计算，那就是24候。根据记载，每一候都有一种花卉绽蕾开放，于是便形成了"二十四番花信风"（所谓花信风，即是应花期而来的风）之说。

根据南朝宗懔《荆楚岁时说》记载，二十四番花信风，"始梅花，终楝花"。小寒开始，寓意着冬去春来了，首先开的是梅花；到谷雨，春将结束夏天将至的时候，楝子树就开始开花了。楝子树的花一开，以立夏为起点的夏季便来临了，所以说楝子花具有标示春夏交替的意义。

除了季节标志的意义，民间更有"凤凰非梧桐不栖，非楝实不食"的传说。古代还有"蛟龙畏楝叶五色丝"的记载，进而形成了楝叶可以缚蛟龙的传说。龙、凤本来就是古代创造的图腾，是人们极尽神化的形象，而能与这两个传说中的灵性之物结缘的树种，它的蕴意该有多深刻，文化价值该有多厚重，足以想见！

是的，楝子树是物质品性优良、精神品格靖嘉的树，特别是对它那种宁静淡泊的品性，我产生了止不住的景仰之感。

一年四季当中，楝子树从开花到结果，是时间延续最长的树种之一。它的花朵不大，细密地点缀在枝叶之间，芬芳微微，清香悠远；花谢之后，那一颗颗的楝子豆，犹如礼花绽放般抛撒于枝叶间隙里，不事喧哗，独守宁静。到了秋天，秋风扫落了所有的树叶，唯独楝子豆挂在树枝上，慢慢地变淡、变黄，甚至到了寒风凛冽的冬季，它还能坚毅地挺立在那里，成为肃杀的气候里一道别致的风景。

想想楝子树那份内敛中的坚韧，才能真正洞悟宁静淡泊的真正意义。楝子树之所以甘于眼前的寂寞，是因为志存高远；它的本真价值，与即时性的功利没有丝毫的关系。

我欣赏楝子树的姿态，敬重楝子树体现的价值观，心仪它创造的四季风景。

春夏之交，河边的傍晚，明月初上，沐浴在楝花风里，有点儿陶醉，有点儿迷恋，有点儿依依不舍。

更加怀恋与向往那令人心醉的日子。

老家养过的两条狗

气候变化无常，不知什么时候衣服穿得少了，受凉引起了感冒。身体疏懒，百无聊赖，什么也不想干。上网搜个电影看看吧，无意中搜到了《卡拉是条狗》，第六代导演路学长的作品。

这个电影放映时我只了解故事梗概，但是始终没有正经看过，这次正好系统地看了一遍。

影片通过一位人称"老二"的机床厂工人与一条杂种狗"卡拉"的故事，从俗常生活的视角，透视出小人物在现实生活中的卑微与无奈，让人真切地感受到，表面上昏沉麻木、无聊暧昧的低贱百姓，其实也是渴望本真的人性尊严的。

作品意欲展示的内在思想，主要是通过人与狗的情感所衍生出的一系列情节表现出来的。创作者对人性探讨的不俗之处，是选择俗常生活中狗性在人性实现中所起到的作用来构建叙事结构的。所以，我一边看着视频，一边联想到了记忆中老家曾经养过的两条狗。

我们家原先的老宅子是临着大街的，那不大的小院子，坐落在村东头的东西大街北侧。在我的记忆中，老家养的第一条狗是一条活泼的黄毛公狗。在从小狗长成大狗的那一段日子里，面对家里的每个人，它为了感情投资可谓将狗性发挥到了极致：时时处处都能够让家里每一位成员感觉到人与狗之间那无言的交流，内心里感到充实，充满温暖甚而感动。自然而然的，养狗看家护院的目的就退居到了其次。

不过，随着狗的个头越长越大，它便不满足于与家里的人交流，开始走出大门显露出调皮的品性。特别是农村不忙的时候，人们在饭前饭后喜欢走出家门，蹲在大街两旁的门槛上或者蹲在路边聊天。每当这时候，我们家那条狗也会匍匐在门口，微眯着那富有灵性的双眼，东瞅瞅西望望，佯装出一副安稳沉静的模样。然而只要有陌生人从大街上走过，不论是干什么的，它都会即刻将两条前腿立起来，嘴里发出"呜呜"的声音，向主人显示着自己时刻都未放松防止外人侵袭的警惕性。

在观察人的相貌和动作方面，这条狗就好像有一种天生的灵敏意识似的，见到骑自行车的人，它就认定是远道而来的生人。凡有骑车者从大街上路过，它立刻就会躬身吠叫。而且为了显示自己的能耐，很多时候还会先不动声色地蹲在那里，单等着骑车人走出一两百米之后，才像离弦之箭似的猛追上去，直吓得骑车人从车上跳下来，它才转身慢慢地颠着碎步回到原先的位置。

在我的印象里，这条狗虽然调皮，但是先前从来都没有真咬过人。每次追自行车的时候，只要骑车人跳下车来，当然更多的时候是被吓得连人带车摔倒了，它就似乎达到了目的，以为自己取得了胜利，即刻带着得意的神情转身返回。

因为这条狗从来不会真咬人，所以就没有人在意它的所作所为。而且不论在什么情况下，它都非常听话，即使是在冲着生人吠叫，只要有我们家里人在场，断喝一声，它便会老老实实地匍匐下来，就像知道自己犯了错误一样，过一会儿便夹着尾巴藏到门后去了。

这条狗的乖巧可爱，是东街上的人有目共睹的。

然而，再好的狗性，也是搁不住宠惯与放纵的。时间一长，街面上的一些半大调皮孩子，精力过剩无处发泄，就开始用挑逗狗的方式取乐。看到有外乡人从大街上路过，特别是骑着自行车的，本来已经走过了好远，这狗在那里趴着也没打算显摆，可在几个调皮孩子极力地起哄挑逗下，它便登时精神抖擞，像离弦的箭似的朝过路人飞奔而去。

狗也和人一样，特别是阅历浅、经事儿少的，它的性格是经不住宠惯的，如果长时间地放纵，慢慢地它真得就忘了自己是谁。终于有一天，在大街上众人的怂恿下，我们家这条本来不咬人的狗，竟然下口咬人了，把一位别人家来走亲戚的客人给咬伤了。

这下子惹恼了我母亲。

母亲是一个好强爱面子的农村妇女，在我们家，有别于人们通常理解的严父慈母的角色规律，在兄弟姊妹那里，父亲的威严来自他从来没动手打过任何一个孩子，气极了也只是高声断喝一声，时间长了大家对他反而更加敬畏，怀揣着一种测不到底的感觉，就不敢轻易试水；相反，除了我之外，母亲气极了的时候，无论逮住谁都会动手，她又不舍得狠劲儿打，只是打几下出出气，时间一长，反惹得兄弟姊妹谁也不怕她，在她面前没大没小的，什么也敢说、啥嘴也敢顶。

说母亲从未动手打过我，这话严格地说也不完全准确。只是在我很小的时候，我朦朦胧胧记得，姑姑家大表姐打坏了一个什么东西，把责任推到了我身上，奶奶和姑姑可能觉得我不懂事，这样更容易平息事端，所以，就默认了表姐的说法。可我母亲不干了，可能是为了表示抗议吧，她便狠下心来"大义灭亲"了一回，守着奶奶打了我两巴掌。你想想，全家人的宝贝疙瘩，一下子挨了巴掌，不但弄得姑姑很没面子，而且肯定会使奶奶心疼好多天。

母亲这一负重而不忍辱的刚强个性，致使她宁愿采取有点残酷的方式，也要为自己的孩子夺回清白与尊严。这种自我戕害式的行为，使当事人很难堪，但却具有无可取代的警告力度。也可能正是由此，才使母亲一辈子都始终立于令人敬重的平台上。后来慢慢懂事了，我心里也就越来越清楚，落在我身上的两巴掌，一直疼在母亲的心里。因为从那时直到我长大成人，她不但再没动过我一手指头，而且对我连一句重话都没再说过。

亲情的事有时是很难揣摩的，母亲越疼我，我就变得越听话，越不像弟弟妹妹似的在母亲面前那么随意。因为敬佩她的勤劳、刚强、不服输，直到她年迈了，我也年逾花甲了，我们母子之间依然以对方为骄傲，只是从来不说，深藏在心底。

你想想，母亲这样一种性格的人，当自家的狗咬了别家的客人，她是不会视若无睹、不作任何表示的。事情出了之后，母亲先是拿着东西去邻居家看望，回来后便用绳子把狗拴起来，系在大门后的老槐树上，抽了根粗粗的高粱秸，狠狠地把它教训了一顿，而且饿了它一天才放开。

受到了这次惩罚之后，这条狗变得老实了许多。许多的事实都足以证明，动物特别是狗这样的灵性动物，不但有意识，而且有很强的记忆力。所谓"狗记千、猫记万"的俚俗谚语，确实是人们生活中实践真知的总结。有了这次教训，有人再怂恿这条狗去追车咬人，它便变得不那么冲动了，有时候刚把两条前腿抬起来，就忽然像意识到什么似的，马上转身看看有没有我们家里的人，试图得到一个应允，只要听到有人批评它一句，它就会很老实地走回家去。

农村里养狗，更多的是为了看家护院。所以，一个时期里，村外的狗成群，众多的狗聚在一起，往往就会为了某个矛盾打起架来。譬如看到坡里的一只野兔，大家争相去追，十有八九追不上，回来后，就会互相埋怨打起群架来；再譬如几只公狗为了一只母狗，争风吃醋，也会相互撕咬起来。更多的时候，是小孩子们没事干了，就会怂恿自己家的狗去和别人家的狗打架，打着打着，便会酿成一场狂吠群咬的激战。

我们家的那条狗，原先不但白天招人喜欢，黑夜里打狗仗更是始终保持着凌厉之势。不论什么时候，从来没有输过。正因此，一些没事干的"半吊子"（或者也可称为"二百五"），晚上蹲在大街上抽烟闲侃得无聊了，往往会以挑逗它去找狗打架为乐趣。而狗虽通人性，但毕竟是畜生。国外科学家曾经有过研究，认为动物特别是狗，实际上有些时候和人一样，是有思维的。它与人本质上的区别，是在于人能自我反思，而狗则不会反思，换个角度说，狗不懂自己思考的逻辑，它关于对错的判断，基本上是在直觉的过程中完成的。这一特点所形成的冲动性思维，表现在行为上便是你一怂恿，它就冲锋。

我不知道主人的惩罚会给狗的直觉行为造成多大的影响，反正在后来的几次群狗混战中，我们家那条狗依然有止不住的参与冲动，然而在打起来之后，又肯定丧失了原先那种凌厉的进攻性，在战斗中便处在了劣势地位。我之所以得出这样的推论，是因为后来经常在早晨见到它满身伤痕的样子。最严重的一次，后大腿的外部被咬了很大的一个伤口，好长时间都没有痊愈。

我本质上属于一种悲天悯人的性格，无论对人还是对事，往往会极度关心与倾注于具体的状态与细节，这种性格特征所产生的柔情悱恻的意绪，往往会衍生出一种优柔缠绵的心态，致使关键时刻能够做到设身处地，能表现出肚量上的义气、性情上的大气，但总是缺乏决断上的硬气。面对任何人，无论在什么情况下，都很难表现出生冷刚硬的一面，对狗自然也是一样。

我们家那条狗的灵敏乖巧，首先俘获的就是我的心。因而每当它咬了人的时候，明明知道它犯了大错，那心里的天平还总是会朝着情感的一方倾斜。不但自己舍不得下手教训它，而且在它被母亲教训过之后，看它中午没有回家，我还会偷偷地跑到村子外面去找它，拿些它平时喜欢吃的东西喂它吃。

特别是后来在它打群架被别的狗咬伤之后，我只要看到它，心里总是会升腾起一种略带忧伤的怜悯情绪，看它躺在麦秸垛边上晒太阳，马上就会感受到它的孤独与无助，不论多忙，也会不自觉地蹲下来陪它一会儿。当时的情景，包括狗的神态和我的心态，直到现在回忆起来都历历在目。那是出于对生命的爱怜与疼惜，还是出于一种由情感脆弱而造成的内心软弱，我说不清楚。究竟如何认识这种软性情感之于人生方面的利弊，我至今都觉得很复杂，很难分析。

对这只公狗的记忆，就到此为止了。后来它的下落如何，也可能是我不愿意在心里留下什么印迹吧，反正是现在一点也记不起来了。

初中毕业之后，我们家在村后盖起了新房子，全家人都搬到了新家去住。新家的后面就是田野，没有人家。在一个大大的院子里，除了四间堂屋和三间东屋之外，再没有别的设置。所以，为了居住安全，搬到新家之后，我们家又养了一条狗。与原先那条狗不同的是，这是一条皮毛略带棕色的脾性沉稳的母狗。

有关它的情况，我在《四十不惑》这本书里有所涉及。

那时我在离家三里多路的龙阳中学上高中，每天走读。自从养了这条狗之后，我每天黎明时分出发，全家人都还在睡梦中，这条狗每次都会尾随着我挤出大门，跟我到家后边的小路上，然后才摇摇尾巴蹲下来，目送我走上通往学校的大路。下午放学回家，这条狗会跑出很远迎接我。

我记得很清楚，有一次，学校决定开展一周的学农活动，我们来到了离家二十多里地的龙山脚下住了一个星期。缺少了与狗之间那种早晨分别晚上相会的"仪式"，心里一时觉得空落落的。那几天感觉时间过得真慢啊，真盼望着能早点回家，去感受人与狗之间那种充满温情而又心照不宣的交流。

在外面住的那一周时间，狗成了我的一份最放不下的牵挂。也可能是一种说不清的神秘或者巧合吧，学农活动结束回来的那天，我匆匆忙忙往家里赶，走到离村子还有半里多路的时候，竟然看到我一路上都在想念的那条狗，远远地跑过来了，难道在它的意识里，也有与我相同的思念？

在高中毕业回乡劳动的两年多里，我在担任民办教师的同时，还兼任着大队团支部的主要职务，每天都工作到很晚才回家。无论时间多晚，只要推开大门，狗都会准时地守在门后等着我。在漆黑的夜里，它会乖巧地在我身边打转，用鼻子从脚下慢慢地往上嗅着，一步不离地跟随着，直到我把睡觉前的洗漱等程序全部完成，走进自己的卧室里睡觉。

每天的这一番无言的交流，会给人带来难得的轻松感，使一天的疲劳在悠然的过程里逐渐消失。

无论是情绪愉悦，还是心情郁闷，这条狗好像都能感觉到似的，会恰如其分地选择或摇头摆尾，或翘尾撒娇，或低尾敛眉来与我作躯体互感式交流，慢慢地揉顺主人的情绪。

如果遇上个月明星稀的夜晚，我睡不着觉了，会拿着自己那把秦琴，来到家后面的土丘上，用弹琴的方式来打发寂静的夜晚。这时候它一定会安静地守在一边，好像对我所弹的一切都听懂了似的，一声不响地陪伴着。

可以说，在农村两年多的时间里，这条狗是我最忠实的陪伴。在我离开农村来学校报到的那一天，它好像有一种长久分别的直觉，跟随在我的身后，送了很远很远……

我相信这样的科学结论：动物的一切生命活动都是受大脑神经支配的，尽管它们大脑神经的基本活动过程只能表现为兴奋和抑制两种状态。而像狗这种灵性敏感的动物，它的兴奋、抑制的强弱程度和均衡幅度，以及兴奋、抑制之间相互转化的灵活性，一定是大大超过其他动物的。这就决定了狗的"性格"具备与人更加接近的适应性，从某种意义上说，人类能从它们身上得到更为适意的情感满足。

正因如此，我们家曾经养过的两条狗，给我留下了深刻而又难忘的记忆。

也正因如此，我对养宠物狗一时风靡于社会，从上层权贵到普通百姓无一例外这种现象，是充分理解的。从总体上说，这有益于人性更完美地实现。

然而事情总是具有两面性，养狗的行为本身也有利有弊。从总体上讲，如何评价这一问题，我觉得应该以是否促进社会文明发展为基本原则。如果只是为了满足一己之需而违背了社会文明，无论如何都是让人无法赞同的。

观看《卡拉是条狗》，在佩服作品通过狗性探求人性的深刻立意时，我多少也会产生这样的感觉。如果像"老二"媳妇那样，把养狗当成牵制男人精力防止情感外泄的手段，那不但是对人性的伤害，也是对狗性的伤害。

所以我认为，首先奠基好自身的人性平台，是健康地豢养动物的基本前提。否则，无论是通过狗性来实现人性的尊严，还是寻求自我的安慰，本质上都属于对生活现实的一种逃避。只有在构建好人与人之间关系的前提下，腾出精力再来发挥豢养爱护动物的特长，才更有利于社会，有利于家庭，有利于周围的生活环境。

至于我个人，暂时是没有养宠物狗的打算的。因为我觉得对人性的追求，首先应该体现在人与人之间关系的丰富与完善上。人间之情是值得付出全副精力去探求体验的领域，所以，如果情感上仍有较大的发挥余地，我更愿意把它放在人的身上。

善惜生命那些事儿

初冬的上午，伴着暖阳偎窗而坐，慵懒地读着闲书。

"刘校长，刘校长！"隐约听到下面有声音。

转身隔窗望去，是物业公司徐经理，我赶忙举手示意。

还没等我打开窗子，他话音又隔窗传了过来："快看看，那是只什么鸟？"

我正懵然不知往哪里看时，妻子在院子里添了句："外面窗台上。"她在一楼呢，听到了徐经理的声音，随即便走到门口去了。

我隔着窗玻璃探头向外面望去，果然发现窗台上有只鸟儿，好似鸽子，乖巧慵懒地蹲在那里晒太阳。

从形态上看，这只鸟羽翼丰满的时间不长，可能是初次离开母鸟独自飞到这里，找了一个温暖闲适的地方。也可能感觉到周围环境充盈着柔睦之气吧，无论下面说话的声音有多大，也无论我隔着窗玻璃如何转换着角度察看，它都端然不动，真是把人类当成朋友了。

看着它那文静安适的乖呆样儿，我内心里充满了柔柔的爱怜，赶紧拿起手机，从不同的角度给它拍起照来。说也怪了，我的手机已经离得够近，近得如果没有那层窗玻璃，几乎就触到鸟的羽毛了，它依然没有显出丝毫的惊恐之意。那状态，就像一个孩子，有些颟顸无知又有点儿耍赖撒娇地蹲在那里，一副你能把我怎么样的神态，漫不经心地自我消费着兴致。

这种鸟与人之间善意相处的境界，带来的感觉实在太美妙了。

大家观赏闲聊了一会儿，看那只鸟丝毫没有展翅飞走的意思，就不想再打扰它，便各自散去。我也转身坐到小桌旁，开始将手机拍下的照片下载到电脑里。静心欣赏着照片里这只刚刚长大的小鸟，思绪开始穿越时空，想起儿时那些与鸟兽禽虫相处的往事。

一、雏雀之怜

小时候，我生性老实木讷，出了名的听话。对父母除了唯命是从之外，好似就没有过为张扬自我、追求兴趣而撒泼耍赖的时候。唯一的例外，是一次为了两只雏雀，和父母进行过"冷战"，最终赢得了胜利。

我们家原来的老房子，是用土坯垒墙盖起来的。那山墙时间一长，用泥抹成的墙皮便一块块脱落下来，露出了里面的土坯。土坯间的缝隙，有些就被麻雀当成了自己的家。它们衔草在里面做窝，繁殖产蛋，一窝窝地孵着小麻雀。

如果从外形和声音上说，麻雀本不是引人注目的鸟。因为一开始上学，课文里就有以鸟为题的寓言故事，可大多都是外形艳丽、声音悦耳的，像麻雀这种形状、相貌、颜色皆平凡无奇，声音也不够婉转的鸟，几乎就没在书里见到过。

不过日常生活中，麻雀却是平时见到最多的。它们不挑环境，更没有嫌贫爱富的习性，越是草棚茅舍的地方，好似越能成为它们的乐园。所以，在农村，每天都能见到麻雀成群结队地聚集在农家小院里，在屋檐下山墙边飞来飞去。那叫声叽叽喳喳的，虽嘈杂但不刺耳。

特别是秋冬季节，每到早晨和傍晚时分，那屋山头上麻雀聚集的声画景象，作为沉寂的农家院落里最风灵生动的一幕，久而久之，就会给人一种相处成习的感觉。如果遇上大风大雨，听不到麻雀的叫声，反而会很不习惯，从内心里生出丝丝的担忧与不安。

也可能与这种生活环境有关吧，对麻雀这种鸟，虽然谈不上稀罕，但潜意识里又会生发出一种割舍不下的情绪。

正因此，一次为了两只刚刚长出细毛的雏雀，一贯唯命是从的我，与父母进行了罕见的"冷战"。

那时我刚刚上学。父亲和大伯父为了加护堂屋，准备给山墙重新抹上石灰。在清理土坯缝隙的时候，发现了一个麻雀窝，从里面掏出来两只小麻雀。

那麻雀刚刚长出细细的羽毛，乍一摆脱黑暗见到光明，眼睛还都不敢睁开，把它们放在地上的时候，双腿还有点难以直立的样子。也可能是一直待在窝里等吃等喝的缘故吧，猛然间脱离开温暖的环境，惊恐万状，不知所措。

看两只小麻雀呆钝可怜的状态，我本就多愁善感的小心脏感觉有点发颤，心想，它们的父母衔着食物飞来的时候，已经找不见它们了。多可怜啊！

所以，当在场的小伙伴们要拿这两只小麻雀去玩儿的时候，我便一反常态，和他们争执起来。

母亲见状急忙劝说："乖孩子，又不是什么好鸟，让他们拿去吧。"

我不松口。

父亲也开始劝说："这还没脱窝呢，翅膀都没长好，留着它干吗？"

我还是不同意。

见我表现出从未有过的执拗，父母都感到有些愕然。可我心里怎么想的，他们当时未必明白。

因为我知道有些小伙伴的德行，他们那胆子，比我大多了。上树掏鸟窝，下水逮青蛙，无论是雏鸟还是幼虫，拿到手里都先用来捉弄，捉弄得没兴趣了，就开始以虐杀的方式来取乐。我觉得好残忍，看都不敢看。

当时就想，这两只不能走不会飞的小麻雀，到了他们手里，那要受多少罪呀！所以不论大人如何劝说，我就是一言不发。

父母明白，我不说话，那就是从心里不同意小伙伴们把两只雏雀拿走。没办法，母亲进一步问我："留它干吗，你喂它？"

我点了点头。

"嗨，喂这东西，队里想打都打不净呢。"

母亲提到的"队里想打都打不净"的事儿，指的是那时候全民"除四害"中消灭麻雀的群众运动。

那时奶奶还在，我的手整天牵在奶奶手里，不可能到处乱跑，所以像爬树上墙捉麻雀这样的事儿，也压根儿轮不上我。有关消灭麻雀的场景，只是听别人说起过，朦朦胧胧有点印象。

很久以后，才从有关的资料上，比较详细地了解到全民消灭麻雀的具体情况。实际上，将麻雀列为"四害"之一，说它糟蹋粮食，是缺乏科学论证的一场冤案。

而为了彻底消灭麻雀,在全国城乡掀起一场群众运动,那更是有点荒诞。

不过历史就是这样,有许多时过境迁之后被认为荒诞的事情,发生的时候,却都是堂而皇之的。1958年,为了彻底消灭麻雀,政府动员全国城乡民众,在规定的日期内对麻雀实施掏窝、捕打。为了做到"彻底消灭",许多地方采取敲锣打鼓放鞭炮等诸多措施,对麻雀进行全面围剿,轰赶追杀。如此大规模地包抄,持续不断地围剿,致使麻雀无处藏身,得不到歇息,最后纷纷坠地而亡。

本来的设想,麻雀消灭得差不多了,粮食就可以增收了。可令人想不到的是,一年以后,粮食非但没有增收,各地还陆续出现了园林植物虫害肆虐的情况,有些地方的虫害甚至达到了毁灭性的程度。

惨痛的教训令人们如梦初醒,人为地去破坏生态环境的平衡,弄不好就会招致大自然的报复。

为了给麻雀正名,鸟类学家从不同地区采集数百只麻雀标本,逐个解剖验证,证明了麻雀并不是只吃粮食,而是冬天以草籽为食,春天大量捕食虫子和虫卵。七八月间啄食庄稼,但秋收以后主要是吃农田中掉落的谷物和草籽。

科学家和生物学家们的反复论证,不断地给麻雀正名提供着条件。1960年3月,毛泽东在为中共中央起草关于卫生工作的指示时,便提出了将"四害"中的麻雀换成臭虫。麻雀冤案得以平反。

在我刚刚上学的时候,消灭麻雀运动对人们思想造成的影响还没有完全消除。所以,大人们都在尽力劝说,希望我将两只雏雀让给小伙伴们,也省得在眼皮底下饿死了,怪可怜。

我呢,从小也并不喜欢玩鸟斗鸡之类的游戏,生性爱做安静的事。譬如我们家有一个大木箱子,里面盛着满满的古籍善本书,从刚上学开始,我便喜欢拿出那些绘图的千家诗翻着看,不认识字就看插图。而对其他家存的玩物,像水烟袋、鸟笼子什么的,据说都是爷爷当年的最爱,我就从来没有什么兴趣。

所以,面对着两只刚长出茸毛的小麻雀,一直以来对养鸟喂虫没有任何兴趣的乖孩子,却揽在手里不放松,这实在有些让大人看不明白。

现在想来,那实际上是我天性秉质的一次暴露,是面对弱小生命生发于内心的一种怜悯之情。对麻雀来说，我当时并无益鸟害鸟的分类意识，然而当遇到弱小的生命有可能被伤害，它们并无自救的能力时，我便马上表现出了极力保护的本能。

我想象着，这两只雏雀，离开了父母的保护，既不会走，也不会飞，果真落到了贪玩的小伙伴手里，很可能会被当作玩具来耍弄。头脑里浮现着他们平时逮住弱小动物施虐为乐的情景，两只雏雀落到他们手里的命运，我真不敢去想象。

我想着如果留下来，就有可能喂到它们长大，到翅膀能飞的时候，就能自己去找东西吃了。

在平时，我是从来不跟别人争东西的，那霸占性极强的硬话更是说不出来。特别是人多的时候，根本就没有高门大嗓地说过话。现在看到小伙伴们对两只雏雀那觊觎的眼神，我唯一的办法就是不吭声。

无论父母如何劝说，我就是不点头。最后干脆跑进屋里，不出来了。

这种不哭不闹不吭气的脾气，反而使父母不论在什么事情上都会让我三分，最后的结局只有顺着我。

实在没办法了，母亲便一边嘴里"小爹""小爹"地嘟哝着，一边从屋里找了些旧棉絮，在小篮子里给两只雏雀做了个窝。

"小爹"实际上是一句骂语，是母亲生气的时候，对我这个挚爱之子的带有嗔怪口气的宣泄。孩子不听话，她实在没办法，又不舍得打，只好违心地顺从。那怎么给自己一个台阶下呢，就产生了这句嗔怪式的骂语，也算是她心理的一种自我调节吧。

不管怎么说，两只雏雀最终是留下来了。

可话又说回来，我那时刚刚上学，哪有工夫来喂养小麻雀啊。别说平时不喜欢养鸟，就是喜欢，自己在很多方面都还需要大人关照呢，怎么能保证把两只雏雀养大。

所以，喂养两只雏雀的事情，还是要靠父母。

再说了，父母之所以主张让我的小伙伴们把小麻雀拿走，也是出于一种怜悯的心态，觉得在眼皮底下饿死了，怪不忍心的。而一旦真正留下来了，他们真的是当成了一件重要的事情，每天都精心地伺候着，盼着它们长大。

雏鸟太小，粮食粒儿是肯定吃不了的。父亲便在干活的时候，特别注意到处观察捕捉一些小虫子，有时候虫子实在供应不上了，母亲就会到瓦缸里拿几颗麦粒，放在自己嘴里嚼成糊状，然后一个个地掰开小麻雀的嘴，先把面糊放进去，然后再用麦秸沾上水，一滴一滴丢进嘴里，将麦糊冲下去。

这确实是个很细致的活儿，虽然不用多大的力气但却很费工夫。当母亲忙里抽闲做这一切的时候，我在一边看着，她偶尔还会嗔怪式地嘟哝着："你说你个'小爹'，越忙越会给大人找活儿。"

可说归说，她那精心喂养不厌其烦的举动，却是一点都不含糊的。而且随着两只麻雀越来越壮实，羽毛也越来越丰满，母亲脸上那掩饰不住的成就感，也越来越明显。

终于，小麻雀变得羽翼丰满了，开始扇起翅膀蹦跶着向前低空飞行。大家都很高兴，母亲找来了家里那只旧鸟笼子，把里面盛水的小罐里添满水，将两只小麻雀放在里面，再放好吃食，挂在了堂屋门前的那棵木槿花树上。

她跟我开玩笑说："你爷爷养鸟，还喂个画眉什么的，你倒好，养了两只野雀子。真是有出息。"

一开始，怕鸟笼里的麻雀遭到猫啊什么的袭击，都是把笼子的门关得严严的，等到家里人多的时候，才开始尝试着打开。反正觉得麻雀也不是什么稀罕鸟儿，它们要能飞起来了，远走高飞也算是了了大家的心思。

起先两只小麻雀连鸟笼的门也不敢出，只是在里面蹦蹦跳跳的。不管怎么说吧，这时候喂鸟已经不费什么事了，给它们放上吃食，添好水，每天早晨挂在书杈上，各人便去干各人的事情。

终于有一天，再看鸟笼子里，那两只小麻雀不见了，不知什么时候飞走了。

刚一发现的时候，大家心里还真的有点失落。不过再一想，它们自己有了飞翔的能力，能够自由自在的生活了，别管"益"也好"害"也好，总算是挽救了世间两条生命，那心里，还是感觉到些许的慰藉。

直到很长时间之后，我从资料上看到专家们对麻雀的评价，对当年自己的那次耍性子，虽然觉得是出于柔心弱骨的本能，但依然有一种肯定与庆幸，因为这一行为保护了生命。

鸟是人类的朋友,科学考察证明,世界上95%以上的鸟类是以昆虫为食的,是害虫和鼠类的天敌。而且从人与自然的关系上说,它们还是对人的心理产生影响的因素。人与自然界之间,本身就存在着一种奇妙的生命共感。天空中有鸟儿飞过,人就会感觉到时空的生动;树林中传来鸟鸣,人就能体验到一种生命的充盈;早晨醒来听到鸟的叫声,精神世界就会清爽丰灵。古往今来,鸟带给人类的,也多是生活的乐趣,思维的灵感,美丽的故事,仿生的发明,等等。

当然,因鸟形成的危害与麻烦也在现实中存在着。不过事情总是要辩证地去看。就如同分布最广也最平常的麻雀,它吃害虫也吃粮食,但总体上则是"益"大于"害"的,所以,想办法防止雀害而不是消灭麻雀,这才是人类应该做的。

再者,人类还没有研究出消灭虫害的万全之策,麻雀的存在,能对防止虫害起到至关重要的作用,帮助人类保持绿色发展环境。当虫害蛰伏的季节,允许它吃点儿粮食,无论怎么说人类也应该有这点宽容吧?!

也是在写这篇文章的时候,我查阅有关资料,才知道现在麻雀已被列入国家二类保护动物。保护麻雀,已经被上升到法律的高度。善哉,然哉。

我现在居住的小院里,每天都有麻雀光顾,它们往往成群结队,灵敏而调皮。刚刚撒下菜籽整平的沟畦,你一会儿不注意,它就会啄开一个个的小坑,令人哭笑不得,但想想它灭虫的本领,心里也就不再生气。

一番轰赶,看着它们展翅飞走的样子,我便会想到儿时那两只小麻雀。回忆起当年情景,心里依然会柔意浓浓的。

二、羔羊之殇

喂养两只雏雀,曾慰藉过我幼时弱小的心灵,而去龙阳收购站卖羊羔的经历,却又造成了我内心很久才平复的"羔羊之殇"。

那是小学高年级的时候发生的事情。

在一起上学的伙伴当中,不论是交学杂费还是买东西,问家里要钱,我应该算是比较容易的。自己生就的闷葫芦性格,害得父母在许多事情上往往都要对我察言观色，每学期的开始，母亲都要主动寻问，是不是要交学费书本费了，需不需要买笔买本子之类的。只要我一点头，父亲就会赶紧到屋里拿钱给我。

这样一种性格，你想想，如果我要是偶尔主动问父母要钱，那还不是有求必应吗？只不过我从来没有主动开过口。

龙阳中心小学有一个学生宣传队，每逢镇上大集的时候，辅导员老师就会把宣传队拉到集市的中心区域，进行宣传演出，而我一直是宣传过程中的主持人。每到集日，父亲赶集都会先到我们宣传的地方，挤进看节目的人群里把我喊出来，塞给我几毛钱，让我买个烧饼什么的吃。

这钱我从来都没舍得花过，全都攒起来了。

还有每年的八一建军节，小伙伴们邀在一起进城去看民兵军事表演，家里也会给几毛钱，到中午吃饭的时候买杂烩汤喝。为了省钱，大家都是喝那种最便宜的油炸土豆勾芡白面的杂烩汤，这样到新华书店再买本小人书之后，最后还能剩下几分钱，就自己攒起来了。

攒钱最多的机会，还是过春节。除了父亲会给压岁钱之外，初一早晨，我到后院的堂弟家里，给他父母去拜年，磕上两个头，就能得到五毛钱的压岁钱。堂弟再跟着我来给我父母磕个头，父亲也会给他五毛钱，两家大人好像商量好了似的。

五毛钱，对现在的孩子来说，那算什么呀，可那时候，却是很大的一个数字了。我和堂弟两个人，分别展示着从对方父母那里得来的这笔"巨款"，能高兴好几天。

我和堂弟有同一个祖奶奶，我们两人同岁，不但模样、个头儿差不多，很多人说，就连走路的架势都一个样。在同龄的孩子中，我们两个被认为是最听话的，不但上学成绩好，从不打架惹事，而且从小就会过日子。

对邻里们的评价，母亲不但很欣慰，而且心里是认同的。她的最权威的依据，就是我在满岁"抓生"的时候，抓到的是盘秤，预示着长大了会做生意。因为父亲做过生意，在母亲看来，会做生意的人，自然就懂得过日子。

在鲁南的农村，男孩子一岁时"抓生"，一般摆放三样东西：一本书，一杆秤，还有一种食品。作为预测长大以后性情职业的重要仪式，家长对孩子先抓什么是很在意的：如果先抓书，就预示着孩子将来是读书的材料，先抓了秤则预示将来会做生意，当然，大人最不希望的，是孩子先奔着吃的去，那说明将来好吃懒做，没出息。

我曾不止一次听母亲说过"抓生"的事，虽然我们家老辈有人读过私塾，家里藏着满满一大箱子书，但我当时却是直奔着那盘秤而去的。在大人们看来，这预示我将来是个精明人，善于操实业做生意，能够发家致富过上好日子。当然这是没有什么科学道理的。现在想来，我当时之所以直奔盘秤而去，很可能是那盘秤的形状对我具有吸引力。

作为农村里沾点书香之气的家族，我们家里存着一些举行传统仪式时的用具，都是祖上传下来的。譬如农村里举行婚礼时的全套用品，不光有挂在大门上的红绸缎，还有新媳妇戴的各种头饰、珠冠等，应有尽有。直到"文化大革命"前夕，三村五里凡有结婚的，都还来借着用呢。

门上挂的和新郎新娘穿的戴的，都能够想象容易理解，而其中有一样东西，我一直就没弄明白，那就是装在一个精美盒子里的盘秤，称之为等秤，说是结婚那天放在床头上的。放它干吗呢？我是个讷于言的孩子，小时候没有问过。长大后结婚的风俗了解多了，就猜想，那等秤很可能是供新郎用秤杆挑开新娘的红盖头用的，寓意两口子能够平等和睦白头偕老。这当然是瞎猜的。

我见过那杆等秤，小巧玲珑，精美雅致，秤盘、秤砣都是黄铜做的，铮亮闪闪的。从盒子里拿出来和书本等东西放在一起，在小孩子眼里像极了招眼好玩儿的玩具，怎么能不引起注意？这与将来的性情职业，其实没有多大关系。

当然，"抓生"的结果满足了大人的期望，他们心理上感到庆幸，自然就会视为孩子的天性了。这是可以理解的，试想想，如果我当时要是奔着好吃的而去，那奶奶和母亲她们，肯定会抢先把那吃的挪到一边去的，谁愿意孩子将来是个干什么都不行的吃货啊。

实际上我曾经自我掂量过，总觉得自己还真的不是做生意的料，主要是缺乏一点"无毒不丈夫"的狠劲儿。善心有余而胆气不足，心太软，顾虑太多，是做不成大生意的，非要从经济学的角度去预测的话，充其量也就是个勤俭持家的买卖人，发不了大财。

现在回想起来,我的天赋禀性也正是朝着这种勤劳稳妥的方向发展的。从小就习惯了一点一点地攒钱,从未想过走捷径。

我少年经济头脑的灵醒,是从自己糊的攒钱盒子开始的。为了限制自己花钱的欲望,以积少成多,我曾经用纸壳子糊了个圆筒式的储钱盒,外表涂满糨糊再用纸封起来,只留了一个小孔,每积攒下一分钱,就赶紧投进那小孔里。时间长了,拿出圆筒盒晃一晃,感觉越来越沉,心里就特高兴。

我把自己的做法介绍给了后院的堂弟,他也学我的样子攒起钱来。

终于有一天,那纸盒装满了,我把盒子撕开数了数,已经积攒下三块多钱了。我立刻跑去把这好消息告诉了堂弟,他也把自己攒的钱数了数,也到三块了。我们便商量着如何拿这些钱作本钱,去挣更多的钱。想来想去,想到稳妥且不用麻烦大人的挣钱方式,就是买只羊来喂。因为羊是只吃草的家畜,不用吃粮食,每天的刷锅洗碗水留给它喝就行了。

我们俩设想着,如果养只母羊,它半年就能生一窝小羊,小羊长大了牵到集上去卖,又能换回不少钱。如此累积起来,钱就会越来越多。兴奋之际,我和堂弟便一致决定开始实施养羊挣钱的计划。

龙阳集日那天,我们俩一起跑到牛羊交易市场,找到一位经纪人,让他帮忙,花了六块钱,买了两只小母羊。两只小羊是一母所生,已经快3个月了,完全可以独立生长了。

那经济人问清楚我是哥哥之后,便把个头稍大一点儿的小羊牵给了我,另一只给了堂弟。他说,你是哥,我那一毛钱你来出。经济人就是靠着帮助买卖双方谈成生意收取费用来赚钱的。

这样,我和堂弟就每人牵着一只羊回到了村里。

路上遇到赶集的叔叔大爷们,问清楚两只羊是我们自己攒钱买的,没有不夸的:这兄弟俩,从小就看着有出息。你看,多会过日子,攒的钱不乱花,一人买只羊牵回来了,真让大人省心啊。

从那之后,我和堂弟只要有空,不是相伴着去地里放羊,就是到地里去割草,总之，每天都让小羊吃得饱饱的。

功夫不负有心人，小羊很快就长大了，特别是我的那只羊，头一胎就生了两个小羊羔。两只羊羔长到三个月的时候，牵到集上卖了七八块钱，我一分都不要，全让父亲贴补家用了。一是自己真的没有买东西的习惯，吃用都是家里负责的，留着钱没用处。如果进一步往灵魂深处窥探的话，也有想保持好孩子形象的活思想，街坊四邻把自己抬举到了一个高台上，不好意思再下来了。

买羊、养羊、卖羊的过程，让我进一步体验了人与动物的情感脉动。每天与羊接触，时间长了，人与牲畜之间便会产生一种说不清的情感因子，充盈在每天的生活感受与思维时空当中。当小羊羔慢慢长大了，需要牵到集上去卖的时候，总是有一种不舍的情绪在内心里萦绕。父亲每次都不止一次地催促我去集上卖小羊，而我总是以种种理由推脱，没办法，他就只好亲自牵着羊羔去卖。

小羊被拴上缰绳牵走的那一刻，看母羊与自己的孩子生离的场面，特别是它那无奈而凄遑的眼神，我的内心就会充满一种歉意。心里禁不住祈求，但愿今后少遇上这种凄楚的场景吧。

哪承想，养羊给自己带来的这种纠结场景和情感体验，后来却是愈演愈烈，甚至造成很长时间的心灵余伤。

那一次，母羊一胎生了三个小羊羔。谁都知道，母羊奶羊羔一次只能顾及两只，等两只羊羔吃饱了，母羊的奶也就暂时没有了。所以，一胎生三只小羊羔，最小最弱的那只，从一开始就会抢不到奶吃，如果主人再无暇过问，那弱小的生命在优胜劣汰中，会是很悲惨的。

不过，当时的农村里，如果谁家喂的羊一胎能生三只小羊，都会很高兴。因为龙阳镇上的收购站，专门收购刚出生的小羊羔，而且价格不菲，最低的也能卖到两块五毛钱，如果羊羔毛色好，还能卖到两块八甚至三块二的高价。这个价格，是羊羔喂到两三个月之后，牵到集上去卖也未必能卖到的。

农村人为什么养家畜，不就是为了挣点钱吗？所以，一旦出现了这种省时省力来钱又快的机会，人们自然是很高兴的。正是因为有这个门路，很多人家的母羊即使生了两只羊羔，也往往会选一只毛色好的去卖掉，先不说价格，总是来钱快啊。

我们家那只羊，一胎生了三个，那就更需要卖掉一只了。不然的话，光靠母羊自己是奶不活的，需要用米汤来喂，但农村里一天忙到晚，根本没工夫伺候小羊羔，更不用说喂上几个月，还不一定能卖上收购站的价格。所以，当父亲选好一只羊羔，让我到收购站去卖的时候，我虽然心里不情愿，嘴里却是无话可说的。

在无比纠结的心态下，我接过了大人拾掇好的篮子，里面装着那只毛色最漂亮的小羊羔。篮子上面盖着一块蒙布，我连掀开看看的勇气都没有，就拎着篮子出发了。

小羊羔来到世上仅仅才几天，就要被卖到收购站，这如同被推上刑场，无论怎么说，都让人充满着悲凄压抑的感觉。在路上走着，看看蒙布盖着的篮子，我心里对里面的羊羔默念着，请原谅你的主人吧，他们真的也没别的办法，如果不这样，三只羊羔都长不大。

我不忍心掀开蒙布看小羊羔的样子，只是迈着沉重的脚步，细心地感觉着它在篮子里的每一次晃动。想象着它还懵懂无知就即将面临的凄惨命运，禁不住想到牲畜之间也有命运的不公，进而开始怨恨，人为什么不能多一些怜悯之心。

那时候，还没有听说过"没有买卖就没有杀害"这句动物保护者的名言，但是，我的思绪却是沿着这种朴素的逻辑漫游的：刚出生的小羊羔为什么这么贵呢，据说它们的皮可以用来做羔皮大衣，而羔皮大衣是有钱人才穿得起的衣服。心里就想，人干吗这么残忍，穿这么小的羊羔皮做的衣服，真的就能心安理得吗？

由此，我便对那种身穿羔毛之类衣服的女人，从内心里产生了偏见，总认为她们心太硬，不善良。进而，一直到现在，也觉得羔皮之类的服装没什么好看的。

内心里积压着的埋怨情绪，不断地转化为对羔羊命运的悲悯，于是，止不住的哀伤隐痛，一阵阵地浮上心头。

我不止一次地听人讲过，收购站里负责收购羊羔的那个人，样子还带有点儿慈眉善目，但那屠夫心肠却是残忍极了。有人卖羊羔，他接过去捋捋毛，看看毛的颜色，紧接着开好领钱的条子递过来，还不等卖主转身，他便用剪刀一下子刺进羊羔的脖子里，开始破肚剥皮。那场面，被一些人讲得血淋淋的。

想到这里，我心里便又开始埋怨起收购站来：为什么要设立收购羊羔的项目呢？再说了，即使设立了这个收购项目，为什么不做个规定，等卖主走了再来处理羊羔呢？

还有，还有……心里越埋怨越压抑，头脑越想越复杂，脚下的步子便越走越沉重。

脚下越走越累，内心里茫然无措，正好走到拐弯处，便顺势坐在了路边田埂上，手扶着篮子，脑海里开始了漫无边际的幻想：真希望眼前的路变得无比的漫长，好为这只无辜的羔羊争取更多一点生存的时间。

想象着，纠结着，无奈着，沉迷着，迷迷糊糊地进入了梦境——

我手里拎着篮子，走啊走啊，终于走到了收购站，来到收购羊羔的那间房子前，门关着，门上贴着说明：收羊羔的人生病了，请假回家了。真是太好了！收购站不再收羔羊了，我可以把这只羊羔再拎回家了。

转身赶紧离开。还没走出收购站的大门呢，忽听背后有人叫："是卖羊羔吗？拿过来我顺手宰了它。"

我转身一看，一个满脸横肉的屠夫，手拿着又长又尖的宰羊刀，一脸恶笑，面目狰狞，鲜血淋漓地过来了。

我想撒腿快跑，可怎么也跑不起来，没几步，就让那屠夫追上了。他伸手就想去抓篮子里的羊羔，我转身一躲，那手背触碰到他的匕首上，吓得猛一哆嗦，一股凉气冲向全身。

猛一激灵，梦醒了。

那篮子里的小羊羔可能太闷了，用头不断地顶着蒙布，触碰到了我的手，打破了我梦中正在编织着的自我欺骗的童话。

我掀开蒙布，让羊羔看看眼前的陌生世界，过了一会儿，起身接着朝收购站的方向走去。边走边想，绝不能让那狠心的收购员当面把羊羔杀了，这对我来说，那内心里的打击是不堪想象的。

可你说不杀就不杀吗，人家凭什么听你的？再说了，你既然卖给人家了，还能管那么多吗？凭我那木讷胆小的秉性，当时肯定是什么话也说不出口的。

怎么办？我一边脚步沉重地走着，一边挖空心思地想着。

有了！到收购员忙着的时候再过去，当他还来不及动剪子的时候，我拿着条子就去领钱了。

当然，理智上很清楚，这只不过是一种自我欺骗，是改变不了羊羔的命运的，但那情感上总是争取到了一丝丝安慰，或者说，客观上避免了亲见的血腥场面，便等于为主观上展开各种侥幸而有利的想象奠定了基础。即便制造出的只是自我安慰的幻影，也能对心理调节起点微妙的作用。

经过反复思考，认定了忙中脱身是最好的办法，我决定等那收购员忙着的时候，再过去把羊羔卖给他。当然必须是忙着别的事，绝不能像有些人遇到过的，他正在忙着杀羊，那时递给他，他会顺手一剪刀，那就更事与愿违了。

什么时候最稳妥呢？想来想去，是吃饭的时候。那收购羊羔的人，吃住虽然和操作间都在一间屋子里，但他吃着饭，肯定不想再沾血腥的东西，这是最保险的当口。

终于找到了一个屠夫不便下手的时机，我心里隐约地浮上了一丝安慰的情绪。

走进收购站的大门，我佯装没事，到西北角那间收购羊羔的屋子门口巡察了一遍，那收购员正用小钉子往木板上钉羊皮呢。屋里的火炉上放着小锅，锅里煮着羊羔肉，已经能听到水沸冒泡的声响了。想着离他吃饭时间不长了，我便回到大门口去等候。

经过如此这般的几番侦察，到那收购员终于开始吃饭了。我赶忙拎着篮子跑过去，把羊羔拿出来递给它。他放下碗筷接过来，捋了捋羊羔的皮毛，便顺手扔进装羊羔的笼子里了。

我那颗一直悬着的怦怦跳个不停的心，随着那一扔，总算放下了。

接过收购员开的条子，我像躲瘟疫般地赶紧离开了那间小屋。等领钱的窗口上了班，领到了三块两毛钱，饿着肚子回家了。

返回的路上，整个感觉轻松多了。

庆幸吗？释然吗？欣慰吗？都不是，又都有点儿。说到底，还是觉得自己那尽管幼稚而笨拙的心计付诸实施取得了成功，因为"摆脱"带来了一种轻松。

当然，那心灵深处的"羔羊之殇"，短期内是无法完全消除的。但摆脱了目睹羔羊被杀的惊恐一瞬，心灵的平复就相对容易一些。

回避，有时是无济于事的，但有时也能为自我调节赢得足够的时间。因为人的心态历练需要一个过程，这期间的调节、宽慰甚而自欺，都并非毫无意义。

……

到了现在这个岁数，心态应该成熟多了。但回忆起当年的"羔羊之殇"，那内心深处留下的划痕，似乎依然还有所感觉。

三、熟蚕之憾

决定自己养蚕，是上了初中之后的事情。

1966年，突如其来的"文化大革命"浪潮，将传统的教育体制瞬间冲垮。我当时小学临近毕业，没有中学可考了，只好在原先的学校里跟着大家闹了两年"革命"，于1968年回到本村上了"戴帽"的初中班。

说起"戴帽"初中班，就会让人联想到名噪一时的"侯王建议"。1968年11月14日，《人民日报》发表了山东省嘉祥县侯振民、王庆余二人"关于公办小学要下放到农村去办"的一封信，时称"侯王建议"，受到当时党中央的重视，随之在全国掀起了一场公办小学乃至中学的管理体制大革命。

为了真正实现贫下中农管理学校的原则，农村各大队不但纷纷办小学，而且开始办起了小学"戴帽"的初中班。我所在的大队当然也不例外，为了创办"戴帽"初中班，把大队仓库腾出来做教室，将复员军人、生产队会计等人员召集起来当老师。反正是不拿工资拿工分，一切都由大队说了算。

那时已经停止了中学招生，在社会上彷徨了两年多的小学毕业生，由于各大队都办起了"戴帽"班，自然就有了各自的去处。他们既不用申请也不用考试，纷纷回到各自的大队去上初中。

我从当时条件最好的中心小学，一下子被抛到了不遵循任何教育规律的学习环境当中，心里的落差与别扭情绪，可想而知。更重要的是，我们大队教初中的几位老师，大都是以前没站过讲台的人，从专业知识上说，全是赶着鸭子上架。

课堂上，语文老师从头到尾读《毛泽东选集》；数学老师当过会计，最感兴趣的是给我们讲各类会计报表；物理老师更聪明，请来大队的电工，讲用电知识；化学老师往黑板上抄写的六六粉、尿素、氨水的分子式，连他自己都讲不清楚；政治老师就更简单了，只会朗读当时的农村大众报。

在这样的课堂上，听不听老师讲课都一样。可我一直是个好学生，不擅长上课的时候开小差、做小动作。每天端坐在教室里，听老师一遍遍的"炒剩饭"，那无聊之极的感觉，简直把人的精神推向了崩溃的边缘。

怎么办？要想释放热血少年无处发泄的旺盛精力，就必须找点事儿干。

终于有一天，我在一张旧报纸上发现了新大陆。那上面有一则消息，是介绍农民利用沟渠地边种蓖麻养蚕的事迹。

蓖麻是粗壮的草质灌木，根深叶阔，种在闲散的林地旁、沟渠边，既可以保土护堤，又可以采收蓖麻籽增加经济收入。而利用蓖麻叶养蚕，则是有些地方新近发现的增强集体经济的生产方式。

这则消息让我深受启发。

我们村后的林角地边，还有村南的水渠堤坝上，每年都种植着不少的蓖麻。或丛丛簇簇，或连绵不断，那蓖麻叶子又肥又大，到了秋末，不掐摘也白白干枯浪费了。如果用它来养蚕，那不是无本纯利的事吗？

几经思考，我最后断然决定：利用业余时间试养蓖麻蚕。

我们家当时恰好在村后刚建起一座新的宅院，四间瓦房还没有住人，作为养蚕的场地再合适不过了。

事不宜迟，当即跑到龙阳镇上的购销站，买了一包蓖麻蚕种子回来。按照说明，先将一块砖用水浸透，在上面铺上一张薄纸，然后把黑芝麻般的蚕种子放到纸上。后面的事情就很简单了，就是及时喷水，别让纸干了。

神奇的是，过了两天，那暗色的蚕种子，大部分都变成了白色，仔细察看，原来是从里面爬出了蚂蚁似的小蚕，只剩下了空壳。

兴奋之际，赶紧跑到房子后面摘来两片蓖麻叶，用剪子剪得碎碎的，撒在了一个一尺见方的纸盒里，然后将那些蠕动的蚁蚕放了进去。

没两天时间，那蚁蚕便开始蜕皮了。蜕皮过后再看，黑色的蚁蚕就变成了浑身泛白的蚕宝宝。

刚从蚁蚕蜕变过来的蚕宝宝,被称为稚蚕。喂了两天,稚蚕的体型慢慢变长变粗,那一尺见方的小纸盒,已经装不下它们了。我赶紧跑到老宅子里找来一个箩筐,把蚕宝宝移放在筐子里。

喂食稚蚕的过程,轻松从容且充满着想象:看到原来的叶子吃得差不多了,便将新的蓖麻叶子剪碎,继续铺撒在箩筐里。然后细瞅着一个个小巧的稚蚕们有条不紊地刮食着叶子,头脑里便会浮现出白花花的蚕茧景象,那感觉既神奇又有趣。

然而,这种欣喜浪漫的养蚕状态,并未维持多久,随着蚕宝宝不断休眠壮大,单是为它们筹集蓖麻叶,就越来越让人感觉到力不从心了。

因为蓖麻蚕是原产于印度的一种野蚕,不但适应性强,具备多食性,而且生长迅速。经过两三次休眠蜕皮,到蚕宝宝长到二三厘米的时候,一两个箩筐根本盛不下了,只好在屋里用高粱箔架起蚕床,把它们转移到蚕床上。

与此同时,喂食所需的蓖麻叶也开始成倍增长。掐摘来的蓖麻叶,原先还需要撕成碎片撒在蚕床上,再后来连撕都不用撕了,整个儿地铺在上面,不几分钟,便会被吃得一点儿不剩。

特别是再次蜕皮之后,稚蚕变成了壮蚕,那胃口真像年轻人吃饭一样,无论你给它多少,都能够吃得一干二净。每次铺上厚厚的一层叶子,那硕大的壮蚕宝宝们,都会即刻从叶子下面翻爬上来,找到最佳的下口处,摇晃着脑袋吃起来。

每当收拾好用具,转身再看,那满床碧绿,已都变成了片叶残梗。

看着壮蚕们用嘴巴从上到下有条不紊地剪裁叶子的吃相,我终于理解了所谓"蚕食"的意义:它侵吞占有物的方式,虽然是一点点扩展漫延的,但那速度与销蚀量,却是十分惊人的。

最关键的是,蚕除了休眠蜕皮,其他时间,则是没白没黑地吃个不停,好似没有一瞬间停歇的意思。

随着清除蚕粪、铺展新叶的频率不断加快,蓖麻叶的供给也很快出现了危机。

村子的后面,房角地边散种的蓖麻,叶子都被我掐摘得所剩无几了,每一棵枝头上剩下两三片,就是人家愿意,我也不好意思再摘了。那结出的蓖麻籽,还得靠它来吸收阳光灌浆成熟呢。

　　我将摘蓖麻叶的阵地转移到村前的水渠堤坝上。不几天，那堤坝上的蓖麻也已经变得叶片稀疏。我只好沿着渠堤往上游走，到三四里之外的渠堤上去掐摘。可那里已经是别村的土地，为了不让人看见，要趁着中午休息的时间过去，而且也只能匆匆忙忙地在每一棵上摘三四片叶子，要掐摘够那满床壮蚕吃的数量，需要跑很远的路。

　　每次来回十几里，回去把掐摘来的蓖麻叶撒到蚕床上，很快就会被吃得精光。尤其到了晚上，一旦断了蓖麻叶的供应，看着那满床白花花的蚕宝宝在那里蠕动挣扎，寻求吃的东西，你就是再狠心的人，也是不可能睡得着觉的。

　　为了夜里给蚕上食，我早就从老宅子里搬到新房子睡觉了。搬过来之后，好似又从来没有真正睡过觉。等到半夜时分，想着护渠员们都回家睡着了，我便带着麻袋，悄悄地来到村前坡地的水渠堤坝上，沿着坝顶疾速地向上游走去。

　　这条水渠是从二十多里之外的马河水库修过来的，水渠发端的地方，正好是我外祖母所在的村子。每年的春节过后，我都会去那里走亲戚，只不过走的是村后的一条小路。而水渠是兼顾龙阳与城郊两个公社修建的，在我们村前面一里地的方位路过。它所经过的区域对我来说，偏僻而又陌生。好在顺着堤坝逆流而上，别管走多远，按原路返回，都不会迷路。

　　走过六七里开外，那堤坝上的蓖麻叶开始变得葱郁起来。我心里浮现出丝丝惊喜，看来这里还没有人掐摘。然而，毕竟离自己的村子太远了，又是在漆黑的暗夜里，那种身处陌生环境的恐惧感也随之越来越明显。

　　当时局势紧张，报纸、广播里每天都在宣传着"深挖洞、广积粮"，连学校都停课在挖地洞，可谓人心惶惶。深夜里，当地驻军演习的炮声不断传来，让人感到那远在千里之外的珍宝岛战场，就好似在不远的前方。

　　而身边的旷野里，你一转身一抬头，说不定就会看到几座坟墓暗影，还有闪现的鬼火忽明忽暗，虽然在课堂上听老师讲过那是一种磷火，没什么可怕的，可也丝毫阻挡不了头脑中开始翻腾听说过的鬼神故事。

　　由于神经高度紧张，有微风触动蓖麻枝叶的摇晃摩擦，传到耳朵里也会变成奇声怪响，让人头皮发麻，惊出一身冷汗。

那感觉，似乎说不准哪一刻，就会发生午夜惊魂的一幕。只是想着那满床饥饿的蚕宝宝，我壮着胆子没有退却。现在想来，颇有点豁出一切、舍生取义的凛然之气。

想想也可以理解，因为人类情感的真切度，最终的体现，应该在于对现实生命的呵护。所谓的舍生取义，就是人在面临选择的时候，情感上被无辜的生命所征服，拯救的本性与善意的勃发瞬间交合，进而体现出的一种令人震惊的节操大义。

当然，我当时只是一位十五六岁的少年，为了一床壮蚕，还很难牵扯上如此高尚的话题。然而话又说回来，蚕虫再小，它们的生命也是有价值的。当有价值的生命面临危机的时候，人做出怎样的选择，看似无关紧要，实则是与自身性情直接相关的。

拯救无辜，应该是人类具有的最起码的善性。更何况，蚕的生命对于人类来说，不单是无辜，而且还具有奉献的价值。在奉献的生命面前，想办法让其完成一生的正常轮回，以实现终老其身的生命价值，这不管从哪个角度说，都是值得肯定的善举，而这善举中隐藏着的，自有人间大义。

面临着那么紧张的形势和复杂环境，一位少年何以能够在暗夜里战胜内心的恐惧，硬着头皮去干一个大人也未必敢于贸然前去的事情？这一点，我几十年后再回忆起来，似乎才真正想明白：追究其根由，恐怕内心里还真的是有着善性的意念在支撑在鼓动。而且反思此后几十年的为人处世，它对自己的气节秉性的凝结，具有人生奠基的意义。

那天夜里，我大约跑到了十几里路之外，掐摘的蓖麻叶把两个麻袋装得满满的。我开始一趟肩扛一个麻袋，轮番往回走。等把两麻袋蓖麻叶全都扛进蚕房的时候，已是黎明时分。

看那满床上涌动着的蚕宝宝，已经被饿得没有了爬行的力气，赶紧掏出叶子厚厚地铺上去，顷刻间，便听到满床都是"沙沙"的响声。

壮蚕们真是太能吃了。两麻袋蓖麻叶，不出两天就被吞噬一空。我又到其他能找到蓖麻叶子的地方寻觅掐摘一些作补充，才好歹维持到它们进入又一次休眠。

按说，蚕宝宝开始休眠蜕变，我终于可以有个喘息的空隙了。不过，休眠蜕皮也就是一天一夜的事儿，一旦休眠结束，新蜕后的蚕体比原来更大，也就意味着需要的蓖麻叶数量进一步增加。

所以，在看着那白花花的满床蚕宝宝一动不动准备蜕变的时候，我就必须开始为它们筹备更多的蓖麻叶子。

到哪里再去找这么多的蓖麻叶啊？被畏难的情绪压迫着，真的感觉身心俱疲，头脑里不禁浮现出自己熟悉的一首养蚕诗："东邻采桑妇，西邻养蚕女，年年役役为蚕苦。"当时囫囵吞枣地读它时，还只是觉得顺口好玩儿，如今却真的悟到其中深义了。

养蚕是个苦差事，真的不好玩儿。

蓖麻叶子已无处可寻。我想到了包蚕种子的纸袋上的说明，除了蓖麻叶子外，臭椿树的叶子也是可以作为喂养蓖麻蚕的食料的。不过农村里的椿树很少，而且都是依院墙而长的，光天化日之下，也不可能去砍人家的树啊。

怎么办？为了给蚕准备好蜕变后的食物，我决定趁夜深人静的时候，上树去削椿树叶子。

椿树叶子与一般的树叶不同，它不是直接长在树枝上的，而是由树枝上长出半尺左右的叶梗，每条叶梗上又并列着羽状的片片复叶。为了不让树的主人发现蛛丝马迹，只能爬到树的最高处，去掰树枝上那一条条的叶梗，然后拿回家再从叶梗上摘下那一枚枚树叶。

连着好几天，当夜深人静，大家都进入了梦境，我便悄悄地来到白天看好的一棵椿树下，将镰刀别在后面的腰带上，脱了鞋开始往上攀爬。为了能掰到更多的叶梗，我不得不壮着胆子攀附着枝杈，爬向树枝的最末端，用镰刀去削下那远处的一条条叶梗。在树枝越来越细的时候，如果稍不留神，脚下的细枝就会折断，一旦从十几米高的树上掉下来，那景象不堪设想。

可我并不在意，当时头脑里想的全是那满床的蚕宝宝，就如同着了魔一样，对面临的危险全然不顾。用一只手紧紧地抓住上面的树枝，使整个人悬在空中，以分散脚下的重量，另一只手则抽出别在后腰带上的镰刀，伸到远处去削那一条条的叶梗。

当树冠上能够得着的叶梗都削净了，才从树上下来，把落在地上的叶梗捡得一干二净，不留一点儿痕迹。这么高的椿树，人们一般是不会抬头往上看的，到了白天，只要地上没什么异样，我上树削椿叶的行为就不会被发现。

如此这般，连续几个深夜，神不知鬼不觉的，我如同猴子般的悄悄地上树攀枝，演杂技似的冒险练着空中游戏，终于把蚕宝宝喂到了最后一次休眠。

最后一次休眠过后，再蜕变出来的蚕宝宝，就是人们说的熟蚕了。这时候，它们的食量不但不再增加，而且还会慢慢下降。等到完全变老停食，就开始吐丝结茧了。

从个人情感上来讲，这个阶段本应该是精食喂养的。可是由于蓖麻叶掐摘不到了，村里那仅有的几棵椿树上的叶梗也让我削净了。实在无计可施，我只好将自己院子里的榆树砍下来几枝，想侥幸试试熟蚕们吃不吃。哪承想，蚕和人一样，在没有东西可吃的时候，也就不讲究质量了，虽然不如蓖麻叶、椿树叶吃得欢，但也能听得见沙沙的蚕食声，半上午，放上的榆树枝子就吃得只剩下枝条了。

我蓦然开悟，心里不住地感叹：不论什么动物，在饥饿难耐的时刻，都会显现出一种无所不能的求生本性，更何况是蚕，本来就是被人们赞佩的不求索取乐于贡献的褒优之物？

心里很庆幸，终于又找到了一样可以喂蚕的树叶。这就好得多了，因为农村里最多的就是榆树。

当然，在接下来的时间里，我依然想尽了一切办法，去寻找掐摘蓖麻叶，但更多的时候，每当蚕床断炊而又没了储备，就只好爬到院里院外的榆树上，砍下足够的树枝来应急。

"春蚕到死丝方尽，蜡炬成灰泪始干"，李商隐的这两句诗，我是在没认多少字的时候，翻看家里藏书时就读过的。春蚕吐丝，到死方休。按说养蚕人越到后来，越应善待它们。可是，我对养蚕实在毫无经验，恰恰是越到最后，能使的招数都使完了，本该为熟蚕们提供"美食佳肴"的阶段，能够给它们的，却只有"粗茶淡饭"。

自己想想都替蚕们委屈，可是没有办法，一边心里满含着歉意，一边不得不一次又一次地去砍榆树枝子，拿来作为熟蚕们最后的晚餐。这应该是我养蚕过程中最为遗憾的事情。

终于，那熟蚕宝宝变得白亮透明了，拿起来翻到肚皮那一面，用手一捋，就能听到明显的沙沙声，能感觉到那肚子里满满的丝凝之液。这时候的蚕什么也不吃了，只等着找地方吐丝结茧。

我再也不用深夜里去远途跋涉或者高空探险了，然而，心里却多少有一种不圆满的感觉在萦绕，主要原因就是在最后的几天里，没能好好地善待它们。虽然我已经尽了全力，还是让它们不时地吃一些不愿吃而又不得不吃的榆树叶子。

按照别人的经验，我抱来一些麦秸依墙放在屋里四周，熟蚕们纷纷离开蚕床，爬到了麦秸上，找好恰当的支点开始吐丝，游织漫盘地将自己缠绕起来，最后形成了洁白的蚕茧。

也可能是喂蚕的过程太劳累了吧，最后看着那麦秸上满满的白茧，我心里感觉到无比的轻松。蚕茧结成后的3至4天，里面的蚕宝宝就会变成蚕蛹，这应该是最佳的卖茧时机，可我再也没有摘下来去卖的兴趣。

十几天过后，那茧里的蚕蛹都变成了蛾子，咬破茧壳飞了出来。一时间，满屋里都是蚕蛾在飞，它们振动着双翅寻觅配偶。

让它们适意地去恋爱、结婚、相交、繁殖吧！

尽管飞出了蛾子的蚕茧已经卖不上价钱，我却感觉到很坦然很欣慰。

今天再回忆起来，当时也可能潜意识里藏匿着对熟蚕的某种亏欠情愫，作为一种弥补，便任由蚕蛹蜕变成蛾，然后再让它们交尾产子，完成一个生命的繁衍轮回。

这种自我的调节安慰，对当时的我来说非常重要。

养蚕的过程，让我学到了很多课堂上学不到的东西，体验了生活的真正含义，有了更多的生命感悟。这就足够了，至于经济上的收益，已经不重要了。

生命中那些永恒的瞬间

人生的意义大小，或者说人生能否体现出创造性价值，衡量的标准可以有很多，然而就自我的角度而言，应该与感受到多少瞬间的永恒直接相关。

"青春是用来回忆的。"这是电影《致我们终将逝去的青春》里一句经典的台词。人的青春之所以具有回忆的价值，原因则在于它是一段充满着发现与创造的生长过程。在这一过程中，许许多多的新奇感受，虽然发生在不经意的瞬间，但却充满着生命的新异体验，作为富有创造性的生命悸动，足可以构成一生中回忆不尽的永恒元素。

观赏安徽电视台的《非常静距离》，主持人李静与电影《匆匆那年》里几位主演现场交流，探讨为什么现实中那么单调乏味的高中生活，用艺术的方式反映出来，还能赚得这么多票房。原因当然是多方面的，但是有一点是大家都认同的，作为艺术的展现，电影迎合了刚刚走出高中校园或者是对这段生活还记忆犹新的青年观众的回忆欲望。

进入高中的学习生活，在我们国家属于应试教育的冲刺阶段，特别是千军万马同挤高考这座独木桥的制度，使得学子一旦进入了高中，就无法摆脱地被校园浸染上"成败在此一举"的悲壮情怀。在这里，根本来不及从容地体验本应美好的青春时光。只有当高考结束后，人生进入另一个平台，回味感慨起曾经的过往，那些属于青春期的永恒瞬间，作为自我调剂的珍贵元素，才能真正回归到人生的感受中。

高中的校园如同考题汇成的海洋，一天到晚惊涛拍岸、波翻云涌，在这样的氛围里，青春期那些离经叛道的思维律动，包括被卫道者们视为极端荒唐的叛逆行为，就不得不暂时压抑着。个别压抑不住的青春荒诞剧，也不得不转向地下，抱着小心翼翼警惕万分的心态来上演。

曼妙悠扬的青春圆舞曲，不得已被挤压成了瞬间的情绪宣泄。然而对于整体生命来说，它却充满着永恒的自我体验与深情的回味价值。作为一种瞬间的永恒，能够用它来润泽一生的情感腹地。

无论是一个人的初恋，还是懵懂的说不清道不明的男女情感，时过境迁之后，都不会与现实的爱情形成冲突。感受着现实婚姻家庭的儿女情长，再来回忆那些过往，很多的情节都犹如20世纪一部电影的名字——"初恋时，我们不懂爱情"。但是作为人生的宝贵经历，那确实又是生发于生命本体的成长动因，所以它的生命价值是永恒的。

从自我体验的角度说，人的感受很多时候是说不清楚的，特别是那种瞬间里的感觉，很难用语言清晰地表述。舒爽还是郁闷，庆幸还是失落，轻松还是沉重，美妙还是乌糟，等等，反正能够用词语形容出来的，应该说都是概念梳理后的表达，历经大脑理智的过滤，离当时那种原汁原味的感受就已经有了相当的距离。

从这个意义上讲，人生经历过程中的有些感觉，它那原初的非理性体验，过后即不可能重复。

换个角度说，无论是深刻清晰还是轻浅朦胧，最初的感觉都只能是人生中的唯一，它本真的价值意义，是可以用来在回味中丰盈自我的生命，甚而可以伴随到生命的终老。

正是在这个意义上说，人生经历中的任何感觉都是可贵的，自我的感觉越丰富，人生就会变得越生动。有些瞬间的感觉，往往稍纵即逝，然而它体现出来的生理与心理上的神秘元素，不但会对人的成长起着滋养的作用，而且还会在无形中润泽着人的思想意识及品格性情。这种内在的促进作用，属于生命动因的直接催生素，是外在的概念性教导和影响永远无法比拟的。

写到这里，我想到了自己的小学时代，那些曾经的瞬间感觉，虽然短暂朦胧，至今却记忆犹新。需要说明的是，它和人生的初恋毫无关系。因为那时的我才十一二岁，那个时代的儿童身心发育比较晚，没有现在的孩子这么早熟。但是那种带有性别意识的心理反应，却能在一定程度上折射出时代的文化与心理的色韵。

换个角度说，正是因为这种曾经的感觉，那一段人生的过往，才不是以理念、概念和线性元素抽象地排列在头脑里，而是以富有时代色泽的生命质感储存在人生的记忆中。正是这种鲜活生动的感觉性记忆，才使那些曾经逝去的岁月，永远都随着生命的律动而鲜活着、生动着，无论覆盖上多少历史的尘埃，都不会减弱其本身的魅力。

举个例子吧。

那时我在离家四里多路的龙阳中心小学读书，上四年级的时候被选为班长，副班长则是龙阳镇上的一位小姑娘，她父亲是大队里的会计，在镇上小有名气。老师对我们两个都很欣赏，经常把我们放在一起进行表扬。久而久之，在来回上学的路上，有调皮的同学就拿我们两个开玩笑，把我们描绘成未来的两口子，说等到我们结婚的时候，一定要大闹洞房什么的。

其实那时候的我，还真的不会去想男女结婚这么远的事儿，只知道如果男女成了两口子，就要在一块过日子，生孩子，成为芸芸众生里比较亲近的一家人。我和副班长之间原本没什么，是很正常的同学关系，可让他们拉在一起这么一闹腾，内心里还真得就变得不那么镇定了，那以后每次放学回家，我便开始刻意地回避着那些开玩笑的同学。

现在想想，这回避本身，就说明对这件事情已经非常在意了。

寒假后开学的第一天，我黎明时分就起床了，走到学校天才刚刚放亮。走进教室里坐下，开始拿出课本来上自习。不一会儿，同学们开始比较集中地走进教室，我坐在最后一排的位置上，可以看到每一位同学的神情姿态。

副班长进来了，肩上挎着一个崭新的书包，走到前排自己的座位上，将书包从肩上取下，来不及落座就转身往后观望，当眼神触碰到后排的时候，朝着我嫣然一笑，刹那间脸上泛起了一片红晕，我则即刻把头埋进书里，是否继续原来的阅读，那细节已经记不清了，按照现在的逻辑推想，也只能是佯作读书吧。

看来副班长也遇到了和我一样的人生课题，同学们把我和她硬扯在一起，进行着农村里虽然世俗然而却寓意美好的人生想象与祝福，由此形成的带有玩笑色彩的闲言碎语，确实也很难使当事人做到内心里平静如水。

面对这一切，我的本能是极力躲避，女孩子的心思当然是男孩子无法猜测的，但是从她开学第一天那一转身一回眸表现出的情态里,我能想象到,同学们为我们俩编造的未来故事,已经在她内心里沉淀发酵了一个假期。她那面带羞色的嫣然一笑,已经把她的内心暴露无遗。

当时的我,还从未动过有关男女关系这方面的心思,对这种突如其来的表情撩拨,惊慌意乱中掺杂着几丝羞涩,尽管不自觉地选择了佯装看书来低头回避,然而这场景给我带来的从未体验过的新异感觉,从此则潜藏进了内心的最深处。

开学不久,我被选为学校少先队大队长,不再担任班长了,学习之外的所有精力,也都从班里转到了学校,在辅导员老师的指导下,忙起了全校少先队的工作。由于接触到了更多其他班级和年级的同学,也接触了更多的老师,人生的见识不断提升,交往的场景与参加的活动越来越多,这期间经历过的很多事情,随着时间的推移,有的模糊了,有的忘记了。可副班长那一个轻盈的转身,那与我的目光触碰时的深情一笑,却一直很清晰地印在我的脑海里。即便是几十年之后,每当回忆起小学时代,这一场景仍历历在目。

现在分析起来,我在上初小的阶段,一直能够保持着学习的主观能动性,又能表现出良好的思想品格,与这类美好的体验不无关系。从根本上说,那个时期对今后的生活道路,包括人生的理想目标,都还谈不上任何的明确思路。而认真学习努力表现的内在驱动力,在很大程度上,则应该来自所感受到的这种人生律动,更进一步说,是这种美好本能的体验与追求,与周围的环境形成了良性的循环关系。

虽然这种美好的感觉往往是瞬间的,但它却能焕发出永恒的生命动力,甚而会影响到人的一生。究竟为什么,很难说得清楚,因为这是生命自身的神秘。

担任学校少先队大队长之后,我参加的课余活动明显增多了。虽然很多活动都是在辅导员老师的指导甚而组织下进行的,但作为少先队的代表性人物,无论是自我思维还是对事物的认识,我都从一个班级的范围内提升到了整个学校的大平台上,具体说,是从我所在班级的两间教室里,扩展到了前后两进院落的庄园式校园里。

新的交往环境,让我见识到更加天高云淡的风景,学习的动力更强,自我表现更加努力,有一段时间,我成了在全校处处受关注时时受表扬的好学生。当然,由于家传文化的封闭和后天文化营养的单一，我当时的自我追求领域依然很狭窄，压根儿就不会过早地领悟到什么恋爱之类的东西。但是毕竟到了十二三岁的年龄，男女之间相处时，那种本能的新异之感还是非常明显。

正是在这时候，一天早晨，我们大队部的成员分头到各个班里检查晨读。我从前院走向后院的时候，在学校办公室左侧一个Z形的胡同里，遇上了大队部的女委员。她是少先队大队部里唯一的女生，不但模样受老师喜欢，也是全校公认的学习成绩突出思想表现优秀的学生干部，我们俩平时起码在学习上是相互倾慕的。只是由于特定年龄段的原因，更多的时候是有意地回避着双方的单独相处。

这次却在如此僻静而狭窄的胡同里不期而遇。怎么说呢，是惊异、兴奋，还是一种略带羞涩的幸福？认真地回忆起来，应该都是又都不是。不过我们双方那种莫名神秘的感觉是一致的。由于猛然加快的心跳，使我们仅驻足了两三秒钟，没作任何的言语交流，就匆忙地侧身让过对方，各自走开了。

　　偶然中的巧遇
　　触碰到了内心里那一隅敏感
　　一瞬间的时空里
　　整个世界就只有我和你
　　隐秘的心态
　　封闭的空间
　　加速的心跳
　　青春的窥探
　　全都搅拌进生命的直觉里
　　……

瞬间的独处，必然会触动懵懂少年内心中最敏感的神秘地带。实事求是地说，这一地带基本上是局限于心理层面的，还没有肉欲的复杂性来捣乱。如果非要用叙述的话语来概括，那就是：一种纯真的复杂性体验，展露出简单的生理性神秘。

这样的瞬间，必然会伴随着人的生命达到永恒。

从某种意义上讲，人在很多的情况下，都是靠着这些永恒的瞬间来丰富充实自我生命的。在我的小学时代，曾经经历过很多事情，有很多富有当前意义的学习生活场景，随着岁月的推移，慢慢地都变成了记忆的碎片，散落淡忘了。然而教室里副班长开学第一天那嫣然的回眸一笑，还有拐角胡同里不期而遇的大队委员那满脸的红晕，却从此化作我头脑里的鲜活形象，成为人生记忆里的永恒。

从本质上说，人的生命就是由无数的瞬间组成的，而生命的质量又与自我体验的高低深浅直接相关。所以，也可以认为，正是那些永恒的瞬间，润泽着生命的历程，让人感受到生命本身的丰富与生动。

当然，阅历的积累，自我的成熟，是以心理与生理变得越加复杂为代价的。随着世俗的人生观、价值观、审美观的渗透，人的身心会不断地向世俗陷落，人生的情感也变得日益复杂、有时甚而越来越难以琢磨。现实的过度物化，也让人很难再体验到生命中那纯真的复杂与简单的神秘。唯其如此，那生命中的永恒瞬间便愈加可贵，能够创造永恒瞬间的生命境界，便愈加值得追求。

人的一生很长，也很短。

说一生很长，是说一个人从懂事开始，就必须学习知识，为自己的人生一路去打拼，到了一定的年龄段，又必须担起建立家庭、抚养孩子、照顾老人的重担，很多人，一直到老年都还卸不下这沉重的负担。我们的社会发展了，好像这种担子却越来越重了，负重而行的路，总是感觉很长的。

说一生很短，是指人从洞悟世事有所承担开始，就往往被现实所绑架，没有多少多余的精力来体验生命本身的丰富。那瞬间的美好体验，很容易被生活中的希望、理想以及琐碎的繁忙所冲淡，就如同一首歌里所唱的：来不及等待，来不及沉醉，来不及感慨，来不及回味。在这诸多的来不及中，人很快就变老了。

看电影《匆匆那年》，记住了主人公陈寻说的一句话：什么是永远？很久以后我才知道，永远不是以前，也不是以后，我们在一起的那些时光，就是我们的永远。

是的，永远存在于全身心的生命体验中，或者换个说法，永远就是人生体验中的瞬间的永恒。作为人生宝贵的身心最丰满的律动，瞬间的永恒，是需要用生命去感觉、去发现、去寻求、去创造的。

尽管人在成熟后会感受到很多现实的残酷，在越来越复杂的世界里，能够触动起生命的永恒瞬间，已经变得越来越可遇而不可求。然而，事在人为，只要接人待物面对大自然的时候，做到一门心思专情专意，别让世俗的价值成了羁绊，哪怕只是暂时摆脱物欲名利的缠绕，就有可能接近生命的纯粹，创造出瞬间的永恒。

让我们珍惜人生中瞬间的永恒，因为它是可供反复回忆体味的，特别是到了从容清闲的岁月，对瞬间永恒的回忆和体味，能让人体验到生命本身永不减弱的精彩。

中途回味悟人生

　　假日回枣庄看望老人，驾车行驶在京福高速上。

　　刚下过一场春雨的娇寒气候，在清晨里营造出微薄的雾气，从车窗里望出去，感觉整个世界都笼罩于氤氲朦胧之中。即近十点钟，刚刚驶过滕州南立交桥不久，便听到坐在后排的妻子惊喜的声音："哇，快看，梨花！"

　　紧接着，她建议下车欣赏。我立即将车开下高速，徐徐地停在了路肩靠右的地方。我们先后打开车门，依偎在道路的护栏旁举目观望。

　　怪不得妻子这么兴奋，在轻雾朦胧中，那连片的树树梨花，如同无边无际的白色海洋，刹那间会让人有一种漂移不定、如梦似幻的感觉。

　　慢慢地收拢起恍惚的神情，将目光凝聚在近处仔细欣赏，眼前真的出现了丘处机在《灵虚宫梨花词》里描写的景象："白锦无纹香烂漫，玉树琼葩堆雪"。

　　再往前走几分钟，就到妻子的老家官桥镇。她的家乡也是种植梨树的，有时候回忆起童年的时光，她偶尔还会讲起小时候在梨树园里追蜜蜂、捉迷藏的故事。家乡的果树园，留给了她太多的童年记忆。所以，看到这如梦如幻的梨花的海洋，她才忍不住要下车欣赏。

　　与妻子不一样，我生长在滕州北部靠近邹城市的农村，那里是一马平川的优质土壤，最适宜的就是种植以冬小麦为主的粮食作物，基本没见过大片的果树林。第一次见到平原地区的大片果树林，还是四十多年前运石头拉化肥路经这一带的时候。

　　当弄清楚我们停车的方位是在木石镇的境内，那久远的记忆便蓦然浮现在脑海里。

　　木石镇过去叫木石公社，它的出名，是缘于这里坐落着枣庄矿务局的木石煤矿。当年我高中毕业回农村参加劳动，开春时节，曾经被生产队派往鲁南化肥厂拉化肥，还有去东山里运石头，都要经过木石公社管辖的区域。正是在这里，我才知道平原地区，并不像我老家那样，全部都种粮食，也有果树成林梨花烂漫的多彩田野。

那一段记忆，在我过往的人生经历中，充满着忧郁而迷惘的情绪。阅读路遥的《平凡的世界》，书中孙少平的心态和志向，真切地反映着我当年的状况。虽然我没有孙少平那种坚韧的毅力，但是想摆脱农村单调乏味的劳动节奏，向往一种有创见的包含着精神追求的生活内容，本质上是相同的。

1973年1月，结束了十几年的学校生活，我高中毕业回到了农村。突如其来的"文革"浪潮，冲断了父母用辛勤的汗水为我铺设的劳心者之路，我不得不回农村做了一名地地道道的劳力者。

在当时的农村，劳力者的首要资本是年轻力壮，能干重体力活，能挣高工分。所以，作为年轻体壮又有文化的劳动力，队长高看我一眼的具体体现，就是派我到东山里拉石头。因为干这个活儿虽然累，但工分高，每天还有五毛钱的出发费。

我们两个人一辆地排车，一大早离开村子，走到滕县城里，沿着东西大街再走到城东郊的荆河桥头停下来。那里有一个专卖羊肉汤的饭店，每人花两角五分钱买一碗羊肉汤，再领取一个添汤的小牌牌，找个桌子坐下来，便开始大口大口地使劲往肚里塞羊肉泡煎饼。所谓羊肉泡煎饼，说白了就是把煎饼往羊肉汤碗里蘸一下咬上一口、蘸一下咬上一口，把汤蘸没了，拿着添汤牌到窗口续一碗汤，一直到把四五张煎饼塞进肚里为止。感觉饱到嗓子眼儿了，便收拾好包袱继续赶路。

之所以吃这么饱，是因为几十里的路要一天返回，路上必须紧赶快跑，再累也不能休息。

到山里装好石头，再返回到荆河桥头时，一般都在下午五点多钟。停下车子再到饭店里，再花两角五分钱，买一碗羊肉汤领一个添汤牌，继续往肚里塞煎饼和羊肉汤。把剩下的煎饼全部吃完，稍事休息继续赶路。回到家卸完石头，也就到了晚上八九点钟，正好是农村喝汤（吃晚饭）的时辰。

生产队逢到盖房子建院墙的时候，需要石头作基础，才有到东山里运石头的差事。能被派去运石头，不但工分高，每天还可以喝到两碗羊肉汤，是壮劳力们巴不得的美差。然而我从来没经受过这样的强劳动锻炼，连着干了四五天，实在吃不消了。

终于有一天，当我们拉着地排车走向荆河桥头的时候，在离卖羊肉汤的饭店还有十几米的地方，忽然感觉到一股浓烈的带着油腻气息的膻味扑鼻而来，一下子撞翻了我那压抑已久的胃，差一点儿就要吐出来。

我再也没敢走进那卖羊肉汤的饭店。回来的第二天，早晨就没有再起来，开始发烧了，不但恶心还肚子疼。

现在回想起来，那突如其来的劳累反胃，与当时的心情是有直接关系的，思想迷惘，情绪压抑，内心郁闷，直接造成了身体器官的异常反应。到现在每每想起来，头脑中首先浮现出的，仍是那粗瓷大碗周边遇凉凝聚起来的羊脂油，厚厚的白白的，要多腻有多腻，想起来就会恶心反胃，别说再去吃了。

在农村下苦力，拼的就是一个棒身体，而要保持棒棒的身体，靠的则是好胃口，这是一连串的循环效应。我胃口经受不住考验，怎么能下大力气？只有甘拜下风。

被队长选中出工差运石头，算是我投身农业劳动的初次试水，得出的结论是：吃农业劳动这碗饭，我真的很难胜任。

如果认真追究起来，一个重要的原因，是我们家有叔叔这个上了大学吃公家饭的成功范例，所以父母就一直把我当成第二个大学生来培养，认为我肯定能像叔叔那样，上到大学毕业然后分配个不用下笨力气的工作。所以此前我的生活一直是被圈在学校里度过的，从小就没经受过那种泼吃泼喝泼摔泼打的锻炼。当"学而优则仕"这条路被"文化大革命"冲断之后，高中毕业回家当了农民，那无法承受的尴尬便突显无疑。

这种严酷现实对内心的冲击，在后来的生活中不断出现。

有一次，我被派往鲁南化肥厂去拉化肥，那个路程是无论如何一天都回不来的，所以大家带着被子，在化肥厂住了一宿。第二天返回经过木石煤矿，见到工人俱乐部的礼堂门口贴着电影海报，要放映朝鲜电影《卖花姑娘》，大家忍不住兴奋起来，即刻停车跑到海报前看电影放映的时间。

当时的中国人，文化生活比较贫乏，朝鲜电影《卖花姑娘》以情感为卖点，所以一出现就风靡了整个中国。影片中的情感渲染，把中国观众的泪腺冲击得一塌糊涂。纷纷风传，要看这个电影，必须准备好两条手绢：进了电影院会从头哭到尾，一条手绢是不够擦眼泪的。

能让观众从头哭到尾的电影，究竟有多吸引人？谁也没看过，只是听传说。可我们在木石煤矿却见到了即将放映的海报，你想那还走得了？

要不是放映的时间还有好几天，我们真的就会住在俱乐部的门口等着。照大家的话说：就不信抢不到一张票，能看上《卖花姑娘》，回去扣多少工分都值了。

现在听起来有点虚张声势的感觉，可当时的现实就是这样。农村文化青年的精神饥渴程度，现在的年轻人根本想象不到。一年盼不来一个新电影，好容易盼来了，也只是过路式的在县城的电影院里放两天，拷贝就又传到下一站去了。城里人托关系走后门都弄不到一张票，农村人就只能干瞪眼了。

在农村里，一年都放不了一场电影，全是老掉牙的旧片子，想看这种外国的新片子，你就等吧，从年轻等到找对象，等到结婚生孩子，再等到孩子能打酱油的时候，能看上就不错了。

听着像是开玩笑，可当时的工农差别、城乡差别，就是这么大。特别是像我的家乡，农民一辈子面对的生活，就是割了麦子种玉米，收了玉米种小麦，人们拘守着单调乏味的重复式耕作，日复一日、年复一年地没有丝毫变化。传统的劳动模式化，造成了既有的生活凝固化，让人看不到改变的希望。

面对这种现状，我不可能不迷惘。特别是在精神生活方面，那种贫困，比少油缺盐还可怕。怎么办，受当时社会制度与信息交流等客观因素制约，要想改变命运，必须脱离封闭落后的环境，对我来说，只有一条路，那就是走出农村。

当时最受热捧的小说是《钢铁是怎样炼成的》，主人公保尔·柯察金说过一段话："人最宝贵的是生命，它给予我们只有一次。人的一生应当这样度过：当他回首往事时不因虚度年华而懊悔，也不因碌碌无为而羞愧。这样在他临死的时候就能够说：'我已把我整个的生命和全部精力都献给壮丽的事业——为人类的解放而斗争。'"

作为著名的革命小说,翻译强调的是"为人类的解放而斗争";作为成长在最下层的农民子弟,作品给我启发最大的,则是今后回首往事的时候,"不因虚度年华而懊悔,也不因碌碌无为而羞愧"。

因此,我坚定了一个信念,一定要走出去,一定要摆脱精神贫困的现状,哪怕到县城里去生活,也不能让自己在校园里多年培植起的心境枯萎死亡。这绝不是心怀什么雄心壮志,只是觉得生命给予我们只有一次,即便不想建立什么丰功伟业,只是为了好好生活,也不能留下碌碌无为、虚度年华的懊悔!

说真的,在想这一切的时候,我并没有什么远大的目标,也没想过创造什么人生的辉煌,更不想飞黄腾达做人上人,我只是想要今后的生活可以丰富一些,从容一些,轻松一些,说得再大胆点儿,就是不再这么乏味单调,变得新鲜如意富有色彩一些。

我后来在农村所下的一切力气,激发出的所有智慧,付出的所有努力,积聚的所有资本,说到底都是缘于此,都与起初所产生的这种领悟和决断有关。

有志者事竟成。两年多之后,我真的走出来了,离开了那一片深情而又无奈的土地。但是有关那时的一段记忆,却一直跟随着我,至今依然刻骨铭心!

……

在如家老年公寓里,我用轮椅推着岳父在院子里散步。一群老人坐在楼前聊天,其中一位善谈的老太太主动跟我搭讪。我问她多大年纪,她满含着自豪的语气回答:"93了!"一边说着,一边还用手指了指身边轮椅上的另一位,告诉我,"她才73。"

那意思我明白,她想说的是,比自己小20岁的都坐轮椅了,她还能腿脚灵便自由活动,言语里透出的是长寿健康者特有的自豪。

我没好意思问老太太以前是干什么的,也不知道她有几个儿女,但我能想象得到,回忆过往的人生一定是她现在每天的重要内容,而当她以93岁的高龄回忆往事的时候,内心里肯定非常满足,当下必然也是儿女孝顺,生活如意。看着她自信、从容、温馨、安详的精神状态,我分明欣赏到了人生美丽的风景。

从老人充满着自豪感的语气里,又能够进一步领悟到,这种美丽的晚年风景,是以坦然而无愧的人生经历作积淀的。

是啊，仔细想一想，人从生到死，一开始是认识世界、奠基人生，进而是改造世界、经营人生，到老年了，则更多的是感悟世界、回忆人生。而这整个的过程是相互关联相互影响相互作用的。具体说来，一个人先前所做的一切，都将变成之后的回忆内容。在一定的意义上，人正是通过这种不断的回忆来总结经验、接受教训、自我调整、终其一生的。特别是到了老年，回忆会变成重要的精神依托，想到过去的岁月，是羞愧、是悔恨、是遗憾，还是坦然、是欣慰、是自豪，直接决定着生活的质量，也直接影响着人生的价值。

与老太太的几句对话，让我想到了很多。几十年走过来，现在重新认识人生，我和年轻时的想法也不一样了。就如同任何真理的论断都有自己的逻辑前提一样，人生本没有固定不变的价值评定标准。社会给每个人提供的平台不一样，时代为每个人营造的机遇不一样，先天赋予每个人的智力潜能不一样，所以人生的成功与否，也就没办法用一种固定的标尺来测定。

不论是在农村还是在城市，无论是从事脑力劳动还是从事体力劳动，人生的成功与失败，全在自己演绎；人生的价值感受，全在每个人心里。

细细体察老年公寓里的人生情态，就会相信，到了老年，再多的金银财宝，都填不平人生的遗憾；再高的名誉地位，都替代不了内心的体验。人生走到最后，成功会变得很单纯：丰衣足食，儿女孝顺；回忆过往，无愧于心。

一句话，无论什么身份和地位，老来都会回归到生命的本体，它的存在感与幸福感，与身外之物毫无关系。最关键的是在于，人的内心是否辉煌，是否积累下足以令生命安然从容的资本。

人生机缘在努力

儿子以华盛顿大学工科博士和布朗大学博士后的身份,在纽约州立大学陶瓷学院任了三年教职。三年的时间里,他建立了自己的实验室,除了给本科生上课之外,还带了两名博士生。不但获得过国家自然科学基金立项,而且先后5次受邀做国家自然科学基金的评委。

按理说,时间不长即取得这样的成绩,事业做得也算是风生水起。然而,青年人毕竟有自己的人生价值观,或者说也可能与自己的兴趣爱好有关系,再加上今后生活的规划以及对将来职业前景的推断,当然还有我们这一代时空视野和思维模式想不到的其他种种吧,儿子产生了由理工转学法律的念头。

不知从什么时候,他在上课、做实验和指导博士生之余,开始了积极准备参加LSAT全国统一考试,成绩公布后,竟然达到了美国一流大学法学院的招生分数线。他申请了哈佛大学的法律博士,经过面试被录取。

在视频聊天时谈及这件事,我很自然地想到了自己当年被推荐上大学,第一志愿填报法律专业没被录取的情景,并再一次地向儿子讲述了那个年代自己心比天高而时乖运拙的无奈。

那是发生在1975年的事,到儿子被哈佛大学法学院录取,时间整整过了40年。这种时空交叉中的机缘巧合,其中蕴含着多少天地运转与人生命运的奥秘,真的是足够让人回味领悟的。

1975年的春天,我开始参加工农兵大学生的推荐选拔活动。推荐程序是从生产小队开始的,经过从大队到管理区再到公社的多轮汇报演讲,当然也包括象征性的文化课考查,最后,我以第一名的成绩排列在全公社被推荐者的名单中。这样的成绩,上大学是不成问题了。所以公社当时负责这项工作的教育干事刘老师,将当年在滕县招生的学校名单交给了我,让我用毛笔抄到大张的白纸上,第二天张贴在了公社大院的门口。

因为招生学校的名单是我抄的,印象特别深刻,排在第一位的就是北京大学法律专业。所以在招生推荐表发到个人手里的时候,我在专业志愿那一栏里,毫不犹豫地首先填上了"北京大学法律专业"八个字。

当然,后来我才了解到,那个年代的大学录取是基本不依照个人志愿的。录取学校派人到各个县的教育招生部门去现场录取,首先考虑的是被推荐者的政治面貌,还有被政治审查程序包裹着的各方面的社会关系,其中也包括"走后门"现象。

政审成为当时录取的首要甚或是唯一标准,而政审的判断虽然是非鲜明,对于一个人来说,却也往往失之于简单武断。因而,在这种简单的政治性极强的录取标准指导下,个人专业志愿基本上也就变成了表格中的栏目摆设而已。

事实反复地印证着,报名参加招生推荐的青年人,经过层层选拔,最后有幸被推荐到县里之后,究竟会被哪所学校哪个专业录取,往往仅取决于政治面貌和社会上的特权关系。当然,在一定意义上,具有同样政治面貌和社会关系的被推荐人员,究竟如何认定取舍,就与到录取现场的学校招生人员有关了,与他们的政治意识观念以及由此衍生出的价值判断标准直接相关。

正因此,自从我们公社的推荐档案送到县里之后,公社教育干事刘老师就天天跑到招生办公室里蹲守着,目的就是想瞅时机给有关学校来的招生人员推荐优秀者名单。因为那一年我所在的龙阳公社的推荐工作由于坚持"公开公正公平"的原则,受到了地区的通报表彰,他决心借这个东风,实现公社有人上名校的突破。而我排在第一名,自然是他要保的重点。

现在回想分析起来,我们所处的这个世界,还真的是时时处处都充满着矛盾对立的自然规律。正是由于新上任的教育干事刘老师没有任何私心,想干出一番成绩,那一年组成了一个包括高中校长在内的知识分子话语权占绝对优势的推荐委员会,每一个环节都坚持了"公开公正公平"的原则,所以最后票决的前三名,全是综合表现突出、文化测验优秀的青年人。然而这样的青年虽然发展比较全面,个人修养也没问题,却不会看风使舵,不会圆滑处世,因而政治面貌上就难有出彩的地方。

在一个强调政治面貌的年代，真才实学，那只能成为推荐委员会内部的共识，一旦推荐结果放到社会上，这种推荐原则能否被所有人特别是主事者所接受，就要打个大大的问号。

譬如，有些政治上红极一时的人物，在我们连共青团员都不是的时候，人家就已经是中共党员了，高中毕业后靠着紧跟形势当然也包括一定的政治手段，有的都成了公社一级的后备干部，推荐上大学却被排在了第四名之后。这用德智体全面考查的标准来衡量是正常的，但是以突出政治的标准来检验，就肯定会被有些人认为很不正常。

所以，当年真正体现"公开公平公正"原则的推荐结果，由于违反了"突出政治"的原则，可以说从一开始就潜伏着危机。

果不其然，在高校录取的关键时刻，我所在的龙阳公社的推荐结果出了问题。

据教育干事刘老师事后讲，当时他把我的档案推荐给了天津的一所名牌大学，学校来的招生人员审查完档案，觉得没有什么问题，正要办理录取手续时，来自于龙阳公社的十多封状告推荐名单前三名的"人民来信"，寄到了县里。

如果按照以往的处理方式，既然被推荐人有人民来信提出质疑，即刻就会被撤销推荐资格，问题解决起来很容易。可关键是那一年我们公社是被地区通报表彰的单位，恰恰又是前三名都出了问题，如果简单化地处理，那县革命委员会就等于否定了自己当年的招生工作。

因此，有关方面没有对"人民来信"反映的问题作出直接处理，而是在请示上级之后，成立了由县革委会办公室、教育局和公安局等部门组成的联合调查组，就来信反映的问题，专程到龙阳公社进行实地调查。

调查是从推荐的源头开始的，从生产小队、大队、管理区最后到公社，凡是匿名信反映的问题中涉及的人，每一个都被请去进行询问，进而形成证明材料。询问的详细、具体和细节化，完全出乎了农村干部和普通社员的想象，此前从来没有遇到过，所以一时引起了不小的议论。大家不知道调查的用意，只是感叹说：怎么现在上个大学这么麻烦啊！

匿名信中检举的三个被推荐人所在的三个村子，调查组逐一进驻调查了一遍，只不过第一名的检举信最多，在我们村里停留的时间最长。等着所有调查工作全部完成，整整用去了18天的时间。据文教干事刘老师后来说，最后形成的调查材料，每个人都有一尺多高，是用好几个档案袋装走的。

经过详细具体的调查，匿名信里所写的全都是诬告，而且通过调查也基本弄清楚了，所谓的"人民来信"，都是在这次推荐中没能如愿进入前三名的一位政治风云人物通过私下活动组织的。这位当时政治上最出彩的青年干部，因为自己没能排在前面，便想通过状告前三名的方式来提高自己的位次，以达到上理想大学的目的。于是便通过不正当手段买通前三名所在村的有关人员，编写匿名信，寄到了县里有关部门。

事情弄清楚了，我们的档案又被放回了教育局的招生办公室，供各学校前来的招生人员挑选，按照文教干事刘老师的说法，这应该是不幸中的万幸。不过可惜的是，由于时间过去了半个月还多，在滕县招生的外省高校和本省的老牌高校全都完成任务回去了，我们全都错过了上理想大学的时机。

我后来就读的泰安师专，在人们的印象中属于三类大学，无论是办学历史还是社会品牌，都缺乏与老校名校抢生源的资本，所以，安排到各地录取的时间晚一些。我们的档案被放回到县招生办的时候，泰安师专的招生人员刚刚到达滕县。他们看了我的档案，就决定把我录取到了学校办学历史最长底蕴最为深厚的中文专业。

入校后不久我就对上号了，那一年是泰安师专政治部的王明德老师去滕县录取的。因为我入学后被选为学校宣传组成员，去政治部报到时，王老师听我自报家门，马上就给我讲起了他在滕县录取我时与公社教育干事刘老师的一番争执。那情景，在我还没来报到之前，刘老师就给我讲述过一次，现在再听王老师讲说一遍，当时的场景就完全对应起来了。

代表泰安师专去滕县招生的王明德老师，看了我的档案很满意。可当他要办理录取手续时，我们公社的教育干事刘老师不干了，把档案夺了过来。

"这是我们公社排在第一名的，怎么能上师专呢！"刘老师情绪有点失控，脾气一时没搂住，可他不是对着招生人员的，只是觉得自己的好心没得到好报，有点儿窝囊。

"你怎么看不起泰安师专啊,告诉你,我们今年的毕业生,光中央电视台就分去了3个!"王老师也有些不服气,哪有这样对待来招揽人才的伯乐的?情急之下,他也不得不拿出了当年学校在毕业生分配中最值得炫耀的成绩,来回击文教干事。

有关工作人员赶紧过来缓和气氛,劝说双方冷静下来。

说到底,刘干事是为了给他选拔出的人才找个好学校,而王老师也是为了给泰安师专招到好生源。可当时的情况是,外地名校和省内老校的招录工作都基本结束了,比泰安师专再好的高校,刘老师也不一定能再等到;而对代表泰安师专到滕县招生的王老师来说,正是因为龙阳公社出了问题,才使得优秀的推荐档案留到了现在,无论如何说,学校能录取到优秀生源都是最重要的。所以,双方权衡利弊后,还是选择进行友好的沟通交流。

为了说服刘干事,王老师便将泰安师专的办学历史和特色详细讲了一番,说这是1958年就建立的高等学校,特别是中文学科,在省内高校中是数得着的。正好我的档案里附着许多文艺创作材料,王老师保证说,如果这样的人才上了泰安师专的中文专业,毕业后一定会大有前途的。

刘干事在王老师的宣传攻势下慢慢冷静下来,认真想想也是,外省的大学都录取完走了,本省的也所剩无几,再来的,大多都是中专一类的学校。甭管怎么说,泰安师专还是大学,如果真得后面没有高校过来了,总不能让全公社排在第一名的读中专吧。于是,他就答应了王老师把我的档案拿走。

我是在拿到录取通知书后才知道了录取结果的,又听刘老师介绍了这期间的一波三折,虽然对自己的专业志愿没能实现有些微的遗憾,但是更多的还是内心里浮起来的庆幸的感觉。而且在那个自我完全被动的年代,由于招生人员参考了我档案里的文艺创作资料,把我录取在汉语言文学专业,还是迎合了我的专业爱好的。因为在填表的时候,我在法律专业后面填的第二个专业,即是汉语言文学。尽管理想的学校不是泰安师专,但经过了这么多的曲折,能到泰山脚下上学,我也已经很庆幸了。

话说回来,当时之所以首先选择法律专业,也并非是我对法律有什么本质上的认识，完全是看到这两个字的时候，从内心里产生出的一种神圣感。因为就当时的所见所闻，深感到社会已经乱到了无法可依的地步，让人没有了任何的安全感。从上到下似乎没有了任何章法，对错全是地位高权力大的人说了算，包括性命攸关的事情，都完全由一个人信口决定，这样的社会生活环境，太可怕了。

那时候，有点文化知识的人，在心里都会期盼有秩序的社会生活，而想到社会秩序，必然就会想到"有法可依"几个字。而法律究竟是什么，你让我说，我肯定回答不出来。但是它代表的是平等与公正，应该对每个人都用一把尺子，按照农村里的话说是一碗水端平，这一点我是清楚的。正由此，对它也就在内心深处潜存着渴望。对当时的我来说，上大学能学习这样的知识，将来能从事这样的工作，那人生该多有价值啊！

所以，在推荐的文化水平测试环节，我便选择了一个与"法"有关的论题，用列宁限制资产阶级法权的理论，具体分析农村当时面临的现实矛盾问题，洋洋洒洒地写下了好几千字的论述。推荐委员会的几位老师阅卷后认为，与那些连语句都写不通顺的政治强人一比，水平高低的差距是显而易见的。他们也认为，我填写法律专业最为合适。

可后来才知道，在录取现场，首先要看的是家庭出身和个人政治面貌。

即使不出现人民来信，我如愿被天津那所名校录取，据刘老师说，也不是学法律而是学中文。这么说吧，就当时的招生制度和人才选拔标准，我志愿填报要上法律专业，充其量也就是一个梦想。

没想到的是，四十年之后，我的这个梦想，在儿子那里实现了。而且上的是世界顶级的名校哈佛大学，法学院又是哈佛大学最有名的三大支柱学院之一。

认真地想想，这个梦想的传递与实现，历时四十年，跨越数万里，无论是从生命境界还是理想求索上，应该说都体现了人生意义上的最完美的超越。

我是一个人本主义者，从儿子考大学填志愿开始，他的每一次选择，都从来没有作过任何方式上的干涉。

我记得很清楚，儿子从小爱好历史，我对历史了解不多，也分不清正史野史，反正听他讲起来全都滔滔不绝、头头是道。但是上了高中，他可能受班主任的影响吧，又觉得世界是物理的，物理才是最基础的学科，所以，在高考填报志愿时，又自愿填上了物理专业。儿子在南京大学本科毕业后，完全依靠自己的力量，申请到美国理论物理博士学位的奖学金。这一系列的志愿选择过程中，我都没有任何形式上的干涉或者建议，全都是他自己在做主。

到美国学了一年，儿子的思想更加开阔，依据美国市场发展趋势和将来的就业需求，他又决定从理科转向工科，申请到新材料的博士学位奖学金，从东海岸的波士顿来到西海岸的西雅图，经过四年的努力，以优异成绩取得了博士学位。然后又到布朗大学做了一年的博士后研究，最后来到纽约州立大学陶瓷学院任教。

在这些年的专业选择与求学、执教过程中，儿子的努力是显而易见的。在自己从事的专业领域，他所发表的第一作者的文章，影响因子最高的达到了9以上。单是在纽约州立大学陶瓷学院任教的三年里，他不但自己承担着国家自然科学基金项目的研究，而且先后多次被邀请参加国家自然科学基金的评审，除了到华盛顿去参加会议评审，期间还做过通讯评审的评委。在招收博士研究生的时候，他连续两年都把奖学金颁发给了中国学生，一个毕业于天津大学，一个毕业于华中科技大学。辅导博士之后，以通讯作者的身份发表了十多篇有影响的论文。

可以说，三年的时间不长，他已经为自己奠定了比较坚实的从业地位。驻费城的一所知名大学，为了聘请他去任教，开出了十分优厚的条件，一年9个月的工作时间，薪金十多万美元，而且承诺三年后即可晋升终身职务。还有其他城市的私立大学，也有意请他去任教。国内一所著名的电子科技大学，也已经决定聘请他为客座教授。

如果以我的生活理念，有了这样的事业基础和生活保障，可能就不会再有其他的想法了。可是，儿子是具备国际视野的人才，他觉得这种一眼就能把今后多少年都看得很清楚的生活道路，尽管会让人生活得无忧无虑，但是以他的性格和特长来说，却很难激发起继续奋斗的兴趣。所以，他决定，趁年富力强再作一次人生的选择调整，准备再攻读一个法律学位。

对他的这一想法，我依然如同往常一样，没有任何意见，既不干涉也没表示支持，因为我觉得这完全是他自己的事。据儿子介绍，申请法学院，与申请其他的专业有本质不同，首先要通过LSAT考试，招收的学校是严格按照分数线来录取的。在所有的招收学校中，哈佛大学、耶鲁大学的法学院，是要求LSAT成绩最高的。过不了这一关，其他的条件都没用。这在某种意义上说，有点像中国高校的本科招生录取，首先是用分数说话。仅凭这一点，最后能被哈佛大学录取，他所付出的努力就可想而知。

不过想想也值得，因为儿子这一次的自我选择，同时也实现了我四十年前的一个梦想。

暑假之后，儿子就去哈佛大学报到了。从人生的节点上说，这种新的事业平台的跨越，不仅又让我联想到自己的经历。从事高等教育四十年，我虽然没有转换过专业，但是当年考入华中师范大学学习硕士研究生课程，应该也算是一次人生的自我调整。我在《四十不惑》中曾经表达过这样的意思，华中师大的学习是我的事业上的一个新的基点。而1986年秋天去华师报到时，我正好是33岁，巧合的是，儿子去哈佛大学报到，也是33岁。当然，我们原来的基点不在一个层面上，所以，不好生硬地类比，但是对于人生选择的意义来说，应该是一样的。

四十年，两代人，从鲁南一个普通的农村，到泰山脚下的一座小城，再到六朝古都的南京，大洋彼岸的美国，经过不断的努力与奋斗，儿子跨入了世界名校，在顶级名校最有名的法学院里，实现了老子四十年前所做的法律梦。而他在33岁时的这一新的人生抉择，与我33岁时选择到九省通衢的武汉求学，并由那里出发携妻儿游览长江三峡，感受滚滚江水淘洗着的壮阔历史与英雄豪气，究竟有没有关系？这不同时空交叉中的机缘巧合里，到底蕴含着多少说不清的逸奇与神秘？！

真的谁也说不清楚。

我只能说，如此的闲聊与回忆，不断引人遐想，促人在想象中思考，让人在领悟中得到启迪，使人越来越觉得，只要你愿意付出探索的努力，一定就会发现，这世界便充满神奇充满魅力。

从2000年我担任泰安师专校长赴美实地考察高等教育，到此后儿子上大学、拿奖学金赴美攻读博士学位，几经选择，到今天进入哈佛大学攻读法律博士，连接起来形成了一个富有启发性的人生探求之路，使我逐渐领悟到了发达国家先进教育理念的实质。

教育是启发引导人的,不是捆绑人的。教育应该尊重个性发展,应该为个性的选择创造最大自由的空间,应该帮助人在发挥特长与兴趣中构建自我的人生。换个角度说,教育最大的成功,是受教育者未来的事业与自我的兴趣相交融。

2000年在美国考察社区学院时,我们曾顺便参观过一所小学,看到教室门外的草坪上放着许多大型玩具,问及原因,主人介绍说,如果孩子对这堂课不感兴趣了,就可以出来玩游戏。结合着今天的话题,我似乎才真正悟到了这种完全不同于我们的基础教育理念的先进意义。说到底,人生的学习阶段,是要在不断选择调整中才能找准自我的方向目标的。因此像我们现在的家长,完全从自己的意愿出发,给孩子找个目标就恨不得让他们抱住不再松手,其实是违背教育的天性的。

包括到了中高等教育阶段,我们都单纯地要求学生认准了就要心无旁骛,抓住目标就要坚持到底,实际上都有悖于现代教育的本质。就拿心无旁骛来说吧,人在年轻的时候,能一下子看准自己的一生吗?时空在变,时代在变,环境也在变,所以,见异思迁的思维有时未必就不对,因为它有可能成为自我调整的必要前提。不断选择是自我调整的需要,人只有在不断选择调整的过程中,才能使自己的人生方向更符合自身实际。

发达国家的先进性表现之一,就是能为人提供自由选择的机会。现代教育理念最突出的特点就是尊重人的个性发展,鼓励在张扬个性强化兴趣中激发创造精神。我至今忘不了儿子给我讲过的一个情景,在去美国读博一年后,他为了从理科转到工科,又申请了另一所大学的奖学金。在原来的学校拿了一年物理学的奖学金,中途要离开,总觉得有点不好意思,所以他专程到系主任那里表达歉意,系主任听他说完情况,是这样回答的:你不用有歉意,你的兴趣是最重要的。

这才是先进的教育!

鼓励个性发展,才能培养敢想敢试敢闯的心态也即创造精神;只有善于为年轻人的选择提供自由的空间,才能使之不断调整到最佳的精神状态;只有使每个人的选择都最大限度地符合自己的兴趣,才能激发起人生的最大能动性。整体是由个体组合而成的,个体强了,整体才能强,而不是相反。

最后想到的一点是，时空交叉也好，机缘巧合也好，都与主观因素的能动性发挥有直接关系。所谓巧合，说到底是主客观因素在一定时空中的交叉融合，主观的积极主动，是形成客观上巧合机缘的基础。所以，无论什么样的巧合，主观都是起决定性作用的。

在这个意义上说，"有志者事竟成"，仍然是一句值得推崇的至理名言。

筒子楼的日子

原泰安师专家属院里，沿街有一座三层筒子楼，当时称为6号楼。

那是一座单身教工的宿舍楼，后来学校的办学规模不断扩大，教工住房建设跟不上发展需要，很多结婚生了孩子的教职工，没有单元房可以搬，就只好原地改造，在房间门口的走廊上支起蜂窝煤炉子，摆上一张两抽桌，创建起一个个开放式厨房，因陋就简地过起了小日子。

在筒子楼里，基本上是一间房住着一家人，所以，一段时间之内，6号楼也便成了家属院里居住人口最多、居住者最年富力强的一座宿舍楼。

虽然居住条件简陋，但如果能在6号楼里占有一间房，便可以在卧室门口支上炉子划地为厨生火做饭，那样，就不用每天再去吃食堂里千篇一律的大锅饭了。所以，年轻教师想要入住其中，也不是轻而易举的事，必须积累起足够的资本才有可能。

现在回忆起来，我住进筒子楼，也是经过了一个复杂过程的。

刚毕业留校的时候，我们是四个人住在一起。宿舍就在校园东南角的一排平房里，行政后勤人员和各专业教师全都混编在一起居住，大家的作息时间、生活习惯等都不一样，而且由于住得拥挤，宿舍里放个桌子都很困难，这对需要利用业余时间自修备课的专业教师来说，弊端就更加明显。

为了争取一个有益于工作学习的居住环境，我们通过系领导多次向学校反映，经过一段时间的努力，宿舍终于由四个人一间变成了两个人一间，房子里除了两张床外，还可以放上两张办公桌，平时就不用到外面找地方备课自修了。

在平房里住了不长时间，由于外出参加工作队和进修学习，我们的宿舍就安排给了别人。特别是在曲阜师范大学进修那两年，回校办事或者是上课，没有了自己的宿舍，就只好住临时招待所。

为使进修结束后有个满意的宿舍，从系领导到我们个人，一直不停地打报告或者亲自找领导诉求。经过多方努力，在教工宿舍调整时，学校终于将6号筒子楼二层的一间宿舍分配给中文系，进修回来后，我和另一位同事便搬进了筒子楼里。从此，才好似结束了内心里的那种无形的漂泊感，感觉自己真正成了一位名副其实的高校教师。

由多人宿舍到双人宿舍，应该是留校后住宿条件的一大改善，而由校园内的双人宿舍再到家属院里的双人宿舍，对我们来说，则又是一个实质上的跨越。因为能从校园内的临时平房搬进家属院，代表的不单单是住宿条件的调整，而是整个生活环境的改变。家属院里有教工食堂，筒子楼里也有公共洗漱间，相对来说生活方便多了，更重要的是，它象征着我们真正融入了教职工的生活环境之中。

与兄弟院校相比，当时泰安师专教工宿舍的条件差距比较明显。所以年轻教工，只要是结了婚的，大都去了对方所在的单位居住。没有结婚或者结婚后依然两地分居者，想在学校里一个人一间房，那是很困难的事情。所以，我们同宿舍的两个人，直到各自都结了婚之后，仍然还是住在一个宿舍里。

好在同事结婚比我早，把妻子调到泰城之后，就全力以赴找领导要房子，最后终于在校园的临时平房里有了宿舍。他搬回校园里去住了，筒子楼里的那间宿舍，自然就剩下我一个人了。

我住的那间宿舍在二楼，门对着楼梯。原先是一张单人床一张两抽桌，加上一个三层的小书架，感觉还是挺宽敞的。1982年妻子调来学校后，我们把在薛城的家当搬过来，仅是双人床、大衣橱，再加上一个高低柜，就把整个房间塞得满满的了。很多东西塞不下，就只好放在了走廊里。

那时孩子刚刚几个月，我三妹还得跟着来看孩子，于是，晚上妻儿和我妹妹三个人挤在一张床上，我则不得不到教学楼的教研室里去睡觉。住宿虽然还是难以令人满意，但一天三顿饭，一家人可以在一起吃了。即便是一天聚在一起的时间算起来很短，但那浓浓的居家温情，却能够透过时空的距离，时刻都在内心里萦绕着，感觉与两地分居时是完全不同的。

从一定意义上说，6号筒子楼是我成家立业的象征之所。在它那简陋的空间里，汇聚着丰富的岁月感受，积淀着可贵的生活哲思。

结束两年的进修生活回来住进筒子楼，正是我事业的真正起步期。具体说，我开始接手中国当代文学专业课的教学任务，真正成了一名从事文学专业研究的授课教师；从家庭来说，1982年6月儿子出生，夫妻也结束了两地分居的生活，暑假开学后，我们便在筒子楼里安了家。儿子的整个幼年阶段，都是在那里度过的，一直到他上小学的时候，我们才搬进了单元房。

那时候学校调整房子，没有什么明文的规章制度，基本上是分管的部门说了算。平时学校有人调走了，或者有人搬到别的单位去住了，腾出了房源，究竟分给谁，大抵情况是，谁找得急找得凶，谁会说会编会表演，就会在调房子上占优势。为了感动在分房中说话算数的人，有些教职工夫妻双双齐上阵，为征服有关领导，必要时还会拿出"忠节孝道"作撒手锏，连公公婆婆岳父岳母全都编进故事里，要紧要忙时，还真会将家里老人接过来伺候着。有时还需要请客送礼之类。

这一套自编自话自导自演的把戏，我们哪里会啊！请客送礼，那就更不可能了。也不知道是自己思想成熟得太晚还是头脑开窍得太迟，反正按我当时的理念，为调房子给有关人员送个礼或者请人吃个饭，打死我都做不来。也可能是做人有点太理想化，抑或是从根底上就太笨太愚太幼稚，反正那时涉及请客送礼的事儿，想想都觉得很丢人，别说让自己去亲自做了。

可生活并不以人的意志为转移，事实是，你看见有人忙着在家里做菜摆酒请客，当时还不由自主地替别人脸红，心想那该有多难为情啊！可是过不了两天，请客者就搬进了单元房。仔细一打听，是有人搬到了外单位去住，那房子是上个月空出来的。

我的天！我们哪有工夫整天打听这些事儿。再说了，就是打听出来，知道了，那请客送礼的举动，在当时怎么也做不出来啊。别人做事，不管如何离谱，也只能看见装着没看见，在自己心里发感叹。当时的想法是，咱管不了别人，可是能管得了自己，住房确实很重要，我有时也会跟着别人去找领导，可是说到底毕竟自己心里是有底线的。

所以，尽管眼看着宿舍调整的无序竞争状态愈演愈烈，而且搞歪门邪道的人屡屡得逞，我终究也学不来那一套，不是自己功力不行，而是在心里说服不了自己。没别的办法，只能继续认认真真工作，老老实实做人，心里想，就不信做出了成绩，有关领导还能装着看不见。谁承想，做人的理想化改变不了现实环境的残酷，想用埋头苦干来征服人心，事实证明还真得只是一厢情愿。

筒子楼里的人一拨一拨地搬走了，最后剩下的，大部分都是我这种只会埋头工作而不会或不屑于去跑关系的老实疙瘩。不过这也有好处，与老实本分的人结成邻居，为人处世反变得越发简单了。因为生活中少了那些为一己之利而耍心眼使手腕的桥段，大家品性相近，真诚相待，制造出的往往是按部就班、知足常乐的轻松气氛，使生活平添了一些在相对封闭的单元房里很难体验到的群处的关爱与率真。

再说，生活本来就是人与人相交所形成的割不断的关系链，社会在不断发展，明天总会好于今天。具体到居住条件来说，不论宿舍的调整多不公正，条件的改善多么缓慢，只要前边有所推进，后面就多少也会跟着有所挪动。

筒子楼里有人搬走，发现有房间空出来，大家便结伴去找领导，没有过高的要求，利用空出的房间设立个保姆宿舍总可以吧，那样，跟着看孩子的家人或者亲戚，晚上有地方睡觉，就可以成全诸多夫妻的真正团聚了。如此这般，一步一步地，随着空出房间的增多，保姆宿舍便由多人间变成了双人间，有些无处放的家具也有地儿存放了。到最后，腾出的房子多了，我们在筒子楼里的宿舍，便由一间变成了两间。

因为没有奢望，所以只要有所改善，就是一种欣喜。一次次，那简单的快乐所造成的幸福感，唯其具体而更加切实，唯其细小而愈加珍视。

等到学校住房管理有了明确的规章制度，人为的因素越来越少，小聪明也基本上没有了市场。按工作表现和业绩来落实待遇的良好愿望，还真实现了。终于，我们从筒子楼里搬了出来，搬进了一套三间的单元房里，直接越过了两间的单元房。这时候，再回过头来想想那筒子楼里的日子，不但无比的坦然，而且觉得无论是对自己还是对下一代，都算得上难得的人生财富。

筒子楼里的日子，无论从事业还是家庭上，都含有某种奠基的意义：清简的状态里包蕴着厚重的责任，粗朴的格调中透示出不懈的追求。

　　那是人生的小家庭初建的时期，那时的年轻人和现在不一样，结婚后来不及享受无忧无虑的二人世界，就必须开始自我谋划过日子的柴米油盐酱醋茶。特别是来自农村和工薪家庭的孩子，父母将自己养大就已经是使尽了全力，更何况家中还有兄弟姐妹，当自己能挣钱了，除了必须开始想办法为父母分忧之外，其他任何再借助他们心力的话都是说不出口的。一切全靠自己。

　　20世纪80年代初，刚参加工作时月工资才三十多元，即使夫妇二人都是大学毕业生，加起来也不过七十多块钱。多亏那时育儿的标准比较低，不然的话，每个月领的那点钱，光养孩子也是不够的。好在当时的整个商品市场都处于低水平状态，不要说什么高营养的稀罕物，就是鱼肉蛋奶，也不是你想买就可以随时能买到的。北方的蔬菜本来就单调，到了冬天就更不用说，几乎天天都是大白菜。

　　过年过节的时候，所谓餐桌上的丰盛，也就是比平时精致一点儿：把白菜心切得细细的，拌上粉丝；将松花蛋切得漂亮点儿，撒上姜末；削皮的苹果再作一番艺术加工，撒上白糖。然后炒几个家常菜，凑成一桌。就地取材，机智节俭中带点创意，那节日依然过得有滋有味儿。再后来泰城有了金星佳肴店，只要不是过日子太细的人，节日的餐桌上大都会摆上金星佳肴里的鸡鱼肉蛋，美美地感受一番节日里的丰富与奢侈，就会对生活产生少有的满足感。

　　那时还没有什么保鲜技术，南北方的商品流通渠道也不畅通。冬天的商店里基本见不到什么水果。那年秋天，单位从胶东拉来成筐的"小国光"，据说是最容易保存的品种，买一筐放在床底下，就算储存下了孩子一个冬天的水果供应。我记得很清楚，早春去肥城带学生实习，听人家说自由市场上有卖肥城桃的，是放在泥瓦罐里精心储存，才安全度过了一个冬天。于是逢到集日就去转着找，一次终于见到了，大篮子里垫着厚厚的干草，上面摆放着四五个大桃子，每个都有六七两。虽然那价格让人很难接受，我还是狠狠心买了两个，宝贝似的拿回了家，揭开皮用小勺挖着喂儿子，一个桃就能吃好几天。

　　那天和妻子聊起过去，提到当时在筒子楼的时候，为了能挣点外快，我在最热的时候应邀到外地给培训班上课，住的房间里连风扇都没有，回来浑身都是痱子，好长时间下不去。论文辅导，自考阅卷，专题培训等，只要是与汉语言文学有关的活动，当时能有机会参加都很高兴，一项活动结束了，拿回十块八块的，那算是家里的一大项收入。积攒个一年半载，添置一件像样的东西，心里就高兴得了不得。

那是一个崇尚独立自主的年代，那个年代的爱情婚姻，本身负载着太多太重的责任，远不像现在的年轻人这么潇洒。可话又说回来了，正是因为有太多的负载，所以经营起来才更加脚踏实地。夫妻双方立足现实，向着一个目标，专心致志，容不得任何的三心二意。那状态那境界，很难用现在的语言进行准确的表述。怎么说呢，忽然想到了庞龙唱的一首歌，那歌词里有这样几句：

> 记得你最爱穿白裙子
> 我最喜欢你的大辫子
> 你爱看我傻笑的样子
> 我们一起过的苦日子
> 记得过年一起包饺子
> 一起喝水用的茶缸子
> 我们一起攒钱买房子
> 还要一起生个胖儿子
> ……

我第一次听到这首歌的时候，头脑里映现出的就是当年筒子楼的景象。大白话的叙述方式，生活化的铺排罗列，内中所蕴含的，却是鲜活的回忆与无尽的感叹。

筒子楼里的日子，生活是轻简的，责任是厚重的；格调是粗朴的，但追求是不懈的。负载着太多责任的婚姻生活，在有了下一代之后变得更实际更具体，过起日子来就更加用心用力，心里清楚一口吃不成个胖子，所以每一小步都迈得专心而又倾力。

今天回过头来再看，虽然走得不快，但那步履却很坚定很踏实，绝对是一步一个脚印，几十年风雨过后，那印迹依然很规整很清晰地映现在头脑里。

筒子楼里的日子，恰逢改革开放初始，因为内心里装着可期的愿望，所以繁杂的空间里环绕着轻快的节调，琐碎的操作中充盈着轻快的笑声。

由于大家都在门口生火做饭，那整个走廊里一个门口一个火炉，火炉旁放个两抽桌，既能作为放菜板切菜的操作台，也能作为摆放简易厨架的平台。厨架上放着油盐酱醋种种佐料，可谓摆得满满当当的。从走廊的最东头到最西头，人们为了更充分地利用空间，可以说将聪明才智发挥到了极致，不会浪费掉一点空隙。站在楼梯口放眼望去，你会看到整个走廊里搭建别致、琳琅满目。

好在当时整个社会对生活的期望值都不高，所以，生活在筒子楼里的教工们，孬好有了个固定的宿舍，马马虎虎地说也算是生活上安居了。事业上有一份稳定的工作，不管待遇高低也有了固定的收入。如此一家三口，温馨和睦时每每就会在心里自我安慰，在不断的自我提醒中，就更容易体验到那种知足常乐的幸福。

与现在很多人整天纠结在复杂的心态中不同，那时候，外界也没这么多的诱惑，人的心理就相对安稳得多。俗常安定的生活再加上目标明确的期望，便能够酿造出人生难得的快乐。不管物理上的空间多狭小多拥挤，从心灵上来说，唯其专注而少有干扰，就更能从清简平淡中感受出生活的本真意味儿。

因此，从生活的韵味上讲，筒子楼里的炊烟是浓郁的，筒子楼里的生活是最接地气的，自然而然的，它所创造出来的快乐也是最富有感染力与穿透力的。

到了下班时间，整个楼道里便会奏起锅碗瓢盆的交响曲。从楼道的最东头到最西头，谁家做的什么饭，炒的什么菜，邻居们都会一清二楚。大家一边表演着自己的操作技巧，一边交流着做饭炒菜中自我积累的经验。那话题，从哪个厂子里蜂窝煤的质量最好，到青菜瓜果哪个市场比较便宜，涉及生活采购方方面面的信息，都能够做到随时交流。

20世纪80年代正好遇上独生子女政策开始实施，可是生长在筒子楼里的那批孩子，一点儿都没有人们所担心的所谓独生子女的坏脾气。因为他们在上小学之前，都是在筒子楼里度过的。那正是性格形成的关键时期，住在相对开放的筒子楼里，那摆满了锅碗瓢盆的楼道，就相当于随意游玩的大客厅。大人们下了班，先去幼儿园接孩子。孩子们回到筒子楼里，就如同回到一个大家庭里，在长长的走廊里跑来跑去，兄弟姊妹在一起，体验着大人们捉摸不透的乐趣。

我儿子和邻家女儿是同岁，回到家大人们忙着做饭，他们就手拉着手去串门，从最东头串到最西头，回来后还会把自己见到的听到的，用叙述故事的方式讲给父母听。时间一长，孩子们真得如同亲兄妹一样。谁家有什么好吃的，不用大人操心，他们就会想到送给小伙伴们去品尝。星期天或者节假日，孩子跟大人回老家或者去串亲戚，一两天不见面，再回来的时候，都会亲得了不得。

直到现在，在筒子楼居住过的邻居们，见了面还会聊起那些逗趣的事儿：我家儿子和邻家闺女，一天不见面，不管是在楼道里或者楼下遇上了，两人老远就会张开双臂，跑到一起很亲密地拥抱，那景象那情绪，还真有点儿一日不见如隔三秋的意味儿。特别是在楼下的大院里，这种两小无猜的幼年表演，每每会逗得那些爷爷奶奶辈的教授们心花怒放，在很长一段时间里，成为中文系老师们见到我们必然会聊起的开心话题。

儿子上小学了，前辈方教授看见他，又用小时候与邻家姑娘拥抱的事来打趣，儿子便很生气地正告他方爷爷：以后不要再瞎说！方教授边自嘲边感叹：看来孩子长大了，小脑袋开始复杂了。

类似的生活片段足以证明，筒子楼里相对拥挤的居住条件，对孩子的成长来说，当然会有诸多的不方便，但它相对开放而又便于交流，这又在某种程度上变成了孩子们成长中的优势。最起码，在这个环境中的孩子不感觉孤独，性格中大都具备开朗爽快的成分。

在筒子楼成长起来的孩子，现在都到了而立之年。他们虽然天各一方，然而父母们相互交流时都能够很自豪很欣慰，因为无论走到哪里，这批孩子都不但事业有成，而且在生活中很善于交朋友，具有充分的能动性与良好的协作精神，这恰恰是当代社会不可或缺的人格素质。

筒子楼里的日子，早已成为历史，但无论对于花甲之年的我们还是正值盛年的孩子们，它都犹如风侵雨蚀的岁月风景，虽斑驳陆离却韵味无穷。

当年的筒子楼，是完全按照传统学生宿舍的结构设计建造的。楼道两侧那一间间的宿舍，墙壁相偎，房门相对，相互之间的私密性很差。在那里生活，必须是相互忍让，相互体谅，既不能太自私，也不能太任性。从白天到夜间，都不允许你毫无顾忌地放纵自己。如果不注意自我的行为约束，是真的会影响到别人或者给别人造成尴尬的。

所以，在筒子楼居住过的人，无形中就会养成一种既隐忍友善、又开朗自检的习惯，无论到哪里，都会不由自主地显露出一种既注重自我约束、又善于互帮互助的心性。

平时谁家忙得来不及接孩子，邻居肯定就一起接回来了。各家有什么稀罕东西，也会想着左右邻居，让自己的孩子给小朋友送去。在要紧要忙的时候，东家借西家几十块蜂窝煤，先用着，到自己买来了，再主动还回去。总之，一个楼道里住着，你不想常来常往都难。长此以往，楼里的男男女女，从心底就会有一种心心相印、惺惺相惜的感觉，需要相互帮助时，根本不分你我。

一个寒冬的深夜，邻居女主人慌慌张张地来敲门，说家里母亲病危，他们夫妇需马上回家，即刻动身。深更半夜的，没别的办法，只好把女儿放我们家里。孩子们本来都很熟，儿子一听，赶紧从妈妈被窝里钻到我这里来，妻子下床开门接过邻家女儿，放进自己的被窝里。我们一人搂着一个，继续睡觉。

类似的事情，在筒子楼里，不新鲜，很普遍。

筒子楼里只有盥洗室，为了防止漏水，厕所是被封上的，需要到大院里的公共厕所里去方便。夜里要小便，每家都有一个痰盂子，早上起来第一件事，就是去盥洗室里倒夜尿涮痰盂，然后排列着放在规定的水池上。所以那盥洗室里的两排水池子，约定俗成一排用来放痰盂，一排用来洗菜洗漱洗衣服。

平时不想跑路，拿痰盂到卧室里解决小便问题，然后再去盥洗室里倒掉冲干净，也是很正常的事。而这样的现实，不小心是会给生活带来某种程度的窘迫感的。举个例子，一次东边邻居又吵架了，居家过日子，小两口拌嘴本来很正常。清官难断家务事，别人的隐私本不应该干涉。但是听着战火不断升级，到了动手操家伙的境地，再不劝就要出大事了，妻子赶紧去敲门，及时阻断了那夫妻之间的器械相斗。

女主人没能大打出手,心里那股气实在出不去,便逮住劝架的大肆倾诉起来:

"孙老师你看看,咱整个楼上有没有这样的?"

我虽然没过去劝架,但在房间里还是时时监听着事态的发展。男方究竟干了什么,惹得女方如此评价?

"我都不好意思说,"女主人终于谈及他们冲突的原因了,"你说他都多大个人了,用痰盂解个手,都不好好的,每次都要洒一地。"

明白了,还是这简陋的宿舍惹的祸。

这夫妻俩平时就经常闹矛盾,原因多是女方嫌男方干事不认真。用痰盂接小便经常洒地上,女人曾为此唠叨不断。看来这次更严重,她忍无可忍,那小宇宙终于大爆发了。

明白了吵架是因为这样的事儿,你还怎么劝啊?只好言不及义地安抚几句,赶紧回来了。

这种又好气又好笑的事儿,住在单元房里的夫妇们,一不小心就会闹出来。类似的尴尬事儿,我自己也曾遇到过。

我们在筒子楼里有了两间房,孩子上了幼儿园,三妹也回老家了,那北侧的一间房,便成了我备课写作的小天地。晚上自己睡在那里,挑灯熬夜也不再影响妻子和儿子了。

夜深人静的时候,备课或写作累了,我有个到楼下散步的习惯。一次天下起了小雨,我从外面返回楼道里,见走廊尽头窗外透进的路灯灯光,便下意识地轻步走过去,想去呼吸点儿新鲜空气。哪承想脚没站稳,就听到了附近门里面传出了不该听到的声音。这才想起,北侧最边上的房间里,搬进了一对刚结婚的男女,我赶忙紧走几步,躲回了自己的房间里。

总之,筒子楼那宽宽的楼道,就相当于单元房的大走廊。上楼下楼,去盥洗间,每个房门出来的人,一天不知要来来回回多少趟。所以在走廊这个必经的空间里,谈不上摩肩接踵,那也称得上是低头不见抬头见。

这样的生活环境里,一不小心,就容易制造点儿令人窘迫的尴尬事儿。由于某些方面不注意,发生点儿小摩擦小矛盾,使得心里不痛快,也是不可避免的。

好在大家都习惯了，学会了遇事在心里先化解，更不在乎那些鸡毛蒜皮。再说了，再内向的人，在这种环境里生活长了，内心也会慢慢变皮实，性格慢慢开朗起来。而开朗直爽的人遇在一起，创造出的生活气氛，总充满着更多的轻松快乐成分。

所以也可以这样说，筒子楼里的日子：无奈并快乐着！

……

几十年过去了，当年住在筒子楼里的人，现在大都退休了。大家偶尔遇见，谈起筒子楼里的日子，依然充满着感慨和说不尽的情趣。

特别是聊起如今天各一方的孩子们，很自然地，就会由当年的筒子楼连接上全国和世界各地。回忆起筒子楼里的岁月，在心生无限感慨的同时，进而萦绕起浓浓的割舍不断的情意。

我心中的文化路

一

岁月悠悠，情味满满。

文化路，一条汇聚着泰安大中小学重要教育资源的街区。

从1975年来泰安上学，到2015年春天搬离泰山学院文化路宿舍，我在那里整整生活了40年的时间。对那里的每一条小巷、每一幢建筑，甚至每一方树林绿地，都非常熟悉。

如今虽然搬离了那里，却留下了难以抹去的满街记忆，每每想起来，就会感慨万千、深情依依。

我第一次踏上文化路，是在1975年秋天。那时来泰安师专报到，在火车站下车走出站台后，坐上了学校接新生的大卡车，沿着现在的龙潭路一直北上，当时感觉好像走了很长时间，汽车好似都开出了泰城，才左拐进入了一条东西大道。后来才知道，那便是泰安有名的文化路。

当时的文化路，给我的感觉可以说是陌生而新异的。

陌生，是因为整个路面上圆石毕露，大卡车一拐过来，就能明显地感觉到是在颠簸着前行，这与我老家的道路完全不同。在鲁南的平原上，不论是城市还是农村，路面上或硬土细沙或沥青水泥，无论高低宽窄，都是平整的。碎石排列着能够成路，而且还是城中的大道，是我从未见过的。

新异，是由于作为城里的一条大街，当时的文化路，两边基本没有商业门脸儿，除了间或能看到挂着校牌的大门，其余全是高高的围墙，中间连个胡同都很少见。那种物性上的粗粝与空间上的静谧，让人有一种空旷沧桑、荒疏凋敝之感。这样的城市环境生发出的氛围,在老家的县城里,也从未体验过。

我对文化路的诚敬,是从入校后看电影开始的。

为欢迎新生入学,学校晚上在大门口放电影。那是一个周末,我们搬着教室里的椅子走出学校大门,竟然发现,在大门前宽宽的马路上,由此往东的好几个校门口,都高高地悬挂着银幕。

一条路上依次排列着这么多的露天电影场,自然说明了它的非同一般的文化底气。慢慢地我便开始领悟到,这条简陋空旷而缺乏城市表象的道路,它的独有的魅力,或者说它的生命之魂,是全都深藏在围墙里面的。

从那时起,我目睹了文化路走过的40个春秋,今天再看它那全然不同的面貌,感叹不已。

现在的文化路,俨然成了道树林立、庇荫浓郁的一条老街。许多历史的印迹,已经都被岁月的风雨冲刷洗掉了,留下的,只有那抹不掉的心中记忆。

二

在我的记忆中,文化路是精神风貌质朴而文化底色厚重的一条城中街道。

在那个物资匮乏的年代,商品流通只能依靠为数很少的国营商店,不论是日用百货还是粮米菜蔬,都聚拢在所谓的城市中心位置,而作为靠近山脚下的文化路,那时是名副其实的城郊区域,所以除了靠近龙潭路拐角处有两间平房,算是粮店吧,按计划供应每人每月30斤粮食,还有就是泰安建筑公司家属院里的一个小卖部,卖些纸砚笔墨什么的,此外,就再没有任何与商品有关的门店了。

这条路上汇集的,除了最西端一个不大的电子管厂和仪表厂,还有泰安中心医院与建筑公司两个家属区,剩下的便全都是学校了。

在一条总长不超过两千五百米的街区里,坐落着山东农学院、泰安师专、山东财会学校、山东水利学校、泰山中学、农学院附属中学、文化路小学、泰山小学等8所学校,当然还有各单位自己办的幼儿园。在办学类别和层次上,从学前班到大学本专科,各类别各层次教育应有尽有。数量之多,类别之全,山东其他的同类城镇,无一可比。

单就这一点来说，泰安的文化路，可谓是名副其实的。再加上文化路与龙潭路交汇处的泰安中心医院，你就可以想见，说这条路上汇聚着泰安城里的绝大部分知识分子或者说精英人士，是一点儿都不夸张的。

所以，当时的文化路，从东到西让人感受到的是纯粹的文化情态。那文化尽管谈不上开放包容，但却也笃专内敛、自信满满。

因为这里没有政府部门和商业门户，所以一直到很晚，当泰城的很多道路都修平了铺好了，文化路都依然是凹凸不平、青石裸露的原生态。从街区面貌上本没有自我炫耀的资本，而一旦谈及文化内涵，那却是泰城其他地方无法比拟的。

单说那每周末的露天电影场吧，从师专到水校，最多的时候是三四个放映摊子，从路的这头排列到路的那头，你想想，那会是多么壮观而又撩人的风景？泰城里的哪条街巷，能有这样的气派、这样的底气？哪个街区的居民，能有这样的待遇？

所以，周六例行的"电影盛宴"，可谓品格内敛、底蕴丰厚的文化路向社会展示自我的标志，它告诉人们，这条朴实无华的道路，内中蕴含着的，是生机勃发的时代内驱力。

三

文化路之于我，还是一条充满着历史脉动与人生资鉴的领悟之路。

我叔叔有个同事，家在山东水利学校，对大动乱年代的文化路有所了解。得知我要来泰安师专读书，她便给叔叔讲述了十年浩劫中文化路上的一幕幕情景故事。叔叔又将这些故事讲给我听，使我比较早地了解到了文化人汇聚的这条路，当年曾经上演着怎样的骇人心魄的人生活剧。

到我来这里上学的时候，已经是"文化大革命"的后期，一些"聪明"的投机者、"灵活"的看客，还有那些"看风使舵"的所谓"精英"们，在经过了运动的几番"历练"之后，很多人已经身心俱疲，有的甚而焦头烂额，变得不再那么张狂了。换句话说，这个时候，斗争虽未偃旗息鼓，但却少了许多盲目的大呼大叫，人们开始在屏息敛迹中相互凝视、自我反思。

不管他们内心在想什么，反正从气氛上说，文化路开始由喧嚣变得宁静了。

特别是大中专学校恢复招生，老师们都随着工农兵学员的到来，开始回归到自己的工作岗位上。

这对于那些从未放弃自身使命的真正的知识分子来说，更是等到了良好的时机。譬如山东农学院的余松烈教授，就是在斗争情势稍有缓和的时候，以"反动学术权威"的身份，自愿请求到我的老家滕县去劳动锻炼的。他在那里先是指导学生实习，后又主动留下来专心进行小麦研究，取得了许多突破性的成果。"文化大革命"结束后，他可以比较早地当选为中国工程院院士，与一直坚守着自己的专业信念和人生追求，特别是在滕县的田间科研有着直接的关系。

在新的历史时期，随着实事求是精神的恢复和改革开放的不断深入，教育开始真正走上了健康发展的道路。坐落在文化路两旁的大中专院校的教师，也迎来了自我发展的难得空间。特别是那些专业信念坚定、始终未放弃过自我追求的人，一旦遇上了适宜的环境，积蓄已久的能量便得以集中释放。所以，在那段时间里，各院校专家教授们的喜讯可以说是一个接着一个。

我作为刚参加工作的高校教师，不时地会被专家教授们取得的成绩所折服，在庆幸自己能留校工作的同时，也开始学着他们的样子来规划自己的道路。说句有点儿矫情的话吧，当时走在文化路上，对遇到的每一个年长者，我都会不自觉地产生一种敬畏的心态，因为他们之中，说不定哪一位就是泰安教育、卫生界的权威人士。

借用一句时髦的话，文化路在20世纪的八九十年代，确实算得上是高端、大气、上档次。

四

从事业的角度说，文化路也是我起步时期刻苦探索自我开拓的启迪之路。

作为刚刚留校的高校教师，我当时从事的学科专业是没有选择的。按照教育部要求，恢复招生后的汉语言文学专业，要开设一门新课，那就是中国当代文学。这门课程过去没有，自然也就没有教师讲授过，无论让谁承担这门课，都需要从头开始。所以领导经过认真考虑，索性就把它交给我了。

作为一门专业课，如何讲授，校内无所借鉴，我只好外出进修。在进修的过程中，利用指导老师的影响，比较早地获取了全国性会议的入场券，进而参与到学科前沿的交流活动之中，了解有关信息，吸纳学科营养，结交学界同行，虚心拜师求教。

正是这个时候，山东大学承办的全国当代文学研讨会在济南召开，会议要安排代表来泰山游览，这为我带来了一个难得的机遇。

负责会务的牛运清先生想让我协助做好这次游览工作，当时有两个问题必须提前准备好：一是代表在泰城的住宿；二是火车站上的接站与送站。联系住宿的宾馆，在泰城没有什么问题，而接站送站需要有车，这在20世纪80年代初，是比较难的。因为当时的泰城，除了半天能看到一趟公共汽车路过之外，平时是见不到几辆大客车的。可牛运清先生说出他的想法后，我二话没说就答应了下来。

为什么？就是想到了文化路。按说当时的泰安师专就一辆大卡车，是不可能派车接送代表的。可我当时想到了文化路上有好几所省属大中专院校，他们都是有大客车的。于是我当即让牛运清先生通过山东大学开了几封介绍信，然后带着它们就提前回来了。

和我预想的一样，回到学校一汇报，从上到下没有人支持这件事。当然我本来也没打算在本校解决问题，只是觉得汇报过了，我再去其他学校活动，就不会认为是目无组织。

为了自己专业上的发展，我当时实际上是做了一次冒险的尝试，然而先到了农学院，效果却是出奇的好。靠着自己的真诚和智慧，我先联系好了接送站的车辆，又与地区第二招待所谈好了吃住方面的有关问题。

泰山游览赢得了代表的一致称赞。过后的很多年，有些专家提起那次泰山之行，还会禁不住对我竖起大拇指。受文化路的启迪，使我事业起步之时的思维，一开始就超越了校园的局限，具有开放立体的特点。这一特点直接影响到了我此后的业务发展，包括行政管理。

这件事之后，走出校门以开放的姿态自我提升，成了我的一种自觉意识。像后来接受农大、医学院等高校团委学生会的邀请，给青年学生作新时期文学发展的学术报告等活动，那些年我都是非常积极的。另外，还接受社会组织的邀请，做了很多的传递交流当代文学文化的事情。

譬如，曾经有很长的时间，我每天都途经文化路，到泰山大桥东头的教育培训中心，为有志者进行自学考试辅导。

再譬如，当年的泰安电视大学，学生的教室是设在农大的。我除了参与个别课程的辅导外，还参与了学生毕业论文的辅导、答辩工作。

如此这般地每天往来于文化路，为夜大、电视大学、自学考试的学生讲课辅导，曾帮助很多的年轻人圆了自己的大学梦。在成就别人的同时，也在提高成就着自己。

总之，梦想与追逐，使文化路成了青年人的幸运之路、成功之路，也成了启迪我在专业上不断进取的奋斗之路。

五

相对于社会大环境而言，文化路还是一条富有浪漫气息的全方位开放之路。

文化路的浪漫，不是霓虹灯闪烁下的轻歌狂舞，也不是阳光照射下的短裙烫发。它的浪漫气息是蕴含在人们日常的工作、学习和生活的情态之中的，是一种文化魅力的体现或者说人生理想的投射。

从本质上说，理想和信念是形成浪漫人生的基本情愫。人有了理想才能构建起追梦的人生，有了信念为人处世才能持之以恒。而一个人只有为理想持之以恒地去追梦，无论最后结果如何，都能将人生的过程体验得真切、充实、生动。

在我看来，心态沉稳而不凌乱，品格浑厚而不轻狂，使生活时时充满着向往与想象，这便是文化路当年弥漫出的底蕴深厚的浪漫气息。

无论在事业上还是生活中，真正的浪漫都不是一种浅薄的外在表现形式，而是深潜于内心里的一种动能，因此，它的纯度与价值是由人的内涵所决定的。具体分析，浪漫首先必须摆脱世俗的局限，而进入独立的思考与心灵创造；再进一步说，浪漫要超越传统的思维模式，由内心的强大向能动地改造现实升华；如果立足于更高的层面分析，浪漫的达成还需要借助精神的力量，从感觉、直觉和想象上，与浪漫主义思想牵手相伴。

按照以上的标准来分析，生活在文化路街区的男男女女，具备或者接近浪漫质素的比例，相对于其他的街区来说，应该是高一些的。而这种浪漫质素所形成的生活环境，不但会影响到成年人，更对青少年的成长起着潜移默化的作用。这种潜移默化的作用，是任何空洞的理论和教育都难以比拟的。

回想一下那些年，从文化路走向全国走向世界的优秀人才，比例之高曾经引起过多方的关注。特别是20世纪的八九十年代，文化路上没有这么多的车，也没有这么多的门店，无论多么浮躁的心态，一旦进入这样的环境，便很容易沉静下来，所以非常有利于孩子的启蒙教育。青少年在这种环境中成长，身边不缺乏学习的榜样，换个角度说，在这里，很容易从小就被导入一种富有激励因素的人生轨迹。

今天回过头来看，正是无数榜样所形成的正能量，共同形成了文化路良好的人才环境，使文化路成了一条通向世界、通向未来的开放之路。在这里成长起来的孩子，成功成才的比例之高，在泰城众多的街区中，可谓是首屈一指的。

从生活的物质条件上说，这里不是最好的，中学教育资源的投入（包括资金投入和精力投入）也不是最多的，然而在这条路上，却出过全省高考的文科状元，出过国内最年轻的数学教授，出过亚洲模特大赛的亚军……那种家里有几个孩子，都走出了国门的家庭，更是不胜枚举。当然，有人会对出国持保留态度，觉得还是应该提倡为祖国服务。但如果我们挣脱开狭隘民族主义的束缚，你就会达成这样的认识，只有世界文化的真正交流融合，才能促进人类更好更快地发展。

我儿子刘大为，从师专幼儿园到文化路小学，整个启蒙教育都是在文化路完成的。直到上了高中，他每天都骑着自行车，早出晚归往返于文化路。他所成长的泰安师专家属院，更是一个文化精英汇聚的环境。耳濡目染中受到的熏陶，对他成长过程中的影响，也是毋庸讳言的。所以我始终觉得，他在获得工学博士学位进而在大学里做了近三年博士生导师之后，又大跨度地由理工转向文科，考入世界顶级的哈佛大学攻读法律博士，追溯其知识基础和思维模式的积淀，是与文化路的生活环境不无关系的。

正因以上所述，说文化路是一条富有浪漫气息的全方位开放之路，是一点儿都不夸张的。

六

在我的内心里，文化路永远是一道浸透着历史风情与时代印迹的独特风景。

一段时期里，商品经济大潮席卷而来，文化路也曾被改变过它那淡泊明志、宁静致远的风貌。从各学校纷纷拆围墙建商品楼，到居民沿街违章搭建小吃摊，再到傲来峰路以西的路段整个变成菜市场，文化路在一段时期内，俨然成了商业一条街。更过分的是，靠西端二三百米的路段上，依次铺排着三四家烧烤摊子，从早到晚，街区上空都是浓烟弥漫，不要说散步，就是匆匆路过也必须用手捂着鼻子。

人们气愤地说，文化路成了泰城最脏最乱最差的路，已经没有一点儿文化气息了。

当然，经济也是广义文化的一部分，而且它在社会各形态中还是最基础性的，我们没有理由歧视经济中的商品流通现象。然而，本来雅静有序的文化路，由于城市管理部门放弃管理，任其畸变成脏乱差的一条街区，总是让人痛心的。

实事求是地说，随着社会的急速发展，泰城的文化教育资源连年成倍增长，文化路在教育上独树一帜的年代早已成为历史，这也是不容回避的。就拿文化路上的学校来说，泰安师专已经升为本科院校，搬到西郊扩大为一千多亩的校园了。财政学校并入了山东科技大学，成了继续教育的办学区。水校也成了山东农业大学的一个学院，而农大本身，也在泰城的东南部，建设了占地面积更大的新校区。

如今的泰城，高等学校已经遍布城区的四面八方，承担义务教育和高中教育的学校，更是为了方便居民，遍布于城区各处。在这种情况下，文化路上的教育资源，所占的比例已经很小。

然而作为曾经汇聚着大中小学教育资源的一条街区，它曾经而且还继续在为这座城市做着贡献，我们没有理由不将它管理得更好。

让人庆幸的是，前一段泰安创建文明城市，文化路也被纳入了整治的重点区域。经过各方共同努力，自由形成的无序市场已经搬走了，文化路新铺了路面，并安上了护栏，加上两旁粗壮高大浓荫蔽日的行道树，俨然成了一条既具历史感又富于时代气息的特色老街，让人产生耳目一新之感。

现在，每当我回文化路宿舍取东西，都会禁不住站在路边的大树下，满含深情地观察着文化路的每一处变化：随着城市建设水平的不断提升，文化路，这条曾经代表着文化教育水平的城标性街区，如今已有更多的后来者分担了它的任务，使它变得越来越轻松、从容了。

这是历史进步的标志，是值得欣慰的。

而文化路的辉煌，不会因时代的发展被人忘记。作为一道城市风景，它永远会以自身的独有魅力，引人回想，促人遐思。

想起当年

话题起因

不断发酵的魏则西事件,使近年争论不休的医患关系,一时又变成了热点话题。

作为与国计民生联系最为紧密的领域,医药卫生事业的发展水平与文明程度,直接影响到民众的生活质量。特别是谁也无法避免的看病就医行为,一举一动都密切关联着人的敏感神经。因此,医患关系作为日常生活中的关键性节点,一旦发生矛盾就会引起社会的八方关注,是自然而然的事情。

随着国家经济体制的不断改革深化,原本非营利性行业的医院,在改变了由国家大包大揽的拨款方式之后,客观上便形成了多种新的运营模式。而无论哪一种模式,都前所未有地重视了经济上的增长,因为只有经济增长了,才能促进事业的进一步发展。而现实一再证明,无论名义上如何神圣的领域,只要与金钱挂起钩来,要想不受世俗价值的影响与冲击,是根本不可能的。

我所在的高等教育领域就是个例子,自从学生上大学开始收费之后,学校与学生之间便形成了事实上的消费与服务关系。特别是为此掏了钱的家长,监督学校的权利意识与主观能动性日益增强。如此,在政府拨款不到位的情况下,学校将所收学费的一部分用于校园建设和购置教学设备,或者提高教师的课时津贴,一个时期内就曾在社会上被炒得越来越邪乎。

总之,无论是孩子上学还是群众看病,一旦形成了由个人和国家来共同分担运行成本的机制,它实质上的观念开放性,必然就会带来价值观的多元认同。在这种情势下,按照经济基础与上层建筑的矛盾运行规律,社会事业领域的经济结构变革了,意识形态各因素的转变提升便成了关键。问题的症结恰恰就在于,当我们在放开经济基础的全面趋动力的时候，对人的精神动能的研究与调整并没有跟上，这就必然会带来一系列的社会问题。

具体到医患矛盾来说，造成它的社会原因是十分复杂的，并不能一味地把矛头指向医院和医生。但是，由于经济大潮的冲击，我们的一些医务从业者，经受不住金钱的现实诱惑，有的丧失了自我的信仰，慢慢地淡化着职业的人生价值观念，甚至有些时候将牟利放在首位，没有了从业的底线，这不能不说也是造成医患矛盾日益突出的重要原因之一。

无论什么行业，一旦丧失了职业信仰，不再看重职业的崇高与神圣感，就必然会出问题。特别是以治病救人为天职的医院，当利润参与到运行环节的时候，民众的信任感就会大打折扣，各种正常的、变形的质疑就会出现。近年出现的只要花了钱没治好病，就不问青红皂白地大闹一番，实质上即是不信任带来的恶果。恶果蔓延到极致，便催生了"医闹"等社会畸形现象的产生，使一些尽心尽力的好医生有时候也会受到委屈。

是什么使医院这片本该最纯洁的圣地，在民众眼里沦落到这步田地？还是那句话，原因是复杂的。而医生职业信仰的缺失，应该是其中的关键因素之一。只有具备职业信仰的人，才能将自己的职业当成毕生的追求。没有了信仰，就会迷失方向，一旦职业意识枯竭，就只能靠眼前利益的刺激作为推动前行的润滑剂，这就很容易丧失职业道德、见利忘义。当人生的追求被自我的贪婪所取代，内心的沦落是必然的。

正是从这个意义上说，任何方式的利益驱动，都必须在执业者保持职业信仰的前提下，才能起到良好的作用。在思考这一问题的时候，因某种机缘巧合，让我想起了当年，想起贫穷落后年代里，在条件差待遇低的情况下，那些虔奉着职业的信仰，坚守着治病救人的职业道德，全心全意地履职尽责的白衣天使们。当时滕县龙阳公社卫生院的李传森大夫，就是其中的典型代表。他的从业经历让人坚信，只有具备职业信仰的医生，才能心无旁骛地将治病救人作为毕生追求，构建起令人赞佩的医患关系。

少年记忆

我是在20世纪60年代初开始读小学的。1963年，在本村读完小学二年级，我考入了龙阳中心小学继续学业。与现在的滕北重镇不同，当时的龙阳，还是离滕县县城十八里路的一个大村庄。作为公社驻地，全村以采购站西墙外的一条南北胡同为标志，分为东西两个部分。东部为政治经济中心，公社党委和行政大院，以及农副产品采购站、粮站、百货公司等，都在这个区域之内。五天一个轮回的龙阳大集、自由市场也汇聚在这里。

与东部相比，西部就显得偏安清静了很多。不过当时的公社中心小学和卫生院，都坐落在这个区域，也算得上是公社驻地的教育卫生中心了。从采购站沿东西大街走不多远，街南侧就是中心小学，那是一座庄园式的四合院，前后有两进院落。沿着大街继续往西走，顶多五六百米的距离，就是公社卫生院，在大街的北侧，也坐落在一座四合院里，与学校所在的四合院相比，规模上虽然小了一些，但后来进行了扩建。与学校一样，都是在四合院的基础上往西扩展了新的院子。

学校和医院，一个是培养人才的地方，一个是治病救人的地方。这在当时的农村人看来，都是值得敬慕的，在他们心里，这两个大院里的从业者，自然也都是既有本事又品德超群的。特别是卫生院里的医生和护士，在人们眼里，真的就如同天使一般。时间长了，每个人的人生背景与脾气个性，本事大小水平高低，渐渐地都变成了人们街谈巷议的话题。这话题谈得多了积累在一起，就折射形成一种社会的影响力。无论是学校还是医院，人们总善于按照社会影响力来给里面的人物排序，排在前列的，也就成了大家崇拜的偶像。

譬如在当时的中心小学里，我心中就有自己的偶像。具体说，我所崇拜的偶像，是那些精于教学管理，在教书育人上能做到全心全意、心无旁骛的老师，更重要的是，在维护教育规律的时候，能够做到有教无类，无论是对什么家庭出身的学生，都能一视同仁。一句话，在坚持自己的职业信仰时，不受其他任何因素的干扰，这在我看来，就是最值得崇敬的。

当时的农村小学，学生早晨起来先要到学校上课，两节课之后才放学回家吃早饭。早饭后再回校上四节课，放学回家吃过午饭就自由了。为保证早饭后不迟到，每天早晨两节课之后，学生都是要排队回家的。特别是我们外村的学生，要排着队走大路，由老师护送到村西口。在经过卫生院门口时，偶尔就能看到穿白大褂的医生护士来来去去。时间长了，便慢慢对里面的人和事关注起来，结合社会上的评价，他们便成了同学们路上闲聊的话题。现在回想起来，当时聊的比较多而印象最为深刻的，一是李传森大夫，一是徐淑梅女士。

徐淑梅这个名字，是在几十年之后，同学张幼林送给我一本张知寒先生的纪念文集，我才知道的。徐女士来龙阳卫生院的时间晚，但由于两个女儿都插班在我们学校上学，所以，很快就引起了同学们的注意。特别是她的家定居在小李庄之后，我们上午放学走小路，偶尔还能与她在胡同里相遇。一个公社卫生院，忽然来了一位颇具城市职业气质的女士，大家感觉很新奇。再看她那连走路都带着一丝不苟的情态，不免就会在内心里生出崇敬伴着怯生的意味儿。我后来与她近距离的接触，是报名参军体检测血压的时候，她那既温和又认真的工作态度，能让你很深切地感受到，这不愧是从大医院调来的医务工作者。

我初次认识李传森大夫，应该还是比较早的。如果没记错的话，那还是我刚在本村上小学不久，一次跟着父亲去赶集，买完要买的东西，父亲又买了礼品，领着我走龙阳西街回家，顺路去卫生院探望住院的本家大奶奶。当时我的印象，大奶奶住在四合院西厢房最南边的一间小屋里。虽不知道她得了什么病，但知道是挺重的，那时的农村人，一般生了病，能忍都是先忍着，实在忍不住了，才去医院看看，拿些药回来吃。如果不是到了人命关天的地步，是不会住院的。再说当时的卫生院好像也没有多少病房可以住。

父亲领我去看大奶奶的时候，她已经好多了，能够半倚在床上跟父亲说话。看到我，大奶奶还拿了两个用过的青霉素小空瓶子给我，让我拿回去玩儿。就是那一次，李传森大夫来查房，听本家三叔刘传道告诉我父亲：要不是李医师，老太太就没命了。听到这句话，我心里对李大夫的敬意陡然而起，心想，能救人命的医生，那本事得多大啊。本来，戴着眼镜的李医生形象就给人一种既儒雅又威严的感觉，听了本家三叔的话，他在我心里就更成了天使般的人物。

同学之缘

由于"文化大革命",我们小学毕业后没处去上中学了。留学校闹了两年"革命",我于1968年回本村上了初中班,从此远离了龙阳西街那片弥漫着人文气息的环境。然而李传森大夫在心中的印象,一直都没有淡化过。人吃五谷杂粮,没有不得病的,偶尔因头疼脑热去医院拿点药,或者帮家人去开药的时候,也想找李大夫去开处方,但看到他所在的诊室里围满了人,就索性找别的大夫开了药,赶紧回家了。到后来,我和新来的大夫因年龄接近成了熟人,再去龙阳卫生院开药的时候,就更不用去等李大夫了。然而,他那戴着方框眼镜、眼神犀利而温情满满的职业形象,仍会偶然在脑海里浮现。

在本村上了两年初中之后,我于1971年被推荐到龙阳中学上高中。第二年,堂弟刘克平也被推荐去上高中了,虽然在我的下一级,可我们的教室都是连在一起的。正是我去找堂弟的时候,在他们那个班里,发现了小学时的同学张幼林。她是徐淑梅女士的二女儿,"文化大革命"前刚来中心小学插班就读,曾因理了个男孩子的发式而备受大家关注。时间不长,"文化大革命"开始了,学校很快就停课了。所以,我们在小学时同学的时间实际上没有几天。没想到她读高中和我堂弟一个班,虽然平时见面连话都没有说过,但我们却整整同学了一年,也算得上是名正言顺的学兄学妹了。

我高中毕业回农村参加了两年劳动,1975年被推荐上了大学,毕业留校任教后,在曲阜师范学院又学习了两年,进修现当代文学。据学妹张幼林后来说,那段时间她也在曲师学习,不过我从来没有见过她。一直到20世纪90年代,我们才由张知寒先生的专著作引线,取得了联系。第一次电话是她打给我的,从那时起,我就有一个感觉,觉得在这位老同学的内心深处,有关故乡人、故乡事,已经沉淀积聚为一种难以割舍的人生情结。在她调到济南之后,一次来泰安调研职业教育,我们才有了30年之后的第一次见面。

自高中分别,又历经30个春秋,人生已经走过不惑之年,开始步入知天命的境界了,回忆起当年各自所遭遇的是是非非,感慨良多。那几年正是泰山学院发展的关键时期,亟须借助外部智力资源来提高学校的学术水平,自此,凡有张知寒先生的老朋友来山东讲学，老同学都忘不了借机会捎带上泰山学院，很多时候还亲自陪同专家学者来泰安，这也算是对我工作的一种支持吧。

在多次的交谈中，提起社会上的许多现象，包括共同经历的那些过往，虽然感慨不断，但说到底还是看得越来越淡。可是唯独真情和正义，每每涉及，都依然做不到有半点的含糊。特别是对家乡，对从前，对接触过的每一个人，对记忆中的每一件事，不追究个是非曲直，依然心绪难平。

因为我一本书的缘故，当年的龙阳公社卫生院和李传森大夫，成了我们在QQ上一段时间内的聊天话题。为了让我更加深入地了解当年的情况，老同学还给我发来了自己整理的有关李大夫的事迹，洋洋一万多字。阅读之后，对那个年代的医务工作者的职业信仰，更增强了敬佩之感。再看看这次魏则西事件涉及的有关信息，让我更加确信，一个人是否具备职业信仰，或者说一个人职业信仰的高低，从根本上决定着他的价值选择与工作态度。换个角度说，近年社会上出现的各种各样的医患矛盾，单就医生的角度分析，与某些人职业信仰的淡化有直接关系。

我总认为，报刊上的权威文章，在讨论诸如医患关系这样的社会问题时，往往立论太高太空也太虚，热衷于单纯从政治的视角来说事儿，不是时代要求就是社会责任感，离生活实际太远，悬在空中谈问题，往往大而无当、不着边际。浏览一下古代医学的有关论述，无一不是紧紧把握着医者与患者的关系这一问题的主脉，言简意赅，切中要害。我是一个门外汉，但通过对传统医学论述的有限阅读，自认为让民众佩服的医生，可以分为良医、仁医和大医三个层面来认识。

李传森大夫行医执业几十年，之所以能受到人们的推崇，说到底，是他不但具备良医的医术，而且怀有仁医的道德，执业中又真正达到了大医的境界。

一方良医

行医者必须首先具备基本的知识和技能，这是毋庸置疑的。传统医学理论认为，医者如果在技术上达到了纯熟，能够及时地帮人解除病痛，治病救人，那就可以视为良医。我过去对李大夫的敬重，就是处在这个层面的认识。因为在那个缺医少药的年代，像李大夫这样具有纯熟技能的医生，也是不多的。他能成为当地农民心口相传的"李医师",农村里有人得了自己熬不过去的病,下决心去医院看病时首先想到他,甚至将他视为龙阳卫生院的代名词,这是与他的技术一流有直接关系的。因此,才能如《史记·扁鹊仓公列传》中说的:"果能成为良医也,上以疗君亲之疾,下以救贫贱之厄,中以保身长全。"

在学妹张幼林发来的文档里,我读到了很多记述李大夫医术高超的事例。其中最典型的是她介绍自己三舅舅的求医过程:同学的三舅在东北农场时,患上了一种怪病,血液里查不出血小板,肌肉游走性跳动且多处萎缩。在东北三省好多医院治疗都没有效果,请假到北京、天津、上海、广州、济南等大医院求诊,都没有治好。在彻底失望的情况下,准备来龙阳走一趟亲戚,回去就听天由命了。哪知来到姐姐家,却被李大夫靠着听诊器和体温表,大胆诊断为"进行性脊髓侧索硬化症",病人从此开始按李大夫的处方吃药,加上亲人的关怀照顾,两年后却奇迹般痊愈了。

所举事例中,还有一位小学教师,头疼频繁发作,多次被大医院诊断为神经性头疼,但久治不愈。有病乱求医嘛,一次被人指点,专程来找李大夫问诊,李大夫经过详细了解病情和病人治疗的经过,最后诊断为"大脑导水管阻塞",并建议他去省立医院治疗。病人在省立医院经专家会诊,结果与李大夫的诊断完全一致。医院及时为病人做了手术,痊愈出院后,这位小学教师曾专门到龙阳卫生院感谢李大夫,并转达了省立医院专家对他医术的称赞。

在基层卫生院,要成为人们心中的良医,首先必须使自己成为一位全科医生。不论是内科还是外科,五官科还是神经科,抑或其他医科门类的病症,在当时的公社卫生院,都被汇聚到一两个诊室里,特别是早先的时候,病人挂号是不分科类的,医生诊断后,才知道是属于哪一科类的病。当时的公社卫生院,所谓的医疗仪器设备,也就是化验血和大便的显微镜之类的,就是那种老旧的X光机,也是到很晚才配置的。在这种条件下,要做一个良医,自然必须在医疗知识和技能上做到内外兼备、各科兼攻。

为了做到这一点,作为医科院校毕业的高才生,李传森大夫在繁忙的工作中,不忘及时了解和掌握医学发展的动势。同学在文档中介绍,为了不断提高医疗水平,李大夫坚持长年自费订阅医学期刊,只要不值夜班,每天都学习钻研到深夜。

在他值班门诊室的桌子上，始终放着专业的书籍和杂志，一有空闲，他就会抓紧时间翻阅浏览。李大夫常说的一句话是：医学是人学，天天都有新难题，所以医生必须想办法不断提高自己。长年临床实践积累的经验，加上不断进取的扎实医学功底，二者结合在一起，经过深入浅出的自我提炼，便升华凝结为一个医生妙手回天的真功夫。

在同学的记述中，感人的事迹还有很多。因为她于1968年到1969年失学在家时，曾跟着赤脚医生学习班听李大夫讲课，包括内科学、病理学、诊断学、药理学、人体解剖等主要医学专业课。1974年高中毕业后，又在龙阳卫生院化验室干过临时工，所以，她所介绍的，很多都是自己亲身经历中发生的事，亲眼所见，亲耳所闻，每一桩每一件，都让人读后禁不住心生敬意。

试想想，在那个缺医少药的年代，能去公社卫生院看病的人，就已经是到了没有其他选择的地步了。谁不想遇上个明白先生啊，所以我在《四十不惑》中写了这样一段话：群众来看病，都是奔着有名气的人来的，李医生作为富有经验的医生，得到了当地老百姓的信任。"每天来龙阳卫生院挂号的人，大都等着让李医生看，或者打听着他什么时候值班，才过来。"这确实是基于对李大夫名气的认定所写的，因为当年在村子里，就经常听到人们相互之间聊天的时候，提起身体哪里不舒服，或者受了伤生了疮，长时间不好，劝对方去医院的时候，都会这样说：真不行，去找李医师看看吧。

可见，人们对一个医院的信任，总是落实到具体的大夫身上的。李大夫的"良医"形象，在当地的群众心中，有着不亚于现在明星般的魅力。

百姓仁医

清代医学家喻嘉言在《医门法律》中说："医，仁术也""仁人君子，必笃于情；笃于情，则视人犹己，问其所苦，自无不到之处"。《南齐褚氏遗书》中说："夫医者，非仁爱之士不可托也。"这些话都告诉我们，要做一个民众信得过的医生，单是医术高明还不行，还必须把高超的医术和良好的医德结合起来，才能称得上是民众所期望的"仁医"。

治病救人是医生的天职，很显然，道德理念决定着行医执业过程中的价值选择。"仁"虽然是古代社会的伦理道德规范，而"仁者爱人"的诠释，已经将它本身赋予了不断发展的时代意义。换个角度说，即使社会主义的新时代，一个缺乏人本意识，没有仁爱之心的医生，做不到将病人的疾苦当成自己的疾苦，是不可能成为一位好医生的。正是从这个意义上说，李大夫之所以受到当地百姓的信任，最关键的是他富有浓厚的人本意识，面对求医者，"视人犹己"，以一颗笃情关爱的仁者胸怀，来对待找他治病的所有病人。

这方面，基层卫生院医生诊断的全科性与治疗跟踪的全程性，虽然比不上大医院的分类精细与操作规范，但对全面了解病人和综合掌握病情来说，却为医生提供了先天的治疗优势。换个角度说，这样的医疗情态反而更有利于医生对病人的了解，能促使医生心中始终装着病人。

我高中毕业后有一段时间身体不好，那时叔叔在曲阜东风卫生院工作，我曾经去那里住过一段时间。那也是一个公社卫生院，当时观察叔叔给人看病，病人是哪个村哪个队的，都会问得很清楚；病人诊断后拿药回去了，过两天再来复诊时，他都会详细询问吃药后的情况，开了药之后，还会给病人交代痊愈后要注意的事情。有时病人说出自己村子的名称，叔叔还会问起这个村找他看过病的人，打听其痊愈后的生活情况等。

这种以人为本的医疗经验的积累，从根本上决定着医生的医术，是始终伴随着对病人的关爱而不断提升的，对于广大民众来说，这样的医生可依托、可信赖。远不像现在的有些医生，只守着自己那一科病历，完全依赖着仪器设备来诊断病情，变得越来越见物不见人，还不等病人说清楚病情，就先开出一大沓的检查报告单。先不讲经济效益在诊断中所占的分量，单说那"头疼医头、脚疼医脚"的消极式接诊态度，只看局部而忽视整体，也难以与病人建立起感情。再加上经济效益对开处方过程的影响，医患之间的情感距离自然会越来越远，走向极致则不免形成对立。

读读同学记述中的李大夫，是真正把病人当亲人来对待的，"问其所苦，自无不到之处"，只要病人需要，无论"昼夜寒暑，饥渴疲劳，一心赴救"，不讲任何条件，没有任何架子。

在我的印象中，本家大奶奶住过那一次院之后，但凡再有个病啊灾的，从来也没再去过医院，都是三叔刘传道去医院把李大夫请到家里来医治。有些时候，李大夫还会带着一拉护士一起过来，估计是需要输水打点滴什么的。这在当时的村民们看来，刘传道真算得上是个无所不能的人物。想想看，能将公社卫生院最有权威的"李医师"请到家里来给自己的母亲看病，这得有多大的能耐啊！在我当年不成熟的心理看来，三叔刘传道能做到这一点，那起码也应该是和李医生成了好朋友。不然的话，全公社最有名的大夫，哪有这么好请的，说来就来了？

多少年过去了，今天读到同学整理的李传森大夫的事迹，我才了解到，当时的李大夫，不光是对刘传道这样的熟人有求必应，他为了急病人所急，实际上是经常出诊的。甚至不分白昼黑夜、刮风下雨，只要病情危急，都会亲身前往，把这当成医生的天职。譬如20世纪60年代初的一个夏天，古庙村有个2岁男孩患暴发型菌痢，高烧不退，抽风昏迷，因龙阳村后的河水暴涨，无法过河来医院看病。病情危机，李大夫便涉过湍急的河水，跑了七八里路去为孩子治疗。由于脱水时间过长，孩子血液浓缩造成血管扁平，静脉注射找不到血管，李大夫便借着天光，在屋外的石头台子上给孩子做了静脉切开术，及时进行输液，救了孩子一条命。

时时站在病人的角度思考问题，是"仁医"行医过程中的本能遵循。如果出诊去看的是女性病人，李大夫就会叫着徐淑梅女士同行。当时的卫生院条件差，过了吃饭的点连开水都没有。每月38块钱的工资，要照顾一家老小，自己更不可能有多余的钱来买烧水的灶具。有时出诊的村庄路途比较远，因为赶时间，来不及吃饭饿肚子的现象是经常发生的。

同学在文档中记述了一个细节：一次，李大夫跑了一天，连口热水也顾不上喝，回到卫生院又过了吃饭的点，渴得实在不行了，只好到同事家里找水喝。可那时保温瓶属于奢侈品，谁家也没有现成的开水。据同学回忆，她只好现生柴火，用铁锅烧了两碗白开水给李大夫喝。那情景，几十年过去了，她至今都记忆犹新。

今天读来，一位有名气的医生，跑了一天回到医院，还需要到同事家里找水喝。这让人不得不赞佩，仁医之"仁"，体现在为了解救病人的痛苦，有很多时候是完全忘却自身的。

时代大医

"良医"说的是医术,"仁医"讲的是道德,读同学发来的文档,结合自己当年的亲身体验,我认为李传森大夫之所以能够在民众心里有如此高的威望,从根本上说,是他从医执业的状态,不但身怀良医的医术,富有仁医的医德,而且还具备了大医的境界。他以自己的行为,弘扬提升了传统医者的道德修为和职业素养。精湛的医术实施与良好的医德普惠相结合,自然就会成为老百姓心中最为赞佩的人。

换个角度说,良医注重技,追求真;仁医注重德,追求善。而大医在此基础上,追求的则是一种职业的信仰,一种精诚忘我、乐在其中的人生淳美境界。

孙思邈在他的名著《千金方》中的一段话,常被后人引用:"凡大医治病,必当安神定志,无欲无求,先发大悲恻隐之心,誓愿普救含灵之苦。若有疾危来求者,不得问其贵贱贫富,长幼妍媸,普同一等,皆如至亲之想。亦不得瞻前顾后,自虑吉凶,护惜身命,见彼苦恼,若己有之,深心凄怆,勿避险巇,昼夜寒暑,饥渴疲劳,一心赴救,无作功夫形迹之心,如此者可谓苍生大医。"

以上论述说明,大医执业的最高境界,是面对病人,不论贵贱贫富、长幼妍媸,亦不自虑吉凶、护惜身命,勿避险巇、一心赴救。总之是要将治病救人升达为一种自我的使命,无论多么惊心险异,皆能化解为大音希声、大象无形的从容治疗过程,所谓"安神定志,无欲无求",实乃是达到了一种无为无不为的医疗境界,在这种境界中,感受到治病救人所蕴含的人生快乐,收获到自然而然的心灵成就。

同学文档中记述的一件件事例,从根本上反映了李大夫这种大医的职业境界。

沙土村一个五保老人,患颈痈,病灶已深达颈椎骨,实在没有办法了,才来找李大夫看病。在医院条件根本不具备的情况下,为了尽快解除病人痛苦,李大夫来不及多想,和徐淑梅女士联手,在大树底下为病人做了手术。那简易的木床上,只铺了一个草苫子和苇席,为让病人趴得稍微舒服些,徐女士还从自己家里拿来枕头给病人垫上。这样的执业行为,缘仁者之心,传诚者之意,自然是会让病人永生难忘。正因此,老人每次来换药,都感激得鼻涕一把泪一把的。本来,医院不具备手术条件,如果医生不愿承担风险,推荐到县医院去治疗,也是完全合理的。然而李大夫面对的是一位五保老人，没有去大医院看病的经济条件，所以，他只有情同"至亲"，将个人得失放在一边。大家风范，由此可见一斑。

还有一个例子，原山东省司法厅副厅长刘子衡长女刘曾莹，经人推荐来龙阳找李大夫看病，需要住院治疗，因医院没有病房，徐淑梅女士就把她安置在自己家里，请李大夫下班后到家里为她看病。一年后病人搬到离卫生院六七里路的婆婆家继续治疗，每次复诊，李大夫在张知寒、徐淑梅夫妇陪同下，都要来回步行好多路。冬夏寒暑，日复一日，他随叫随到，从来没有过半点的推辞。病人婆家是地主成分，李传森大夫和徐淑梅女士为此遭受了一次又一次的批斗，但从来也没有过丝毫的后悔。

面对病人，"不得瞻前顾后，自虑吉凶，护惜身命，见彼苦恼，若己有之，深心凄怆，勿避险巇，昼夜寒暑，饥渴疲劳，一心赴救"，孙思邈在论述"苍生大医"时讲到的这种忘我境界，放在李大夫身上，是恰如其分的。

领略大医之境界，我所经历的一件事，也是有过深切感受的。

"文化大革命"中，被群众推崇的李大夫，因家庭成分不好，被调到药房里去了。我那时应该是回到农村读初中了吧，假期里到田间干活儿，不知是庄稼叶子刮擦还是虫子叮咬，或者是其他什么原因，脖子后面靠耳根处忽然开始红肿刺疼，感觉越来越严重，只好去卫生院看医生。当时的两个诊疗室里，都是我不熟悉的年轻大夫。当我拿着开好的处方去划价的时候，却在药房里看到了李大夫。

明明权威就在眼前，不让他给自己看看岂不遗憾？我当时就多了个心眼儿，把手里的处方装到裤兜里，大着胆子来到了取药的窗口，想试探着让李大夫看看脖子，没想到他竟然打开门让我走进屋里，仔细查看了一番，便拿处方给我开了一剂药膏，让我去交钱。

这处方与刚才门诊室的处方相比，也太简单了，刚才的医生开了好几种药呢，吃的抹的都有。于是我又问李大夫，是不是还要吃点药？他告诉我，这不是内症引起的，是接触性皮肤炎症，用内服药，药性达到脖子的皮肤上，那得多少量多少天啊。所以，外敷就行，坚持抹药膏，注意卫生，很快就会好的。

我当然相信李大夫，拿了几角钱一瓶的药膏回家了。抹上的第二天就不疼了，痒得也轻了，坚持按时抹，两天过后，果然就好了。按照李大夫的要求，我坚持抹了五天，直到痊愈没有了任何症状为止。

这件事情在我的记忆里太深刻了，因为我是有一搭无一搭去试试的。按照一般人的思维，秉性再好的大夫，既然已经被调到药房去拿药，说明已经不被信任了，在这种情况下，谁还往自己身上揽事儿啊！更何况为人诊病是有责任的，弄不好就会招来种种的罪名。所以，不管他人瓦上霜，是保全自己的最佳选择。可没想到的是，李大夫对一位并不熟悉的青年人的请求，却能如此认真热情地对待。这件事情虽不大，但折射出的意义却不小，回想一下当时的形势，可以说，非达大医之境界者难以为之。

在李大夫身上，医者的职业信仰已经具化渗透到职业行为与人生的感受之中。据同学说，李大夫如今已八十岁高龄，依然应病人需求，每天上午按时坐诊，一上午要接待七八十位病人。我想，高明的医术再加上职业道德上的仁意诚心，多年来已经熔铸为一种大医精诚的人格境界，使他在为人消除病痛的同时，也感受着一种济世达观的人生快乐。

……

想起当年，不免让人心生感叹！

看看因魏则西事件而披露出的种种乱象，面对着医德的沦丧，人们不能不呼唤道德与良心，真情与正义。

好在现实社会里，依然还有许多李大夫这样的医生，坚守着职业的信仰，在治病救人中继续传递着正能量。祈愿新时代的良医、仁医、大医越来越多，医患关系越来越好，使我们的社会处处充满关爱与笑颜。

往事未曾如烟

我在《四十不惑》这部书里，曾经写过小学时期的教导主任，最近写的一篇博客，也有几句话说到他。反馈的信息证明：我所赞佩的教导主任，在他的同龄人那里，是一个褒贬不一的人物。这再一次证明了，世界上万事万物，没有比人更复杂的。

教导主任叫刘永臣，无论是在书中还是在博客里，我提到他的时候，都是在"少年记忆"的典型语境中。或者换句话说，对教导主任的描述与评价，都是在我小学时代的背景下，如果其中透露出某些不成熟的少年心态，那也是很自然的。

即使超越当时的少年心态，立足于今天的认识高度，围绕着有关教导主任的评价，我依然确信，只有用辩证的观点来认识一个人，才能真正理解人本身所固有的多面性与复杂性。

20世纪80年代，我应朋友之邀去邹县做客，曾专程到当时的兖州矿务局技校去探望司继胜老师，司老师曾担任过我们的少先队大队辅导员，后来调到了兖州矿务局。聊天时回忆在龙阳小学的日子，他最佩服的人之一便是刘永臣。说到刘永臣主任，他是这样分析的：一个有能力的人，坚持处事不看人的原则，让人佩服，同时也会招人嫉恨。这样的人在群众运动中吃亏是必然的。

再后来，我还曾听到初中物理老师评价过教导主任。那是刘永臣恢复工作以后，继续在龙阳小学担任负责人。当时滕县通过考试将一大批民办教师转成了公办教师，龙阳公社对这批人进行集中培训的时候，我初中的物理老师也在其中。一次回老家探亲见到他，谈起培训中的授课人员，他说大家最佩服的是刘永臣："这个人有水平，观念也新，在龙阳这样的小地方受压抑，有点可惜了。"

我小学时的同学，在21世纪之初，不少人的孩子考大学报了泰山学院，被录取后来送孩子上学,我招待他们,席间聊起当年,提到在龙阳中心小学的时候,大家印象最深的老师都是刘永臣。谈到对他的看法,普遍的评价是:心里佩服,但有点惧意。

也可能是我在老家的接触面有些狭窄吧,对刘永臣的负面评价,我听到的很少。然而最近却间接得知,也有长者看了我的书和博客,认为对刘永臣的评价有些失之于溢美。与刘永臣同时代的长者,有的虽非当年龙阳小学的老师,却也在当地是有影响的。更何况这质疑之声还是有事例作依据的,这就不能不引起我的注意。

当然,作为本质上的复杂性个体,任何人在外界的认同度,都是会受到各方面因素影响和制约的。具体说,同一个人,在不同年代里会有不同的评价,而同一个年代里,立足于不同的观念层面和认识角度,以不同的价值体系作标准,也会对同一个人得出相去甚远的结论。所以,受多种因素的影响,对同一个人出现不同的甚至是相反的看法,都属于正常现象,没有什么可奇怪的。

不过从事物的本质意义上说,无论对人对事的看法如何不一,其中毕竟存在着相对符合实际的一种认定。换个角度说,对一个人的评价,无论评价的主体和客体如何复杂,总是会有某一些看法比较符合或接近事物的本质意义。而要接近或符合这种本质意义,我以为需要有两个前提,一是最大限度地排除掉主观的偏见,特别是世俗影响的偏见,二是尽量提升看人识人的坐标系,使指导观念和价值体系,有利于促进社会发展。

按照上面的标准,我学生时代的亲身经历和亲眼所见,虽然从观念和价值体系来说谈不上有什么高度,但有一点儿是可以肯定的,那些亲身体验和亲眼所见,没有什么预设的目的,更没有受外界的影响,只是一种直观的印象和直觉的感受,毫无功利性的参与,所以就避免了偏见或者主观成见的掺杂。

进一步说,这种未受世俗影响的记忆,可谓历史过程中的原生情态,将它记述下来,从一定程度上说,可以作为公正地认识评价一个人最权威的原始素材。最起码,可以为公允地评价一个人提供具有说服力的参照。

往事未曾如烟。

尽管年少时的崇拜对象在社会上褒贬不一,我还是决定记述下当年那些难以忘却的点点滴滴。这些难以忘却的记忆，更多是在《四十不惑》中没有提到过的，我原原本本地记述下来，只为了证明，人都是复杂的个体，任何的传闻都经传播者自觉不自觉的润色过。所以，多渠道了解一些信息，多选几个角度去分析认识一个人，可能更容易接近当年的实际情况。

或许，这些过往已久的"少年记忆"，里面含蕴着幼稚的成分，但它却都是我亲身经历亲眼所见的，唯其印象深刻，所以才不会忘记。说出来，起码能提供一些新的佐证，为更深入地认识刘永臣提供一个新的参照系。

从潜在的意识上说，或许也不是为了给别人提供什么参照，只是为了对得起历史。

我1963年考入龙阳中心小学的时候，当时的校长是许玉峰。入校后的第二年，许校长就退休了，学校又来了一位新校长。新校长姓z，我对他最深刻的印象是他对老师对学生态度都非常好，所以，在我的心里，对z校长的最高评价是"一个很温和的好人"。

与z校长相比，教导主任刘永臣在我心里，一直都是一个管理有方而充满智慧的人，在他面前你很难产生亲近的感觉，很多的时候往往还会敬而远之，但他本身固有的一种情态，让你不得不承认，这个人有些深度，有点儿本事。

在龙阳中心小学，刘永臣虽然不属于学校领导，只是个教导处主任，但在学生的印象中，他勇于负责，富有担当精神，所以论其在学校中的地位、作用和影响，并不亚于校长。日常的教学工作，刘主任那里就是一个指挥中心，好多事情都要经过他来处理，或者只有到他那里，才能得到切实的回应。

现在想来，随着一个人在单位涉及面的增多，遇到的问题就会相对复杂，工作中触及的利害关系也会相应尖锐，随之，这个人在人们心里的认同度就会变得复杂起来。这是符合事物发展规律的。

除却舆论制导的宣传性评价之外，从纯自由的选择性评价来说，一个人对社会贡献的大小，并不一定与得到的社会认同度成正比。正是从这个意义上说，一些对刘永臣的非议，并不影响他成为我少年时代的偶像。即使现在回忆起来，我依然还是觉得，他在工作上表现出来的那种全心全意、心无旁骛的状态，特别是面对矛盾从不患得患失、勇于担当的情怀，是难得的可贵品性。

我从刘永臣身上，领悟到了什么叫独当一面；从另外的有些负责人那里，也看到了什么是独善其身。

勇于独当一面的人，会时时处处以工作为重。譬如刘永臣，他不但对学生，就是对老师也是要求非常严格的。这与工作中独善其身者形成了鲜明对比。后者把人际关系放在第一位，遇上矛盾的时候，往往会以牺牲工作为代价来换取人际关系上的平衡。而前者，由于不考虑人际关系而往往会给许多人造成压力，这种压力本是促进工作不可或缺的，但却很难有人愿意思考到这一层面，人们多是从自我的感受出发，对压力更容易生发出一种怨气。

当年，正是这种怨气的积累链接，形成了"文化大革命"中群众炮轰刘永臣的导火索。

具体说吧，"文化大革命"开始的时候，刘永臣先于校长被揪出来批斗，其中的一条罪名，是说他记老师的"黑材料"。今天来看这个罪名，当然是不成立的。所谓"黑材料"，实际上是刘永臣为了更公正、更严格也更科学地做好教学管理工作，对老师工作中的表现情况和业务能力的一些记载，目的是有利于量化性评价，做到赏罚分明，本没有什么可指责的。

如果再进一步深入思考，刘永臣所具有的"档案考核"意识，有点类似于我们今天说的集约化管理，将平时的业务分析与工作表现记载下来，本是科学管理必不可少的环节。当然，他当时未必意识到这一点，而在工作实践中有这方面的自觉，起码从一定程度上证明，他是一个主观能动性比较强而且意识比较超前的管理者。

精细化管理再加上勇于担当，使他对自己管理下的人员，主要是老师当然也包括一些难缠的学生，为了能够做到分析评价有理有据，不论是开座谈会还是找人个别谈心了解情况，都会认真地做记录。这与校长形成了鲜明对比。

作为少先队大队长，我参加学校的会议比较多，但从来没见校长开会时做过什么记录，他都是把学生召集到自己办公兼卧室的那两间房子里，盘腿坐在自己的床上，用手摸着脚丫子给学生干部开会。开过了就完了，肯定留不下任何的资料。

今天再回过头来看，这种粗放式的管理方式，与集约式管理相比，非但在科学性上无法同日而语，单就对工作的促进来说，那也是差距甚远的。

粗放式的大而化之的管理状态，适应人情社会心态的普适性需求，因为它排除掉了任何环节上的问责程序，所遵循的原则是大差不差，能凑合就尽量凑合，出了问题往往是大家共同承担，各打五十大板，是非不清，赏罚不明，难以促进社会更快发展，却也不会招来尖锐的矛盾。

刘永臣正好相反，他对人对事都是认真的，对待矛盾从不回避，遇上问题绝不马虎，无论采取什么方式，最后都要弄个一清二楚，分清是非曲直。工作中表现优秀的人与表现不佳的人，在他那里得到的评价肯定是不一样的，这对工作的促进显而易见。但长此以往，也很容易会把矛盾的焦点聚拢到自己身上。或者说，在他为优秀者搭建扶梯的同时，也就难以避免有人为他在埋设地雷。

刘永臣藏匿的所谓"黑材料"，也就是在这种工作状态下的随笔记录。

还是举一个典型的例子来说明这个问题吧。

我从本村小学考入龙阳中心学校，升入的是三年级，我们的班主任孙老师是一位年轻的老师。也可能是看着我比较老实学习又很认真，他对我非常好，很快就让我当了班长。年轻教师肯定没有多少管理班级的经验，只知道对老实听话学习好的学生偏爱有加，处处高看一眼，可他很难想到，那些争强好胜的学生如果受到了冷落，是很容易形成叛逆心理的。一学期后，有一位学习也很好的女生就退学了，据同学们风言风语，她退学的主要原因，是认为老师对我太偏向，心里气不过。

不论这种议论真或假，起码能够从一个侧面说明，班主任当时对我的偏向程度，是让有些同学很难接受的。更加让人难以接受的是，孙老师将学习好坏和是否遵守纪律，直接转化为日常管理中爱憎分明地表现出来，而且有时毫无顾忌地付诸行动。譬如他对学习不好的学生的恶性体罚，有时就到了不能自拔的程度。

与我同村的刘宪春，是留级留到我们班的，他连续两年留级，依然不好好学习，考试成绩经常在班里倒数第一。最关键的是，他上课不好好听讲，好做小动作。孙老师年轻气盛，有一次说了他几次都不管用，实在气不过了，便走到他身边，抓着头发把他从座位上薅起来，拽到了过道里，让他念前面黑板上的词语，念了几次都没念对,孙老师实在气极了,随着一声"你给我看清楚了再念"的大叫,忽然将刘宪春朝着黑板猛推过去。

刘宪春毫无防备,狂跑几步没煞住脚,身子一探,头"砰"的一声撞在了黑板上。

可能调皮的孩子都生性皮实吧,刘宪春头撞黑板的声音,把全班同学都吓懵了,他也当即捂头坐在了地上,没有任何动静。可过了一会儿,自己又慢慢地站了起来,回到了座位上。

一场没有任何防备的暴力场景,造成了全班同学的一场惊吓。

孙老师站回到讲台上,将先前的板书擦掉了一部分,写上新的板书,继续接着上课。

大家努力平复着怦怦跳动的心脏,教室里又恢复了惯常的情景。

可能这种暴力体罚学生的方式能更有效地宣泄老师心里的愤懑吧,自从有了第一次,此后的几乎每一天里,这种暴力体罚的场景都有发生。

每逢刘宪春课堂上不老实,或者是没有按时完成作业,孙老师都会从讲台上走到最后一排,将他从座位上拉向过道,先是薅着头发用力往下拽,让他脸朝天回答问题,一旦回答得不能让老师满意,便会被猛推向黑板。一种本来仰面朝天的姿势,猛然间被推得向前俯冲,可想而知,整个人都会是晕头转向的。其结果,还等不到头脑中意识到规避危险,那头便"砰"的一声撞到黑板上了。

这种施暴式的体罚,是不是能让老师消除内心的愤懑我不知道,反正在我的记忆中,它带给同学们的感觉是触目惊心的。也确实起到了杀鸡儆猴的效果,从那以后,班里的调皮孩子全都老实了。然而老师的体罚行为却没有刹住车,那薅头发撞黑板的景象每天都在发生,刘宪春的头上被撞的大包连着小包。有时候,孙老师用力实在太猛,刘宪春被推得像是飞了出去,那仰着的脸还来不及低下就撞到了黑板上,鼻子就会被撞得鲜血直流。

终于,不知道从哪个渠道透露了消息,班主任体罚学生的事情让刘主任知道了。

一天课间休息,刘主任让人把我叫到他的办公室里,问起孙老师体罚学生的情景,我当即就如实说了。因为班主任对我再好,在那种情况下,面对着刘主任的眼晴，我也不可能说谎话，再说我对班主任那样体罚学生，一直觉得有点可怕，每天上课时都会提心吊胆的，怕出事。

凭我当时的性格，对老师做得不对的地方，我是不会去向领导主动报告的，但是领导既然找我了解情况，我肯定就会实事求是。

整个过程中，刘主任一直都是边寻问边在本子上记录。最后，他专门交代我，如果班主任问起教导主任找我有什么事，我可以这样告诉他：刘主任昨天路过我们班教室，听教室里面有点乱，找我了解一下班级纪律情况，要求我加强自习纪律的管理。

还真让刘主任猜对了，我回到班里之后，班主任还真把我叫到一边，询问教导主任找我了解什么。我便把刘主任交代的那些话，原原本本地说给了班主任。

这件事过后，我愈加佩服刘主任处理事情想得周全，而且对他注意保护学生的那份细心，从内心里生发了一种感激的情绪。

教导主任是不是后来还找其他人、通过其他渠道了解了情况，我不得而知，但我敢肯定的是，他后来一定采取了措施。因为后来，班主任在上课的时候，就不再去体罚学生了。

不过班主任内心里憋着的那股劲儿好似依然没完全宣泄出来，他变了一种惩罚方式，把擦黑板的活儿全交给了刘宪春。

过去上课，黑板写满了，老师都是自己擦，擦哪里擦多少，老师可以根据新的板书需求来定。现在交给了刘宪春，他哪猜得准老师心里怎么想的啊。特别是班主任的语文课，每天至少有两节，上起课来，刘宪春想用心听讲都不可能，他只能提心吊胆地观察老师的表情，随时准备着擦黑板。因为无论是擦晚了擦早了还是擦慢了，他都会挨揍的，当然不再是撞黑板，而是扇耳光。

当时给人的感觉，班主任完全是出于无奈，对刘宪春转换了一种比较间接的体罚方式，迫使他上课时一直站在黑板一边，连坐一会儿都不敢，唯恐动作慢了遭到老师的惩罚。

可以肯定地说，我们班体罚学生的现象，校长应该是最先知道的，其他学校领导也不会不知情，但是他们首先要考虑人际关系，顶多在教师开会的时候，作为一种现象指出来，再冠冕堂皇地提出一些要求，不会这么有针对性地来处理。

可刘永臣不是，他一旦知道了事情的真相，对违反教育规律的现象，好似无法容忍，所以必然会认真调查，将事件的前因后果了解清楚，进而有针对性地采取措施，让人有一种抓住不放的感觉。

就孙老师体罚学生这件事，学校最后是什么处理意见我不知道，反正第二个学期我们再回校上课的时候，孙老师就已经被调走了。今天回想这件事，我依然觉得刘主任的这种负责精神，是值得肯定的，这才是对工作、对学生包括对老师负责任的态度。

我参加过刘主任召集的学生座谈会，对学生的发言，他都听得很认真，而且不时就会在本子上记下一些东西。这些记录，大多涉及或者间接涉及一些老师的工作态度和言语行为，再加上他平时管理比较严，和老师谈话时都会拿出记录的东西作为依据，这当然会给人一个印象，就是老师平时的言谈举止，很多都在刘永臣的记录本里。

"文化大革命"到来时，他的这种工作习惯和方式所形成的记录，便很自然变成了诋毁革命群众的罪证，一些人借着揭发刘永臣的反革命罪行，一方面发泄着私愤；另一方面装扮自身，俨然成了"革命造反"的英雄。

刘永臣可能也意识到了这一点吧，所以在运动到来之初，才发生了拆封条、开抽屉焚烧"黑材料"的举动。

"文化大革命"开始，教师中有人出头造反，成立了"革命造反指挥部"。第一个"革命行动"就是把校长、教导主任的抽屉贴上了封条，剥夺他们工作的权利。

在这种情况下，校长的粗放型管理方式，反而无意中拯救了自己。时间不长，校长就侥幸过关了，因为他抽屉里除了一些日用品，没什么与工作内容有关的东西。

刘永臣就不同了，他的集约式管理手段，促使其在平时积累了一些有关老师和个别学生的材料记录。他怕这些材料会招来众怒，所以，在某天的黎明时分，他走进办公室，拆封条打开了自己的抽屉。

当造反派质问刘永臣时，他推说自己想开抽屉找东西，当时没注意到有封条，拉开了才发现抽屉上贴了封条，于是马上就报告了有关负责人。这个解释确实是有些牵强，更何况，在造反指挥部派人检查刘永臣撕封条的现场时，有人还从离办公室不远的胡同拐角处发现了焚烧的纸的灰烬，所以，以此推断刘永臣拆封条打开抽屉，是想把一些记录拿出来烧掉，有一定道理。

当然上纲上线那么高，说是为了烧毁"反革命罪证"，就有点牵强了。不过，每个人都有自己的隐私，刘永臣烧掉的，是否还有更隐私的东西，那就谁也说不准了。

单就"黑材料"来说，如果仅指记载有些老师日常工作的有关表现情况，不论是座谈会上的记录，还是单独找人了解情况的记录，抑或是其他正当渠道了解的一些情况记录，这对于一个学校的管理者来说，都是可以理解的。正常的年代里，这是一种准集约化管理必不可少的环节。如果从纯理智的角度说，一个事业心强的有担当的管理者，尽量想使自己的管理和决策更有现实的依据，更科学一些，做一些有关的资料积累，那是很正常的。

可是刘永臣遇上了不正常的年代，所以，他的这一行为给自己带来的，是长达十多年的噩运。

"革命"浪潮袭来，刘永臣检视自己以往的行为时，可能觉得只有这些文字记录容易引起误解吧，所以，他匆忙中只是把有关文字的记载拿出来烧掉了，抽屉里的其他东西，基本没动。造反派后来仔细查抄，却从抽屉里查出了足以将刘永臣"打倒在地再踏上一只脚"的更有力的材料，即在他一个陈年的作文本里，夹着一张蒋介石叫嚣反攻大陆时的反动传单。

在那个欲加之罪何患无辞的年代，一张来自台湾的反动传单，足以定性刘永臣为反革命分子，更何况夹传单的作文本里，还有一篇文章的题目叫《盼亲人》。这二者加在一起，说刘永臣在中学时代就盼望着蒋介石反攻大陆，是一个历史反革命分子，就被造反派解释得顺理成章了。

对此，刘永臣交代说，那张传单是当年一个学生捡到交给他的，按照上级收到传单严禁传播的要求，他怕别人看见就夹到作文本里了，想着过后交上去，结果给忘记了。

按理说，20世纪五六十年代之交，在台湾的蒋介石为了进行反动宣传，利用东南季风向大陆投放反动传单，山东境内不少人都捡到过，上级要求捡到要立即上交不能传播，这也是事实。可你一直夹在了作文本里，在"文化大革命"如此激烈的政治运动中，再怎么解释都是免不了上纲上线的。

有关那篇《盼亲人》，刘永臣说是在师范学校里的一篇命题作文，他写了父辈外出做生意，年关时家人盼其回家过年的情景。无论怎么解释吧，它既然和一张反动传单放在一起，那就怪不得造反派由此进行深文周纳了。

当时的造反派头目立足于无产阶级革命者的高度，给予了这样的假设：刘永臣是国民党逃跑时潜伏下来的特务，当蒋介石叫嚣反攻大陆时，他当然肩负着里应外合的任务。那张传单就是台湾寄给刘永臣的宣传品，刘永臣把它夹在《盼亲人》的作文本里，可想而知他当时的兴奋程度。

那是一个只要为了"革命"，完全可以望文生义、无限上纲的年代，造反派讲得头头是道，在场的人都觉得合情合理，只有佩服，不可能有怀疑。尽管后来的事实证明，造反派当时的揣度和推理都是站不住脚的，但是，在当时，没有人不相信。

胆敢私自拆封条，销毁"黑材料"，这被造反派定性为现行反革命；保留反动传单、盼望蒋介石反攻大陆，被定性为历史反革命。就这样，刘永臣在"文化大革命"初期被定性为既是历史反革命又是现行反革命的"双料"反革命，成了龙阳公社教育界最典型的反党、反社会主义、反毛泽东思想的三反分子、黑帮头子，被批斗得最凶时间也最长。

以上这些情况，我一个学生何以了解得如此具体？

当然是有原因的。

"文化大革命"开始不久，在学校还没有停课闹革命的时候，为了填补个别老师因造反而无暇上课的空缺，学校要找两位学习成绩好的学生替老师上课，我和另一位女同学就被选上了。从刘永臣还主持工作的时候，我们就坐到了老师的办公室里，每天按课程表去给学生上课。作息和老师是一样的，除了上课之外，还要参加老师的一切活动。

一直到后来刘永臣被揪出前后的整个过程，大会小会，包括造反司令部召集的只有家庭成分好的老师参加的专门会议，我们都是参加的。所以，有关刘永臣被查抄被批斗的每一个过程乃至细节，我都能够及时得以了解掌握。

相比那些家庭成分不好的老师，我们两个学生，可以说相当于"革命群众"中的核心成员，尽管自己什么也不说，但造反派头目们说了什么，战略战术是怎么部署的，都了解得很清楚。

所以说，揪出和批斗刘永臣的全过程，我所掌握的材料是第一手的，没有经过其他任何环节的周转。有刘永臣在前面顶雷，z校长受到的批斗就相对少得多，时间不长，他就被造反派给"解放"了。这当然与z校长的性格有关系，现在回想起来，更重要的是他精力的投入点主要集中在人际关系方面。如果往深里追究，归根结底还是取决于思想理念、职业信仰、人生态度等方面。

z校长与刘主任，他们不同的信仰、理念与人生态度所带来的不同命运，究竟如何来认识，这成了我后来一直在思考的人生课题。

还是那句话，群众运动往往是以无理性的冲动为基础的，以这种运动中生发出的观念和视点来评价人与事，历史终将会证明，是不理性不科学的。

如果将思考再深入一步的话，刘永臣在平时的教育管理中所奉行的"有教无类"的理念，在大力倡导阶级斗争的年代里，也无形中将自己置于那些渴望孩子受优待、站在高岗上享自尊的贫下中农的对立面，进而造成了他在当地个别群众中成为有非议的人物。

从总体上说，刘永臣喜欢好学生，但并不因智商高低把学生分成三六九等，我们班主任对学习成绩不好的刘宪春进行暴力体罚，他最后决意进行处理就是最好的证明。不过，对那些仰仗着权势和家族势力，自己不好好学习还要影响破坏学校纪律的自恃特权的学生，他却是从不心慈手软的。为了治这些学生的流气，灭他们的气焰，刘主任有时候还会使出一些奇招怪招，以使得这些学生难堪得一塌糊涂，足以让他们彻底记住教训。

举个例子，我们班学生王××，家就住在学校那条街上，仗着自己是"坐地户"，根本不把老师和同学放在眼里，调皮捣蛋无恶不作，闹得厉害的时候，班里连课都上不下去。任课老师多次反映情况，校长出于家长的面子，很多时候都是睁一只眼闭一只眼。

实在没办法的情况下，老师只好去找教导主任，没想到刘永臣还真一点儿都不看街门头的家长面子，在查清事实后，让这个学生在全校学生大会上做了检讨。

在家门口的学校里，自己的孩子公开做检讨，这真得让每天都会与众多学生不期而遇的家长很没面子，可刘永臣不管这些，该怎么处理就怎么处理，他分明是想告诉学生和家长，在我这里，哪个学生也没有特权。

人们经常说这样一句话：我们不是生活在真空里。那意思是有很多时候，对身处环境中的人际关系还是要考虑的。可刘永臣不，他为了维护教育规律，有时候还真不给龙阳街一点面子，不但得罪了有头脸的人物，就连一些普通老百姓，有时候也未必完全理解。

我是农民出身的孩子，但有一点我从来都不回避，那就是农民有质朴的一面，同时也有狭隘的一面。特别是在价值的选择认定上，农民往往更注重眼前的一己之利。在批斗刘永臣的大会上，我曾亲耳听一个姓唐的学生家长上台发言，说刘永臣对贫下中农没感情，批评虐待他的孩子，誓言要用铁锹砸烂刘永臣的狗头。

你不能说这种批斗会的革命立场不鲜明，但就发言的内容来说，却更多地是为了宣泄一己私愤。

还有一次批斗会，我们班那个王××，看到刘永臣被拉上台后，两眼血红，拿起一根茶碗粗的木棍冲到台上，举过头顶就朝刘永臣脑袋上打去，多亏刘永臣躲了一下，结果木棍落在肩膀上，把人整个儿地砸倒了。如果不是那一躲，肯定会脑浆迸裂的。

中国的传统文化在某种程度上说也是人际人伦文化，讲人情而轻事理，求平衡轻发展，涉及对人的评价方面，更多地注重自我感受，很少涉及理性科学的分析。而在社会现实中，不但被评价的客体充满着复杂性，评价主体本身往往也是很复杂的。在这样的文化环境下，如果既认识不到传统文化观念的弱点，又不能超越主体的自我局限，那就很难避免被评价的客体离本真现象越来越远。

正是由于这个原因，很多时候，我宁愿相信自己亲身经历亲自看到的。因为听到的一些信息，经过口耳相传，很多都被传递者出于个人的利益和见解做了修改，即使这种修改是无意识的,那也离真实相去甚远。历史上很多的仁人志士,就是如此被淹埋在变形的舆论中,遭受误解的。

特别是对人的历史,即使再权威的评价,也并非能还原到历史本身。从本质上说,任何评价都既含蕴着评价主体的真知灼见,又不免带有难以完全超脱的时代局限。

历史的复杂性遇上人自身的复杂性,就会使得历史无法纯粹,评价无关定见。只有多层面多方位地去认识一个人,分析人所处的那段历史,得出的评价才会更接近历史的本真。

集中到人的品德上说,对刘永臣的非议,主要缘于"文化大革命"初期龙阳小学教师史老师的自杀。关于这件事,确实是我至今也没弄明白的一个谜。

史老师在我眼里,是一个富有才华而又有点小资情调的老师,他会说普通话,会拉小提琴,这在一个乡村小学里面,应该算得上是全身笼罩着洋气光环的人。

我刚升入龙阳小学的时候,曾经被史老师选为小号手。每天早晨,史老师都会把我和另一位同学叫到校园南部的一个空地里,教我们吹小号。尽管我握小号的姿势一开始还受到了史老师的夸赞,但训练的成绩却一直不怎么理想,再加上后来当上了少先队大队长,少先队活动的时候也不可能再吹小号,所以我后来就不练了。由于这件事,史老师的形象,在我心里一直都是很深刻的。

史老师没教过我们班,偶尔代替其他老师给我们上过课。印象最深的是音乐课,他不用脚踏风琴,而是拿着自己的小提琴去上课,这让同学们有耳目一新的感觉。"文化大革命"前夕,报纸上开始批判"三家村黑店"的时候,他还写了一首批判邓拓、吴晗、廖沫沙的诗歌,登在了黑板报上,那架势,完全是一个参与运动的积极分子。哪曾想到,没过几天,刘永臣就在一个全校大会上宣布,史老师投井自尽了。那时候我们才知道,他原来是一个右派分子。

在我的印象中,史老师是刘永臣在龙阳小学比较看重的关系最好的同事之一,很多的教学活动,都是史老师按照刘主任的意思来组织。所以,究竟是什么原因使史老师在"文化大革命"一开始就投井自尽,谁也说不清楚。当时的一些说法,全都充满着猜测的成分。也有传言说,史老师留下过纸条,上面写着"我是被刘永臣逼死的"，究竟真假，谁也没见过。不过后来刘永臣被揪斗，有人就据此推断，说刘永臣和史老师实际上是同一个"反革命集团"，史老师被迫投井自尽，是这个集团丢卒保车的策略。

史老师自杀与刘永臣的关系，我所知道的信息就是这些。

在这件事情上，不但是我们小学生，就连其他老师听到的各种说法，全都只是猜测，所以众说纷纭是必然的。

不过应该承认一点，当群众运动的浪潮袭来时，一般人首先做出的都是自我保护的动作。这是人的一种本能或者说是本性，当来不及或者无头绪进行理性思考的时候，直觉和本能就会决定人的行为。

不要说一般人，就是再高尚的人，心底都会潜伏着怯懦的劣根。只是高尚者具备较强的理智控制力，那劣根一般情况下不得爆发罢了。但任何人都不敢保证，在某些非常的时刻，当理智控制不住本能的时刻，劣根性依然不会偶尔冒出来。更何况无论是刘永臣还是史老师，都只是具备某些才能和个性的普通人。

所以，我们只能这样理解，有关史老师的死，与刘永臣究竟有没有关系，有多少关系，答案可能在人们的猜测之中，也可能在猜测之外。

无论答案是什么，在那个不正常的年代，处于那样的环境中，也都能够理解。因为人是复杂的，复杂的环境加上复杂的人性，曾经使那个年代出现过太多的百思不得其解的事情，所以我们就没有必要非用空洞的理念和绝对的是非将一个人捆得太死。

只要记住"人是复杂的"这句话，就有可能将许多的困惑捋出头绪，进而才有希望摆脱偏激偏执的缠绕，不再人为地制造更多的冤假错案。

我除了在"文化大革命"初期被学校抽掉当了一名临时教师之外，还在运动进展到"清理阶级队伍"阶段的时候，被抽去参加全公社老师的"清理阶级队伍"运动。当时吃住在学校里，从1968年的秋天到1969年的春天，和全公社的公办民办教师在一起生活，度过了将近半年的时间。

那是一场从普通教师中找坏人的运动，已经与刘永臣们没有多少关系。在那半年里，我作为学生代表，每天观察着运动中各色人等的表现，可以这样说，各种为了保护自己或者显示自己而自觉不自觉地透露出来的人性的卑劣,拿先前所批判的刘永臣的所谓罪行与之相比,那真的是太小巫见大巫了。

你能说他们都是彻头彻尾的坏人吗?显然不能。所以,还是那句话,人是很复杂的。自我显示也好自我保护也罢,只要是没有突破底线,就最好不要以偏概全地一棍子打死。如果具体分析,有为了自我保护而不惜害人者,有为了自我保护而误伤别人者,有为了自我保护损害别人利益者,有为了自我保护而选择内心逃避者,等等,还有很多。而这其中,除了有意害人和为了自身利益不惜害人者之外,其他的,还是应该给他们反思忏悔的机会的。不然,以某个阶段某件事甚而某些个别的舆论就为其定性,很容易以偏概全,扭曲一个人。

正是出于这种考虑,才有了以上的记述。

尽管当时因年龄的原因,我也曾从心里确认过刘永臣是隐藏在革命队伍中的"反革命",而且奉劝自己,他私自拆封条,私藏反动传单,写《盼亲人》的作文,事实俱在,不容怀疑。

然而当"文化大革命"结束,反思历史的时候,再把这些亲身经历亲眼所见的原始历史片段拿过来,重新进行拼接思考,就发现了当年的幼稚与可笑。

历史和现实都告诉我们,一个人不可能做到一好百好、百无一失,那么,也就没必要因人的一时过失甚至错误而否定其全部。

往事未曾如烟,无论是经验还是教训,都能成为人生的借鉴。

生活在继续,让我们且行且珍惜。

相约威海

山东省当代文学研究会第13届学术年会在威海召开。会长张学军先生在电话交流中,让我务必到会。退休了,时间不成问题了,我便在网上订好了往返威海的车票,于9月18日按时抵达山东大学威海学术交流中心报到。

这是我退休后首次参加当代文学的学术年会,不用再因为学校的工作而分心,两天的时间里,聚精会神、一门心思地参加或主持年会的活动,会议间隙也能够从容恣意地和有关方面的朋友讨论感兴趣的文学话题。这种久违的情态,不禁令我回忆起那些初站文学教学讲台时奔波追会、四处拜师的难忘岁月。

回忆自己与当代文学研究会、当代文学学会的缘分,最初应该是从参加暑期的当代文学讲习班开始的。

大学毕业留校成为一名教师,我被分配到现当代文学教研室,担任中国当代文学的教学任务。在当时,中国当代文学是汉语言文学专业新开设的一门课程,既没有规范的教学大纲,也没有统一的教材,一切都需从零开始。这样的现状,使我与同期参加工作的青年教师完全不一样,他们被分配任教的课程,大多都有学术素养深厚教学经验丰富的老教师作指导,一开始就可以按照指导老师为其制订的自修计划,埋下头来攻读理论书籍,储备基础知识,查阅有关资料,开始系统备课。而我所任教的这门中国当代文学课,对老教师来说,也完全是一个崭新的教学与研究领域。即使是在层次高、资格老的兄弟院校里,也没有既定的成功经验可以借鉴。

说到底,我当时面临的是一门很少有人讲授过的学科,过去少有学术上的研究,更没有课程体系上既成的构建。而且作为始发于中华人民共和国成立后的文学现象,它还在方兴未艾地继续发展。因此,不但学术研究上亟须理论开拓,资料上的收集整理和信息上的交流沟通也显得至为重要。当时又没有现在开放迅捷的网络信息渠道，一切全靠纸质性资料和现场式交流。所以，要想在这门课上立住脚，既必须像老一辈专家学者做学问那样，坐得住冷板凳，专心致志、心无旁骛地求索钻研，又必须适应新时期文学的蓬勃发展现状，迈开双腿走出去，通过参加各种类型的讨论会、讲习班，来拓宽学术视域了解新的信息。为此，我在业务自修上初步确立的原则是：静动结合，勤奋开拓。

特别是对于我所在的这样一所专科学校来说，历史学科地位不高，与外界联系较少，信息环境相对封闭，首要的就是必须建立起一种立体开放的学科专业基础。带着这样的意识，仰仗着在曲阜师范学院进修时导师给我打通的学术人脉关系，凡是了解到的有关当代文学方面的全国性的教学、研究类会议，我都会千方百计地争取获得一张入场券，想办法前去参加。有时候涉及出差经费问题，系里同意了还必须经过学校领导批准，为了突破学校有关规定的限制，我不止一次采取软磨硬泡的方式，最后迫使领导为自己参加会议开个口子。

正是最大限度地发挥出了自己的主观能动性，我才不但从名校老校的同行前辈那里及时汲取到很多的学科研究成果，而且借鉴学习到了学科研究和课堂教学上的方式方法。

更值得特别提出的是，当时有关当代文学的全国性研究组织很活跃，开展活动也比较多。就当代文学来说，当时全国有两个群众性组织，分别占据南方与北方。北方的以社科院为主，带一点半官方的味道，称为中国当代文学研究会；南方的以华中师范大学为主，可谓纯正的民间组织，称为中国当代文学学会，后来改称为中国新文学学会。

20世纪80年代初，为了适应当代文学教学与研究的需要，北方的研究会开始利用暑假举办当代文学讲习班，邀请国内著名的作家、评论家和当代文学研究学者，就当时文学的热点难点问题发表自己的意见。这对于高校当代文学的授课教师，特别是刚刚走上教学岗位的年轻教师来说，是一个难得的专业进修学习的机会。所以，连续几年，我都想办法参加讲习班的学习，进而也逐渐建立了与中国当代文学研究会的比较密切的关系。

与中国新文学学会的关系，主要是从参加每年一次的年会开始的。新文学学会的会长是著名作家姚雪垠先生，秘书处设在华中师大，是平民化意味儿比较浓的学会，注重吸纳高校教师为会员，会风平易务实，是它给人的最深切的感觉。而且新文学学会每年召开一次学术年会，这在全国性的学会中也是不多见的。相比之下，我参加这个学会的年会次数就比较多，除了能听到一些作家评论家的权威性发言之外，还能在大会发言中听到很多高校教师颇有见地的观点，这个学会百家争鸣的气氛是我特别欣赏的。

由于中国新文学学会的秘书处设在华中师范大学。所以，在我考入华中师大学习当代文学评论硕士课程期间，与学会秘书处的同志们交往就比较频繁，进而与这个学会的关系就变得更为密切。2004年，我还负责筹备承办了中国新文学学会的第20届年会，并被选为学会的副会长。

应该说，在以教学为主的那些年里，我的中国当代文学学术视野的不断开拓，与积极参加这两家全国性的学会组织有着直接的关系。正是在参加学会的年会和暑期的讲习班过程中，我结识了很多的国内名流，结交了一些忘年的与同年的学界朋友，他们对我此后的学术水平提升和研究视野的拓展，都直接或间接地起到了重要的引领或促进作用。

与同龄人相比，我较早单枪匹马地参加了全国性的一些会议，在较高的层面上为自己构建了当代文学专业的成长背景，所以，在山东省内，才能比较早地进入当代文学研究的学术圈子，特别是在当时的师专当代文学教材编写等工作中，成为虽年轻但却有着一定地位的代表性人物。山东省当代文学研究会两年一次的学术年会，除了几所大学的研究生之外，我在参加会议的高校教师中，算是比较年轻而又受到关注的一位。

现在回想起来，从第一次在邹县会议上就改革题材小说创作在大会上发言，与老一代的学术观点展开争辩，到后来的微山会议、淄川会议上就新时期小说创作的艺术问题提出自己的全新见解，应该说我在当代小说研究上的学术自信的建立，与积极参加两年一次的研究会年会不无关系。随着关注度的逐渐提高，我也很快在换届的年会上被选为理事、常务理事，直到聊城会议上被选为副会长。

随着学术视野的不断拓展与学术自信的不断增强，我在当代文学研究质量上也不断提升。特别是对当代十七年文学的研究，曾连续发表了十多篇系列文章，几乎每发一篇都被人大复印资料全文复印转载，被多种文摘性刊物摘编介绍。到1990年，我的专著《阐释与重构——当代十七年文学创作沉思》被选入了"第五代学人丛书"，标志着研究成果已经跻身于全国青年学者的前列。

然而世界上的事情总是充满矛盾的，正当我在中国当代文学研究上崭露头角，开始显示出学术个性的时候，我也出人意料地被逐步推上了教学管理乃至学校领导的岗位。于是随着行政事务变得越来越繁忙，我不得不慢慢地疏远了与文学的关系。

特别是在担任了泰安师专校长之后，谋划促进学校的发展成了当务之急，整天忙得不可开交，已经很难抽出精力来思考有关文学的问题。我记得很清楚，1999年的山东省当代文学研究会年会，是在聊城师范学院召开的，当时筹建泰山学院的工作正处于紧锣密鼓的阶段，研究会的几位老前辈几次打电话要我参加会议，没办法，我只好在参加完教育厅的一个会议之后，紧接着到聊师去了一趟，参加完开幕式，主持了一个上午的大会发言，午饭后便匆忙离开，驱车赶往青岛，到中国海洋大学去拜访一位高校设置委员会的专家。

泰山学院建立后，我主管教学工作，除了日常教学管理工作之外，每年都要参加教育部组织的有关会议，还有新建本科院校的研讨会，地方院校协作会等。为了迎接教育部本科教学评估，还时不时地要去外地考察学习，再加上一些临时性的工作，每天都处于超负荷的运行状态。不要说全国性的文学会议，就是山东省两年一度的文学研究会的年会，也很难抽出时间了，非去不可的时候，就顺路将好几件事情放在一起办。2001年的临沂年会，我也是参加了一部分，主持了两个小时的讨论会，然后就提前离会，从临沂直接去北京了。

每当这时候，我坐在奔驰的小车上，望着窗外稍纵即逝的风景，思考着事业与人生的关系，都会很奇怪地产生这样的联想：在我们鲁南的农村，我相信其他地区也是这样，很多青年人到了成家的年龄，自己的终身大事，并非都能完全出于情缘、遵从于自己的心愿，大多都是听从父母之命媒妁之言。而生活的现实一再证明，成家过日子并非一见钟情才能有好的结果，只要是目标一致，感情是可以慢慢培养的。所以，我们就会看到，那些起初为了爱情而反抗包办婚姻的年轻人，后来有不少慢慢地都屈从了世俗的压力，收起心好好地过日子。他们在解释情非得已的选择时，都会说出同样的话：怎么着都是一辈子。这话虽然有点消极，却道出了过日子的真谛。

  我虽然最早与文学结缘，对文学充满着无尽的爱恋。但后来由于工作的需要，组织上把自己安排到教育教学管理的岗位，我也只好开始慢慢地与教育研究培养感情。换个形象的比喻，我与教育研究的缘分，一开始应该就类似于父母之命媒妁之言，咱是有组织的人，接受的是组织至上的时代教育，在思想深处，认为组织的信任与安排，可比父母之命还要有权威性和约束力。所以，当组织需要自己把情感转身教育管理的时候，尽管对文学满怀着恋恋不舍的纠结与苦痛，最后还是选择了服从组织安排。从此只能以繁忙的工作来冲淡对文学的情感，将那种初恋的感觉埋在内心的底层。

  回顾十余年担任学校领导的岁月，我应该是抱着过日子的姿态，尽心尽力的。不但将一所专科学校推上了本科层次，而且经过了十年的不懈努力，如期接受了教育部的评估，受到专家的高度评价，使之成为名副其实的本科高校。这期间，教学工作不但成为泰山学院的亮点，而且在许多方面是开启先河、弥补了多年空白的。值得列举的事例很多，仅举为了填补学校空白，自己不得不亲自披挂上阵的两项吧。一是山东省优秀教学成果一等奖、国家级优秀教学成果二等奖，双双都填补了学校几十年以来的空白；还有教学质量规范化机制研究的国家级教育项目，也是填补了学校国家社科基金后期资助项目空白的。其他种种，不再一一列举。

  到了退休年龄，从工作岗位上退下来，我谈不上一些教职工评价的华丽转身，但自己内心里的感觉，完全可以说是心安理得、一身轻松。此后的岁月最值得欣慰的，是可以自由地支配自己的时间，任意地施放自我的情感了。所以，在解释为什么放弃到外校兼职的邀请时，我在一篇随笔里是这样写的："我是研究文学的，事业的需要，事业心和责任感促使我服从上级分配，担任了学校领导，转做了教育管理工作，在自己的工作岗位上，我把自己对高等教育的情感，全部都倾注到了泰山学院身上，不可能对另外的教育管理工作再产生什么激情。换个角度说，在有可能完全自主地进行生活选择的时候，选择与文学女神约会，对我来说可能更有感觉。"

从我开始担任学校领导，到现在已经快20年的时间，如今真正全身心地回归到文学研究领域的时候，同龄的文学研究者已经很少了。这次山东当代文学研究会的年会，参会者大多都是"60后""70后"甚至"80后"了。这当然是值得高兴的，因为我们的事业，就是这样通过一代又一代的人接力延续下去的。这些文学研究的后继者们，有着与前代人不同的事业观念与生活观念，但是从两天的大会发言和小组研讨来看，他们对文学研究的认真而执着的心态，是与老一辈一脉相承的。

与20世纪末相比，如今的文学研究与批评的热点少了，焦点也被更多的散点所取代了，在我看来，这正是文学卸下了过多强加给自己的外在负担，真正回归了自身角色的良好状态。文学本来就应该是这个样子，我们过去强加给它的政治负担太重了。尽管必须承认文学要反映生活就很难脱离开政治，但它所反映出来的也只能是"文学的政治"，而不能成为"政治的文学"。说到家，文学是通过怡情悦性来影响心灵，进而改变与提升人的整体素质，起到促进社会进步作用的。所以，在正常的社会中，文学所体现出来的表现形态，不是热点，更不是焦点，而应该是散点。

开幕式之后，我主持大会主题发言，无论是李掖平女士从茅盾文学奖评委、文学评论期刊主编的身份来谈当下的小说创作，还是赵德发先生以地方作协主席、知名作家的身份来谈"作家与人类世"的创作使命，抑或是孙基林教授以诗歌评论家和学者身份谈当代诗歌叙事与诗学问题，尽管他们的观念中还明显地体现着文学的时代使命意识和责任感，但是无一例外地都更多地将话语体系回归到了文学的本身，少有了过去那种从时代主题中透见到政治思维的话语意识。

在小组研讨中就更是这样，诗歌创作、女性视角、代际写作、网络文学、歌词抒写、自传文体等，一些过去由于大家只热衷于焦点而被忽略的文学现象，开始被当代的青年研究者们所关注。在从理念上遵守着研究与批评的价值标准与学术规范的前提下，新一代的研究者们更多地任性于自我的选择课题与研究方向。我觉得这是正常的，也是可喜的。只有潜心于真正的文学批评，不再热衷于围绕着表面的繁荣而追波逐浪，一个时代的文学研究与批评风格才能逐渐形成，长此以往坚持下去，地区性和全国性的领军人物也会真正出现。

至于我个人，从来没有像这次会议那样，平心静气地听别人的发言，认真思考发言中提出的每一个观点，并就感兴趣的话题进行心平气和的深入交流。在整个会议过程中，过去那种围绕焦点争得面红耳赤、打得"头破血流"，实质上离文学本身越来越远的研讨现象，一直都没再出现。

可以这样说，文学研究的从容心态，使会议的研讨逐渐深入，交流中的相互启迪效用愈益明显，除了文学自身的回归之外，我在想，这是否与会议所在的环境有关呢？

山东大学威海学术交流中心是临海而建的一座小楼。会议代表所住的房间，窗外就是一望无际的大海，按照一些代表的说法，打开一扇窗，便可装进一片海。得天独厚的自然环境，有利于人的心胸开阔和相互包容，进而构建民主平等的人文环境，树立全新的文学研讨之风。

相约威海，一次温馨从容的文学之旅，让我体验到了一种没有任何干扰的、专心专情的文学之恋。

会议的最后一天，大会发言结束，即将举行闭幕式，大家来到后院的草坪上休息，看到婚庆公司正在搭建场地。

一场婚礼即将在这里举行。啊，多么具有象征的意义！

在美丽的海滨，再一次与文学浪漫牵手，去演绎当年的未了之情。

由此启程，尽情地去享受生命中最美的体验，创造人生最美的风景。

关中情愫

儿子暑假后要去哈佛大学报到了，料理完在纽约州立大学的事务，他准备回国待一段时间。趁这个机会，到早就想去而又因种种原因一直未能成行的嘉峪关、敦煌等地去看看。

在视频聊天时，儿子给我开玩笑：从我考上大学，你就许诺要带我去旅游，现在都快十五年了也没兑现。那时你工作忙，我就不跟你计较了，现在呢？

他的意思很清楚，我现在退休了，肯定不会有多忙了吧？言下之意是要我和他一起做一次大西北的旅行。面对儿子的激将法，我还真的找不出推脱的理由。是啊，当年儿子考上大学的承诺一直没有兑现，现在他又考上哈佛大学法学院了，如果再不陪他旅行一次，无论如何也说不过去了。所以，我和妻子商量，让她也请几天假，陪儿子一起去旅游。

征求了儿子的意见，先把旅行地点定了下来：以甘肃兰州为中心，先去敦煌和嘉峪关，感受石窟艺术的历史脉动与关山大漠的苍凉之美，然后再到银川去欣赏贺兰山岩画，畅游沙湖绿洲，领略神奇宁夏、塞外江南的别样风情。

为了从容地观赏八百里秦川与河西走廊的风光，这次旅程全部选定火车为交通工具。这为我实地触摸关中平原的温馨记忆创造了一次难得的机会。

由于历史和现实的原因，我对秦岭山下渭河之滨的那片土地，特别是宝鸡这个地名，深藏着一种特有的亲切感！认真地追溯起来，我第一次与这片土地亲密接触，对这方水土养育的儿女产生真情好感，那还是1984年到西安参加中国当代文学学会的年会。

那时的学术会议与现在不同，承办者根本不会想到以收取会务费之类的办法来圈钱集资，由于会议的费用全部要承办方负担，所以对参会单位和人员一般都是严格限制的。像泰安师专这样的学校，没有特殊关系，根本得不到会议通知。

巧合的是，1983年在上海参加当代文学暑期讲习班，我认识了宝鸡师范学院（后来与其他学校合并了）的吕世民老师。他虽然比我大将近20岁，但是我们却非常谈得来，从聊天中得知，中国当代文学学会1984年的年会在西安召开，他们学校即是会议的承办单位之一，于是我便请求他到时候想办法给泰安师专发个通知。

到了年会召开的时间，会议通知迟迟未到。正在我觉得参加西安年会的愿望很可能泡汤、内心里微微泛起遗憾的涟漪之时，一天下午，收发室送来一份电报，内容很简单：速来西安××宾馆报到。看到这几个字，我二话没说，赶紧给系领导请了假，匆忙准备了一下，就坐当天晚上西去的火车出发了。

那时的火车班次少，跑得又慢，坐的哪一次车我不记得了，印象深刻的是，火车是在第二天的深夜过了12点到达西安的。我是第一次去西安，人生地不熟，下车走出站台都已经清晨1点多了，不可能再去开会的宾馆。当时的西安车站正在整修，候车室暂时设在四面开放的大棚子里，没办法，我就在棚子里的连椅上，枕着行李睡到了天明，然后打听着乘公交车到宾馆报了到。

见到给我发电报的吕世民老师才知道，这次会议对人数限定得非常死，因为在古城西安举行，很多学校和文艺出版单位都想参加，所以参会代表的竞争非常激烈。筹备会议期间，吕老师曾几次向有关领导申请，最终我们这样的学校也没能进入发通知的名单里。没办法，会议开始报到后，他只好借着自己安排住宿的便利条件，通过反复调整，最后想办法腾出了一个床位。因为会议已经开始报到，就只好跑到邮局给我发了封电报。

尽管我报到时会议开幕式已经结束，但此后的会议内容，我是始终听得最认真的。在我的印象中，那是一次内容安排非常实在的年会。除了大会交流之外，当时活跃在文坛上的陕西几位知名作家评论家，像胡采、杜鹏程、王汶石、路遥、贾平凹等，都先后在会上做了报告，让大家切切实实地感受了一把与作家面对面进行对话的畅快淋漓。

听作家们现场谈自己的创作体会，我获得了阅读报纸杂志难以得到的文学顿悟，特别是对作家的文学风格与气质品性之间的深层关系，有了全新的认识。它使我第一次感觉到，平时从纸媒上读到的所谓权威性的理论文章，从理论到理论、从概念到概念的分析演绎，究竟是多么的大而无当与空洞无物；我开始确信，离开亲身的创作实践，单从自以为然的逻辑性判断出发去分析作家作品，无论从理论上多么得自圆其说，都难免陷入主观武断的误区。

可以这样说，那次会议无形中使我在思想上萌生了对文学批评的教条主义的警惕。进而确立了这样的意识：文学理论是重要的，但它必须扎根在创作的土壤里才有生命力。文学是人学，而人的思想意识与性格特征，是不可能脱离开鲜活的肉体孤立存在的。所以，一切简单化的理论抽象，无论多么权威，都应该接受现实生活的检验，不断修正自己，才能保持自身的指导性意义。

这一思想观念的确立，促使我对作家的生活道路与创作之间的关系产生了极大兴趣。会议结束后，当大家都集中精力游览西安名胜古迹的时候，我却利用返程前的最后一天时间，到自己最崇敬的作家柳青曾经生活过的皇甫村跑了一趟。

那时西安城里的公交车还没有延伸到城郊的地区，不要说去长安城南的皇甫村，就是去长安县城，也必须坐长途汽车。我早起坐公交到长途汽车站，坐上了早班的长途汽车，经过将近两个小时的颠簸，来到了当年柳青曾经住过的皇甫村。

下车后问了好几位村民，才找到了神禾塬上的柳青墓。据有关文章介绍，这里当年有一座中宫寺，柳青在皇甫村体验生活，把家安在寺庙里，一住就是14年。中宫寺在"文化大革命"中被焚毁了，按照柳青的遗愿，他去世后就埋在了这里。

我在柳青墓前默立了一会儿，认真地读了两遍墓碑的碑文，然后便向塬下的村子走去。

那时的皇甫村，还多少保存着旧有的面貌，特别是从村前那条蜿蜒的小河以及河南岸的稻田里，依然能够看到《创业史》里描写的影子。那沿河岸边的稻田里，已经颓落的三五成群的稻草棚屋，不禁让人联想起《创业史》中梁三老汉与梁生宝居住的"蛤蟆滩"。为了从村子里探寻更多《创业史》的描写痕迹，也为了等那趟到中午才返回的长途汽车，我围绕着河南岸的稻草田与河北岸的庄稼院，整整转了一个上午。

在返回的汽车上，望着渐离渐远的终南山，我的脑海里不断地浮现着《创业史》里梁生宝带领互助组员去山里割竹子的场面。快到长安县城的时候,汽车从一座石板桥上驶过,即刻又让人联想到小说里梁生宝与徐改霞桥头邂逅的场面,那是一场富有合作化时代印迹的恋爱描述,带着革命年代情感的火热,也融入了作家的理性思考。我当时想,无论时代如何发展,也无论对合作化如何评定,从本质上说,为大多数人谋利益的"创业"行为,都是闪耀着人性光辉、值得肯定与赞美的。

提到对作家生活与创作关系的兴趣,那次会议还有一件有趣的事情值得回忆。

会议期间,全体代表集体去咸阳考察乾陵与茂陵。当时的学会会长姚雪垠先生,是带着夫人和小孙女一起到会的,小姑娘五六岁的样子,还没到上学的年龄,为此,考察的时候会议专门配备了一辆小轿车,供姚雪垠夫妇与小孙女乘坐。然而在考察队伍即将出发之时,姚老的孙女却来了个反"特权"行动,从小车上下来,独自跑到我们坐的那辆大客车上来了,无论大家如何劝说、包括姚先生亲自出马,她也不再挪地方。

这小姑娘有个性!我心里一边感叹,一边琢磨着如何通过她,更多地了解姚雪垠的日常生活情况。

开车之后,我便和坐在身旁的小姑娘聊起来。问她为什么不和爷爷奶奶在一起,她是这样回答的:和他们有什么好玩儿的,说的话我一点儿也不愿意听。继续闲聊,从她身上便愈加明显地感受到第一代独生子女的性格特征。据小姑娘说,她平时很少与姚雪垠夫妇在一起,除了姚先生和夫人过生日的时候,后辈们才有机会在他们那里相聚。然而对这种叔伯之间多家兄弟姊妹相见的场面,小姑娘却并不喜欢,她说了一句话:"你说我爷爷奶奶生这么多干吗呀!"不禁引得大家哈哈大笑。

一路上,满车人被小姑娘的天真可爱逗得笑声不断。司机师傅也很开心,不断主动地给大家介绍咸阳一带的风土人情。回来的路上,大家听他说到不远处就是马嵬坡的时候,便一致建议拐个弯去看看杨贵妃墓。于是,当其他车辆都过去之后,我们这辆车就中途拐了个弯儿,向马嵬坡驶去。

当时的杨贵妃墓还未整修,就是一个大土坟,前面立了个墓碑。大家下车转了一圈,用时很短,接着上车继续赶路。不到半个小时的工夫,汽车又回到原来的大路上,然而没走多远,车却开不动了,师傅下来鼓捣了很长时间也没修好。

怎么办？汽车抛锚的地方，前不着村后不着店，离西安城还有60多公里呢。

有人开玩笑说，没事儿，有姚先生的宝贝孙女在这里，还怕没人管我们吗？等着吧。

可就是等，也得让会务组知道这里的情况呀。车上有两位记者，自告奋勇，走了好几里路，终于找到了一个拖拉机站，那里的电话可以打长途，便借用人家的电话，把情况反映给了会务组的留守人员。他们答应，等先头的车一到，便让它返回来接我们。

事情总算有着落了，大家心里轻松起来，便相互开起玩笑来。有人说，今天这事儿有点蹊跷，怎么早不坏晚不坏，到马嵬坡转了一圈儿，回来就出毛病了？

就是，另一个人接着说，都怪我们非要去看什么杨玉环，你想想，那是个省事儿的主儿吗？怎么样，出毛病了吧？阴魂不散啊！

这样说笑着，时间过得也挺快的。等着前头的车到了宾馆接到指令，再返回把我们接到西安，都夜里十二点多了。虽然时间晚点，但是整个旅程因为发生了很多的逸闻趣事，倒也印象深刻。多少年之后想起来，依然历历在目。

西安会议给我留下了无比深刻的印象。每当回忆起那些珍贵的场景时，我便会想到宝鸡师范学院的吕世民老师，没有他对朋友的赤诚之心，我就不可能有这一次对文学教学与研究来说十分可贵的经历。

我第二次与宝鸡结缘，是在1988年。当时要到云南大理参加当代文学年会。那时去大理开会，乘飞机是不可能的，从陆地走，省际直达列车又很少。所以，需要先从泰安坐车到西安，在西安转车到宝鸡，乘坐宝鸡至成都的火车，然后再换乘成都至昆明的火车，到了昆明之后，还得搭乘去下关的汽车，经过半天一夜的颠簸，才能到达目的地。单是在路上的时间加起来，来回就要半个月。

我当时查好了车次，为了能买上卧铺，先是乘坐济南至西安的火车，到达西安后又买票换车到宝鸡，在宝鸡车站搭乘去成都的火车，第一次亲身领略了宝成铁路的雄伟壮举，内心里充满着无比兴奋的情绪。因为在此之前，我每次给学生讲授杜鹏程的小说创作时，一直都把《在和平的日子里》作为重要的内容之一，而《在和平的日子里》主要描写的就是铁路工人修建宝成铁路和成昆铁路的故事。

为了讴歌和平年代里的奉献与牺牲，1956年，作家杜鹏程来到宝鸡，深入宝鸡的观音山工地，和筑路工人吃住在一起，创作了中篇小说《在和平的日子里》，还有之后的《夜走灵官峡》等诸多短篇小说。说实话，无论是对和平年代的矛盾揭示还是对包括知识分子在内的劳动者的讴歌，作家的思考都是具有开拓性的。我每次讲授这些内容时，内心里都会充满敬佩与激动。

那是我第一次坐车穿行这么多的隧道，在很多的路段，列车刚刚驶出一个隧道，又会马上钻进另一个隧道。坐在急驰的列车上，感受着时间咣当咣当的律动，我在内心里，不禁反复地默诵着《在和平的日子里》的一段话，那是在描写刘子青以身殉职时，作者所抒发的一段议论："过不了多久，满满堂堂的货车和满载旅客的直达快车，都要从这里飞驰而过。列车上的人们，会赞叹这史无前例的工程，赞叹这征服千山万水的奇迹；但是，有人却看不到被泥土和石头盖起来的血迹，也看不见渗透在工地上的眼泪和汗水；在他们眼里，路旁的新坟似乎也为野草所掩盖！"

由于施工技术和条件的落后，施工环境又空前恶劣，从某种意义上说，宝成铁路和成昆铁路是用无数建设者的鲜血和生命铺成的。上面那一段议论性的描述，是对奉献与牺牲者满含悲壮的赞美，更是对时过境迁后的旅行者莫忘前人的警告。

它告诉人们，这个世界不但需要体验，更需要记忆需要理解需要感恩，因为很多的奉献与牺牲，往往被职业的责任所掩盖，所以在人们享受牺牲者创造的幸福生活时，就很少去追问去反思，而往往将更多的精力投入现实的相互攀比，将自身陷入永不满足的负面思维的效应之中。因此，生活在和平年代的人，只有经常地扪心自问，才能保持清醒。

宝成铁路上的领悟，强化了我从事文学教育的责任感，促进了文学研究上的主观能动性。那一次，我带着上百本油印的论文参加会议，第一次勇敢地登台发言，赢得了与会者的普遍赞赏，会议秘书处还把我的发言内容进行整理，刊登在会议简报的第一版上。

回到学校，我始终秉承着逢山开洞遇水架桥的宝成铁路建设精神，以坚忍不拔的开拓精神与咬住青山不放松的耐力，将文学教学与研究推上了一个全新的层面。

……

回首当年，我最先发表的文学评论文章，一是评论杜鹏程创作风格的《哲理·抒情·诗意》，一是研究柳青创作精神的《"创业史"新版修改的得失》。可以说，我的文学研究旅程，是感怀着关中平原的雄浑壮阔起步的，在研究关中文学的过程中，既得到了云横秦岭、铁马秋风的气势激励，也得到了蜿蜒渭河、水秀田丰的淘洗与滋养。至于涉及的关中人，就更不用说，从普通人到大作家，都能让人感受到关中平原特有的品性：情感真切，内心质朴，性格率直，处事大气。

几十年过去了，人们所处的环境发生了巨大变化，然而对于我来说，新时代的关中风情，特别是那种率性正直、敢爱敢恨的秉性，却愈来愈富有吸引力。因为与这种品性相处，更容易以真心换真心。只要你拿出的是诚心诚意，就一定能够收获看得见摸得着的质感与踏实。

27年之后再次路过这片土地，车窗外那高耸的秦岭，还有那绵延的渭河，都在不断地挑动着我的神经，触摸曾经的记忆，我内心感慨不已。

历史在发展，现实在继续。我坚信，无论岁月如何变化，积淀在内心里的关中情愫，都只会越来越深切，越来越浓厚。天长地久，绵绵无期！

重游桂子山

中国新文学学会第31届年会在华南民族大学召开,借休会之机,我来到桂子山故地重游。

桂子山是华中师范大学所在地,1986年至1987年,我在这里学习当代文学评论硕士研究生课程,度过了一段终生难忘的时光。

无论是在事业上还是学术上,桂子山的深造,都促成了我人生的一次明显提升,所以我对这方土地充满了感情。学成回到泰安不长时间,曾有一次开会途经武汉,在华师东门山头上的招待所里住过一宿,第二天早起就匆匆去赶车,也没能抽时间在校园里走走。一晃都快30年了,我生活学习过的这座校园,究竟有了哪些变化,一直都是心中的牵挂。

这次学术年会终于创造了一个机会,于是我就抽出了一个下午的时间,专程来到了桂子山。

30年的时间,在人类的长河中算不上什么,但是相对于疾速发展着的中国来说,它却是一段足以创造历史的时期。重游桂子山,迈步在30年后的华师校园,虽然说不上沧海桑田,然而联想起那些年那些事,抚今追昔,也不禁感慨万千。

无处寻觅当年记忆

因为城市的变化太大,担心自己走迷了方向,所以我是在民大门口搭乘出租车去桂子山的。上车后特别告诉司机师傅,一定把我送到广埠屯的华师北门。

到达目的地下车,华师的北门外,已经找不到记忆中的丝毫痕迹。当年那带着山野荒郊味儿的门前大道,如今已经变成了车水马龙的闹市。下车时司机师傅还专门提醒我,要去华师门口那边,一定要上过街天桥,因为走下面太危险。是啊,为了拍一张新大门的照片，我不知站在那里等了多长时间，才偶然抓住了一个无人无车（也不纯粹，还是有一辆大巴）的瞬间。

在我的记忆中，过去的这个大门，左面只有一个新华书店，右边除了公交车站之外，就只有简陋的围墙了。当年走出学校大门，会让人有一种空旷而坦荡的感觉。可现在，那份拥挤和喧闹，已经使当年的记忆变得愈加遥远。我不知道这个大门是什么时候改建的，但是看它被两边的营业楼挤得只好往高空舒展的架势，就足以证明，当年的这片荒郊空旷之地，已经变得寸土寸金。

由此我开始担心起来，门口都已经变成车水马龙的闹市了，我记忆中桂花飘香、森林密布的校园，还能够像当年那样安详宁静吗？

走进大门，果然应验了我的推测：校园已经完全变了模样，找不到丝毫的宁静肃然之感。

武汉给人的最初感觉，是这个城市的大气。市内群山起伏、湖泊遍布。众多的大学聚集在这里，不是"占山为王"，就是拥湖而立。像武大、华师这样既占山又临湖的校园，更不在少数。我当年走进华师北大门，那感觉就如同进了一座山门，往里走了很远很远，都还看不到盘营扎寨的地点。

到现在还记得，当时带着偌大的行李箱，走累了躲到路边上休息，身旁的山坡上，毛竹摇曳、桂花飘香，满坡翠绿夹杂着点点金黄，就如同进入了山中腹地，不由得让人心旷神怡。休息好了，返回被行道树簇拥着的校园大道，又走了好一会儿，才终于看到了教学区的楼房。

崇尚已久的所谓大学的高楼深院，这一次总算有了切身的体验。

可不到30年的时间，再来到这里，景象全变了。当年宽敞的大道，现在为了交通安全，在中间设立了隔栏，显得狭窄而拥挤，大道两旁那一辆接一辆的汽车，把一个校园主干道拼接得俨然像一个繁华的闹市区。两边的绿树翠竹，也已经被一排排宿舍楼所取代，路边上那高高的围墙，武断地隔挡着人们的视线，已经无法再观赏远处的景色。

进门没走多远，便是熙熙攘攘的人群，自行车、电动车、摩托车聚集在一起，那氛围与城市学区大街放学时的拥挤热闹没什么两样。近前一看，果不其然，这里是一所附属小学，众多的家长都在这里等着接孩子呢。

这里什么时候有了一所小学，还真的不得而知。有可能是随着这一片宿舍区的兴起，为了教职工的孩子上学方便，后来新建的；也可能是当年早就有的，只是被掩映在茂密的树林中，没引起过人们的注意，现在，路边的树林变成了宿舍楼，随着围墙的修建，小学的大门也自然延伸到了路边上。总之无论是哪一种情况，校方所体现的为教职工着想的人本精神，都是应该得到赞扬的。

摆脱了小学门口等待接孩子的乌压压人群，没走多远，就又看到三角林一带聚集着一些人，走上前听他们交流，原来也是准备接孩子放学的中学生家长。这个我倒不奇怪，因为当年就听说过这附近是华师的第二附属中学。可是这也太早了吧，当时还不到四点，颇具耐心的家长们，就有人过来等待了。而且从那位严阵以待的保安来推测，到中学放学的时刻，这里拥挤的人流也是可想而知的。

感慨之余，我不由得想起头天晚上聚会闲聊的一个话题。有人跟一位年轻教师开玩笑，说他可以生二胎了。那教师一脸严肃地回应道：你可别吓唬我！这一个小学没毕业就快把我折腾垮了，再来个二胎，那这一辈子就甭干别的了。

看看眼前这"人海战术"，你不得不承认，青年教师说得并非夸张。就是不担心经济上的负担，要把一个孩子抚养成人成才，你得储备下多少年的精力啊，更何谈二胎！有一篇文章说：生二胎只是权利，但绝不是福利。可谓一针见血：权利是与责任和义务相伴而生的，所以权利的应用是有众多条件作基础的，没有可靠保障，贸然应用了权利，弄不好，就需要一辈子的代价来买单……

我水平不高，但遇事喜欢思考。今天是来游校园的，与接孩子的人群属于偶遇，所以思考就此打住，赶紧向校园深处走去。

难以忘却的校园逸事

从三角地左边那条路过去，就到了我们当年报到的接待站了。

当时接待我们的，有一位华师的年轻教师，叫王耀辉。后来才知道，他也考上了我们这个班，大家成了同学。经过一个学期的学习，到了1987年的上半年，班主任王先霈先生与中国人民大学的陆贵山先生，共同主持了一个教育部的研究项目，要在我们班里选四名学生跟着他一起做课题,王耀辉和包括我在内的四位同学被选进了项目小组。我们与中国人民大学的四位青年教师一起,在陆贵山与王先霈两位先生带领下,历时两年的时间,完成了这一课题的研究,最后撰写出版的《中国当代文艺思潮概论》,作为高校文艺理论专业硕士研究生的辅助教材,曾多次再版发行。

近30年过去了,站在当年报到的地方,一种物是人非的感觉油然而生。

不要说全班同学都早已天各一方,很少联系了。就是我们曾一起撰写专著的四个人,大多也都离开了原来的单位。湖南的冯一粟,回去不长时间就离开高校到市电视台工作,后任电视台台长;山西的景国劲,也是在20世纪末调到了厦门的集美大学,先后在文学院、图书馆等单位做负责人;华师的王耀辉是民主党派,先做民盟华师负责人,后来调到了省里,现为湖北政协副秘书长、民盟湖北省委专职副主委。与他们不同,我属于胸无大志的安稳型性格,一直保持着专心专情的秉性,从未动过"跳槽"的心思,一门心思地在自己的学校里干到了退休。

当年一批血气方刚的青年人,从祖国的东西南北汇集到这里,风华正茂、满怀壮志,学成后又各自回到了原来的单位。这一晃就要到入校30年的纪念日了,如今很多人也都应该退休了,大家究竟生活得怎么样?站在当年报到的地方,往事如烟,心中徒然增添了几分牵挂。是啊,世事多变,不要说许多同学难得再见,有的甚至也无从联系了。

眼前,只有当年的那棵雪松,依然凌风斗雪、一如既往地屹立在那里,成为人们回顾历史的鲜活标志。英国文学家萧伯纳说过:60岁以后才是真正的人生。但愿天各一方的同学们,都能够像雪松那样体健心阔,保持着当年的英姿豪性。在退休后的岁月里,继续演绎出各自的精彩人生。

沿着雪松南边的东西路右转,上几级台阶,就是学校图书馆。原先那座民族风格的建筑不在了,取代它的是一座高耸的现代化大厦。站在图书馆楼前,浮现在我脑海里的,不是有关阅读的情景,而是让我又想起了丢失的那把心爱的雨伞。

那是一把台湾生产的折叠伞,色泽素雅,图案时尚,我每次出远门都带着它,如同心仪的伴侣一般。来华师上学,自然也没忘了把它塞进行李箱里。那天下起了小雨，上午没课，我打着那把雨伞去食堂吃过早餐，径直去了图书馆的阅览室。进门时，和大家一样，将雨伞折叠好，放在了值班员面前的长条桌上。

一上午过去了，到了午饭时间，我把查阅的资料按规定放回原处，收拾好自己的东西准备离开。来到长条桌前一看，自己的雨伞却不见了。值班员见我左右前后到处瞅，知道是在找自己的伞，便随口说了句："伞没了？再拿一把嚰。"

我不是听错了吧？怎么可能。她是在这里管理大家东西的，竟然让我把别人的伞拿走。

后来证明还真的不是听错了，管理员确实是这个意思。她看我在那里磨磨蹭蹭地不行动，便顺手拿起一把长柄伞递过来，"这个把儿长，不怕风刮。"

见我不伸手只摇头，便又说了句："有么子要紧？不行吃过饭再送回来嚰。"

我呢，就是别不过这个劲儿来，心想，不是自己的怎么能随便就拿走？再说，我的伞是自己的心爱之物，你让我当即就斩断情缘，随便拿一把来取代它，我那根筋一时还真的转不过来。在别人看来，伞只是一种用具，可我不是，我是把自己的伞视为雨天伴侣的，是有感情的。所以，想来想去，我还是没能放弃幻想：不能走，万一有人吃过饭把伞送回来了，我不在这里，又被别人再拿走可怎么办？

于是，带着一种侥幸心理，我放弃了吃午饭，回到原来的座位上继续阅读资料。宁愿饿着肚子，也要在这里等，万一有奇迹出现呢。一直等到天快黑了，晚饭时间都到了，也没见有人把伞送回来。我这才确信值班人员的话，看来在这里，雨天随意拿伞是一种习惯。

雨也不怎么下了，我带着深深的遗憾和莫名的失落感，走出了图书馆。

吃过晚饭回到了宿舍里，把今天的来龙去脉一说，却受到了同窗室友庞荣飞的一阵奚落，说我太实在了，他上午也在图书馆看书，自己的伞没了，就随手拿了一把回来，而且他是一把旧伞，拿回来的是一把崭新的。

过后想想这事儿，大雨天的，自己的伞被别人拿走了，再拿别人一把或者是像我一样宁愿饿着肚子也要洁身自好，这种种的行为，其实都很难用"对"或"错"来评价，只能说，像我一样的死心眼儿，也是遵从于内心的一种选择吧。

我自认为自己不是死不开窍的榆木疙瘩，只是无论对物对人，都有些失之于心太重情太笃。特别是与开放灵活的那些南方同学相比，有些情愫和价值观念会不时显示出滞后于时代发展的成分。不过作为一种长期养成的性情，要彻底改变也难。起码从感觉的层面上说，别人拿走的是我心爱的，别人的再好，我本不喜欢，硬塞给我，心里也会感觉到膈应，倒不如空手而归还轻松些。

暴露点不怕别人笑话的隐私，此后的很长一段时间，包括在我买了把新伞之后，每逢下雨的时候，我还会一边打伞走着一边四处观察，看看能否在校园里发现我丢失的那把伞。如果看到了，花再多的钱，我也会把它赎回来的。

总之，以服从于内心来追求自我的安慰，是一种复杂的心态平衡过程，无法用单一的人生观念去评价。

记忆中的山间小路

离开图书馆回到东西大道，继续往西走一段路，就到了文学院的教学楼。30年的时间过去了，整个校园里，20世纪的教学实验楼，都被新盖的现代化高楼大厦所取代，只有文学院这座民族风味浓郁的三层小楼，依然毫无变化地立于校园一隅，看着它孑然一身默然而立的样子，你就可以想见，如今的文学，已经真的被人们推向了社会的边缘。

当年的文学评论班，平时上课并不在这座楼里。在文学楼的东南方向，有一座新盖的7号楼，那里有我们的专用教室。7号楼在校园教学区的东南部，离我们的宿舍近一些，与文学楼相距有一段较大的距离。我们班的同学，都是在学校里教过几年书的，对求学可谓如饥似渴。所以如果遇上哪一天没课，便会到文学楼里去蹭本科生的选修课。现在回想起来，当年的那种学习热情，在此后的高校里，很少再见到过。

由于校舍紧张，我们班的宿舍是被安排在学校租用的楼房里的，那是武汉军区空军司令部的营房，在卓刀泉特一号的院内，离学校东大门有五六百米的距离。从东大门进入校园不远，有一个主要为东部教工宿舍服务的小型餐厅，我们每天来回一般都在那个餐厅里吃饭。

沿着餐厅门前的路一直往西走，绕着小山坡右转而上，就是7号教学楼，我们的教室就在楼的一层。上午的课结束以后，沿着楼前的水泥大道绕下来，正好再到东大门的餐厅里吃午餐，然后回宿舍休息。如果没有特殊活动，我们每天的行动轨迹就是如此周而复始地循环着。

时间一长，大家便发现，如果不走环绕山坡的水泥路，从山坡的丛林里直插上去，也能到达7号楼的门前。有一天我们试探着从山林里穿行，发现密林中早就留下过不少的脚印，只是没有踩出路径的痕迹，所以从外面看不出来。自从发现了林中近道，同学们就不再绕行校园路了，走山坡林虽然坎坷不平又蜿蜒崎岖，潮湿的地方还步步泥泞，但它可以直接穿过去，不但路近省时间，还能顺便享受天然氧吧。

特别是听了一上午的课，被枯燥生涩的抽象思维整得头晕目眩的时候，走进密林深处，即刻就会感受到"曲径通幽绿如织"的轻松惬意，望着满眼的绿色，再听听小鸟的啾啾之声，整个头脑就如同被清新纯净的空气淘洗了一番，会变得无比清爽。在高楼林立的校园里，这里毋宁是一方难得的悠闲之地。茂密的森林阻挡着校园里的各种喧嚣，任凭你自由散漫无拘无束地徜徉其中，慢慢地身轻了，心静了，意平了。等走出丛林，人就像整个儿换了个心境，来到餐厅吃起饭来，也变得特有滋味儿。

鲁迅在《故乡》的最后写道：地上本没有路，走的人多了，也便成了路。连接东餐厅与7号教学楼的这条林间小路，本是没有的，随着我们班同学每天来回不断地走，慢慢地就形成了一条清晰的林中小道。它留下了同学们数不清的脚印，印证着我们当年孜孜不倦、坚忍不拔的求学历程。

回到泰安之后，我每每都会想起那条林间小道。特别是晚上写作累了，下楼漫步在梧桐树下，夜的静谧便会将我的思绪牵引到桂子山上，联想到那片小山林，还有林中那条蜿蜒的小路，以及与之有关的人生故事。回忆那似水流年，心生无限感慨。

十多年之后，泰山学院的新校区在顶子峰下开工建设，建在山坡上的校园，自然会有很多起伏不平的土丘缓坡，工程指挥部在研究如何在坡地上规划路径时，曾经函授进修过清华大学建筑专业的一位市领导便建议：现在研究这些没有依据，到学生入校了，看他们从哪里走，就在哪里修，那最符合实际。在听到这番话的时候，我不由得想到了桂子山上的那条林间小路，不禁心生敬佩，这确实是一种高水平的以人为本的建筑理念。

这次重游校园，原来的林间小道，已经用碎石子铺成了一条固定的人行道路了。

我沿着这条走过无数次的林间路径走进去，想再感受一番当年的心态，捡拾一些散落在山林中的美好记忆。可越走越发现，由于对小路的拓宽改造，沿途的树木肯定砍伐了不少，林木已经没有当年显得茂密了，荆棘杂草被全部铲除，树丛里变得干净又整洁，也完全没有了当年的那种山野风情。

走到林区深处，看到在削平的山头上建成的一个小广场，广场上矗立着现代著名诗人光未然的雕像。我前后左右地观赏着，这肯定不失为一种校园文明建设的举措，与原来相比，这里的人文气息确实浓多了。

然而，也可能是记忆中的东西容易被美化吧，我还是怀念当年满是泥土气息的天然丛林，怀念那条曲径通幽、纯然自由的林间小路。

桂苑宾馆触发的温情

从新铺的林中小路上走下来，拐入校园大道，向东走一段距离，便到了那条通往学术交流中心的环山路。华中师范大学学术交流中心，对外叫桂苑宾馆，也就是学校当年的招待所。它建在学校靠近东门的一座突起的山头上。

我第一次熟悉那里，是中国社科院的樊骏先生来华师讲学的时候。当时他被安排住在学校招待所里，准备为现代文学硕士课程班讲一周课。我去看他，便见识了当时招待所里最豪华的一个房间：一张双人床，一个写字台和小沙发，另外在门口处还设有一张窄窄的小床，整个房间的设备，就像是为带着孩子的一家人摆设的。当时我就想，如果老婆孩子来这里旅游，住这样的房间最合适。

第二年的春天，我们班为了组织集体外出考察，为每个人申请了部分资金。我利用这个机会，邀请妻子带着儿子来湖北探亲旅游，事先就预订了那个当时的"豪华"房间，因为岳母要跟着一起来，所以，又在别的房间为她定了一个床位。我不是一个大手大脚的人，但是自认为值得花钱的地方，出手还是比较大方的。因为从泰安到武昌的火车，是在傍晚抵达的。下了火车如果坐公交，到华师门口天就黑了，而且从北大门步行走到招待所，有老人和孩子，最快也需要四五十分钟，何况还有一段上山的路。为了让老人和孩子尽快到招待所休息，我是租用了一辆小轿车把他们接到招待所的。

现在听起来算不上什么事儿，那时候可不一样。我们乘坐的那辆轿车，是武昌站广场唯一的一辆，专供有钱的大款们乘坐的，平时根本没人坐。对比一下就能够清楚，当时坐公交，只需一毛钱，而乘坐小轿车，费用则和从泰安到武昌的火车票价格差不多。当时我们班同学有人来探亲，都是靠室友去别的宿舍借宿来腾房间，一般是不舍得住宾馆的。在这样的情势下，我不但把老婆孩子安排在华师招待所，而且还让岳母坐着轿车到了学校，这无形中引起了同学的刮目相看。室友老郑一提这事儿，就会佩服地伸出大拇指：刘克，对丈母娘太够意思了。

其实，这并不是多么刻意的一种行为，而是与我的人生观念与价值取向有直接关系。在平时，我不属于善于表现自己的人，也不会专门卖乖讨好赚取别人的欢心，我的真诚和情感是藏在心底的，藏得比较深因而少受世俗的影响，始终保持着纯真的特性。在自认为关键的时刻，便会自觉不自觉地体现出来。越是无意而为之，别人越能够感应到它的真诚，换句话说，它的感染效应才越发的有力。这种无形的影响力与作用力，不但是对老人，也包括对孩子，都是花言巧语卖乖讨好的刻意行为所无法比拟的。

我记得很清楚，在游完三峡回到武汉的那天晚上，我们下船乘坐码头上的公交车回武昌，由于人比较多，我便身背手提加臂抱地负载着全部的行李，让妻子领着孩子和老人先上车。等大家都上车了，我最后一个来到车厢里，刚一上去，儿子就从自己的座位上站了起来，"爸爸你坐这里！"当时满车的人都很惊讶：你看这孩子，这么小，就知道孝顺，真不容易。这个场景，我始终保存在记忆的最深处。都说父母是儿女最好的老师，实际上，你说得再多都没用，潜移默化才是最有效的教育。

……

看着重新翻盖的学术交流中心大楼，回忆着当年有关家庭、情感的林林总总，我对人生的感悟又有了新的提升。借这次武汉之行，沿着当年游览的路线重新走了一遍，三峡大坝将库区的水位提升了100多米，三峡沿线原有的深壑峡谷的奇景，大多已被淹没在深水之中，凝结为历史的岁月。然而，人的主体能动性的创造潜力是无穷的，观赏那高峡出平湖的壮阔，我的心胸感受到的是另一番爱与美的境界。这境界既是大自然本身的，也是人生自我创造的。以新的理念来面对自然面对生命，使整个的游览过程，始终沉浸于拥情携爱的美好感受之中。

人生境界的不断提升，说到底是爱的不断充实与升华。无论是过去，还是现在，抑或是未来，爱之所以不可或缺，不但是它能丰富现实的生命，更重要的还在于它能凝聚为美好的回忆，来充盈人生的思维与感受的时空，进而使生命无论在什么状态下，都不会感到孤独寂寞，都能体验到充实、满足与幸福。而且随着岁月的不断淘洗，爱留给人的，是更真更醇、更难得更宝贵的部分。

正是在这个意义上，完全可以说，爱的付出，不但成就着对方，也是在为自己的人生积累财富。

东门湖边的人生风景

满怀着对过往的美好回忆，感受着现实的浓浓爱恋，我从交流中心的山上走下来，想通过东大门，再去卓刀泉特一号的大院里，看看自己当年住的宿舍。走到东大门附近，才真的发现，30年的沧海桑田，这里是最典型的展现。

20世纪80年代的华师东大门，是由两个砖混水泥垒起来的垛子组成的，更没有什么传达室、门卫室之类的设施，就是一个全面开放的内外通道。在东大门之外，除了门口标识着"卓刀泉特一号"的武汉军区空军司令部大院，其他再没有什么像样的单位，放眼望去，映入眼帘的是一派郊野风情。

我对东大门的印象深刻，主要是取决于门里的那片湖水和门外的那个棚户，因为它们联合承载着的人生故事，体现着中国改革开放初期人的思想理念和价值观的变迁过程。

大门的里面，与桂苑宾馆所在的那座小山对应着，是一座面积不大但也足够激水荡舟的湖面。湖里养着鱼还有其他的一些植物，我们进出大门，经常会看到一条小船在湖里荡漾。大门的外面，离围墙不远，有一座草棚搭建的房屋，里面住着一位中年妇女，还有一个孩子。无论是看门口的摆设还是主人的穿戴，这里都会让人想到流浪者之家。然而，平时却并不见那中年妇女出去打工、拾荒或者要饭，她的孩子呢，每天还按时背着书包去上学。

大家都觉得奇怪，这中年妇女究竟是干吗的，如何沦落到这步田地，而又能将生活过得如此从容有序？

时间一长，终于有人打探出了消息。

大门里的这片湖面，原来是当地生产队的，改革开放后承包给了个人。后来学校扩大校园被圈了进来，然而承包年限未到，所以，湖面仍然暂时归承包人所有。那是一位颇具开放意识的先行者，他除了这片湖，可能还有别的养殖项目，所以很快就成了发家致富的典型，被选为当地的人大代表。在有了钱和地位之后，便又找了位年轻貌美的妻子，与结发之妻离婚了。离婚后的妻子继续住在草棚屋里，一个人抚养着孩子，日常生活费用当然由男方提供。

这应该是当年的土豪赶时髦所演绎出的俗而又俗的故事。

听了这个故事后，我曾经在心里猜想，这墙外的草棚屋，有可能就是当年他们夫妇艰苦创业时在湖边搭建的，夫妻共同从这里起步，男主外女主内，更有可能的是，农忙时夫妻共同上阵，休息了，妻子还得做饭洗衣，为了发家致富，无怨无悔，默默付出。后来目标实现了，发家挣钱了，盖起了好房子，夫妇共同积累的财富却成了男人喜新厌旧的资本。何以能够如此，一方面说明了农村妇女的善良；另一方面也说明了女人观念的落后，长期没有自我的主体意识，完全依附着男人，将本应该共同享有的经济地位放弃了。从这个角度来剖析，我们所谓的传统美德里面，其实是隐藏着很多违背人性的成分的。

女方离婚没有什么家产，继续住在草棚屋里，只为了有尊严地把孩子养大成人。我们在赞美这种纯朴善良的同时，不禁会想到鲁迅笔下那些"哀其不幸、怒其不争"的女性形象，总是难以排遣心中那一种悲凉的情绪。

同学中有人曾与那位人大代表交谈过，聊起自己发家致富的经历，他确实有很多值得自豪的地方。在谈到现在的家庭时，他却显得心态比较复杂，说自己虽然有了一个新的家庭，但是总觉得还是和草棚屋里的那位有真情。此话是真是假，谁也很难说清，或许是良心上的反思，或许是理智上的清醒，情感的天平偶尔会有所倾斜，这是有可能的。然而无论是感叹或是愧疚，都不是挽救爱的良药，因为感情是一种复杂的身心体验，单纯的语言上的忏悔，是解决不了实质问题的。

东大门内外衔接起来的故事，没有什么新奇引人之处，却反映着我国改革开放年代价值观念急速转变带来的人性内涵的变异，起码让我进一步地认识与洞悟到社会的复杂性所决定的人的复杂性。按我原来的思想意识水平，总是认为人大代表应该是各方面都能够给人做榜样的，怎么能一富了就抛弃结发妻子呢？或者说，怎么能选这样的人当人大代表？慢慢地我理解了，社会需要发家致富的典型，而政治与社会的需要，决定着一种现象存在的合理性。孤立地去评价善恶美丑，说到底对社会对人的发展都没有实质性意义。

恩格斯说过：恶是历史发展的动力的表现形式。登上过街天桥，站在上面观望华师的东大门，头脑里搜索着当年它那荒凉冷落的影像，你不能不感叹，这将近30年的时间，社会的发展变化之大，在有些地方，只有置身其中，才能真正相信。过去的郊野之地，现在变成了繁华的闹市。草棚屋的地基上，矗立着现代化的高楼，当年污水横流的沟渠，已经变成了小商品一条街。而这还只是发展变化的一个缩影。

置身于这样的环境里，你会感觉到，单纯从理念的角度去评价当年人大代表与草棚屋的故事，再高超的理论都会变得苍白无力。

课余生活的偶尔放纵

我们宿舍所在的部队大院，除了门口雕刻着"卓刀泉特一号"的牌子，其他没有任何标志，所以从西门口进入，你不知道是什么单位。大院进深一千多米，分内外两个部分，从西门进入的部分，原来是部队的生活区，武汉军区撤销后，就只剩下家属楼和一座营房了。再往里走七八百米，就进入了真正的军事防卫区，是又一道大门，日夜有卫兵把守着。

30年后我再来到这里,它却变成了一条东西贯通的城市街道,我们当年住的宿舍楼,也变成了街面营业房。我之所以还能够确认它,是因为在楼房的侧面,依然悬挂着武汉大学出国留学培训机构的牌子。路北的部队家属楼,看现在的情景,也已经进行过搬迁改造。原来的生活大院,已经变得了无踪影。

徜徉在新开辟的街道上,回忆着当年住在这里的峥嵘岁月,许多的生活场景和青春故事,不断地浮现于脑海之中。

我们入校时,正值思想解放运动方兴未艾之时,西方文化思潮汹涌而来,将一代青年教师鼓动得热血澎湃。刚入学的时候,课余时间几乎全都跑到书店里去抢购刘再复的《性格组合论》《文学的反思》等著作,再后来,湖南文艺出版社出版了《查泰莱妇人的情人》,由于刚一发行即被查封,就更撩拨起了同学们的阅读欲望。深夜里,大家跑到十几里之外的火车站广场,如同地下工作者一样,绕过巡防人员的监视,甩掉督查队的跟踪,钻小巷,穿胡同,与事先联系好的地下书商去接头,秘密交易之后,把书藏在怀里,带回宿舍,一整夜一整夜地不睡觉,轮流着阅读。

反对资产阶级自由化运动开始以后,文化思想上开始整顿,大家不得不有所收敛。如何来宣泄积郁在内心里的情绪,业余时间,同学们自我调节的主要方式,就是开始尝试玩世不恭的生活态度,不时将自己的心智才力集中于逗笑取乐上,特别是在周末的时候,编导上演了不少无奈的现实情景喜剧。

我在性格上属于比较内敛的一类,平时不事张扬,但在大家需要的时候,却善于调动一些小智慧,逗别人开心,满足对方的欲望。譬如有一次,三楼的一位女同学邀我去东湖游泳,我心里不情愿,但又不好驳她的面子,于是就说服了同宿舍的两位室友,一起陪着她来到了东湖边上。我运用智谋,先说服一位室友陪着女同学下水,向他承诺,等我们换好泳裤就去追赶他们。结果看着他俩游远了,我便拉着另一位同学回来了。

这种看似恶作剧的策划,实际上完全是为了满足对方的一些心理。对女同学来说,实现了有人陪她游泳的愿望;而我的室友,虽然回来笑骂我狡猾,其实却怀揣着满满的开心。问起他们从下午到晚上的相处过程,室友还说起女同学路上给他买酸奶的细节，言语中分明透着压抑不住的得意。

类似的情景，在当时是很多的。而在诸多的生活情景喜剧中，我自认为自导自演比较成功的一次，是进入部队内部大院里看电影。

部队周末放电影，都是在内部大院的操场上，虽然离我们很近，但学生是不让进去的，有人多次去试探过门卫，没有任何商量的余地。所以每逢周末的时候，想看电影，大家都要跑到学校的运动场上，来回需要好几十分钟的时间。不想跑路，那就只好在楼下散步，要不就待在宿舍里。

有个周末，听说部队放的是一部新影片，一位女同学没看过，跑到我们宿舍聊起了这个话题，言谈话语之间一直在向我讨主意。我这个人平时没什么特长，但遇事却善于观察，刚知道部队放电影不让我们看的时候，我就开始认真观察对面家属院出来的男男女女了。久而久之，也曾萌生过模仿他们蒙混过关的念头。这次女同学一说，这念头便转化成了一种探险似的冲动。

我当即答应，可以想办法把女同学送进去，但有一个条件，如果进去了，她自己在那里看，我回来还有自己的事儿。

女同学满口答应，协议达成。她按我的要求上楼去换衣服。我呢，也开始换上比较宽松的休闲裤，还有圆领的白汗衫。

我们一切准备就绪后，便坐在宿舍里等时间。

到电影快开演了，夜幕也逐渐落下，我提起小板凳，领着女同学一起出发了。

我拿着板凳走在前面，让女同学在后面跟着，保持着十米左右的距离。走路的时候，我还刻意模仿着家属楼里男人的步伐，一副刚吃过晚饭收拾好锅碗瓢盆的做派，轻松悠闲而又不失训练有素的样子。

走到哨兵身边，我便回过头去看了女同学一眼，撇着一口武汉腔对她嚷道："你快点嗮！马上开始了，还磨蹭！"

话音刚落，哨兵抖了抖精神，立正打了个敬礼。

我抬了抬右手，脚步不停地跨过了门岗。

成功！

现实就如同我事先想象过的，到岗哨跟前，必须通过某种气势来引导哨兵的注意力，让他头脑里来不及产生任何怀疑。我转过头有点生气地对着女同学一阵嚷嚷，就起到了这种作用。一看这阵势，小战士肯定以为是哪一位文职首长吃饭晚了些，埋怨妇人太拖沓呢。所以，没费什么事儿，我和那位女同学一先一后就进了内院。

心里别提有多得意了，只是当时绷着脸不能表现出来。

事后聊起这件事，我的体会是，这种冒险的试验，就如同参加一种不知结果的游戏，体验的是过程中的新异刺激，无论结果如何，都能感受一份快乐。但我本质上是一个见好就收的人，特别是这种带有侥幸色彩的成功，感受一次就足够了，绝不会得寸进尺。所以，后来再有其他同学要我领着演一番，无论大家如何起哄，我都没有再答应。

……

认真回想起来，那时的业余生活，无论是精神还是物质上，都远没有现在丰富。在紧张的学习环境中，大家就地取材，搞点苦中作乐的恶作剧，就相当于在单调乏味的理论思维中撒上些许的调味品，使生活增添了不少的乐趣。

卓刀泉特一号，还有我们住的214房间，留下了太多的记忆。无论现实变成了什么样子，当年的那些苦恼，那些欢乐，那些青春即景，那些人生故事，都会始终在头脑中鲜活着，永难忘记。

从华师北大门到东大门外的卓刀泉特一号，我整整逛了一个下午。感慨万千又难抑些许的遗憾。我们入校的时候，校园北部满山遍野都是竹子，现在，当年竹林丛生的地方都变成高楼大厦了。我走遍整个校园的东北部想寻找当年的竹林，最后只在办公楼前发现了盆景式的一簇。

过去遍布校园的桂花树，如今也仅存一处桂花园了。还有植物丛生的湿地，当年遍布于校园的四周，那些茂盛的绿植，很多我们都叫不出名字，现在也多被平整的水泥路或小广场所取代。

桂子山上，桂树、翠竹、无名绿植也越来越珍贵了。发现一处，我就会赶紧用手机拍下来,作为记忆中的典型标本。

　　华中师大是我的母校,桂子山就如同我们人生的驿站。与30年前相比,如今的华师校园,楼高了,路平了,人多了,色亮了,越来越整洁,越来越华丽。然而,今天的风采,是奠基在过去的历史之上的。所以,我希望留在记忆中的华师校园,依然是纯朴的,自然的,绿色的。

爱情需要经营

浏览有关文章，读到不少谈情说爱的内容，大多透出的，往往是困惑与无奈。特别是有关的理论研究，给人的感觉则是越演绎与生活实际越扯不上边儿。

就我个人的观点，情感这么微妙复杂的东西，用再高深的理论去分析它，都难免捉襟见肘的尴尬。

怎么办呢？沿着生活现实的路径去考察，或许还能靠上点儿谱。因此，探讨爱情这个话题，我的选择是：爱情需要经营。

爱情是美好的，但落实到生活中，确实往往也充满着无奈。因为按照美国科学家研究的结果，爱情的保鲜期只有18个月。还有更极端的说法，男女之间的爱情只能保持三个月。更有不怕惊世骇俗的言论认为，顶多保持三个星期！

我以为，这都把爱情理解得太生物性了。

当然，性爱是以生物学为基础的。无论是一个人的外在形象、音频音色、行为风度乃至气味的发散等，都能够对同类的大脑形成程度不同的刺激，促使其分泌出相应的化学物质，进而产生幸福愉悦、轻松浪漫的感觉，形成内在的冲动，便是爱的根源，专家们称之为"爱情激素"。

"爱情激素"促发的急切的，有时甚至是欲罢不能的情欲，主要是生物学层面上的。查阅一下有关的资料，就不难了解这方面的知识。譬如苯基乙胺，就是一种自身合成的神经兴奋剂。通常情况下，浓度高峰可以持续6个月至4年不等，从理论上说平均不到30个月，这与有关的社会学调查得出的数据是接近的。

研究证明，影响爱情双方情绪的，还有一种传递亢奋和欢愉信息的多巴胺，能让人产生怦然心动感觉的去甲肾上激素，作用是会引起人的血压、心率和血糖含量的增高。

当然，也有自身分泌的化学物质是能使恋爱双方感到平静的，譬如内啡肽，就有利于感情的稳固，有希望产生历久常新的稳固恋情。脑下垂体后叶荷尔蒙，据说也能够让人产生责任感和使命感，形成的感觉直接导致心理上的承诺，分泌越多越忠诚。

以上说的，都是纯生理学意义上的研究成果。

问题的关键在于，作为社会中的人，不可能彻底超脱复杂具体的社会现实，所以人的生物性里就很难完全淘洗掉社会性成分。按照马克思"人是社会关系的总和"的观点，男女之间的爱情，即使再纯真，也会或多或少地体现出社会学意义上的影响，无论是直接的还是间接的。

概言之，性爱不单单是一种纯生理性的反应，它应该是观念、意识、心理、生理等多种因素综合作用的结果，最后复杂微妙地体现于直觉当中。所以，分析谈情说爱的行为，一是必须承认人的动物性本能，二是必须承认人是特殊的动物，其社会性决定了与其他动物有本质的区别。

在一定的环境和条件下，你可以体验到爱的感觉说来就来了，有时候压都压不住，类似一种直觉性冲动。然而，再直觉再无理性，它都会与观念、心理之间存在着复杂微妙的内在联系。如若不然，对同一个人，为什么甲看到了就会心动，乙看到后就没多少感觉？说到底还是观念意识的区别通过心理作用造成的。

从爱情产生的根源上分析，一个人只有在观念意识、心理期待和生理感受高度和谐一致的时候，爱情激素才会自然升高，并且具备持续保持的可能性。

因为人的倾心爱恋的感觉，很多时候是瞬间产生的，这往往会带来一种错觉，以为它只是一种生理上的反应。实际上，瞬间主观感觉的形成，寻根溯源，还是大脑操控的结果，脱不开观念意识的影响。换个角度说，是客观对象物契合了主观的审美观念，满足了心理的期待，促成了主体身心的全方位的和谐共振，最后集中体现为爱的生理感受。

同理，爱的延续，作为一种生理激素的保持，就更需要观念意识和理性认识上的支撑。无论你承认不承认，它都在起作用，哪怕是通过潜意识。正是从这个意义上，专家们才普遍认为爱的感受程度不可能是固定不变的。美国科学家从研究爱情的阶段性变化入手，建议将爱情分为三个阶段：欲望阶段、诱惑阶段、依附／依赖阶段。

无论把爱视为生理体验、生活感受还是生命感觉，都应该承认"爱情激素"的重要性，因为从生命现象的角度来理解，它确实是促使人产生爱的美好感觉的基础。然而，正是因为爱不但是生理上的体验，还是生活中的感受，要想长久地享受它，全身心地体验它，就必须学会保持和创造"爱情激素"，这种保持和创造的过程，即是对爱情的经营过程。

所以，爱情需要经营。

学会从经营的过程中体验爱的感觉，收获爱情真谛，至关重要！

特别是现代社会，人生活在极容易将情感变为快餐消费的年代，只有真正学会经营爱情，身心才能最大限度地避免被日益开放环境中的各色诱惑所搅扰，进而享受到那种在锲而不舍中才能体验到的刻骨铭心的爱。

从这个意义上讲，爱情的经营，其实是一种爱的智慧与学问。

因为男女之爱本身，确实是一个表现简单而内涵非常复杂的因素，它是理性与感性交融合一的人生体验，我们从理性的层面上去分析，往往只是围绕着爱情的理念或者是信条反复地游弋打转，有时候是很难落实到生活的现实之中的。

所以，现实生活中血肉丰盈的爱情，只存在于男女双方具体经营过程的体验之中。一旦你把它从经营的行为中抽离出来，无论从概念上进行怎样细致深入地分析，它都在实质上变成了一种逻辑思维上的演绎，与爱情本身的丰富复杂的感受之间，都拉开了距离。

可话又说回来，意欲传递、交流某种话题，就必须从理论的层面进入概念的分析，让行为主体通过概念层面的把握进入自我的理解，然后再进入个体的领悟乃至体验，最后才有希望触及事物的本质。

正是因此，我以为，即使是柏拉图式的精神恋理论，也自有它促进对爱情理解的独特意义。回想我国改革开放之初，文学创作选择爱情题材的突破口，一开始即是从理性思考的内容上切入的，从本质上没有超越柏拉图精神爱恋的理论支点。拿最先触及爱情字眼的小说创作来说，无论是刘心武的《爱情的位置》，还是张抗抗的

《爱的权利》，从题目上都可以看出，作品对爱情的描述都掌控在理性的精神恋的范围里。

当然，改革开放之初的爱情小说，在描述过程中并没有像柏拉图之恋那样明确地排斥肉欲，然而却很明显地把爱情限制在人与人之间的精神范畴里，把爱的追求掌控在心灵沟通的层面。作家通过作品欲意表达的，是爱情应该在人的心中占有一定的位置，人在生活中应该有追求爱的权利。凡此种种，本质上与柏拉图的精神恋没有根本的区别，爱情停滞在精神的理解层面，远未触及爱的身心感受。

到了1979年年底，张洁的短篇小说《爱，是不能忘记的》在《北京文学》上发表，爱情题材的小说创作，才真正从自我权利和生活位置的探求，真正走进了人的内心世界，尽管作品依然停留于精神恋的描述层面，但很多的表述毕竟已经嵌入身心感受与体验的私密时空之中。

《爱，是不能忘记的》通过女作家钟雨一生类似于柏拉图精神恋的描述，第一次超越政治视角，从真正的人的角度来探求爱情这一主题。今天来看，它不但从当时的文学语境上直接触及了对情爱真谛的描述，而且给人的启示，随着社会的不断发展而愈益深刻，那就是，爱情存在于自我的"经营"之中。

细读作品你会领悟到，爱是需要生命激情支撑的，而生命激情是需要在追求中自我创造的，这一自我创造的过程，就是对爱情的经营过程。

不愿糊里糊涂浪费生命的女作家钟雨，离婚后的几十年里，一直在内心里爱着一个老干部。尽管她和老干部一样，出于不伤害另一个无辜女人的道义与责任感，一直在内心里压抑着自己，然而，对爱的追求却是一天都没有停止过。

关于双方"爱"的感受，作品里是这样描写的：

老干部时刻关心着钟雨，每天坐在小车里，会眼巴巴地瞧着外面流水一样的自行车，担心着钟雨那辆自行车的闸灵不灵。逢到有不开会的夜晚，他会不乘小车，费许多周折来到钟雨家的附近，只是为了从大院门口走这么一趟。

再说钟雨，为了看一眼老干部乘坐的那辆小车及从汽车的后窗里看一眼他的后脑勺，她会煞费苦心地去计算老干部上下班经过马路口的时间；坐在台下听报告的时候，隔着烟雾弥漫的攒动人头，看到老干部模糊不清的面孔，泪水就会不由得充满眼眶。听到他咳嗽一声，也会在心里埋怨为什么没有人阻止他抽烟，担心他犯了气管炎。

等等等等，诸如此类的人物心态与举动，可能让一般人看来有些匪夷所思，而作家却认为，爱达到了一定境界就应该如此。这种男女相爱的身心感受，起码能够让人洞悟到一点，那就是爱需要始终处于能动性的追求与创造之中。

"文化大革命"中老干部被迫害致死，钟雨宁受批斗为他戴起了黑纱。而且对方的去世并未冲淡爱的情丝，钟雨继续保持着用写日记的方式与老干部交谈的习惯。在她家窗后的柏油小路上，她和老干部曾经有过一次间隔甚远的匆匆散步，所以，不论是彻夜不眠后的清晨，还是月黑风高的夜晚，当她写作疲倦了的时候，就会沿着那条小路踱来踱去，用这种方式与爱人的灵魂相会……

如果孤立地看，作家的叙述有点过于悲情，然而如果联系作品发表的时代，我宁愿相信，这种爱的悲凉，主要是因为那份逆世俗道德而动的婚外恋，超越了行为主体能够自由兑现的能力所造成的。彼情彼景，作家采取类似精神恋的解决方式来探求真爱的价值，表现出的是一种创作的机智。

在作品中，连老干部都是这样认为的："一个人对另一个人产生感情原没有可非议的地方，她并没有伤害另一个人的生活。"所以，尽管作品发表后遭到很多批评，但在不同观点争论不休的过程中，人们对爱情的领悟已经前所未有地渗透到生命的血肉之中，这便是作品的可贵之处。面对着旧观念根深蒂固的无奈，钟雨没有选择放弃，而是苦苦地经营着内心里的爱情，行为虽然有些过于超凡脱俗，可也无法不令凡俗者感动。

作品是以第一人称叙述的，作者借钟雨女儿之心之口，将自己的爱情观展示得淋漓尽致。

捧着母亲与之几十年如一日倾心交谈的笔记本，"我"感受到的是有生命、有血肉的文字，是一颗充满了爱情和痛苦的心。对爱情的坚守与经营，让钟雨至死都感到幸福：因为她真正地爱过。尽管她和老干部之间连一次手都没拉过，"尽管把他们这一辈子接触过的时间合计起来计算，也不会超过二十四小时，而这二十四小时，大约比有些人一生享受到的东西还深、还多"。

从杂志上读到张洁这篇作品的时候,我正在曲阜师范学院进修。也可能是受"文化大革命"期间的文学创作理念影响过深的缘故吧,对作品中的爱情描述,一开始我接受起来并不是多么顺畅的。针对小说中那些有点惊世骇俗的爱情心理刻画,我在审美接受时,多多少少地会浮现出些许的思维疑虑,并就此与同窗好友进行过一些争论。

随着文学创作中爱情探索的不断深入,我对爱情题材小说的认识也逐渐转化。后来在自我反思的时候,我认定自己之所以对《爱,是不能忘记的》中人物的爱情心理产生审美上的犹疑,是与自己成长的环境有直接的关系。在中国传统的农村里,俗常的生活现实阻碍了男女之爱的自我升华,在很多情况下,人们往往将本能感受上的喜欢与冲动当成了男女之爱,从实质上说,所谓的爱情,一直被局限于本能感受的浅层状态。

直到几十年之后再来反思这一话题,缘于自我的感受与领悟,更加坚定地相信,人类的性爱存在着不断提升的时空层次,在生物性本能的基础上,男女之间结缘升华的高度,直接决定着爱情的品质。换个角度说,要想品尝到爱情的真谛,需要双方的相互经营。仅从这一点来说,你就不得不佩服作家在爱情被禁锢了十年之久之后,一旦文坛开放,她所表现出的筚路蓝缕的勇气。

到了王安忆的三恋(《小城之恋》《荒山之恋》《锦绣谷之恋》)以及张贤亮的《唯物论者的启示录》系列小说的出现,爱情题材可谓真正踏入了凡尘,作家对男女性爱的描写,开始变得"血肉丰满"。

王安忆的"三恋"通过描写性爱,意欲展现人类生命的本能,探求人性的层次,进而通过性的变异与冲动,来折射社会的大背景,反思历史与文化。无论是《小城之恋》《荒山之恋》还是《锦绣谷之恋》,你都能够从女性叙事的视角,明确地感受到作家所描写的性爱,给人的生命带来的震撼。因为作家非常明确地表示:"写爱情必定涉及性爱,如果写人不写其性,是不能全面表现人的,不能写到人的核心。"

而张贤亮的《唯物论者的启示录》系列小说,则是从男性面对女性所产生的体验与感受,以及感受体验变化过程与心理之间的关系的揭示,明确地告诉读者这样一种思想：性爱是人的高层次生命本能的需要。特别是系列小说先前的几篇，像《绿化树》《男人的一半是女人》等作品，更能让读者真切地体会到，男人渴望从女人那里得到爱情，不但是身体而且是心灵的需求。

人们从系列小说的主人公章永璘身上可以看出，性爱的不正常，会造成一个男人从身体到心灵的扭曲与萎缩。所幸的是，章永璘的苦难生活里，遇上了马缨花、黄香久等女性。这些女人虽然类型有别、秉性不同，但是都在章永璘苦难的青壮年时期，有意无意地成了他生理和精神的救赎者，挽救了这个男人的心的堕落与身的萎缩，在很大程度上成就了他后来有声有色的人生。

无论是王安忆从女人的体验特征，将性爱的描述细微到了空前深刻的层面，还是张贤亮从男人的感受视角，把人这一高层次生物的生理与精神需求，突显到了前所未有的程度，他们的作品最终所体现出来的，依然是返璞归真的事实：爱情是立足于生物性的感受体验，但却不是极端单纯的化学反应。爱情激素是在社会观念和心理意识参与下，通过生命过程不断激发出来的，从本质的意义上说，它与人的主观能动性直接相关。

还有其他不少成功的爱情题材的创作，都无一例外地让读者领悟到，爱情的产生是生理与心理的一种协同共振，它的保持、发展与提升，需要双方的共同经营。

现实中很多的爱情悲剧，或者说爱的无奈，症结往往就在于爱的主体只顾着消费爱情，而疏忽了对爱的自我经营。明确这一点，对极力崇尚自我欲求，往往将生命感受简化为快餐式元素来消费的年青一代，至为重要。

说白了吧，你就是再青春年少再活力四射，浑身充满了爱情激素，那也经不住消费过度。这就如同一座水库一样，容量再大，如果不加约束地任意泄洪，冲垮了堤坝，库存流尽了很快也会干涸。只有在爱的巅峰体验过后懂得珍惜平凡平淡，让激流化为涓涓春水，爱情之源才可能保持得长久。

总之，爱情的感觉很神秘，也很复杂。只有全"身""心"地投入，用心去经营，真正做到开源节流、净化提升，才能有不断丰富的本质感受。

有时候，爱情就像醇厚浓烈的酒，确实能够使人热血奔流；可有的时候，它又如同清冽怡人的茶，只有静下心来慢慢品尝，才能体味出那无尽的芳香；而更多的时候，它甚至会变成清淡的水，只有当你辛劳饥渴时来一番畅饮，才能感受到那解渴降火的真滋味儿。

爱情的境界还有多种，就看你怎么去经营。而经营需要投入，需要奉献，而且经营也并不意味着一切都会圆满，但无论结果如何，只要尽力倾情地经营了，就会收获一个生命内涵不断提升的过程。反之，一味地只顾着消费，当资源消失殆尽，最后只能两手空空。

爱情天长地久的神话，对于芸芸众生来说，就存在于经营的过程之中！

为人处世皆有度

与好友飞信，聊起一件事，涉及为人处世要适度的问题。

正想着从什么角度进一步将话题引向深入，刚好一条微信过来，大标题赫然在目："女人在韵，男人在度。"

当然，这条微信中所说的"度"，与我们正讨论的为人处世的"度"，不完全是一回事儿，它指的是气度。不过认真追究起来，又具有一定的联系。微信中有这样一句："生活中时时有韵，事事有度。"这个"度"就已经很难限定在气度的范围里来理解了。如果换个说法，那就是为人处事皆有度。

所谓为人处世的度，如果提升到哲学的层面来认识，它指的是一定事物保持自己质的数量界限。也就是说，在这个界限之内，量不论是增是减，都不会改变事物的质，而一旦超过了这个界限，就必然会引起质的变化。

由此引申开来，很容易理解，如何能让事物随自己的意愿发展又不改变性质，那就必须认真地把握好度。

还是以上面提到的那条微信为例吧，它在谈"女人在韵"时说："风韵是女人盎然不败永远葱郁的春天。"这话是没有错的，但如何展现自己的风韵，就有一个度的把握问题。如果把握不好，太过刻意了，无论是让人感觉到一种自我拿捏的雕琢气，还是给人留下自我卖弄的放浪感，都不会收到好的效果。

真正把握适度，能够将个性融入自我素养的提升修炼过程，于自然而然中保持一个本真的自我，在无韵中透出有韵，这样的韵才会自然天成，盎然不败。

所以，如何把握为人处世的度，从根本上说不是一个纯粹的技术问题，更多地取决于做人的境界高低。更进一步说，是取决于生活理念、价值体系作用下所形成的日常行为意识。如果再往上追溯，甚至与人生的信念信仰有某种关系。

从整个社会的角度分析，无论是在政治、经济还是日常生活领域，行为主体在为人处世上的过度操作，不但严重影响大小环境乃至整个社会的和谐，而且会直接制约着行为主体的生活质量。

失之于为人处世的合度，以至于语言极度、行为过度，作为一种内在原因复杂的社会疾患，除了传统文化的隐性遗传之外，在政治思想、思维模式的影响方面，很大程度上可以说是"文化大革命"留下的后遗症。

我是小学即将毕业时赶上"文化大革命"的。从刚开始对喧闹混乱的不适应，很快就走向了内心的震惊与恐惧。随着运动的不断发展，我亲眼看到，太多的人变得越来越不像原本的自己，无论是待人还是处事，纷纷地抛开了合度、谨度的基本恪守，给人留下的是痛苦难忘的记忆。

在一个无法无度的社会里，极度性思维与过激性行为的肆意泛滥，促发形成了人与人之间不可调和的对立，为了争宠、争功、争名、争利，派性斗争愈演愈烈，及至后来，文斗变成了武斗，棍棒变成了枪炮，酿成了和平年代里的一幕又一幕悲剧。

这种悲剧的可怕之处，还不只是在于葬送了无数人的鲜活生命，更严重的是它从时代记忆的潜意识层面，促发了民族劣根性的极度膨胀，使看风使舵、投机钻营的无规无度心态，至今都没有消弭。前些年我参加一个全国性会议，就曾亲耳听到会议主持者为了奉承某领导，将"百忙之中"非要说成"万忙之中"，为了讨好领导，连约定俗成、语出有典的成语也要增码加重。这种生发于投机的心理，有点可笑之极吧，然而认真地想想，你又怎么能笑得出来?!

无数事实都证明，"文化大革命"中泛滥成灾的偏激过度的投机思维心态，已经成为一种时代的民族记忆，从深层心态上影响着国民性的繁衍发展。想想过去这几十年，从各类申报、汇报上的造假浮夸，到为了政绩不顾后果的过度开发……

这个话题太沉重了，还是就此打住，将时代话题回复到一个人的为人处世话题。因为整个社会的和谐，说到底是要落实到每一个人的言语行为上的。而具体到一个人，在为人处世中所表现出的品性风格，又与世界观、价值观、人生观直接相关，是诸多因素的综合作用，最后体现在行为主体身上的。因此，完全可以这样说：为人处世皆有度，正确把握全在心。

首先，正确认识为人处世的思想机理，才能保持主体自觉性，真正做到为人处世的合度与适度。

提升到哲学思维的层面上，所谓为人处世的度，是一种辩证统一的思想体现，适宜而恰当的表现形态。因为世间任何存在都是质和量的统一体，所以，只有在一定的度即数量的界限之内，才能真正体现事物的质。一旦突破了这个界限，事物的原本形态就会受到破坏，甚至还会向对立面转化。

换个角度来说，在体现事物本质的度的范围内，事物的质和量是相互制约、相互渗透而存在的，因此我们在实践中只有把握好事物的度，才能准确体现出事物的质。过度即会破坏事物质与量的相对平衡，必然导入认识的误区，走向极端则会造成危害。

明代文学家陈继儒《小窗幽记》里有这样两句话："世间万物皆有度，无度胜事亦苦海。"很明确地表达了凡事要适度，过度即会事与愿违的道理。他还有一段话，举了生活中的一些例子，进一步说明了把握好度的重要性："山栖是胜事，稍一萦恋亦市朝。书画鉴赏是雅事，稍一贪痴则亦商贾。诗酒是乐事，稍一曲人则亦地狱。好客是豁达事，稍一为俗子所挠则亦苦海。"

文中列举的生活现象，包含了过度即会背离初衷，无度则会陷入阴郁的道理，今天读来，仍然具有很强的现实针对性。

人生活在社会上，不但要建立工作关系，还有社会交往、家庭成员和亲属友朋之间的种种关系，面对这些复杂多变的关系，唯有做到适度，才能营造出最佳的人生状态。把握不好或者把握过度，便会为这些关系带来损伤，它所造成的危机，即使不会马上显现出来，也会埋下不良的种子。

所以，无论做人还是处事，真正认识到合规适度的基本原理，内心里有一个把握适度的自觉意识，很重要。

其次，认真分析为人处世的内在规律，才能增强主观能动性，正确把握为人处世的合度与适度。

所谓度，表现在具体生活中，就是对人对事的分寸，实际上，我们生活在具体的环境里，无论是处世、待人，还是律己，都必须把握好分寸。把握好分寸，不但需要思想意识上的自觉，而且需要行为过程中的主观能动性。说白了吧，就是要根据自我的认识和判断，能动性地把握好言语行为的分寸。

所谓能动地把握好度，既不能被动地自我压抑，也不能消极地洁身自好。举个例子，我们经常说要严以律己，宽以待人；对自己要严格，对别人要大度。然而对自己究竟严格到什么程度，也有一个度的问题。因为人生活在世俗的社会里，很难什么事儿都把自己摘得干干净净的。俗话说，水至清则无鱼，人至察则无徒。既要接地气，又要有正气，就必然涉及为人处世中的度的把握问题。

还有，对别人要大度，大到什么程度，也不能无度或过度。过度了就意味着纵容，纵容即是不负责任。放纵任何的不良与有害的言行，必然会给社会也给自己埋下危害的种子。所以说，能动而精彩的人生，不是逃离现实的洁身自好，而是能够在正视现实的情况下融入现实，进而发挥自身的主观能动性，在为人处世中把握好那个度。

怎样才算把握好了？因为人身处的社会环境和工作生活环境不同，也就很难总结出一个明确固定的标准。从大原则上说，那就是既考虑好各方面的关系，同时也奠定下有益于自我的基础。换个角度来表述，那就是心可以无边无际，但是言行必须有度有节。再具体一点，言语行为要给自己留有余地，即使做不到恰到好处，起码也要注意能够屈伸自如。

从主观的角度说，度是辩证的思维，是主体的选择。如果把握好了，做到言语行为上的适度，那就很容易创造环境的和谐。当然，所谓适度，不是一个固定不变的标准，随着时空环境的不同，每个人都会有自我的判断。只有做到尺度在心中，才能达到看似无度也有度的自然天成的境界。

再次，掌握好为人处世的几个原则，才能保持行为自主性，辩证地处理好为人处世的合度与适度。

一是到位不能过，要恰到好处。

做事情到位，是一个人认真工作热爱生活的具体表现。无论是为人还是处事，到位与否，能够体现出一个人的态度和品性，这是最根本的表现因素。然而，到位不能过，是应该把握的一个基本原则。人世间的任何事物和人物关系，都有一个恰当的支撑点，做到位把握得好，能够对原有的支撑点起到提升加固的作用，不到位或者过头了，都达不到应有的效果，特别是做过头的时候，还很容易起到反作用。

这方面，我们的政治思想工作和宣传工作是有教训的。特别是我们的有些主流宣传媒体，一旦抓住某个先进典型，为了号召大家学习，有时候就会将其先进事迹宣扬到极致，有时候就过头了，用一些极端的语言来描述主人公的思想境界和主体意识，过度了，与常人离得太远，大家就会心存疑问。久而久之，还会激起人们的逆反心理，你即使说的是真实的，也没有多少人相信了。所以，到位不能过，很重要。

二是适宜不能贪，要适可而止。

从本性上说，人的欲望是无止境的。体现在具体的工作生活中，追求的目标也会随着现实的改变而不断改变。这本也没什么可指责的，有追求才有动力，才能促进事物的发展。可是这里有一个适宜的问题，认真分析自我的基础，客观衡量环境与条件，经过努力能够实现，这就是适宜。

在处理人与人之间的关系方面，适宜显得更为重要。社会就如同一个大舞台，每个人都有自己的角色，要把戏演好，必须把握好自己的角色，演得太过了，或者抢了别人的戏，都是大忌。具体到朋友交往，家人相处，还有工作当中各种关系的处理，都应该把握一个适度原则。情绪激动的时候，发发牢骚、讲讲怪话、诉诉苦衷，谁也难免，而且适当地宣泄出来，不但有利于自己的身心，也有利于关系的调整改善。然而必须做到适可而止，只顾自己宣泄得痛快，不加限制任其泛滥，就很容易走向事情的反面。

三是尽性不能纵，要自我约束。

尽情发挥天赋的个性，这应该是一个社会先进美好的体现。我国儒家文化认为人、物之性均包含天理，唯至诚之人，才能发挥人和物的本性，使各得其所。《礼记·中庸》里说："唯天下至诚，为能尽其性，能尽其性，则能尽人之性；能尽人之性，则能尽物之性；能尽物之性，则可以赞天地之化育。"

人的个性是千差万别的，不管是什么性格，生活中能够尽性应该是人生最洒脱最舒畅的境界。譬如有的人天生就爱操闲心,见了别人有需要帮助的事,你不让他管,他心里就难受,会忍不住、放不下;他管了,他搭了功夫出了力,心情却是舒畅的,这种双方都有利的事儿,当然顺乎天理。然而,尽性不能放纵,有时候必须自我约束。如果不分场合不看形势不加分析地我行我素,就很可能变为莽撞,不但会给自己甚至也会给别人带来麻烦,所以,适当的自我约束,不冲动不莽撞很重要。

需要指出的是,为人处世把握好度,与人们常说的圆滑是本质完全不同的两码事。圆滑的最根本特征是对社会对别人不负责任,敷衍讨好全为自己。圆滑的人所追求的,不是和谐,不是共赢,不是优势互补,也不是协同并进,而是仅仅为了一己之利。

从根本上说,把握好生活中的度,是一种人生的智慧。这种智慧的最高表现境界,就是能使自己的情感、情绪、理智与意识始终处于相互维护、相得益彰的平衡状态。

所谓恰到好处、适可而止等处事性原则,过犹不及、欲速不达等经验性提醒,还有张弛有度、不偏不倚等具体性建议,都是人们在把握为人处世过程中围绕着"度"的精妙总结。认真地悟出其中的道理,会使生活的路少很多坎坷,活得更从容洒脱。

母亲的哲学

按照约定好的日子,接母亲来泰安过春节。

为减轻她心灵的漂泊感,从节前购买年货到过节时的礼仪习俗,我们都尽量注意适应老人传统的习惯。坐在客厅聊家常的时候,我也会想办法找些陈年话题,帮着母亲去捡拾那些清苦却温馨的岁月记忆。

按照妻子开玩笑的说法:有具备大学校长身份的儿子陪聊,研究员职称的儿媳妇做饭,再加上攻读哈佛大学博士的孙子视频"请安",我们接待老太太的规格应该还算可以,估计她这次多待几天没有问题。

实事求是地说,因为我们的努力,母亲的心情一直很愉快。除夕的时候,老人家一直坚持着看完春晚,等我放过了鞭炮,摆上供品,上好香,她面对泰山磕了个头,才去睡觉。

初三的时候,三弟和三妹一家都过来吃饭,老太太自然很高兴。初四初五气温上升,天气比较暖和,她一个人出去,到小河边转了转,看了看整个大院的环境,回来和我们聊起自己的所见所闻,也流露出少有的主动开朗的神情。

抓住这一机会,我就劝她,现在住宿条件好了,至少住到过了正月十五再换地方。她听后还是过去那句话:来过个年就行了,不能多住。再继续劝说,她便不置可否地答应着:到时候再说吧。

初六那天,妹妹和妹夫又过来了,说是来接母亲去他们家。按照过去的习惯,母亲换了地方,就不再回来了,到三妹、三弟家住几天,接着就会回老家。

"不是说好在这里多过几天吗,怎么今天就来接了?"我问三妹。

"过多少才算多哎,这就不少了。"三妹还没回答我的话,母亲急忙就把话头抢了过去。

我明白了，看来初三聚会时，老太太早就私下把来接她的日子给三妹说好了。早晨吃饭的时候，我们还劝她过了元宵节再挪地方呢，谁知她早就排好了自己的行程。妻子有点不高兴，认为早饭聊起挪地方的事儿，老太太一点儿信息都未透露，好像跟我们隔一层似的。

我告诉妻子，老太太就这性格，别跟她计较了。以前一直都这样，我们又不是不知道。除非在自己的老家里，其他任何地方，即使是住在自己的子女家，她都觉得缺乏生活的归属感，不踏实。找不到心安理得的感觉，人自然就待不住。

我曾经专门就这个话题和母亲交流过，问她干吗到哪里都是住不安稳，过几天就想走？她的解释是，在哪里都不如自己在老家里坦然、随便。

"那有什么不坦然的，又不是别人家，自己养大的子女，给你养老不是应该的？"

"儿子是亲生的，那儿媳妇呢，人家又不欠你的，干吗要伺候你。"她那意思，人老了干什么都不行了，住谁家里都是个累赘，"人家对你好那是面子，掏里子说，你就是个负担，人心里得有数。别人咋样我不知道，反正时间一长，我心里就犯嘀咕。"

母亲说的"面子"，我理解就是指那些处于表面的抽象道理，譬如孝敬老人、赡养父母等；她所说的"里子"，则是指感受、直觉等情绪方面的东西。事实确也如此，很多的时候，大道理谁都会讲，然而要把道理真正熔铸到情感里，却不是人人都能做得到的。

说到底，母亲之所以不管到哪里都待不住，过几天就想走，就是想在别人还没产生厌烦情绪的时候，自己见好就收，免得把关系搞僵了，连累了各家的小日子。

正是因为母亲有这个想法，在父亲去世后，关于她的生活安排，我们曾经提出两个方案让她选，一是在三个儿子家轮流过，二是住在一个儿子家，采取一人出力大家出钱的方式。最后她都没同意，依然坚持自己一个人住在老家。为了防止过年过节的时候，我们兄弟姊妹都往回跑，她才答应春节到三个儿子家里轮流过。

父亲去世后的第一个春节，母亲是在我们家过的。那时候我们还住在文化路，楼层比较高，上下也不方便，过了春节，就同意她搬到三妹那里。母亲在三妹家住了几天，便回了老家。

针对母亲到谁家里都过不安稳的心态，我们曾经多次劝说，都效果不佳。把道理掰开了打碎了，一点点地给母亲分析，到最后她还是那句话：到哪里都不如自己在老家随便。

实在无话可说了，大家就挨家逐户地给她找榜样，"你也学学前门的大娘，你看人家，不管对哪个孩子，都是理直气壮的。"

"各人有各人的品性，你们也别劝了，我学不了。"母亲坚持说，"如果像××似的，到最后惹得谁也不喜，那日子过个什么劲儿。"母亲说的也是实情，由于观念上的差别，她身边的老人里，在婆媳关系甚而母子关系的处理上，矛盾不断甚至闹得不可开交的例子，不在少数。"你们也别让我犯难，我自己在家里，没有任何顾虑，过着舒坦。"

不管自己如何辛苦，也不愿麻烦别人，母亲这脾气，到老都没有任何改变，包括对自己的儿女。再一次轮到来泰安过春节，她早就告诉过我，过了腊月二十三再去接她，不能太早了。凑巧我妹妹妹夫腊月二十二回老家有事，母亲为了让我省一趟，就自作主张跟着他们过来了。

我们嘉和的宿舍有个小院，进出很平坦，居室里也很宽敞，母亲也觉着很方便。原来想这次能够多过几天的，哪知道老太太仍是不改老主意，春节一过，就准备挨家点个卯意思意思，便打道回府。

临出门，看到我愕然不解的表情，母亲悄悄给我说：这样热乎乎、香甜甜地走，正好。

说到底，她还是怕时间长了相互之间产生厌烦情绪，再处起来就没意思了。

母亲的这种心态与性格，是多少年独特的生活环境和文化积淀形成的，不是你讲道理就能够让她转变的。既然如此，看来我们要尽孝，遵从她的意愿就变得至关重要了。

春节期间，中央电视台的"新春走基层"栏目，曾在各地就"什么是孝顺"进行采访，受访者纷纷从不同的层面和角度，谈了自己的看法。给我的感觉是，凡是讲得到位的，都是贴近生活实际、远离空洞概念的大实话。

落实到生活实际中的孝顺，真的是要因人而异。因为尽孝不只是让老人在物质上得到满足，更重要的还要感受到精神上的充实。让孝敬达到身与心的和谐统一，应该是最高的追求境界，而能让老人感受到一种顺心如意的快乐，比什么都重要。

再具体来说，不同领域不同层次不同文化背景下走过来的老人，身心需求是不一样的，难以用抽象空洞的大概念来一概规范。像母亲这样的性格，自己忙碌一辈子，到自己该享清福的时候了，反而怕麻烦别人，甚至亲生骨肉伺候她，她都心有不安。这是与她的处世哲学直接相关的。

从本质上说，一个人的文化水平高低，与识字多少甚而识不识字没有直接关系。无论思想认识、思维模式是复杂还是简单，最终抵达的，都是一种哲学境界。母亲的哲学，也即她对生活的基本看法，她为人处世的基本原则，以及过日子当中体现出的价值观念、行为准则等，已经凝结为一种基本信仰和人生态度，不可能随着几句解言劝语就有所改变。

如何认识母亲的哲学，我一直在想这个问题，想来想去，最后觉得放在母亲身上最恰当的，是"慎独"两个字。

当然母亲不识字，从小也没受过私塾的教育，不可能知道语出《中庸》的"慎独"有什么深切含义。但这并不耽误她受"慎独"思想的影响熏陶，在独特的生活环境里，逐渐形成自我的人格修养。表现在言语行为中，概括起来那就是：依理顺情，无愧于心；以身为范，慎独寡言。

就我所了解的母亲，以上十六个字，放在她身上，恰如其分。

我父亲弟兄三个，一直没有分家，母亲嫁过来，不但上有公婆，每天还要面临着三兄弟所形成的微妙关系。在这样的家庭里，她要想做一个好女人，赢得全家人的尊重，就不但要做到勤劳善良、吃苦耐劳，还必须以身为范、忍让寡言。不论人前还是人后，首先想着别人，无论大事还是小情，都抱着自己吃亏的原则。一句话，宁愿委屈自己，也想办法让别人心里得到平衡。

多少年来，母亲就是这样安身立命的。久而久之，便形成了母亲刚强、自尊、忍耐、内敛的个性。

在"天下熙熙，皆为利来"的大环境下，要沉下心来维持好一个家，就必须舍弃自身很多的现实利益，以追求心理上满足的方式来平衡自我。慢慢地，便逐渐形成了母亲不善或者更准确地说是不屑于空泛地表述，而以实际行动昭示众人的秉性。无论对谁，她都会省去空洞俗套的表白，坚持着自己认定的那个理儿，甚至有时会表现出一种不容商量的执拗。

我早看出来了，母亲生活的动力，很大程度上来自于用自我牺牲所换来的那种内心的自豪感。20世纪的60年代，是我们国家最困难的时期，这个阶段，恰恰是母亲操持着一个大家庭，供养着三叔读完高中，成为我们村里第一个大学生。三叔在山东医学院还没毕业，放假回家，就有村里人来找他看病。每每这时候，我就会从母亲脸上看到最兴奋最欣慰的表情。

到20世纪70年代末，我毕业成为一名大学教师，再后来弟弟也上了大学参加了工作，在这每一个生活转变的节点上，母亲都会品尝到人生的满足与欣慰的感觉，只是她不会炫耀不善表达，而悄悄地把自我安慰深藏在心底。对于自己一辈子的付出，母亲没有更多的奢望，只要大家都顾家，都想着她，都过得好，这就足够了。

母亲的这种人生追求看似平凡，实际上却体现了很高的境界，从马斯洛需求层次理论上讲，它也达到了尊重需求甚而是自我实现需求的心理层面。

在很长一段时间里，村里婚丧嫁娶，要请主事的人，父母往往都是被邀请的对象。被邀请主持管理红白事务的人，在我们老家被称为"总理"。好多的时候，父亲是男总理，母亲是女总理，老两口各指挥着一帮人，共同运筹着别人家的红白喜事。我们家在当地的辈分并不高，父母能有这样的待遇，足以说明他们在村人心里的地位与威信。我经常这样想，父母共同接受了邀请，当老两口晚上倚着床头为主家筹划事务的时候，是不是有点开常委会的感觉？

总之，长此以往，老太太被众人抬得越高，就越不好意思找梯子下来了。年纪越大，她越不能掉以轻心，宁愿继续苦自己，也不能有损于自我的尊严。这样，辛苦自己，成就别人，也就慢慢成了一种做人的境界，一种行为的习惯。

这种习惯和脾气结合在一起，表现在对待自己孩子的身上，也就形成了一种任性。从我们的角度看，母亲过得有些太认真，太刻板，太不随性了，然而既然成了一种秉性，要转变也难，这是没办法的事情。

我所概括的依理顺情、无愧于心，以身为范、慎独寡言，体现在母亲身上，完全是出于生活中的自然，成了她生命的一种纯然表现状态。不论什么情况下，都能够始终如一，这就形成了"慎独"的高境界。

"慎独"的根本在于"慎心"，这一点从母亲身上表现得特别明显。认准了那个理儿，就心有所主，无论别人怎么说，都不改变主意，换个角度说，再大的诱惑摆在眼前，都不为所动。

在嘉和的宿舍刚收拾好的时候，我们请母亲来新家过中秋。她来了，过得也很高兴很欣慰，可是只过了一周多的时间，就嚷嚷着该回老家了。我私下悄悄问她为什么，她说在这里时间长了，耽误儿媳妇上班。自己年纪大了，啥忙也帮不上，整天等吃坐喝的，心里不舒服。

我和妻子好劝歹劝，说她在这里一点儿都不麻烦，平时吃什么还是吃什么，这么大的房子，能有个老人住着说说话，多好啊。

"你想想那天晚上，彭市长两口子散步看到你，还很眼热我们呢。说都退休的人了，老母亲还这么壮实，多幸福啊。"

母亲却说："别糊弄我了，谁不拣好听的说。再怎么说，我在这里只能是个累赘。"

别管你怎么劝，她心里守着的都是自己的老主意。母亲的哲学很简单，很朴实也很具体。遵从自我的感受来选择生活方式，只有在自己那一亩三分地里，她才能找到脚下有根的感觉：心有所依，情有所寄，踏实从容，心里坦然。

离开故土她就有一种漂泊感，就是住在亲生儿子家里，"慎独"意识也会转化为一种自律情态，约束着自我的一言一行。每次来这里，母亲都会专门交代：你们吃什么，我就吃什么。看她鱼肉都不吃，一天早晨妻子给她多煮了几个鹌鹑蛋，好说歹说，她只吃了两个，剩下的要我们两个分着吃了。而且事后还不忘提醒说：千万不要再给她专门做饭了，早晨吃鸡蛋就行，多煮那几个鹌鹑蛋，让她心里不好受。

我们家平时吃水果就多，假期里就更不用说了，按妻子的说法，吃水果不但要日常化，关键是还要多样化，苹果、柑橘、梨子、柚子等，每天都会洗上满满两小筐。让母亲吃，她说冬天不敢随便吃东西，不是这个太凉，就是那个上火。没办法，我就会把香蕉剥好亲自陪着她吃。第二天，再拿两粒金橘给她，告诉她这是止咳的，让她没理由拒绝，她才不得不吃。

妻子吃水果的时候，也不能总是自己吃，有时让让她，她总是那句话，你吃你的，不用管我。端几颗草莓给她，她最多也是只拿一两颗，意思意思就算了。妻子回到餐厅小声问我：老婆婆是真不愿意吃，还是谦让啊？我只好回答，你都问过她了，意思到了就行了，谦让不谦让就别管了。她有自己的想法，顺着她才是明智的。

晚上睡觉前，她端着洗脚盆出来倒热水，我跑过去提起暖瓶帮她倒上，想顺便给她端到卧室里，她态度坚定，甚至有些不耐烦地告诉我："你甭管！我自己能端。"

老太太，就这么任性！

从慎心开始，严谨自律，慎始慎终，这可能就是"慎独"的精髓吧。这种精髓表现在生活中究竟会怎么样，我从母亲身上好似感受到了。在一般情况下，她自己能打理的事情，就不愿去麻烦别人。她内心里向往着一个心神自由的能动性世界，只要是自己还能够亲力亲为，就不愿意别人去破坏它。我只能这样来理解。

母亲是一个在大家庭里熬出来的"成功"女人，而她的成功完全是以自我的牺牲精神，超强的自我消解委屈的能力换取的。嫁到我们家后，先送走了追求精致生活的公公，又伺候生病卧床的婆婆，好几年如一日。老人都不在了，还要为丈夫、大伯哥、小叔子打理日常的吃喝穿戴，加上抚养自己的孩子，这不但需要吃苦耐劳的精神，而且更需要坚强的毅力。特别是在农村合作化以后，女人需要和男人一样去地里干活，收工回家，男人能够休息了，可母亲还必须围着窝台忙前忙后，五冬六夏，年复一年，日复一日，没有"慎独"的自觉意识和牺牲精神，是坚持不下来的。

到现在我都还记得，一家人吃饭改善生活——萝卜炖草鱼，家里所有人每人一条，可吃饭的时候，母亲分到最后总是没有自己的，因为她根本不把自己算在内。八月十五吃月饼，每家只能分得一斤，用刀切开，每人一片，弟妹们拿在手里高兴地跑出去了，谁也不会想到母亲自己从来吃不到，最后只是把切掉的月饼渣放进嘴里。还有端午节煮鸡蛋，等等，凡是按人头分的稀罕东西，她总是把自己排除在外。尽管她的高风亮节没有得到过任何人的肯定和赞美，她也没有抱屈过。

随着年纪的不断增大，我有时候就在想，母亲一生遵从着"慎独"的哲学，她是不是需要刻意地抑制着自己的种种欲望，甚至有时候会有意地压抑着自我？最起码，在考虑问题的时候，母亲会将自己的行为放置于大环境、小环境中反复衡量，进而设身处地地多为别人着想，以尽可能地满足对方心理作为处理事情的依据。

母亲的哲学的伟大，表现在她年老以后，则更值得钦佩。

老一代人吃过的苦，是所有人都知道的事实。所以我们看到有不少的人，会很容易把自己的委屈当成资本，借助岁月的积累编织成长长的绳索，一旦时机成熟，便用它对亲人进行道德绑架，以此来达到心理的平衡。体现在现实中，便形成了两代甚至三代人之间的严重矛盾。在进行社会文化道德评价的时候，我们的一些所谓理论工作者，也往往会到传统伦理道德里去找依据，要求新时代的人去上演旧的"故事"。

母亲没有文化，但她从自我的人性体验出发，明白这是不可取也是不可能的。

母亲也会回忆过去，也会讲当年自己做儿媳做妻子做母亲所受的艰难，但她从来都只是感叹，不会埋怨，更不会想着通过下一代来自我找补。有时候妹妹们会跟她开玩笑，说，你看你，小媳妇的时候只会伺候人，现在自己熬成婆了，却开始怕儿媳妇了。母亲听了也只会说：那是什么时候，这是什么时候。

我觉得就这一点，母亲就比那些满肚子文化的卫道士们有见识得多。

越到后来我越发现，我的一些秉性，更多是从母亲那里遗传来的。那种隐忍、内敛，那份缘于骨子里的自尊，那种情愿委屈自己也不会多作解释的沉静心态，成就了自己，也限制了自身。有时候名利就在眼前，哪怕送出个媚笑，躬一下腰或者伸一伸手，就能得到，但就是超越不了内心里的那份自尊。作为熔铸于血液里的生命元素，你就是喊一千遍"战胜自我"，关键时刻还是"依然故我"。这样的秉性，限制了客观外在很多应该得到的东西，别人看起来有点可惜，可却也更好地维持着整个生命的平衡，因为到什么时候都无愧于心，所以人的内心永远轻松。

总之，我们面对的是一个省事的母亲。她的自我苛刻，她的沉静隐忍，她那宁愿委屈自己也要让别人高兴的品性，在长久的岁月里逐渐凝固成不给别人找麻烦的性格脾气。作为一种母爱，这是静默深潜的，难能可贵的。可当我们自身足够强大的时候，就不再注意细细体味随着年老越来越处于弱势的母爱了。我们会自觉不自觉地从自我出发，按照自我的需要来实践所谓的孝道，甚至很多时候将行孝变成了自我心理的满足过程，把老人当成了纯粹的自我实现的载体。一旦自己的行为得不到迎合，还会对老人产生误解，甚至在心理上生发出某种程度的怨气。

这种带有自以为是的霸道之孝，一不注意，往往就会出现在生活中，真是值得每个人认真反思。

初九那天，因为带着母亲去医院看眼睛，我们中午又聚集在三妹家里吃饭。提起了除夕的春晚，聊起来才知道，母亲陪着看了整整一个晚上，实际上什么也没看懂。她只是觉得过年了，心里高兴，所以坚持到12点之后才去睡觉。

我问母亲："那整个冬天里，老太太们都去你那里看电视，每天一坐就是一屋子，你们看什么？"

她说："放碟，看戏。"

怪不得一次电视上放往年的小品《打工奇遇》，母亲很兴奋地给我说：那不是赵丽蓉吗！原来，她们那个时代过来的人，心里也有自己的明星。这里的生活条件再好，也没有她所希望的那种人文环境。她熟悉的人文环境在老家，在那个住了几十年的村子里，离开得太久，她的内心就会找不到感觉，就会不适应。

由此，我坚定了这样的想法，随母亲的心愿，她愿意什么时候来，什么时候回去，都随她。

正月十六那天，我和妻子把母亲送回了老家。当母亲走进家门的那一刻，望着她的背影，满文军《懂你》那带有愧痛格调的倾诉之音，顷刻间曲浪翻涌，在我心头腾跃而起：

　　你静静地离去

　　一步一步孤独的背影

　　多想伴着你

　　告诉你我心里多么的爱你

　　……

　　一年一年风霜遮盖了笑颜

　　你寂寞的心有谁还能够体会

　　是不是春花秋月无情

春去秋来你的爱已无声
把爱给了我把世界给了我
从此不知你心中苦与乐
多想靠近你
告诉你我其实一直都懂你
……
把爱给了我把世界给了我
从此不知你心中苦与乐
多想靠近你
依偎在你温暖寂寞的怀里

聚会的感悟

暑期是师范类毕业生相邀聚会比较集中的时间。

原泰安师专的毕业生,最晚一届毕业的,离开学校也都接近15年了。所以,从20世纪90年代开始,每到暑假,泰安师专校友毕业10周年、20周年乃至30周年的同学聚会,便不时会在泰城的各个宾馆里倾情举行。

作为泰安师专的一名当代文学任课教师,我曾经为中文专业的20多届学生上过课。因此每年天气最热的那一段时间,我同样会感受到校友们那份比气温还高的热情。他们在泰城聚会,首先都会想到自己的任课老师,而收到他们的邀请,只要能抽出时间,我一般都会欣然答应参加。

为什么?因为和自己曾经教过的学生聚在一起,回忆当年那些难忘的日子,翻检被岁月尘封着的种种逸闻趣事,不论年龄多大,都能感受到一种内心里的青春悸动。

特别是听同学们讲起那些年的故事,课余时,宿舍里,他们如何机智而调皮地评价老师,不但评讲课、评教风,还评脾气、评情趣,甚而评品貌、评颜值,你会蓦然领悟:所谓师道尊严,原来只是公开场合里老师的一种自我感觉。而在调皮孩子那里,为了排解紧张单调的学习生活带来的压力,他们会毫不犹豫地将老师当成调节剂,你争我抢地进行着心理上的消费。

多少年后再相会,你才真正发现,无论多么古板多么严肃多么无趣的老师,在年轻人的雕刻涂抹下,都能被打造得空前的生动而立体。

而当年打磨雕刻老师的过程,很自然的,会成为多年后聚会时最有意思的话题之一。特别是既定的仪式结束,大家三五一群相互敬酒的时候,聊起学生时代的趣闻,有些同学便会将当年不便说、不敢说或者不好意思说的那些言语那些故事,稍作润色加工，作为礼物赠送给老师。

也可能记忆总是有某种程度上的美化功能吧，我参加这种聚会听同学们回忆当年，涉及当代文学课的时候，每每都带着夸赞的色彩和崇敬的意味儿。聚会过后，总是会产生这样的疑问：我当时有那么出众吗？自己怎么不觉得啊？

事实也许如此。本来人的形象，就是在众人的心口相传下才逐渐明朗化典型化的。不识庐山真面目，只缘身在此山中。从这个角度来说，参加毕业校友的聚会，在诸多的收获中，有一个收获是最难得的，那就是重新认识当年的自己。

好了，就此打住，赶紧进入正题。

应邀参加了这么多年的同学聚会，几乎每次还都会被大家挟持着讲几句话。虽然是即兴的，带有聊天性质，但总归也逃不脱时代、社会、事业、人生等思维的视角，概括起来，收获或者说启发，肯定是多方面的。这其中，自认为以下四点尤为突出。

一、检视学科的发展与影响

一般的同学聚会，大都以10年为一个节点。而无论是毕业10年、20年、30年乃至更长的时间，大家相聚一起，畅谈工作生活与人生感受，肯定是情味满满而感慨多多。而我以局外人的角度，则能够从不同校友的故事中，透见中文学科的社会影响，进而了解到它在区域中的现实地位和发展趋向。

在这方面，1979级的几次同学聚会，给我留下的印象是最深的。

泰安师专中文专业1979级的学生，大部分来自济南、青岛、泰安、莱芜等地。我给他们上课不多，当时主要是作为助教协助主讲教师上过一段时间的课。然而，由于这一级学生大部分曾做过民办教师，尊师重教的文化传统已经积淀为一种心理潜意识，所以从毕业10周年的聚会开始，他们就一直邀请我参加。20周年的时候，他们的聚会是在莱芜举行的，我当时已经是泰安师专校长，参加这样的聚会，更习惯于从宏观的视角上来思考其意义。后来他们编辑了一本名为《走过20年》的纪念册，还邀我写了一段话印在了前面。

我所表述的意思大体如下：

从汉语言文学专业来说，1979级应该是最具有历史转折意义的一个年级。虽说泰安师专早在1958年即已建校，但直到20世纪70年代后半期，确切地说是到了1977年恢复高考制度，它才真正开始进入普通高等师范办学模式的发展轨道。而那时的教师们刚从动荡年代的噩梦中走出来，站在讲台上还显得有些措手不及。所以，中国教育荒芜了十年后的大学招生，挑选出来的1977级、1978级学生，迈进高校门槛后主要是一种自我升华。而1979级在踏入高校大门之后，除了自身的底气之外，就开始具备了得天独厚的学苑优势。

具体到泰安师专，1979年，随着整个高教的发展和教师们心理准备的就绪，学校的专业设置、课程建设、教材建设等都步入了良性发展的轨道，所以自1979级入学及至此后的一段时期，便促成了泰安师专中文系的第一个黄金时代。这方面的重要标志，就是1980年之初，泰安师专中文专业与曲阜师院数学专业、烟台师专外语专业一起，被确定为山东省师范院校的重点专业，写入了省级的会议纪要之中。

在这样的背景下，中文系办学所体现出的学科水平与发展趋向，自然是处在省内的优势地位上，这从学生毕业后在社会中的表现来看，显现更为明显。检阅泰安师专的历届毕业生，大、中院校脱颖而出的拔尖人才和优秀教师，省、市、县、乡崭露头角的青年干部和机关公务员，新闻、商界另辟蹊径的孤胆英雄和闯关勇者，等等，在母校众多的引以为自豪的名单中，1979级中文专业校友就显得格外醒目。

1979级中文校友毕业30周年的聚会，是在泰山帝苑大酒店举行的。30年，放在历史长河里不过是匆匆一瞬，然而对个体的生命来说，它却足以使一个人从青壮年演变成老者，当时的宴会厅里，除了那些白发苍苍的老教师之外，79级的大部分校友，也都已年近花甲。文学院院长张用蓬教授也是1979级的学生，他当时刚刚卸任院长职务。

这样的一群人，在这样的时间节点上，相聚在一起，回忆往昔，谈论当下，展望未来，自然是充满着人生的感慨。什么才能将大家的兴奋点聚焦在一起，当然是与人生事业不可分割的中文学科的社会影响与发展趋势。

所以，在邀请我讲话的时候，我便首先历数了中文学科在学校发展中的举足轻重地位，这对于在场的每个人来说都是至关重要的，因为它能够增强自我价值的感受度。当然，在此基础上，我还是重点强调了随着社会的不断发展，中文学科自我更新与调整的必要性和迫切性。本来，任何的事业都是需要一代一代人接力才能最后完成的，汉语言文学专业的发展，自然也是一个后浪推前浪的过程。

因为当时的新任文学院院长刘欣教授也应邀参加了那次聚会，所以在讲到中文学科的发展时，我随即开了一个玩笑，是这样说的："现在，以用蓬同志和刘欣同志的顺利交接为标志，泰山学院文学院，从'帅哥时代'转向了'美女时代'。"

这种表述引起了大家的一片笑声。吃饭敬酒的时候，有同学悄悄跟我说："刘校长，你刚才说得太机智幽默了！但是如果能把泰山学院文学院改成泰安师专中文系，那我们就更感亲切了。"

对这种怀旧心态，我不好作长篇大论的交流讨论，只好自嘲地回应他："我当过师专中文系主任，说泰山学院文学院而不说师专中文系，是为了把自己摘出来，不然的话，你们会说我自恋的。"

大家哈哈一笑，在一种其乐融融的氛围中，各自对话中的潜在意义心领神会，在内心里接受了学科发展的接力棒随历史发展不断传递的现实。

说到底，无论是个人还是集体，它的整体形象都是由历史和现实有机组合而成的。如果一味地沉迷于历史而不愿接受现实，会使生命失却很多新鲜丰富的东西，进而缺乏积极生动的内驱力；反之，如果只得意于当下而无视历史，甚而否定历史的积淀作用，更会使现实变得缺少根基而摇摆不定。一个人也好一个集体也好，丧失了历史的深度就会浮现出某种浅薄状态，因失重而显得滑稽可笑。

所以，我们既要敬畏历史，也要正视现实。不忘初心而珍视当下，才能始终保持一个正常健康的心理状态。

回望历史，从泰安师专走出去的中文专业校友，在国家部委和省市县各级重要岗位上的，不在少数。而在新华社、《人民日报》、中央电视台以及各地新闻宣传部门任职的，也不乏其人。他们很多人都是从最基层做起，一步步地成为本部门本单位的中坚力量。至于教育领域就更不用说，从北京大学这样的著名高校，到地方上的大中小学，知名的专家教授，成绩卓然的管理者，默默无闻的劳动模范、优秀教师等，更是不胜枚举。

每逢同学聚会，无论校友们曾经取得过多高的学位，现在位居何种要职，做出了多么突出的成绩，只要来到泰城，站在同学中间，都一如当年情谊浓浓。见到自己的老师，依然是无比恭敬。这种饮水思源的心理状态和品格秉性，以前是，现在是，将来依然是中文学科的无形社会资源，也是其发展的独有优势。

我们有理由相信，有如此厚重的历史积淀，泰山学院中文专业，一定会随着时代发展而不断自我更新，焕发出更加多姿多彩的学科魅力。

二、反思教育的本质与功能

也许是当年做系主任养成的思维习惯吧，更加上后来到学校做了专职教学管理工作，我在参加校友聚会的时候，会特别注意以同学们毕业后的事业发展与生活状态为依据，来分析学科教育在人才发展中的作用，由此透见学校教育的基本功能，进而反思当年办学的经验与教训。

特别是21世纪之后，我在从事教学管理工作的同时，注重了对高校教学的理论与实践研究。作为研究过程中的基本论据，对毕业生发展现状有关数据的收集与分析，当然是至关重要的部分。因为这样一方面可以探求教育在人才发展中的功能作用，另一方面还可以总结其成败得失，为现实的教学改革提供借鉴。所以，利用参加毕业校友聚会的机会，加深师生交流，了解有关情况，便成了一种能动性极强的自觉意识。

我乐于参加毕业生的聚会，了解历届校友的情况，还有一个更为内在的驱动力，那就是想从同学们那里了解我当年教学改革投映在社会上的具体成效。

20世纪80年代中期，我从助教晋升为讲师，可以独立自主地开设一门课程了。而我所从事的中国当代文学课，讲的全是中华人民共和国成立之后的文学现象，在历史积淀和资料考证方面，基本没有学术含量，被人们戏称为小儿科。很显然，如果按照文学教学的传统方式方法，就是把课讲得再好，也很难在学术上有所突破。

当年的我，初生牛犊不怕虎，为了寻求一个事业上的突破口，经过一段时间的学习思考，大胆提出了当代文学"以开发学生思维空间"为目标的教学改革思路，并在全系的教师会议上发言，从指导思想、理论依据、实施计划等方面，作了自我阐述。

特别是在我担任了中文系副主任分管教学工作之后，从人才培养的角度来思考教学改革，就更明确地认为，让学生花费大量精力来掌握资料性的东西，不应该成为文学教学的任务。老师在课堂上用大量时间来讲作家生平与创作经历，或者介绍作品的内容故事，没有多少实质性意义。而在考查考试的时候，还要让学生去死记硬背，就更让人有些劳民伤财的感觉了，因为那都是到图书馆资料室里随时可以查得到的。

文学作为虚构的世界，它存在的意义之一，是能够陶冶读者性情，进而提高其思想境界与审美情趣。因此，引导学生去发现认识世界的独特角度，进而更深刻地感受生活，全面提高人生境界，这才是大学课堂的教学任务。

正是从这个认识层面出发，我固执地认为文学就是通过审美的手段，去拓展读者的思维空间，进而点拨人的感受神经，开发人的审美境界，提升人的意识水平。从这个角度说，我认为利用当代文学的课堂"开发学生的思维空间"，是顺理成章的事情。

从此，我上课不再以按部就班地讲授作家作品为己任，而是致力于有意识地启发学生的思维，引导学生从不同的角度去审视世界，认识人的复杂性与多面性。摒弃了课堂上循规蹈矩、面面俱到地讲授模式，尝试着寻求一条独辟蹊径的文学教学之路的做法，受到了学生的欢迎。

同学们的肯定与热情，是我事先没有想到的。而且经过认真总结，这一教学改革获得了山东省优秀教学成果二等奖。教学成果奖四年才评一次，而且我是那一届为数极少的个人获奖项目之一，这对于我，不能不说是一个极大的鼓励。

改革在校园里取得了成功，它在学生毕业走向社会以后，究竟能否起到积极的作用，这是我一直比较关心的。平时通过不同渠道也了解过一些信息，而毕业校友的聚会，自然是了解这方面信息的最好时机。

值得欣慰的是，当年听过我教学改革课程的学生，毕业后10年、20年再相聚时，师生见面最感兴趣的话题，依然是"当代文学的开发式教学"。谈到这一改革对他们思维模式的冲击，按照有些校友的说法，是使他们养成了一种在工作中探索新大陆的思维习惯与勇气。思维模式的变化，在走向社会后感觉更加明显。教学改革使他们受到的教益，自然不局限于文学，而是体现在方方面面。

能够从毕业校友那里听到对自己当年课堂改革的肯定，是我感到最欣慰最快乐的，那种赞美所带来的人生感受，是其他任何物质的享受都无法比拟的。一直以来，我主管学校教学工作，致力于改革的决心和信心始终不变，这应该也是原动力之一。

如果以上所说的当代文学改革还仅仅是一门课程的话，暑期参加师专中文系96届文秘专业同学的聚会，则让我对教育本质与功能的反思，一下子提升到了人才培养的坐标系上。

1993年，我刚担任中文系副主任不久，通过多方面调研，了解到当时党政机关和企事业单位文秘人才极为缺乏。于是便积极建议系主任向学校申请，开办了一个文秘专业，两年学制，以快速地培养社会需求人才。当年开始招收学生，前后招了三届。1994年入学的学生，1996年毕业，他们在东尊华美达举办毕业20周年聚会时，我作为主要任课教师，被邀请参加。

举办文秘专业，可谓中文系一个大胆的尝试。单就任课教师来说，当时就不具备条件，专业的任课教师一时引不进来，去外校聘请也存在着诸多的限制。没有别的办法，文秘班的很多专业课程，都是由汉语言文学课的教师来承担的，颇有点赶着鸭子上架的味道儿。我当时承担的课程是社会科学情报，在聚会那天被邀请的授课教师中，是属于年龄最长的一个。你就可以想见，当时为文秘专业上课的，是多么年轻的一支师资队伍。

想想也是可以理解的，因为文秘专业所开设的课程，对汉语言文学专业的老师们来说，绝大部分都是全新的。让老教师来开设一门新课，从自修到备课，需要付出的精力太多，还不如年轻人来得快。所以，当时采取的措施是，让老教师多承担些汉语言文学课的工作量，索性将文秘班的新课都交给年轻教师。当然，当年的年轻教师，现在也都年过半百了。

会餐的时候，大家聊起来，都自嘲地说：那时候胆子真大啊，精力也充沛，什么课都敢讲。

一批年轻教师，一批新的课程，既没有教学经验，又没有专业背景，你就能够想象，学生真正从课堂上能学到多少专业知识？可是，参加聚会与同学们聊起来，他们却都发展得很不错。毕业后努力了十多年，大部分都成了社会上的中坚力量。有的从社会的最基层，一步步发展到了处级干部，已经开始主政一方。

　　这就让我想得很多：我们的大学，教育的本质与功能真得体现在专业课堂的教学上吗？其实不然。我曾经在一篇文章里说过这样一句话：大学其实就是一种氛围。这句话往深里掏，也就意味着，大学本质的最重要之处，是能为学生提供师生之间同学之间相互交流、相互讨论、相互启发也即教学相长的优质环境。

　　后来看到一篇采访武汉大学原校长刘道玉的文章，采访者有这样一段话：现在的人们常说"授人以鱼，不如授人以渔"，这句话的思路，对于将中国灌输知识的教育方式转到培养素质，是有用的。但采访者认为做到这点仍是不够的，他概括了美国教育更重要的一个可资借鉴的特点，那就是给学生以"渔场"——提供让学生自己在"捕鱼"的实践中，锻炼提高技能的实践环境。

　　授人以鱼，不如授人以渔。让人们领悟了学校或者说课堂，不能连篇累牍地向学生灌输固有的知识，而要注重教给学生获取知识的方法和技能。但落实到高等教育的功能上，依然没能触及人才培养的本质问题，因为如果继续将教学视为课堂内的单一讲授，无论你如何重视方式方法的讲授，不与社会实践相结合，离开学生的能动性发挥，依然只能是纸上谈兵。

　　所以，打开围墙让学校全面向社会开放，为学生提供一个可以亲自捕鱼的鱼塘，这才是改革的正确方向。

　　当年为文秘班上社会科学情报这门课，在讲到情报检索的内容时，为了强调检索的重要性，我曾经给学生说过这样的意思：我们面临的是知识爆炸的时代，一个人在学校里学到的知识，在走出校门时，绝大部分都已经过时，而剩下的那一小部分，也只有不到10%能够在工作生活中用得上。所以，只有学会检索，才能随时快速有效地收集到自己所需要的知识信息。

　　当然，那时候所讲的检索手段，现在看来也过时了，不过当时所强调的自我获取信息与知识的检索意识，却是变得越来越重要了。

文秘专业校友毕业20周年的聚会，让我再一次领悟到，高校的传统课堂教学模式，对人才培养所起的关键性作用是极其有限的。可以毫无隐讳地说，泰安师专文秘专业的同学，在课堂上听到的，不是当时中文系最高质量的讲授，然而，他们毕业后的工作环境，却为之提供了广阔自由的锻炼平台，所以，包括有些改了行的校友，后来的发展都是让人欣喜的。

聚会促使我对教育本质与功能的反思是多方面的，领悟也很多。其中有一点越来越明确：要培养真正优秀的人才，彻底改革传统的课堂教学，至关重要。

三、感受人生的丰富与多彩

曾经看到过一个有关同学聚会的段子，其中有这样两句话："有空办个同学会，拆散一对是一对。"这当然不是真实性的描述，而是用一种极端化的夸张手法，来调侃同学聚会时那种毫无遮拦的放浪心态。

本来嘛，平时的工作和生活就太压抑了，同学之间多年不见，一旦相聚在一起，暂时离开了心口不一甚而勾心斗角的环境，摆脱开名誉、地位、身份、利益等的缠绕，置身于一个不用左顾右盼察言观色的氛围里，开怀畅饮到八成醉态，那掏心窝子的话，不用怂恿就会脱口而出的。如果再有人特意生火添柴加油起哄，弄不好就会将积压心底多年的隐秘全都抖落出来。

实际上，俗语所指的酒逢知己千杯少，说到底不过就是遇上自认为对的人，意欲用醉酒的状态，忘却一切的现实烦恼，来暂时体验一把毫无拘束的人生境界罢了。

分别10年、20年甚至更长时间的同学聚会，从某种意义上说，就是聚在一起，重新回味那已经早已逝去的青春年华，进而感受人生丰富多彩的一种生活演练模式。

不是吗？学生时代再美好，再充满憧憬充满幻想充满甜蜜充满浪漫，你也没办法把它永远留下来。就如同一首歌里所唱的，"栀子花开，如此可爱"，然而，"这是个季节，我们将离开"，虽然心中"难舍"的东西很多很多，但由于种种客观与主观的原因，也只能"挥挥手告别，欢乐和无奈"。

当10年、20年过去了，同学们重新相聚在一起，已经人到中年，时过境迁，重新来回味"匆匆那年"的时光，作为对过往岁月的一种怀恋，一种思念，是生命本身律动的需要。无论是情感上的弥补——完成内心的一种遗憾，还是理智上的追求——达成理想的一种愿景，作为人生过程的体验，都是很珍贵很难得的。

所以，我对毕业校友的这种聚会，是抱着鼓励支持态度的，因为我乐于看到来自各行各业的校友们聚在一起，不由自主地露出的那种完全属于自我生命情态的舒心笑容；我更期望毕业校友的同学聚会，在形式上显示出轻松散淡自由活泼的品格与灵性，以使不论老师还是同学，大家相聚一起，都能够在其中感受到一种无拘无束的快乐。

遇上这种轻松自由的场合，为了调节气氛，我每每都会身体力行，为活跃气氛而推波助澜：歌唱得不好，但是当同学们希望我唱的时候，我便会拿起麦克风卡拉OK一番；不会跳舞，可是当有同学邀我一起跳舞时，我也会毫不犹豫地跟着到场上去走"舞步"，哪怕众目睽睽之下只有两个人在台上，我也会百依百顺地跟着舞伴做动作摆姿势。

聚会嘛，寻求的就是开心快乐，目的是能给大家带来欢乐，能将气氛推向高潮，只要不是过于无理的要求，我一般都不会拒绝。

当然，作为一位从普通教师成长起来的高校管理者，参加校友的同学聚会，我也有内心里最纠结的地方，那就是聚会的组织者往往会把我当成学校领导来对待。特别是合影留念的环节，大家往往会向前排的中间推我。守着这么多年过古稀的老教师，好多还是给自己上过课的，即使他们贴好了座签，我内心里也过不了这一关。大家推来搡去的，往往会耽误很长时间。

当然，组织聚会的同学可能有自己的想法，他们觉得我是母校的领导，出席聚会能代表学校，这样能提升聚会的规格层次。再加上让我首先讲话等诸如此类的程序，往往都会引发出我的逆反心理，为了对抗官场气，我别扭着来的时候也是偶尔会有的。

后来，为了避免这种煞风景的场面，我再参加聚会的时候，总是会想办法晚到一会儿，摆脱开合影留念的环节。等到大家都坐在饭桌上了，我再到场入席，便能够避免先前的很多客套程序。

当然，讲话的程序是免不了的，不过我也有自己的招数，那就是从来都不遵从惯有的章法。不论是欢迎外地同学的到来,还是祝贺校友们的成绩,抑或是祝福今后的工作、生活和家庭,都会用随意性极强的调侃式话语,来颠覆那种严谨有余而活泼不足的逻辑结构:回忆过往,感叹现实,表达对人生对未来的哲思,都力争将严肃话题融入生活情境之中,多掺杂一些世俗的泥土气。

也有过更不靠谱的时候,我会借着老教师们都在场,借机体验一把调皮捣蛋孩子的那种放纵心态,来弥补自己学生时代拘谨刻板、太过老实的遗憾。

那是哪一级的中文校友聚会我记不准确了,反正他们筹备得比较充分,聚会那天几乎所有的任课教师都到了现场。聚会负责人事先个别提醒我第一个讲话的时候,我便与其严正交涉:要让老教师代表先讲,把我放在最后。当教师代表、当年系领导、班主任、辅导员发言过后,我有点担心固有的行政化、训导化的程序会让聚会变得太过严肃与无趣,所以到我发言时,便临时心血来潮,借着时光流逝与生命律动的话题,来了一番"无正经""不着调"的调侃起哄。

发言的最后,话题落在了老教师们身上。他们辛勤耕耘几十年,为泰安师专中文系贡献了自己的全部青春,教过的学生都事业有成,那发自内心里的欣慰是不必说的,但看着早年的学生好多都已年过半百,那一丝岁月不饶人的淡淡忧伤,也会不可避免地浮上心头。

为了让他们真正开开心心地"嗨"起来,我先是从世界卫生组织的老年人定义谈起,提议老师们在言行举止上拒绝老态;进而引出北大教授们流传的"八十不稀奇,七十小弟弟,六十睡在摇篮里"的顺口溜,强调只要心不老,人生就会更美好。说到忘情处,我便开始吟诵乔羽的"最美不过夕阳红",高声强调"夕阳是晚开的花,夕阳是陈年的酒,夕阳是迟来的爱,夕阳是未了的情"……

我也不图自己的发言有多大的征服力量,只想着既然是聚会,男女老少齐开心,这才是最佳的效果。反正气氛是哄起来了,自己就很高兴。

你还别说,后来的事实证明,我聚会时的那番叛逆式表演,除自己体验了一把学生时代施放青春的痛快淋漓之外,那煽风点火的言语在个别老教师那里还真是见了成效。一位参加聚会的同龄人告诉我,自从那次聚会之后,他看到××老师与老伴一起散步时,竟然牵起手来了。

同事说得有鼻子有眼，有地点有时间，我当然是相信的。因为我了解××老师，他本来就是个沉潜着浪漫质素的人，长期研究文学中的浪漫主义，内心里缺不了热血情感。只不过我们这样的社会环境，大家都很含蓄很内敛，动不动就在生活中演绎浪漫，怕是会被视为惊世骇俗的另类的。所以，即使有浪漫的冲动，也往往是压抑在心底。

看来，要让心里那虚构的浪漫变为现实的行为，有人鼓励还是很重要的。只可惜我们这个社会对这种有益于身心的情感现象，缺乏更多的宽容与支持，反而更容易去指责与打击。正是如此，通过聚会来创造一个典型环境供大家施放自我的压抑，才显得更为必要。

2013年初夏，我即将退休的时候，曾经担任过班主任的1981级2班的同学，商量着要来个同学聚会，庆祝老师的六十大寿。我拗不过他们，答应聚会是可以的，但坚持把主题改为了"青春的回顾与展望"。这样，师生聚在一起，共同回顾过往的青春，展望未来的岁月，相互鼓励着，去编织一个青春不老的人生，这多好啊。

结果证明，那次聚会很成功，自然也成了我所参加的校友聚会中最有意义也最为难忘的一次。

总之，感受人生的丰富与多彩，是参加毕业校友聚会最值得珍视的收获之一，也越来越成为人生拓展自我体验的内在动力。

四、探勘"同学"的内涵与真义

应邀参加汉语言文学专业1986级同学一次别开生面的聚会，他们不是强调毕业，而是回忆相逢相识，所以聚会的主题是"相识30年"。

这一级同学来泰安师专报到的时候，我正好去华中师大报到。在华师结束了硕士研究生课程的学习，返回泰安师专，这一级同学还没有毕业，所以，我就在他们临毕业那年，给他们上了一个学期的中国当代文学课。

与其他年级相比，我与这一级同学毕竟相聚的时间较短，因此，在曲淑敏同学打电话联系我的时候，我第一句话就是："我给你们上过课吗？"

她马上回答："上过啊，印象可深了。在所有上课的老师中，您是唯一一个拖堂的时候同学不起哄的老师。"

我当时听到这个评价,还真是有点意外的感觉,因为在记忆中,我上课拖堂的时候不能说没有,但可以说极少。很多的时候,只要下课铃一响,我基本上是端起水杯就走。我不明白自己怎么能在这一级同学心里形成这样的印象。当然,我清楚这种评价是对我上课效果的一种赞美。

后来在聚会的酒桌上,有同学来敬酒的时候,依然还是用"唯一一个拖堂学生不起哄的老师"这句话来奉承我,我就觉得他们在私下肯定议论过。

与其他专业的学生不同,文学专业的学生私下里议论老师,总是要显示出一种形象思维的文学范儿,不论肯定或是赞美,质疑或是讥讽,如果明确直白地说出来,他们就会觉得有些对不起自己的专业素养,所以,往往会寻找一个恰当的角度来切入,以富有艺术韵味儿的表述,引导启发别人去慢慢体味其中的意思。拖堂了学生不起哄,这赞扬的意味自然是足足的,但是用"唯一"来表述打击面有些大,因为还有其他老师在场呢,所以我就没让她们继续说下去,及时地将话题引开了。

也可能是他们这一级入学那年,我也去外地当学生的缘故吧。从宏观时空的角度讲,我当年与他们实际上也是"同学"关系。所以,参加这一级的聚会,就让我有意无意地思考着这样一个问题,同学之间的关系,究竟是靠什么来维系的。换句话说,"同学"这两个字的内涵与真义是什么?

与其他班级的聚会一样,我为了回避合影的环节,没让他们到家里接我,是自己开车去赴会的。聚会那天,我吃过早饭收拾了一会儿就出发了,不过没有直接去泰安师专老校区,而是先去了天地广场,观赏雨后的天外村风景。在文化路居住的时候,我几乎每天都去那里散步,到龙潭公园里转一圈儿,再回到家正好一个小时的时间。自从搬来嘉和北区,离得太远就一直没再去过。所以,正好凑这次聚会的方便,去故地重游了一番。

参加聚会的同学和其他老师,都是先到泰安师专老校区集合的。合影的时候,同学打电话和我联系,我解释了一番,没去参加合影,就直接去聚餐的酒店了。

合影可以不参加,但到了聚会的大厅里,讲话是逃脱不了的。我呢,既然把聚会当成了一种轻松随意的活动，也就养成了从来不事先打腹稿的习惯。如果非要我讲话，实在逃避不了，那就站起来随性说，想起什么说什么，自己觉得这样更亲切更自然。

我到达餐厅刚刚入席，两位主持人就迈步走上台去，没想到的是，他们说了几句满含深情的开篇词，上来就宣布请我讲话。我思绪还没完全稳定，一点思想准备都没有，不知道自己要说什么，于是便站起来生拉硬拽地把姜全吉老师送到了台上。姜老师是当时中文系的书记，让他先讲话，于情于理都是合适的。我顺便告诉主持人，姜老师讲完还有辅导员班主任，我都已经退休了，最后再讲。

可姜老师讲完后，他们还是要请我上台。在同学们不断的掌声中，我实在不好再拉别人临时垫背了。只好站起来，一边往台上走一边紧张地在头脑里搜索要说的话。还好，刚站到台上，头脑里终于搜索出了这样几个词：缘分，真情，故事，回忆。

就讲它了。我以为，把这四个关键词排列起来，就能够比较全面地体现出"同学"的内涵与真义。

首先是缘分。

大千世界，芸芸众生，为什么你我之间能够成为同学，那肯定是某种潜在的缘分决定的。

在20世纪90年代中期，有一部引起轰动的电视剧叫《红十字方队》，其中的一首插曲《相逢是首歌》，很形象地说明了同学之间关系的机缘与神秘，直到现在，很多高校在开学之际，都还放送这首歌，来欢迎新入校的同学：

> 你曾对我说，
> 相逢是首歌；
> 眼睛是春天的海，
> 青春是绿色的河。
> 相逢是首歌，
> 歌手是你和我；

心儿是永远的琴弦，

　　　坚定也执着。

　　是啊，心儿是永远的琴弦，青春男女芸芸众生之间，只有能够搭配成音符形成美妙曲谱的人之间，才能够相聚在一起结为同学关系。而不同音符之间通过组合搭配，能谱成相互依赖的和谐美妙音律，那其中内在的机缘巧合，只有缘分能解释得清楚。

　　这样的缘分，很难得；遇上了，值得用一生来珍视。

　　其次是真情。

　　大家来自天南地北，为求学在一所学校里相遇，再进一步则是同学一个专业，同处一个班级，同窗共度一生最美好的生命时光，无论是3年、4年，甚至更长的时间，相互之间形成的情感，除非一个"真"字，其余再难以表述。

　　人与人之间的情感，除了血缘关系具备着无可战胜的先天优势之外，从后天做建的意义上讲，同学之间的情感所蕴含的真切的成分，是许多人间情感所无法比拟的。从本质上说，它是青春期的率真之气催生出最旺盛的生命之火锻接起来的，相对地单纯洁净而又根基深厚，很难割舍。

　　特别是在毕业了走出校门，大家天各一方，为了事业为了家庭艰辛奔波，看惯了社会中的虚假表演，饱尝过生活中的甜酸苦辣之后，在"思念是生命的火"的本能演绎中，对同学之间那种纯纯的真情，感受就会更加深刻。

　　尽管回想当年，在课堂上、生活中也闹过不少的误会，产生过大大小小的矛盾，可相对于在社会里看到的那些口是心非、尔虞我诈的把戏，学生时代的心直口快、直言不讳，反而愈加让人怀念。

　　同学之间的情感是真切的，不带有任何表演的色彩，更很少有虚伪的成分，不加装饰，不图回报。包括有矛盾了，哭也好，闹也好，耍点小伎俩、使点小手段也好，全不是为了你争我夺的物欲满足，更多的是为了情感自身。甚至因争风吃醋、失恋痛苦形成的是是非非，如今再回头来看，也带着青涩的天真与可爱，"真"得要多傻有多傻。

所以，真情是同学之间最质朴最贴切最原初的一种情感。

第三是故事。

如果单从字面意义上说，故事完全可以简单地理解为从前的事。

而我在这里所说的故事，含有可供人讲述的词性特征，指的是富有人生意义和社会价值的生活情节。从事业人生到婚姻家庭，故事表现于生活中的一个基本特征，就是对外能引发关注的兴趣，让人产生了解欲望；对内能丰富人生的内容，增强生活的魅力色彩。

意义和价值，决定着故事的品性。有意义的故事，能让人领略到一种新境界，进而引发新的感悟。故事的价值，最终体现在对社会也即对生活对生命能否具有积极的促进作用。有的故事让人会心微笑，有的故事让人伤心流泪，有的故事使人充满敬意，有的故事能够促人警醒。总之，有意义有价值的故事，能让生活更精彩，能使人生更丰富。

大千世界日月轮回，蓝天之下苍生普度，在熙熙攘攘你来我往的人生过程中，每个人都会遇到很多人很多事，然而它们并不都能构成故事。换句话说，形成故事需要情节的支撑，所以故事的构成离不开机缘与巧合。

而同学之间作为有缘人，具备这种机缘巧合的质素。所以，在当年联合教室、图书馆的阅览室、热火朝天的运动场，还有那月光下的大树旁、花园里，都留下过自己的青春故事。回过头想想，是什么让过往的岁月永不褪色，又是什么使得头脑里的形象立体而生动？显然是那一个又一个接连不断的故事。

从时空存在的宏观角度上说，故事是可供提炼生活意义的人生典型状态。因此将人生纳入故事的情节中，才能更加灵动，更富有魅力。

当毕业走出校门，到社会上开拓自己的人生之路，感觉落寞无助的时候，在想起的人当中，肯定包括关系比较好的同学。也可以这样说，从学校里走出来的人，在创造自己的人生故事时，内心里很难离开同学的陪伴与支持。实际上，几年一次的同学聚会，大家在相互交流、相互启发下取长补短，本身也是在创造故事。

到明天，在将来，不论那故事情节多精彩，我相信，最感人最富有魅力的，一定是同学之情联结起来的部分。

最后是回忆。

好像是罗丹吧，说过这样的意思：没有什么是不朽的，包括艺术本身。

对于生命来说，任何的身外之物都会随着岁月的流逝慢慢地变成废品，只有心灵，能战胜不老的岁月，与生命同在。而心灵之所以不会老，就在于人的回忆。

回忆能让过去的岁月变得鲜活。

情感则是触发人回忆的原动力。

故事呢，则能使回忆变得更加具体更加生动更富有真切之义。

特别是人生进入老年时光，回忆便成为充实生活丰盈生命的行为。所以，我们现在身体力行创造的故事，既具有现实的意义，更具有长远的人生意义。

时间将会证明，在将来的回忆里，有关同学之间的情感与故事，一定会是最亲切、最真实、最让自我感动的重要内容之一。

所以，最后我用四句话结束了自己的发言：

缘分，把我们聚在一起，
真情，令我们时常想起，
让我们创造更多的故事，
为人生增添美好的回忆！

四季心中花

世间万物之中，花是美好的象征。春夏秋冬四季，都有花在开放。年年岁岁，日月轮回，只要有花在心中，人的生活就会感觉到色彩纷呈，情深意浓。赏花即品鉴，透过其品格，领悟其灵性，能够自然关联起人的美好思绪与情感、体验与期盼，进而就会使生命浸染上几分色彩，充盈进几分浪漫。

因此，世间凡人，没有几个不爱花的，或者换句话说，爱花，是人与生俱来的品性。我也一样，每每见到花开，总会眼前一亮，随之感觉到心舒气畅。当然，在一年四季的万紫千红中，如同所有人一样，我也有自己的最爱。如果往深度探寻，这种对花的最爱，即是花品与人品在主、客体方面达到了高度契合的一种境界。

这种境界是什么呢？说白了，是赏花者内在的品格秉性与花容花貌在相互对应中，触碰到了那一瞬间的敏感，感应到了主客体之间那微妙的契合点。主观内在的喜悦情愫自然地生发出来，那便是爱的产生。如果这种情愫不断升华，在主客体之间生发出一种相依相偎的感受，那就达到了至爱的感情境界。

冬去春来，夏消秋至，在一年四季当中，哪些花是我心中的最爱呢？

蜡梅花

薄云掩映的天空。

石板铺设的小路。

随处可见散落不一的飘零枯叶。

漫步在龙潭公园，恣意地呼吸着刚刚被细雨浸湿了的空气，目光不由自主地洒向远处。那河边的垂柳、山涧的红枫，在冬日里都收敛了自己的脆黄和殷红，与凋零的树木花草一起，共同演绎着"入九"之后的肃杀与苍凉。

这苦焦的北方的冬天！

每年到了"地白风色寒""万木冻欲折"的季节，大自然就只能靠着四季常青的松树和毛竹，留给人们些许的绿意。也正因此，冬天到龙潭公园散步的时候，我总喜欢途经那条先是雪松夹道而后竹林掩映的石阶小路。

穿行在被微风拨弄得飒飒作响的竹林里，举目巡视着虽然养眼但又感觉有些单调的浅绿，脑海里不由得蹿出"岁寒三友"四个字，进而想到松鹤亭边的几株蜡梅。

在这三九严寒的时节里，它们或许能用不同的色彩带给人们别样的惊喜吧？

转身踏上左侧的台阶，我沿着斜坡快步向松鹤亭走去，去探寻冬季里那心中最爱的蜡梅花。

人们为梅花总结的花语，包含有品格独立、坚贞高洁、心境澄澈等品性，而这一些恰恰是我最为心仪的。所以，在冬天开放的花朵中，我喜欢凌风雪而绽放的梅花，梅花之中，又独珍爱在孤寂零落的环境里默默开放而又生生不息的蜡梅！

越来越清楚了吧？我喜欢蜡梅花，是先从喜欢梅花开始的。而要回忆探究喜欢梅花的历史，那应该追溯到少年时代。

1966年，我小学即将毕业还未来得及参加初中升学考试，"文化大革命"就开始了。停课"闹革命"的那段时期，我作为老实本分的学生干部，一开始被学生中的造反派吸收进了造反司令部。因为自己当时性格比较内向，所以被分配在家里专门写写画画，也就是干些刻钢板印"号外"、办宣传栏抄大字报之类的事情。

对我来说，这当然是一种侥幸，能够借着公用的油彩、画笔等，假公济私地练写字、学绘画。

不过由于在练习毛笔字方面求之过激，跨越了基本功，直接去模仿毛泽东的狂草诗词，后来不但狂草没有写好，连基本字体也写得不怎么样了。而绘画方面，由于一开始就比较认真，还是印证了"功夫不负有心人"这句俗语的，经过了一段时间，画出的东西，就让人看着蛮像那么回事儿了。

由于当时绘画的主要目的是装饰宣传栏，或者说点缀宣传栏的设计布局，适应着形势的需要，画的多是青松、翠竹和梅花之类的。而在这岁寒三友中，梅花是最富有色彩感的物种，最适宜练习绘画的基本功。更为重要的是，毛泽东在《七律·

冬云》中写下了"梅花欢喜漫天雪,冻死苍蝇未足奇"这样的诗句,这在当时看来,梅花就等于是革命之花。不论在什么环境中什么情况下,你都可以大胆地去画,不用担心会被人说成资产阶级情调啊什么的。

所以,有一段时期,画梅花便成了我每天的主要练习内容,一旦深入其中,就好像着了魔似的,不但有任务时在学校里画,就是晚上回家,也带着油彩和画笔,画到深夜。

那时候,无论在什么地方,只要看到画有梅花的屏幅或者是匾额,都会产生莫名的兴奋,认真观赏其中梅花的不同形态和绘画技法,将每一处线条每一个细节都牢牢记在心里,回来后再凭着记忆中的印象反复临摹练习。

现在回想起来,我当时的梅花画得也确实有一定功底了,不敢说形神兼备,也让外行人看着蛮像那么回事儿了。到后来,村子里的有些人,结婚办喜事的时候,还找我画过梅花的中堂呢。

当然,由喜欢画梅花到喜爱蜡梅花,那是上了大学之后的事儿了。

1975年,我被推荐上了大学,从鲁南的农村来到鲁中的泰安。星期天的时候同学老乡相邀着到泰山脚下游玩,来到王母池,发现不少人都围绕着两棵枝条丛生的灌木留影,细问其详,才知道那是两棵长了数百年的蜡梅,虽然不是开花的季节,但搜索古诗中有关描写蜡梅的句子,想象它"疏技横玉瘦,小萼点珠光"时凌雪盛开的景象,对眼前的枝疏干瘦质朴无华的形状,也就开始增添了几分敬意。

待到严冬时节,雪花漫卷之时,专程踏雪去看那蜡梅,就真的领悟到了它"众芳摇落独喧妍,占尽风情向小园"的不同凡响之处。

回来仔细查阅资料,才进一步弄清楚,蜡梅与梅花尽管都有一个梅字,但是却隶属于不同的品种。它们不但从花色、形状等方面有别,叶片一为对生一为互生,更重要的是两者既不同科也不同属:蜡梅为灌木,一般成长为枝条丛生形状,而梅花为乔木,主杆可高达数米。两者虽都是冬季开花,但蜡梅开花比梅花要早两个多月的时间。

从那时起,蜡梅花的独特品性便占据在了我心中最重要的位置。特别是下雪之后,踏雪去王母池、普照寺等景点观赏蜡梅,体察那茫茫白雪的世界里"凌寒独自开"的串串黄花，感受素朴纯净的环境下那份含蓄的浪漫，自然也成了不可多得的奢侈。

蜡梅花，成了我冬季最爱的花。好在龙潭公园建成后，在松鹤亭边，又移栽过来几株蜡梅，不但使天外村的冬季平添了几分诗画气，也为人们在瑟瑟清冷之时，创设了一方幽观素艳、风闻暗香、沉心静情、独思雅韵的绝好去处。

沿着斜坡拾级而上，不等走到近前，便看到了那丛丛蜡梅伸展出的挺拔枝条上挂满的串串花蕊。我疾步走向跟前，驻足仔细观赏，虽然很多的花蕾还没完全绽放，但已然展示出"枝横碧玉天然瘦，蕾破黄金分外香"的独有魅力。特别是在周围满是枯草衰木的一片灰白色环境里，那挺拔枝条上串起的朵朵花蕊，花苞金黄，光鲜玉润，让人感受到的是一种意蕴深远的振奋！

是啊，我喜欢蜡梅，它是冬季里我最爱的花。

先不说它的花蕾采摘晒干后，对人具有清热解毒的功效，单说它无论气候多么严酷，都能坚贞不屈，从农历"入九"开始，一直开到次年三月天气回暖。花期如此之长，耐力如此持久，就大大超越了一般的花种，值得人另眼相看。

如此沉静坚贞甘于寂寞而不失自我的花，是值得爱恋和赞美的。

不知道别人怎么样，反正我每每去公园散步，都会轻声缓步地经过蜡梅的身旁，因为只有怀着一种倾心相交的姿态，做到心心相印，你才能真正体验到它那朴实、挺拔中的高洁，感受到它暗香飘洒的温情。

山茶花

伴随着蜡梅度过严冬，就会迎来万木复苏的春天。

春天是花的世界、花的海洋，所谓百花盛开的景象，只有在冬去春来的季节里才能实现。由于气候适宜，一到春天各色花种便会争奇斗艳，那百花烂漫的景象，不但会引来络绎不绝的赏花人和采花者，也会引得整个世界蜂绕蝶逐、莺啼鸟鸣。

可能是性格所致吧，面对百花盛开色彩缤纷的世界，我从来都不会热血沸腾，当然更不会出现意乱神迷的情态。虽然熟读过杜秋娘的"有花堪折直须折，莫待无花空折枝"的名句，但依然从年轻时就保持着冷静的审美姿态。特别是对外表光鲜妖冶而素无常性者,始终怀着高度的警惕。因为我有一个颇为执拗的观点,总觉得世上的万事万物都难逃固有的规律,外表过于奢华者内在必然骄纵。由此出发,对"有花堪折直须折"这句话,多少就存有保留的态度:你再怎么赋予它"珍惜青春""莫负年华"之类的积极的意义,如果只为一时欲求而忘乎所以,不小心中了毒,"珍惜"什么都会变成一句空话的。

当然,我也追崇人生的浪漫潇洒,但一定是在立足于生活现实、富有理智前提下的。所以,在春天的花品中,我对山茶花情有独钟。特别是看厌了妖冶肆行、浅薄兴盛的风气,就更觉得山茶花的品性可贵。怎么说呢,在搔首弄姿、色欲横流的环境下,她就如同一位出身于平民之家而接地气的秀丽女人,将所有的野性与顽皮都转化在成熟的俏丽、大方与独特风韵之中,带给人的是一种淳厚里透出的清新。

从地域来说,野生的山茶花,主要生长在南方山岳沟谷丛林之中,尽管山东也是野生山茶花的生长地之一,但主要是集中在崂山及沿海岛屿上。我老家所在的鲁南平原,原本不生长野山茶花,我之所以熟知山茶花并产生喜爱的情愫,与少年时代的堂姐有直接关系。

与我父亲有同一个祖母的大伯父,一共生了六个孩子,在四个女儿当中,排行老三的姐姐可谓是秀外慧中的女子。按照现在的说法,她是标准的"村花"级人物。由于人长得秀气,性格又乖巧,深受大伯父的喜爱,与老大老二不同,大伯父特应允三姐上了学,而且一直上到小学毕业。这在20世纪的五六十年代,应该是不容易的。

一般来讲,长得漂亮的女孩子,又有点文化,无论是在家里还是在外面,都很容易受人推崇,被别人宠惯了,就会滋长点小脾气,久而久之,在为人处世上,无形中多少就会显露些刻薄的心态。可三姐却是个例外,她不但脾气好,而且心地善良,为人正派。即使后来被选为学校里的民办教师,"文化大革命"中宣传队排演节目,每次都公推三姐来扮演女主角,譬如阿庆嫂、李铁梅什么的,她也从未制造过什么绯闻,这与她心地善良、待人温柔敦厚有直接的关系。

不过,三姐的人生道路,后来还是应了俗语说的那句话,不论是"红颜薄命"也好,还是"人善有人欺"也好,反正她后来的命运是颇为坎坷的,想想就会令人感叹不已。

  作为颜值较高又有点文化的农村女子，三姐后来经人介绍，在滕县城里找了个工人身份的对象，嫁到城里去了。那时正值"文化大革命"破旧立新的时期，三姐出嫁的仪式特别简单，所有的嫁妆都装在一个大型柳条包里，由我和邻家大哥一起，用地排车装着，把三姐送到了婆婆家里。

  我从小喜欢三姐，因为她的关爱能让我时时感受到一个年轻姐姐特有的温情。她出嫁了，我从内心里不免会产生些许的失落情绪。所以，在我和邻家大哥作为三姐娘家的贵客被安排坐在堂屋里喝喜酒的时候，我的心思并不在酒桌上，而是注意观察着三姐婆家人的言谈话语和行为举止，担心着三姐在新的生活环境里受欺负。

  回来的路上，我便将自己观察到的情况说给邻家大哥听，特别是在喝喜酒的过程中，我竟然看到三姐的婆婆靠在门框上剔牙的举动，当时就想，三姐摊上一个这么霸气的婆婆，将来能有好日子过吗？当我提起这个话题时，邻家大哥也赞同，说三姐的婆婆一看就不是个善茬儿。

  果不其然，后来传出的信息证明，三姐遇上了个恶婆婆，过得心里很憋屈。

  现实就是如此残酷。善良的人遇上善良人，能够避免恶语相加恶行相撞所造成的生活波折，但保证不了命运能够一帆风顺；不善良的人遇上不善的人，当然更无法保证生活中的平静安稳；而一个善良的人如果遇上不善的人，那命运肯定只能是悲催的。这种不幸，恰恰就被三姐遭遇上了。

  三姐的丈夫在外地工作，婆婆又是一个为人不善的强势女人，所以，自从三姐进门后，就一个人担负起了伺候一大家子的责任，哪一点做不好，婆婆就会冷眼相对。平时的憋屈就不说了，即使在三姐怀孕即将分娩的时候，婆婆也不让她休息，三姐仍要到远坡的地里去干活儿。婴儿临盆了，来不及回到家，她只好跑到一个桥底下把孩子生出来了。

  更可气的是，这非但没得到婆婆的同情，还引出了她一番闲话，说一个女人的头一胎，自己生得如此顺利，让人怀疑。

  一个能放出如此恶言的人，在三姐坐月子期间会有何种态度就可想而知。最关键的是，三姐心地太善良，她一直想以自己的忍耐和自咎来感动对方，结果是一次又一次的失望，失望到了极点，便成了绝望。在婆婆不断恶言相加之下，三姐的内心崩溃了，跑到野地里，拿起一块石头照着自己的脑袋砸去，为了宣泄压抑已久的愤懑，她把所有的力气都用上了。

人被发现送到医院抢救了过来，但脑部手术的结果，让三姐变了一个人。

再后来，三姐离婚了，又找了个老实巴交的庄稼人过日子。我一次回老家见过三姐一面，她看见我，还知道叫兄弟，但是那傻呵呵的样子，特别是那失忆般的眼神，让人止不住从心底泛起一阵阵的酸楚。

那次见面之后，因为很少回老家，回家也不一定赶上三姐回娘家，所以我没再见过三姐。在我的心里，依然保存着的，是那个外表清秀、话语可人、温情亲切的三姐形象。只要一想起她，眼前就会浮现出她教姐妹们唱歌、为姐妹们读小说故事的景象。

大伯父家就在我家的后面，两家相隔着的，就是我家堂屋的后墙。冬闲的时候，一到星期天，三姐有空了，整个东村的姐妹们便全都聚集在三姐和二姐居住的那间不大的西厢房里，听三姐给她们读《草原烽火》，那是在济南上大学的三叔放假时从学校图书馆借回来的。读累了，大家便要求三姐教她们唱歌。

当时反复教唱的，即是一首有关山茶花的歌曲。

  山茶那个花来嘛山茶花
  十呀个大姐采山茶
  花篮那个悬在山坡上
  唱呀个山歌转回家
  小呀哥我说给你
  唱呀个山歌转回家……

无论是读书还是歌唱，我在自家的堂屋里，都听得真真切切。特别是那清亮朴实的歌声，一阵阵地从隔壁那间茅草屋里飘过来，在耳边萦绕过后，一句句地落在了一位少年的心底。

十呀那个大姐嘛十只花

唱呀个山歌转回家

大理那个茶花头一朵

谁呀爱劳动嫁给他

小呀哥我说给你

采到那个茶花送给她……

是啊,大姐,小哥,再加上茶花,这些信息联结在一起的歌声,传到一位经过了启蒙教育的少年耳朵里,自然就会在脑海中编织起一幅幅美丽的景象,而这景象里的人物和故事,都是让人憧憬令人向往的。

总之,由歌曲中的山茶花幻化出来的绚丽风景,当时深深地印在了我的心里,几十年都不曾褪色。

直到自己年逾不惑,在电视节目里听到了李谷一、张也等歌唱家再次唱起这首歌,我才知道这是一首云南民歌,歌名叫《十大姐》。

看来,我听三姐教唱"十大姐采山茶",由现实的人品联系到歌中的花品,进而喜欢上山茶花,也是在情理之中的。我钟爱山茶花,不单是因为她的枝青叶秀的外在形态,更让人倾心的,是她具备无可比拟的坚韧秉性。

有别于那些卖弄风情、招蜂引蝶、即开即败的花种,山茶花不但花质好,而且花期长。陆游有一首《山茶花》的诗是这样写的:"东园三月雨兼风,桃李飘零扫地空。唯有山茶偏耐久,绿丛又放数枝红。"诗人对山茶花品格的赞美不言而喻。而且在花期上,山茶花从阳春开始抽枝,一直延续到晚秋还在开放。即使红颜消尽,也不自暴自弃,而会让花瓣一片一片慢慢凋落,直到生命的最后。

正是依据这一品性,人们为山茶花总结了可爱、谦让,坚韧地追求爱之理想的花语。总之,山茶花的表现,让人联想起的是忠贞不渝的爱情:淡雅清致、倾情坚韧、不离不弃、绵绵无期。

这样的爱情是让人崇尚的。

而现实却不会以人的主观意志为转移。爱的理想追求，恰恰需要很多的付出，而倾情坚韧、不离不弃，有时候更是以自我牺牲为代价的。

山茶花的品格，不是每个人都能够做到，唯其此，才更值得赞美，值得学习。

石榴花

夏天是火热的季节，在诸多开放的花品中，我印象深刻的当属火红的石榴花。

石榴花第一次在我头脑里留下深刻的印象，那要追溯到自己的启蒙教育年代。

当然，那时的我还不满五周岁，对新民歌运动的具体情况不可能有太具体的印象。但大学毕业后从事当代文学的教学，在对中华人民共和国成立后的社会发展历史进行研究的过程中，对这方面的情况便有了比较深入的了解。

1958年春天，在成都召开的中共中央政治局扩大会议上，毛泽东谈到中国诗的出路时，明确指出有两条，第一条是民歌，第二条是古典，并由此提倡收集和创作民歌。紧接着，全国文联、各省市自治区及各地、县党委都纷纷发出通知，要求收集和创作新民歌，并强调这是一项政治任务，中国作协随之起草了《文艺工作大跃进三十二条》。

在各个方面的全力推动下，新民歌的收集与创作很快发展为遍及全国的大规模的群众运动。

"李白斗酒诗百篇，农民只需半杆烟"，这首民歌所描述的景象，从一定程度上反映了新民歌的创作"运动"到了一种什么程度。在很短的时间内，全国便产生了数以万计的所谓新民歌。后来，郭沫若和周扬挑选了其中的精华，以《红旗歌谣》为题出版，全书一共收集新民歌300首，作为官方钦定的"诗歌圣经"，颇有点欲与《诗经》试比高的意味。

我的启蒙教育，正好赶上了那样的时代。所以在新发的语文课本里，选入了一些《红旗歌谣》中的新民歌，而其中就有"牡丹开花像绣球，石榴开花结籽稠"的句子，到现在我都记得非常清楚。我家的老院子很小，除了一棵木槿花树之外，没有其他的花草树木，所以说，石榴花在我心里的第一印象，就是那时的民歌给奠定下的。

譬如当时选入课本中最有名的一首新民歌《我来了》："天上没有玉皇，地上没有龙王。我就是玉皇，我就是龙王。喝令三山五岳开道，我来了！"继续在用大跃进中的敢想敢干、人定胜天、个人崇拜、盲目乐观的狂热精神，对刚入学的少年儿童进行着富有时代特点的启蒙教育。

也可能由于空洞的口号化的语句听得太多了吧，一旦遇上了与现实生活联系比较密切的，生动形象而又能触发儿童思维兴趣的句子，就会让人有耳目一新的感觉。前面说到的含有"石榴开花结籽稠"的民歌，就属于这一类。

当历史走过了20多年，我作为高校教师在给学生讲授当代文学史中的新民歌创作时，曾经专门查阅过这首当年反复朗读之后记忆犹新的句子，它出自《好不过人民当了家》这首新民歌，前面两节是这样的：

> 武山的大米兰州的瓜，
> 疼不过老子爱不过妈，
> 亲不过咱们的共产党，
> 好不过人民当了家。
> 牡丹开花像绣球，
> 石榴开花结籽稠，
> 向日葵绕着太阳转，
> 人民跟着共产党走。
> ……

抛开它所表现的主题思想不论，这首民歌创作过程中的那种简单轻浅的艺术思维模式，恰恰歪打正着地适应了儿童思维的特征。先不说它在赋、比、兴手法上的继承借鉴如何，单说那种摆脱了艺术思维限制的超逻辑的拼拉式语句排列，简单化的顺口溜押韵形式，还有天真的自我陶醉式的情绪抒发状态，让少年儿童读起来，显然都要比《我来了》更具有吸引力。

所以，这首描述了牡丹、石榴、向日葵等花朵形象的民歌，不但读起来朗朗上口,而且诗中对不同花朵的形象描述,也很容易激发起儿童想象的兴趣。作为富有想象动能和记忆兴趣的美学具象,几十年之后,依然会刻印在头脑里,记得很清楚。更何况,诗中提到的石榴花,是和它结出的诱人果实联系在一起的,凭这一点,能在少年儿童的心里扎下根,毫不奇怪。

石榴花在我心中的印象进一步加深,那是到了小学毕业之后。

当时也就十四五岁吧,春节过后,作为礼节性的回访,我去父母的干儿子冬冬家走亲戚,看望冬冬的父母,见到了冬冬的四爷爷。四爷爷虽然一生未娶,到老了还是一个人单过,在农村里却属于一个性情中人。除了喜欢在自己的小院里栽花种树之外,平时还喜欢当媒人。自从见了我之后,他便先后去过我家好几次,非要给我介绍对象。

那时我年龄还小,父母本来不同意,但拗不过四爷爷反复劝说,父亲只好按照四爷爷的安排,领着我去相了两次亲。

有一次相亲的地点在四爷爷家里。一踏进他的那个小院子,就看到满院子里都是奇花异草。最引人注目的,则是屋门旁的那棵茂盛的石榴树。当时正值农历五月,那石榴树枝繁叶茂,庞大的树冠郁郁葱葱,碧绿中透出的朵朵花蕾,就如同束扎的簇簇绸缎般火红。凝眸之际,我即刻想起了刚上小学时读过的那首"石榴开花结籽稠"的句子,心里想,哇,原来石榴花在没结籽的时候,也鲜艳得像极了红绸啊!

那相亲的场面就不用说了。我才多大个人啊,充其量也就是刚从小屁孩脱胎出来的懵懂少年,个头都还没长开呢,可拗不过四爷爷啊,他作为亲戚热情地来操持晚辈的婚姻大事,总不能不识抬举吧。再说四爷爷尊奉的是"女大三抱金砖"的婚姻理念,他所介绍的姑娘,年龄上都大我好几岁,无论体型发育还是思想观念,都已经属于待嫁的熟女了。所以,一见面,我就会想到邻家大姐姐,对她们,不反感但也没话说,一点都没感觉。

不过四爷爷可是认真的。在他家里那次,他在女方走了之后,面对我和父亲,便施展出了自己多年练就的说媒拉纤的本事。当时的好多话我都记不清了,只记得他为了让我听得懂,话语间还借着门口的石榴花做比喻。

四爷爷对我父亲说:"凭大孩这条件,你放心,我给他挑的,都是村儿里的人尖子。"

他对着我父亲说话,但实际上言语表述,则专门是为了说给我听的。

当意思表述得差不多了,四爷爷便转身对我说:"大孩你也看见了,闺女那模样儿,放到十里八村儿里,我敢说都是数一数二的。"

可能是看我没什么表示吧,再加上我和他介绍的那位姑娘比起来,在个头上确实有些差距。本来十七八岁的大姑娘,基本上个儿头都长足了,可我当时满打满算还不到十六岁,按周岁来论就更小了,所以,与那姑娘一比,身高上能有半个头的差距。男女靠近一站,女方就显得有点人高马大,一看就不在一个年龄层上。

四爷爷多有经验啊,他看我和父亲都有些疑虑的表情。为了打消我们的疑虑,便竭尽全力地作解释:

"常话说:女孩十八蹿一蹿,男人长到二十三。咱大孩还没开长呢,不用到二十三,你等过两年,到了十八九,个子就蹿出来了。这闺女的个头可是就这样了,不长了,到时候和大孩站一块儿,要多般配有多般配。"

不容别人插话,四爷爷又对着父亲说:"女人有模样有个头儿,过了门,家里地里都是一把好手。再说了,这闺女不光是长相没的说,那身板多匀称啊,要紧的是那腰身,一看就是能生养的美人胚子。"

四爷爷又把脸转向我,语重心长地接着说:"好媳妇除了模样儿要俊,要紧的还有那身段腰臀,能生养能干活儿,那才是男人的福分。"他指着门口的那棵石榴树,"就和这石榴花一样,你不能光盯着花看,还得看后面的花托是不是结籽儿的。花开得好花托后面又鼓鼓的,那才能长成大石榴。有的花,看着怪漂亮,你再瞅那花托把儿,瘪瘪的,那是不结石榴的,是'谎花',好看不中用……"

反正吧,四爷爷为了促成这桩姻缘,从各个方面说了很多,有些是说给我父亲听的,我也听不大懂,但他说给我听的那些话,我似乎都还有些领悟。

尽管后来父母觉得四爷爷介绍的姑娘年龄都太大,担心我这个闷葫芦驾驭不了,最后全都推辞了,可他的有关石榴花的比喻,我还是觉得颇有贴切之处。

四爷爷说的好看又结果的石榴花女人,如果提炼成现在的语言,那就是既上得了厅堂又下得了厨房的好女人。娶这样的女人做媳妇,男人是求之不得的。

尽管后来我上学离开了农村，人生的道路与四爷爷设想得相距甚远，但他对于石榴花的一番见解，却从深层次上一直影响着我的审美观念。而且随着年龄的不断增长和知识的不断积累，我对石榴花的理解与认识，也越来越具有了超越现实的时空张力。

石榴原来生长在伊朗、阿富汗等地，是汉代经丝绸之路引入中国的。先植于上林苑，即西安骊山温泉一带，此后不断扩展种植区域，慢慢地，由皇家园林逐渐走向民间茅舍。从唐代兴起的结婚赠石榴的礼仪，到宋代流行的"石榴生殖崇拜"，再到后来以石榴占卜科考，用"榴实登科"来寓意金榜题名，及至明清时期开始盛行"八月十五月儿圆，石榴月饼拜神仙"的民俗，两千多年来，石榴的吉祥内涵不断得以充实，美好象征意义不断得到丰盈提升。石榴花也从文人骚客的吟诵对象，变成了普通老百姓最为喜爱的优色花种之一。

作为从西域引进的花果品种，从文化意义上来考察，人们对石榴树的栽植，越来越多地增强着观赏审美的价值意义。从有关材料上看到，随着石榴文化的日趋发达，当年引进栽植石榴的发源地临潼，已经开始全力打造"石榴城"；举世闻名的世界四大文明古都之一的西安，也将石榴花定为市花。这一切，都足可以证明，历史发展到今天，石榴花已经开始承载起了更多的内外兼修、开放兴盛的社会文化寓意。

事实也是如此，如果将事物的外在与内在紧密结合，没有哪一种花能比石榴花将传统与现代融合得如此完美。她外表美观、寓意吉祥，花色艳丽，稳重而不失俏皮，然而如果你往深层里去理解，她又特别能体现中国传统思想观念的美好寓意，寄寓象征着对人间情感的诚挚热烈和真诚追求。

石榴花是最能体现雅俗共赏品质的花种，无论是在幽静典雅之所，还是在乡野俚俗之处，抑或路边沟渠、百姓院落，只要生长着石榴树，夏季里都会生发出别有情态的风景气象。那绿冠丛中开放的朵朵石榴花，不但白天能让人看了焕发激情，晚上亦能够保持"火光霞焰递相燃"的氛围。她所创造的温馨委婉而又热烈浪漫的境界，是别的花种无可取代的。

总之，我喜欢石榴花，因为它是从西方走来的，具有开放浪漫的本性；我喜欢石榴花，因为它不计较生存的环境，能够做到入乡随俗，还保持着含蓄温婉的品格，让人在浪漫的感受中能够同时体验到一种舒心的安然。

静下心来想想那种画面：

夏日炎炎万物繁茂，在花事阑珊的环境里，嫣红似火的石榴花跃上枝头，以自身富有火力的生命，开始演绎炎热中的热血激情。难能可贵的是，它的浪漫活泼的生命力，始终怀附在含蓄、内敛、务实、奉献的生长过程之中，"蒨罗绉薄剪熏风，已自花明蒂亦同。不肯染时轻着色，却将密绿护深红。"杨万里的诗句，真切地描述出了石榴树开花时的情态。

石榴花的内涵魅力，到了秋天更加展现得淋漓尽致：仲秋之际，那颗粒饱满的石榴，无论是酸是甜，让人感受到的，都是清纯淋漓的快意。

体味石榴花品，她的务实丰盈、温婉成熟的情貌，令人陶醉让人痴迷。而不事招摇、和谐如意的自然形态本身，则更包孕着恬淡安适、情韵隽永的生活意趣。

石榴花，那务实的浪漫与奉献的美丽，一直蕴藏于我的心底。

黄秋葵

与自己喜欢的其他花品不同，我对黄秋葵花的青睐，是近年来的事情。

第一次闻其名是在餐桌上，服务员端上一盘黄秋葵的荚果，报上了它的名称。看着那绿色的尖尖的荚角，初识其形，偶然间有些愕然：这东西能吃吗？

见大家都去品尝，说是营养丰富，自己也就慨然下箸。咀嚼之际也没感觉到味道有多鲜美，心态也就归于淡然。再后来，随着对其品性的深入了解，偏好之意不断增强。

如今回想起来，吾心之于黄秋葵，可谓由最初的偶然、愕然、慨然、淡然，慢慢地发展为熟知后的粲然、欣然、怡然、爽然，开始从心底里往外喜欢。

本来，作为原产于非洲，之后引入其他国家的草本植物，我国种植黄秋葵的历史不算悠久，而它的荚果被端上餐桌，那更是近些年的事情。最初见到它的时候，真的不知道它究竟是树上结的还是草本植物的果实，听到名称里有个"葵"字，当时头脑里联想起来的，便是自己最熟悉的向日葵形象，还有那首当年反复吟唱过的"向日葵、花儿黄，朵朵花儿向太阳"的儿歌。

也难怪啊，我们这一代人的基础教育，正好赶上了"文化大革命"初期的浩劫，文化知识的教育存在着偷梁换柱式的结构性缺失。到了中学阶段，连物理化学这样的专业课都被简化合并了，更何况自然、生物类的副课，早就被当成可有可无的知识给砍掉了。后来上了大学，学的又是文科，即使费尽心思辗转借到几本课外阅读书，也都是文学艺术方面的。所以对于自然科学方面的知识，基本上处于无知状态。

也正是因为这种无知吧，听到黄秋葵的名字，我反而联想到更多自己熟知的与"葵"字有关的其他植物。

因为从小就种过向日葵，自然对它印象最深。由于植株形状与生长特性，向日葵在农村历来是观赏和实用价值结合最好的植物，它根系发达，茎叶出众，花盘精巧，花朵大方，生性皮实，益于管理，所结的葵花籽除了可以榨油，又可作为美味零食。更加上种植不受环境和土壤限制，无论田间地头还是墙边院角儿，三五棵即能点缀成一隅风景，所以，它是农村里既带点洋气而又接地气的种子植物，连小孩子都是会种植的。

除了向日葵之外，我头脑里与"葵"字有关的植物谱系里，再下来就数得上蒲葵了。蒲葵是棕榈科多年生常绿乔木，对这一生长在南方的物种，我虽然没有见过，但它的叶子制成的蒲扇却是从小就熟悉。在鲁南农村里，人们夏天扇风驱热所用的扇子，主要是用蒲葵叶子制成的，俗称为蒲扇。具体说即是用晒干的蒲葵叶，剪掉齿条状的叶边，用竹篾或其他藤状细条沿边围固缠绕结实而制成的。每到夏季，就有南方来的商人在集市上销售蒲葵扇，赶集的人，无论家庭条件如何，都会买几把带回家，既轻便又耐用，精心着使能用好几年。

在农村还没通电的那些年里，三伏之际，劳累了一天的人们，吃过晚饭便会拎起苇席或拿着板凳，出门找个敞亮通风的地方，三五成群地聚在一起纳凉聊天。为了对付闷热的环境还有那不时侵袭的蚊子，蒲扇就成了每人手中必不可少的武器。现在回想起来，那情景既让人感叹又令人怀念。

大树下，池塘边，男男女女自觉地按照性别区域聚拢在一起，借着夜幕的遮掩恣意地放纵着自己的身心。有些不在乎的男人，往往会脱得精光；而一些性格大条的妇女，也会最大限度地将体肤暴露在外面，以感受裸露的肌肤与大自然拥吻的舒畅。如此袒胸露背的环境，自然会招来蚊子侵袭，人们在轻摇蒲扇为自己扇风的同时，为驱赶蚊子的叮咬，时不时地就会将蒲扇往自己身上拍打，于是黑夜里"啪""啪"的声音便会不时响起。那声音此起彼伏，轻重有别，节奏不一但错落有致，犹如夏夜里流淌出的心曲音符，传递着劳累了一天的人们内心的快意——舒畅里带着些许的慰藉。

蒲扇之外，农村里还有一件用蒲葵叶子编制的用具，那就是下雨时穿的蓑衣。蓑衣与蒲扇的区别，一个是用嫩叶剪成的，一个是用老叶编制的。由于这些家常的用具，使我对蒲葵这一植物，很早就产生过带点景仰式的联想，总觉得连叶子都这么大的植物，它的躯干该有多高多粗啊。直到来泰安上学，去逛岱庙的时候，才从盆景园里认识了蒲葵，然而毕竟带着"橘生淮南则为橘，生于淮北则为枳"的意味儿，怎么看那大花盆栽植的蒲葵盆景，叶子都不足以剪制成蒲扇。及至参加工作后去南方开会，才真正看到了当地自由生长的蒲葵树，最高的可达十几二十米，那又大又厚的蒲葵叶，裁制成蒲扇自然是绰绰有余。

直到现在我都认为，我们整天强调的所谓生态平衡，最关键的应该是，生长在地球上的动物植物之间，要保持那种相互援持、相互补裨、相互促进、协同繁衍的关系。可惜的是，人类欲望的无休止膨胀，使这种平衡破坏得越来越厉害。特别是科技的快速发展，在改变提高人们生活水平的同时，也无形地助长着人的急功近利心态，其消极效果之一，便是不断弱化着人的维护自然生态的主观能动性，使人在追求享乐中变得越来越消极被动。譬如火热的夏天里，人们宁愿消耗大量水电资源，制造污染危害自己，也不愿再拿起蒲扇之类的生态性驱热纳凉工具，这是应该自省的。

因为黄秋葵，还促使我想起了更多的大自然对人类的馈赠，譬如农村里一种叫作龙葵的野生植物，它所结的果实有豆粒大小，碧绿碧绿的，成熟后则变为红紫色，摘下来掰开用舌头舔舔，那味道甜甜的，带着一点酸气。后来我才知道那其实是一种药用价值很高的植物,不过在农村里它没有任何的名分,所以人们从来不把它当成好东西,倒是对有些具备观赏价值的以葵为名的花,像天竺葵、蜀葵、锦葵等,由于外表上色彩鲜艳,才成了争相关注观赏的对象。

与这些外表鲜艳的"葵"字花卉相比,无论是从间接的见闻还是从直接的视觉上,黄秋葵给我带来的印象或者说引起的感觉,起初都是比较淡然的。第一次在餐桌上品尝它的荚果,没感觉有什么值得夸赞的地方,除了促使我想起与"葵"字有关的植物花品,就其本身,对我最大的触动就是引起了一种好奇心,想要弄清楚它是怎么长出来的。

事后专门查阅资料,才了解到黄秋葵是从国外引进的一种植物,在药用价值上,它性味清淡,具备利咽、通淋、助消化、护肠胃的功能,还能有效降低血脂和胆固醇。至于保健方面,补钙、减肥、补肾、强身等好处就更多了。

尽管网上的表述特别是有关功能效果的介绍在我心里是打折扣的,但这并未影响我对黄秋葵进一步探究的兴趣。既然都说它有那么多好处,而且还有美化环境的作用,那干吗不去亲自种几棵试试呢?于是,在搬进了嘉和宿舍之后,便买了一包黄秋葵的种子,开始在院子里种植。

说实话,我对黄秋葵从内心里产生好感,就是从亲自种植的过程中,通过不断的观察进而慢慢欣赏建立起来的。

作为根系发达、植株挺拔、枝叶舒展、荚角营养丰富的蔬果品种,我对黄秋葵的第一好感,就是它超强的水土适应性。宿舍小院里的土质,全是生茬土掺杂着一些建筑余料,没有什么养分。然而,与种植其他的菜蔬完全不同,黄秋葵用不着多么细心的浇水施肥,栽上时间不长,就能感受到它生命的勃勃生机。随着主干的节节拔高,在每一节的主茎叶腋间,便开始慢慢地伸展开放出淡淡浅黄的花朵,那花朵与绿色的荚果相偎而生,虽然说不上多么艳丽,却也是淡雅适宜、美观大方。此后的每天早晨,不时地就会有一朵两朵的鲜花,娇艳地开放在丛生的荚果群里。

看着那花与果相伴生长的状态,你会产生一种感觉,好似那文静淡雅的花朵,含蕴着温情无限的品格魅力,她以自身默然而坚韧的雌性温柔,滋养激励着荚果的勃然雄起、生生不息。这样的花与果相伴而生相偎成长的生命境界，有别于秋天多数被子植物先开花后结果的繁衍景象。从物性上说，黄秋葵虽然也是雌雄同体的花果植物，但它的花与果相互激励协同生长的勃发状态，能让人感悟到个体之间相互怜爱、相互依赖、相互激励、协同共生所创造的生命辉煌。

每每看到黄秋葵花的鲜艳与果的雄健相得益彰的和谐景象，就会让人联想到世间男女最纯真热切、最豁达坦诚的爱情。

20世纪80年代初期，我曾经在课堂上给学生讲过朦胧诗代表作之一的《致橡树》，诗人以女性角色提及爱情时，对攀缘依附的凌霄花和单曲歌唱的痴情鸟作了鄙夷式否定，也质疑了相爱式的慰藉与自我牺牲，诗中写道："（如果爱你，）我必须是你近旁的一株木棉，作为树的形象和你站在一起""根，紧握在地下；叶，相触在云里""仿佛永远分离，却又终身相依"。对这种各自独立的现代品格或者说现代理念之爱，当时曾激起过青年人无比景仰的情绪。

可如今看到黄秋葵那花与果的生命境界，就觉得，那种过于在意"等高"追求"独立"的爱情，有些太"计较"了，离现实的生活太远，真的不接地气。

说白了，诗中所描述的爱情境界，依然没有超越柏拉图精神恋爱思想的操纵，这种爱从头脑出发而止于心理，无法融注流动在血脉之中，终归缺少身心合一的感受。由于情绪与感官的疏离，难以达到倏忽间忘我的状态，始终游弋于理性理念的层面，必然就会出现你高我低的"计较"心结，而怀着一种纠结式心理，是不可能达到纯爱致情境界的。

实际上，爱是一种非常复杂的全身心的感受，它只能体验而难以条分缕析地表述清楚。表现在一个人身上，爱究竟是什么状态？深层次的心疼，无来由的想念，不自觉的呵护，潜意识的纵容，难抑制的偏嗜，全身心的舒畅，等等，那种多样复杂的身心表现，真的是很难用几个词来表述明白。然而有一点可以肯定，那就是这种全身心的复杂感受与体验，真的与"计较"无关。

换个角度说，男女之爱作为世间最美妙的人生体验，它所存在的基本前提即是性别的差异，男性的阳刚与女性的阴柔，无论在表现形式上如何，在正常恋爱时必须是各就各位的，双方相互吸引的过程，必然存在着相互的奉献与索取，完美契合的感受与体验是分不出你高我低你多我少的，哪还有工夫计较什么"平等""独立"的人格存在方式。

《致橡树》赞美的木棉的品格，摆脱了女性的纤柔妩媚，未必就能达到现代式真爱的境界。因为不论是刚如剑、烈如火也好，雅如兰、淡如菊也好，都不能成为女性一成不变的标签，即使再强势的女子，进入了真爱的境界，展现出来的也是柔和媚的一面，不然，她拿什么与男人的阳刚来创生"和谐"呢？

正是在这一点上，我认为黄秋葵能让人悟到更深刻的哲理。从外观上看，它的花与果是相伴而生的，实际上作为雌雄同体的被子植物，花是实现授粉进而繁衍生命的关键。只不过，在繁衍生命的过程中，她表现出了更加让人钦佩的奉献精神，在花蕊授粉完成创造新生命的过程之后，并不像别的花那样孤自枯萎，而是继续以温柔的美丽来陪伴激励着荚果的成长，展示给人一种花衬着果、果依着花的美好生命状态。在花的柔媚外表下，让人领悟到不似阳刚而胜似阳刚的顽强生命力。

我以为，这是黄秋葵花的最出彩之处，也是其最值得赞美的品格。

我曾经认真地查阅过有关资料，浙江农林大学楼炉焕教授经过实验证明，黄秋葵的花比荚果的营养成分和价值更高，而且单就荚果的品质而论，它的最佳峰值是有花相伴的成熟时期。一旦花谢之后，荚果中的可溶性蛋白质和各种矿物质元素的含量，便会随果实的继续生长呈下降趋势。换句话说，人们津津乐道的黄秋葵荚果的营养成分，是离不开花的相伴润泽的。在人类来看，这所谓的营养，便是花与果相依相偎相互爱恋的结晶。

黄秋葵花的这一既现代又传统的品性，可谓在传统美德基础上向着现代的开放与提升。值得赞美，也令人崇敬。

"秋花最是黄葵好，天然嫩态迎秋早"，黄秋葵花以"不劳失粉施"的情态，体现出了浑身是宝的品质。表面上浅黄淡淡，品性上娇鲜艳艳，在不事张扬、纯朴大方的姿态与性情中，包含着独有的温柔与内在的殷实，更蕴藏着丰厚的滋养。而花与荚果相伴而生相偎而长所演绎出来的爱情盛景，则能促使人想到的更多更远，从中领悟出来的道理，能够从不同的角度与层面来补益人生。

我喜欢黄秋葵，每次看到它的花与果相依相偎的生命状态，都能让人联想到世间最真、最美、最坦诚无私的爱情，进而赢获一种相亲相恋、相守终老的感动。

历数着四季的心中花，我想起了一首大家耳熟能详的歌，里面有句话是"女人如花花似梦"。也可能与生长环境生活经历有关吧，我总觉得这种演绎太虚幻迷离。哀婉悲情的意境容易感染人，但断绝了与现实土壤的水分，就很难生长出健康有益的美。所以，我钟情的四季之花，都是深深扎根于现实土壤，真颜面对大千世界的。

像人们往往将男人比喻为树一样，如果将女人比喻为花，我只能说：好女人是四季的花，珍贵的女人是花的四季。

何以如此？这是一个人生大课题。一起慢慢去思考吧。

放声歌唱

看综艺节目"中国好歌曲",认识了来自宁夏的小伙子王峥嵘。他演唱的原创歌曲叫《唱歌的孩子》。

歌者的演唱让台上的四位导师感动不已,当蔡健雅请求"告诉我这首歌的故事"时,王峥嵘是这样说的:只要是热爱音乐,能一直做音乐的人,在音乐面前都是孩子。

他进一步解释道:这个孩子不应该用年龄来划分,不管到什么时候,哪怕是到六十岁、七十岁,我们都是唱歌的孩子。

王峥嵘对歌唱的阐释,引来导师席上一片赞叹。周华健极力赞同:"我就是一个!"

场景真的很让人感动。它让我们领悟到,歌曲的一种魅力,就是能让人投入其中,像孩子一样天真烂漫地面对大千世界。

天真烂漫是出于一种心态的简单和情感的纯净。它奉献给世界的,是毫无掩饰的心地透明。而透明的心态映照出的世界,才充满着纯真的情趣和色彩。

所以也可以说,歌唱能让生活变得纯真。换个角度说,用纯真的情趣与色彩演绎世界,这是只有在歌唱时才能够实现的。

因为在倾情投入的歌唱中,人会变得像个孩子,对世界吐露全部的真诚。抛开所有的掩饰,情感上真心投入,心态上宽容大度,体觉上恣心所为。这一切汇聚在一起,体现出的则是整体生命的健康与美丽。

认真地想想,这种生命的健康与美丽,是由歌唱带给人的补益。落实到一个人身上,则可以起到健脑、健心、健身、健美的综合作用。

我是这样认为的。

第一，歌唱的联想可以健脑。歌曲是标识着优美音符的诗篇，而诗则是浪漫生活的写照。所以，人在唱歌的时候，头脑里自然会上演着与词曲对应的联想画面。

曾经是摇滚乐队主唱兼吉他手的微软联合创始人保罗·艾伦，从一个独特的角度来阐释唱歌的健脑功能。他认为音乐和编程一样，都能够促使人的思维超越目前存在的东西，用新的创造性的方式来表达自己的想象，或者说理想。

从科学的角度上说，语言的使用调动的是左脑，而音乐的演绎则使用的是右脑。人在倾情歌唱的时候，自然就会将两者之间的神经通路打开，其思维的创造性和活跃程度都是空前强烈的。在这种状态下，人的思维不但善于将分散的画面组织在一起，而且更能激发出将当下和未来融合升华的创造性能力。

科学研究还发现，人在唱歌的时候，大脑中会释放出一种名为催产素的荷尔蒙。而这种荷尔蒙大量释放的生理现象，一般只会出现在恋人之间含情脉脉相互凝视的瞬间，再就是刚生下孩子的母亲喂奶时将宝宝紧紧抱在怀里的时刻。这都是多么珍贵而不可多得的生命片段啊，歌唱却也能够达到类似神奇的效果！

所以可以这样说，歌唱是最浪漫的生命表现形式之一。它不但能够改善情绪、放松自我、增进感情、加深友谊，而且头脑中珍贵激素的施放，能更有利于激发人的思维敏感神经，进而拓展思维空间、强化思维能力，使行为主体在轻松愉悦的活动中达到全方位的锻炼大脑、开发思维动能的目的。

回想自己的少年时代，正值身心健康教育的关键时期，恰巧赶上了"文化大革命"，学校停课了，无处去上学，也没有什么读物。正是需要开发大脑的时期，我们却好似被运动的潮流冲到了荒芜的孤岛上。然而庆幸的是，我从杂乱的旧书堆里捡到了一本登载着革命歌曲的小册子。

真的没事干了，便开始尝试着学习曲谱。先是找了首自认为最简单的歌曲，按照老师课堂上教过的"多、来、咪、发、嗦、啦、西"的音调，尝试着唱了两遍，然后再按照曲谱的音阶去对应具体的歌词，很奇妙的是，竟然很顺畅地就将歌词与曲谱完美地结合在了一起，依照音调的高低起伏和音阶的长短不一，放开喉咙唱出来，很自然地就形成了完整悦耳的歌曲。

哇！当时真的是兴奋至极。

蓝蓝的天上白云飘，

白云下面马儿跑。

挥动鞭儿响四方，

百鸟齐飞翔……

我一连唱了好几遍，感觉越唱越像那么回事儿，越唱越有些佩服自己。

在此后的几天里，无论是睡醒觉还是吃过饭，我都赶忙翻开那薄薄的歌本开始练习唱歌。练熟了，便抛开歌本，跑到没有人的地方放声歌唱。

要是有人来问我，

这是什么地方？

我就骄傲地告诉他，

这是我的家乡……

伴随着歌声的飞扬，我的思绪开始超越时空，通过电影里看到的和小说里读过的一个个大草原的片段，拼接组合广阔草原里那晴空与牧场、骏马与牛羊的壮观景象。随着悠扬的歌声，大脑里联想起的一幕幕景象，便反复地在想象中一遍遍的上演着。

反正已经无学可上，年龄又小也不能下地劳动，当时又没别的事儿可干，于是每天就按照曲谱来练习唱歌，慢慢的，就连那些曲谱比较复杂的歌曲，也学会了好几首。

现在回忆起来，当时的自学自唱的过程，使我内心里感觉无比充实，不但避免了在那个教育荒芜的年代里的空疏与孤独，更为重要的是，通过学习曲谱、自我歌唱的训练，还无形中锻炼了自己的形象思维，养成了善于想象与联想的习惯。从本质上说，这种通过歌唱触发联想进而达到大脑机敏性和创造性的训练，在很大程度上弥补了当时学校教育的重要缺失。

也可以说是从那时起吧，我便形成了一个习惯，通过歌唱在头脑里创造组合自己向往的画面，来神游祖国的大好河山。直到多年之后，自己真的有条件到一些地方考察游览时，还会很自然地将亲眼见到的景象与歌唱时头脑中创造的影像作对比，有时候还真有颇多的相似之处。如若有差别，我也宁愿相信自己亲眼见到的场景不典型，而将歌声演绎过的画面继续留在头脑里，以保护那温馨的陈年记忆。

春夏秋冬，日月轮回，无论是中学时代演唱革命现代京剧，还是大学毕业后成了一名高校教师，在娱乐中自由选唱最喜欢的歌曲，音乐之声从口中飞扬，音乐之画在头脑里上演，这种习惯一直都保持着。

久而久之，通过听歌唱歌来娱乐休闲，在身心愉悦的过程里创造自我理想的审美境界，开发自我的思维空间，便成了生活中一种无意识的行为。

这一特点，直到退休后，依然如故。

第二，歌唱的浪漫可以健心。歌唱是人类自古以来就有的一种本能，是思绪抒发与感情表达的最浪漫最舒畅的行为方式。从行为选择上说，歌唱既可以是有行为目标、有引导意义的公共群体活动，也可以是自我选择和抒发的随性自由的举动。无论是哪一种方式，歌唱的过程都能通过开阔胸襟进而达到心荡神游的效果。

首先，歌唱能够使人心胸豁达、心情舒畅。

虽然自己仅是一个喜欢听歌喜欢唱歌的门外汉，对歌唱没有什么专门的研究，然而几十年下来，通过自己的切身体会，对歌唱能激发人的心胸心志、激荡人的心情心怀，是坚信不疑的。

富有哲理的歌曲能让人守心开悟，恬淡幽雅的音律能让人持心若水，音域辽阔的曲调能使人心荡神驰，抒怀咏志的曲目能促人鹤心远志，传统的经典能唱出梅心竹韵，现代的新潮能哼出爽心惬意。一句话，歌唱能让人达到一种难得的人生境界，进而在本质上实现一个自我的洗礼，理念的锤炼，品格的升华，胸襟的拓展。

时间过去已经有40多年了，可那个让人心怡神悦的清晨带给我的不寻常的感受，到现在依然记忆犹新。

那时我高中刚刚毕业，还没有当上民办教师，暂时在生产队里当一个农民。一天晚上被安排去看场。

时至初夏，因为觉得打谷场上的小屋里杂物堆得乱七八糟的，而且早去的看场伙伴已经睡在里面了，我如果再进去就太拥挤，为了图清静，便一个人睡在了麦秸垛边上搭建的窝棚里。

　　黎明时分，邻村的高音喇叭把我从睡梦中唤醒，里面传来的是嘹亮美妙的歌声：

　　　　草原上，马儿千万匹
　　　　最骏的有一匹哟，格桑啰
　　　　金河岸，鲜花千万朵
　　　　最香的有一朵哟，格桑啰
　　　　圣洁的哈达千万根
　　　　最白的有一根呀有一根
　　　　世界上城市千万座
　　　　最美的有一座呀有一座
　　　　骑上最骏的马儿
　　　　采来最香的鲜花
　　　　捧着最白的哈达
　　　　飞到最美的北京
　　　　……

　　说真的，当时的那首歌词我听得并不十分真切，不是每一句都很清楚，只能从直感上猜测，那可能是一首反映藏族人民心声的歌曲，具体是什么歌名也不知道。上面的歌词也是凭着记忆把开始的几句列了出来，当然并不一定完全准确。

　　我要说的是，在那样的一个环境里，歌词的准确与否其实并不重要，重要的是"草原""骏马""金河""鲜花"等关键词，将我的思绪带进了那遥远美丽、浪漫多情的土地。再加上女高音那音色清丽、音域宏阔、音质优美的演绎，真的是倏忽间把一颗年轻的心给征服了。

　　这首歌让我顿时感觉到，生活并非只是眼前这么单调这么枯燥，只要让心灵飞出去，就能领略到世界的多彩与美好。

高中毕业回乡后，本来对人生的道路有些迷茫，但听着这首歌，那郁闷的心情开始变得敞亮起来了。从那天清晨开始，我有意无意地放飞着自己的心灵，时不时地就哼唱着邻村喇叭里每天早晨都播放的那首让人联想起草原上骏马奔腾、金河岸鲜花盛开的曲调，心胸逐渐变得开阔，心情也变得开朗了，那深埋在心底里的希望，在不知不觉中开始萌芽生长。

此后一路走过来的事实，让我更加坚信，一首积极向上的歌曲，能使人心胸豁达、心情舒畅。

人生走到了花甲之年，很容易回忆起年轻时的岁月，而每每回顾自己走过的人生道路，我都会不由自主想起那个不平凡的清晨，想起黎明时分里那首灵动着"鲜花""骏马"，让我心情变得豁然开朗的优美歌声。

其次，歌唱能够使人提升心境、增强自信。

从文化学的角度说，不论是什么内容的歌曲，都能起到开发心灵中艺术处女地的作用。从行为本质上说，歌唱的过程即是展示自我、发现自我、锻炼自我、肯定自我的过程，换个角度说，歌唱过程中对自身潜力的挖掘、对创造情绪的激发、对审美素养的提升，实质上是对自身能力的一种肯定。上升到人生境界的高度上，就是人生自信的建立，它能使信念变得更加坚定。

晚上看电视，为躲避插播的广告遥控换台时，偶然看到了"梦想星搭档"的栏目，以歌唱比赛的方式为智障儿童筹集康复基金。在感叹节目聚善向弱的人性化主题之时，我从演唱者们表现出的各自风采里，读出了歌唱对生命的另一种意义，那就是很多人通过歌唱，增强了生活信念，使人生富有了光彩。

譬如陕北走出来的王二妮，譬如曾因肥胖而自卑的大女孩。并由此想到"星光大道"里那些来自平民百姓的选手们，像李玉刚、云飞、阿宝等，他们如今的开朗、自信，还有那阳光、率直的心态，都是在歌唱过程中逐步建立起来的。

喜欢唱歌的人，善于把生活推向浪漫化、理想化的境界去观察去理解，自然就会养成豁达的心胸，积极的心态和阳光般的性格；怀揣着乐曲的人，能够保持一种乐观的姿态面对生活，从积极的角度来理解思考人生，无论处于什么环境中，都不失一颗赤子之心，一行一动里都充满着正能量。

人们经常说，心有多大，世界就有多大。因为心是主导生命的，所以一个人只要心胸是开阔的，无论什么情况下都能够看得开、想得远，怀揣一颗开朗明净的心，就是眼前乌云密布、阴雨连绵，也能够穿过云层透见到彩虹，超越时空想见到明天的太阳。

我超喜欢刘欢唱的《从头再来》那首歌的歌词，特别是"我不能随波浮沉，为了我至爱的亲人""再苦再累也要坚强，只为那期待的眼神"等类似的句子，从直觉上感到，它是从内心最深处靠近死角的地方发出来的，完全不同于那种无病呻吟或者是迎合时髦的应景式语句，应景是从外而来的，即使情绪表演得再高也难以走心。相反，生发于心底的语言，句句都能与人的心灵形成扎扎实实的撞击。

在现实生活中，有多少下岗职工当然也不仅止于下岗职工，正是由《从头再来》的"期待的眼神"里，读懂了天地之间的"真情""真爱"，从中汲取了无尽的力量，百折不挠、坚韧不拔地演绎着"心若在梦就在"的故事，一步步地走向了人生新的辉煌……

不知别人怎么看，反正我相信，歌唱能够健心，能够锻炼出积极健康的心态，进而有利于促使人以积极的世界观、人生观和价值观来乐观地对待生活、对待人生，使人生在自我内涵的不断丰富中焕发出更绚丽的光彩。

第三，歌唱的活动可以健身。唱歌是通过呼吸的运用来掌握音调节奏的运动，它能促进深呼吸，进而达到清洁血液、扩张心肺功能的目的。从总体上说，唱歌所引起的全身心的运动，对人的身体能起到全方位、多侧面的深层锻炼，进而增强一个人的免疫系统。

日本东京大学医学院的研究表明，歌唱可以促进人体中性脂肪的燃烧，如果方法正确，唱歌的过程可以充分促进内脏和身体各部分的肌肉锻炼，形成系统循环的健身运动，进而消耗大量体能。如果拿体育运动作比照，一个人倾情投入地唱一首歌，对呼吸系统和有关的内部锻炼所起到的作用，就相当于100米的跑步运动。

据美国《行为医学杂志》报道，德国法兰克福大学的一些专家，选择了一个职业合唱班成员作为研究对象，让他们排练1个小时莫扎特的歌曲，对其排练前后的血液进行检验，结果发现，在排练之后，这些歌手的免疫系统中像抗体一样发生作用的蛋白质——免疫球蛋白A和抗压力激素——氢化可的松的浓度全都有了显著提高。

又有科学家经过具体研究发现，参加歌曲大合唱的成员，每次排练过后，体内一种名为LgA的免疫球蛋白含量都会增加150%左右，一次公开演出之后，这种免疫球蛋白则增加了240%。这充分说明，在适当的情况下，唱歌确实能够增强一个人的免疫系统。

一位声乐专家说过："由呼吸控制的歌声才是音乐。"由于歌唱过程中的呼吸控制运动，使唱歌对人的健身具有独特而惊人的效果。进一步说，唱歌不但能够释放有助于静心的荷尔蒙，而且它富有节奏的体内按摩动律，还能冲开人体横膈膜，形成一种内部的循环按摩效果，这是任何一项运动都代替不了的。

俗话说，人靠一口气。中国医学尊崇气是宇宙本原的哲学观念，进而从气是构成天地万物的最基本元素这一哲学观点出发，将气视为构成和维持人体生命活动的基本物质。《庄子·知北游》中说："人之生，气之聚也；聚则为生，散者为死。"中国传统的气功，即是通过呼吸的自我调整，达到"先天之气"和"自然之气"的内在和谐，提升气血，强身健体。实际上歌唱的活动，完全能够起到这样的目的。

心神投入的歌唱过程，在身心愉悦中起到的是对人体呼吸功能的锻炼，如果再加上外部的表演动作，便形成一种歌舞的综合效应，那效果往往是事半功倍的。因此，歌唱健身，具有坚实的科学依据。

事实也能够证明这一点。就我国的音乐人特别是歌唱家来说，与他们的同辈人相比，大多往往都会显得相对比较年轻，或者换个说法叫充满活力。举几个例子来说明吧。

在我唱过而又特别喜欢的歌曲中，《祝酒歌》可谓是当年百唱不厌的一首。回想起十年浩劫刚刚结束的那个年代，没有人听到"美酒飘香啊歌声飞，朋友啊请你干一杯；胜利的十月永难忘，杯中洒满幸福泪"的歌声不激动万分。而这首歌虽然是1976年年底就诞生了，可是真正让它响彻祖国大地的，是李光羲在1979年除夕晚会上的演唱。自此，《祝酒歌》响彻了祖国大地的四面八方，成为唱响一个历史新纪元的颂歌。直到如今，从那个时期走过来的人，只要一唱起它，依然会被"瞻望未来无限美，人人胸中春风吹"的年代情绪所感染。

一首划时代的歌曲成了伴随不老岁月的经典，而歌曲的演唱者在精神上也似乎变得青春永驻。如今，将近40年过去了，当时正值壮年的李光羲，也已经到了耄耋之年，然而，作为一代人心中的偶像，他出现在舞台上或者访谈中的时候，依然还是那样的精神矍铄，这显然是与生活中的歌唱分不开的。

还有，我自学歌唱入门的那首《草原上升起不落的太阳》，首唱者胡松华，是1932年出生的，每每在电视上看到他，不论是言语上还是行动上，怎么着都看不出是一个八十多岁的老人。歌唱家吴雁泽，他的代表曲目《草原之夜》，我是在华中师大读书的时候，现场听他演唱过，真的有一种美妙绝伦的感觉。后来查资料得知，这是八一电影制片厂1959年拍摄纪录片《绿色的原野》里的一首插曲，曾被联合国教科文组织定为世界著名的小夜曲。再有，我当年特别喜欢的一首歌曲《我为祖国献石油》的演唱者刘秉义，等等，这样的青春永驻的歌唱艺术家，很多很多。

在我身心成长的过程中，以上歌唱家们的代表作都曾在关键时期影响到我的思维，我的理念，我的审美，我的人生观与价值观。

几十年过去了，当年令人崇拜的歌唱家们，如今都已经八十多岁了，偶尔在晚会或者访谈节目中见到他们，依然是满面春风地出现在观众面前，显得气宇轩昂、精神矍铄。当主持人在访谈中谈及养生健身的秘诀时，他们的体会概括起来则是惊人的一致，即把唱歌作为一生追求的事业，全心全意，竭尽全力。

从歌唱艺术家们的言谈话语中，能够提炼出这样的健身理念：钟情于自己的事业，则会洁身自好心无旁骛；倾心投入浪漫地对待生活，即能够体验到什么是岁月不老。

第四，歌唱的情感可以健美。人出一次汗就等于美一次容，所谓排毒养颜说的就是这个道理。唱歌是一项身心全力投入的运动，它对新陈代谢的促进作用，不但是明显的，而且是全方位的。从内里的气贯丹田、血脉畅通，到外在的形体舒展、面部表情，都能促进整个身心功能的协调提升。特别是那种声情并茂的歌唱，需要投入深切的情感，需要营造真实的意境，更需要词句韵律的完美表达。不但面部肌肉能得到有节奏有韵律的拉动，就连口、唇、上颚乃至鼻翼等部位，也会随着歌唱得到张弛有度的扩张，自然能增加皮肤的弹性，延缓皱纹发生。

当然，所谓歌唱可以健美，除了以上歌唱过程表现于纯生理上的作用之外，更为重要的还有歌唱所起到的身心综合的全方位健美作用。唱一首好歌，首先可以对人的心灵起到激发潜能的作用，进而波及人的情感变化，而心灵情感的变化自然又会影响到人的本真的神态，这一切的综合作用，最后都会通过形体表现出来，由心灵之美、情感之美到神态之美、形体之美，这才真正能够体现出一个深层次全方位的健美过程。

首先，美的感觉与美的质素是形成健美的诱因。

你很难想象，一个长期得不到美的浸润的心灵，它能支撑起一个健美的躯体来。说句大言不惭的话吧，在美学的理念上，我历来认为美是主客观相对统一的产物。因为离开了主观意识，世界上就无所谓美与不美。所以，任何的美，是只有在人认识到它的存在才有价值的，而认识就离不开主观的意识。

作为生物学上的高级动物，人的本能感受是存在着相对趋同性的。正是由于人的审美感受的相对趋同，也就造成了人的审美价值观念具有相对统一的一面。

无论是生活中还是艺术中，真正富有生命力的，还是那些具有美的真正质素的东西。如今回忆起来，歌唱的领域给我带来不寻常记忆的，首先是1974年李双江演唱的《红星照我去战斗》这首歌。那时我还在农村当民办教师，备尝多年精神饥渴的滋味之后，终于盼来了电影《闪闪的红星》。难得的是这还是一部彩色片，虽然从总体上遵循了当时"三突出"的创作原则，但是从细节描述和拍摄艺术上，毕竟是体现出了人们普遍认可的美学倾向。特别是编剧之一的王愿坚和导演之一的李俊的加入，从根本上决定了这部电影是在艺术发展基本规律的基础上创新的产物，那叙事过程中所体现出的唯美观念，让观众有一种清风拂面的感觉。

终于等到电影在县城里放映了，我跑到城里，挤出一身汗，好不容易买了张票走进了电影院。当情节进展到宋大爹划着竹排送潘冬子去茂源米店做卧底的时候，银幕上出现了群山叠翠的全景，紧接着镜头慢慢向前推进，那滚滚流动的江面上，出现了一叶竹排，潘冬子和宋大爹，一个挺胸而坐凝视前方，一个执篙挺立劈波踏浪。伴随着两岸镜头持续不断地推移，空中响起了嘹亮而富有磁性的歌声：

小小竹排江中游

巍巍青山两岸走

雄鹰展翅飞

哪怕风雨骤

……

那情节,那景色,那旋律,那情感,无论是从视角上、听觉上,还是意境上、感觉上,都只能用一个字来形容,那就是"美",是让人热血奔腾、心神灵动的阳刚之美。

热爱歌唱的人们,当年没有不会唱这首歌的,唱得好的,在众人面前表演唱;唱得不好,也时不时地会哼着它来自娱自乐。我敢说,只要唱起这首歌,就会有一种热血奔腾、豪情满怀的感觉,从身心的角度说,进入了《红星照我去战斗》的歌唱境界,也就进入了自我健美的生理佳境。

李双江还有一首歌是引领时代健康之美的,那就是《我爱五指山,我爱万泉河》。这首歌实际上创作于1973年,我是在上了大学之后听得最多也最为陶醉的。按理说,五指山、万泉河是海南的一个风景区,当年谁也没有去过,而且歌词传达的是"接过红军的钢枪,海南岛上保卫祖国"的语意,如果写不好,就很容易流于空洞的口号而失却美感。它之所以唱起来能让人感受到一种经典之美,与当时的革命现代芭蕾舞剧《红色娘子军》的时代艺术背景有一定关系,换句话说,无论是《红色娘子军》中的人物形象还是地域风光,都为人们欣赏《我爱五指山我爱万泉河》奠定了审美的心理基础。

从歌词本身来说,那种地域性景物中讲述故事的创作构思,极大地启发着人们的丰富联想。像"我爱五指山的红棉树,红军曾在树下点篝火;我爱五指山的红石岩,红军曾在石上把刀磨……我爱万泉河的清泉水,红军曾用河水煮野果"等,都为人们审美过程中的联想创造,提供了那个时代较高层面的素材上的基础。

我1975年进入大学读书后,我们班一位同学歌唱得特别好,每逢大家欢迎他唱歌的时候，他便会选择这首歌来唱。所以，"文化大革命"的后期，尽管文艺领域荒芜的现象没有得到根本的改变，但出现了《红星照我去战斗》《我爱五指山我爱万泉河》这样的既具备思想性又不乏音律之美的歌曲，在某种意义上总是让人们看到了艺术上的希望。

其次，美的想象与美的向往是促进健美的能量。

是否允许或者说鼓励人放开想象的翅膀，将身心置于对美好的向往与感受的境界，是衡量一个社会和生活环境文明程度的重要标志。

从本质上说，歌唱所形成的健美功能是一种从内到外的生理作用，它是通过形成一种人生境界体现出来的。不论从哪个角度上说，人与其他动物比起来，都是思维最为机敏情感最为丰富的，而丰富的思维和情感充盈起来的神态与体态，才能达到健美的人生境界。还是那句话，唯有美的想象和美的向往才能形成健美的能量。从歌唱的角度上说，真正能够引发人进入想象与向往的歌曲，或者换个角度说，能够在歌唱过程中通过多样化的美学情愫对人的身心进行健康调节的歌曲，是到了20世纪80年代才真正开始出现的。

现在回忆起来，当年对我触动最大的一首歌，是1980年于淑珍演唱的《泉水叮咚响》。那时我还在曲阜师范学院进修，周末的晚上看电视上播放的文艺晚会，老师和学生全都挤在楼下平房的联合教室里，目不转睛地盯着讲台上那个不大的黑白电视机。在演唱了许多节奏强劲的歌曲之后，随着女歌唱家于淑珍的出现，那清新婉转的音调在人们的耳边萦绕起来。

> 泉水叮咚，泉水叮咚，泉水叮咚响
> 跳下了山冈，走过了草地，来到我身旁
> 泉水啊，泉水你到哪里去
> 唱着歌儿，弹着琴弦流向远方……

哇，那曲调那歌词，带给人的感觉，就如同听惯了滔滔江水奔流不息的声音之后，忽然来到幽静山林中的一个小溪旁边，那潺潺流水的声响，丝丝入扣地一点点

269

流淌进人的心田里，温婉恬静的感受，令人一阵惊喜。

接下来，从那美妙的歌词中，你便听到了歌曲里承载着的爱情故事。

> 泉水啊泉水，你可记得他
> 在你身旁，是我送他参军去海疆……

歌曲中的故事，引发的是正值青春热血年龄的大脑里那丰富的联想和无尽的想象。当然，对恋人之间那切切的思念，当时还只能用一种非常含蓄的方式表达出来。然而已经足够了，在那样一个刚刚进入改革开放的年代里，这首别开生面的歌曲，让人从内心里感受到了一种非同一般的美感，一种从未有过的心理和生理的体验。

> 请你告诉我的心上人
> 不要想我也不要想家乡
> 只要听到这泉水叮咚响
> 这就是我在他身边轻声歌唱……

大效应的健美，就是这样开始的。

现在来看，这首歌的歌词并没有多少可供赞叹之处，可是在那个男女之爱被冰封了十多年之后，人们能够从歌声里听到这么纯真这么挚切的爱的表达，你能够联想到什么？当然只能是春风拂面、万紫千红、山花烂漫。说真的，一点儿都不虚浮，第二天，你再看校园里走着的男男女女，精神面貌和行为体征，好似都完全不一样了。从那时起，我开始坚信"因爱生美"这句话是有道理的。校园里的男男女女，开始变得健康而美丽，不但精神美神态美，而且服装和行为也开始变美了。

在我们国家，人们从什么时候开始注重自身的健美，我无从考察，但至少在我这里，它是与那首《泉水叮咚响》的歌声分不开的。

时代发展到今天，通过歌唱来健美，已经成为普遍的生活内容与生活方式，歌舞同台，亦歌亦舞，边说边唱，歌唱健美的形式已经多种多样。特别是风靡全国的广场舞兴起之后，很多的歌唱和健身已经达到了完美的融合，从老年到中青年，从城市广场到社区大院，伴着歌唱的广场舞、健美操，已经成为人们生活中一道道亮丽的风景线。

歌唱健美成了一种共识，一种时髦，一种追求，一种时尚。主体觉醒心态自由的人们，无不在追求由内到外的整体美。不论是专业的还是业余的歌唱者，只要达到了一定的艺术境界，仪表神态大都显得典雅大方、真切可爱，无论是女性所透出的秀外慧中的吸引力，还是男性所显露的真切坦诚的帅气，他们所传递出来的魅力，都是独特的、无可取代、无法复制的。

总之，歌唱是提升综合素质最有效的方式之一，因为一首好歌，能够承载一段历史，能够蕴含一个故事，能够概括一部名著，能够演绎一份情愫。经常唱歌，就等于不断地吸纳文化的素养，而文化与艺术的素养积淀得深厚了，自然就会转化为一种独有的气质，气质抢眼了自然会形成夺人的魅力。一个人只要具有了魅力，从哪个角度观察都会是美的，想不招人喜欢都不可能。

歌唱健脑，歌唱健心，歌唱健身，歌唱能使人变得更美。

歌声，能让这个世界充满无尽的浪漫与魅力。

让我们放声歌唱！

心灵的空间

我曾经写过两篇文章，分别谈"心灵的高度"与"心灵的色调"，基本观点是，心灵的高度与色调，在很大程度上决定着一个人的品格与性情。去西北旅游，置身于地广人稀的嘉峪关与敦煌，切身的感受，又让我领悟到了心灵空间的重要性。

还是在筹划这次自助旅行的时候，为了预订旅途中各游览点的火车票，我曾经给嘉峪关的一个旅行社打过电话，咨询嘉峪关一日游的具体情况。当时接电话的那位先生问我主要想去哪几个景点，我回答主要想去看看嘉峪关的古城楼。对方听后是这样回答的：如果你们只是去嘉峪关城楼的话，是没有必要参加一日游的。市内有到嘉峪关的公共汽车，坐到终点站下来，自己买票进去很方便的，连出租都不用打，整个游览过程有两三个小时足够了。

说实话，这种回答让我颇感意外。因为旅行社作为企业，它为旅客提供的一切服务都是以收取相应费用为基础的。所以一般情况下，遇到旅游咨询，旅行社都是要想方设法将其拉入自己的旅行团的。像这种能不以赚钱为目的，纯粹从旅客的角度来回答咨询，并且提出合理具体建议的，实属罕见。

通过这个电话，我对嘉峪关的游览安排，包括坐什么时间的火车离开等，都事先做到了心中有数，继而对嘉峪关人的热情、善良、平易、友好，也留下了初步的印象。

旅行开始后，我们乘坐的火车是5月21日一大早到达嘉峪关的。

与我事先想象的差不多，作为我国河西走廊中部的一座小城，从嘉峪关车站到临近的大街上，除了来来往往的出租车，行人非常少。我们来到预订的星程酒店，遇上的前台服务员，正好是山东建筑大学毕业的，见到山东来的客人，自然非常热情周到。我们问清楚所有想问的问题，到房间里放好行李，接着便去自助餐厅吃饭。整个餐厅很干净，饭菜不论品质高低，给人的感觉，都是很用心制作的。

总之，开局印象良好，大家心情愉快，精神头儿也显得特别足。饭后稍事休息，我们便带好了旅游所用的物品，准备坐公交车去参观嘉峪关古城楼。

经过大厅，前台的服务员已经换班了。上前打听开往嘉峪关的公交车站，心里期待的，最多也就是能得到热情的回应，清楚地告知我们就可以了。然而令我想不到的是，一位女服务员听到询问，却从服务台里走了出来，领着我们走出宾馆大厅，来到门外的大路边上，指着十字路口现场解答我们的问题。怕我们走错了方向，她最后还专门指定了一个标志性建筑，说它的对面就是去嘉峪关的公交车站。

尽管后来的事实证明，服务人员掌握的信息有点过时，指点给我们的那个公交车站刚刚撤销了，然而她对客人那种热情到位的服务态度，依然让我们有一种宾至如归的感觉。

走到指定的地方没见到服务员说的公交车站，却看到不远处的南北大道上，有一个公交车的候车棚，棚下面有两位老者在短凳上比肩而坐，男的身边放着的，像是刚从商店里买来的食品，女的手腕儿上挎着一个小巧的老年包。那种少有的温润而安详的场面，真的让人不忍心上前搅扰。然而看看周围再也没有什么行人，我就只好冒昧地走过去了。

两位老人见我过来，马上回应出非常友好的神情。看他们的年纪，自然是我的叔婶之辈，所以我很尊重地先给他们打了招呼，进而才询问宾馆服务员所说的公交站。听到我的问话，老先生解释说，原先东西路口确实是有个去嘉峪关的公交站的，但是最近刚刚调整，原先那趟车改了路线了，车站也就撤销了。

那怎么办？还没等我进一步发问，和蔼的女士便把老先生的话接了过去，她建议我们上他们要坐的这趟车，坐到××站下来，接着换乘8路公交车，8路是直接开到嘉峪关的。老先生马上附和，"对对对，跟着我们就行了，我就是到××站下车，你们下了车正好乘坐8路，都不用挪地方。"

接受了老人的建议，我们心里也踏实了，于是便一边候车，一边和两位老人攀谈起来。聊天的过程了解到，实际上老先生并不是本地人，他是20世纪50年代支援西部建设来到这里的，成家立业生活了几十年，对这里的一草一木都有了感情，这里也就成了他的第二故乡。

　　车来了,我们跟随两位老人上了车。也就经过四站路吧,就到了下车的站点。老先生提起食品袋,招呼我们下车。我站起来,看到女士依然安坐不动,只挥手与我们告别,我便问了句:"您不下啊?"她回答:"我还没到站呢。"

　　哇!直到这个时候,我才恍然大悟,原来这二老不是一家子。

　　可他们坐在那里等车的状态,还有回答我的询问、为我们介绍嘉峪关景点时的那份相互配合、补充和呼应的情态,又多么像长期生活在一起的和谐夫妇啊!

　　公交车启动后离我们越来越远,老先生在给我们留下指导性建议之后,也提着食品袋向路边的一个居民区走去。这时候,我才似乎开始慢慢地从自己的错觉中挣脱出来。

　　直到坐上去嘉峪关的8路公交车,沿途观察着小城的街巷风景,我的脑海里依然会不时地萦绕着刚才的场景,心里反复思考着这样一个问题:两位在公交车站邂逅的老人,我竟然把他们当成了一家子。原因是什么?

　　这肯定与小城生活环境所润养出来的心灵情态有关系。

　　你想想呗,两个并不熟识的老人,相遇之间能够表现得如此融洽,那种一眼能透见到心底的言语情态,包括无意识之下的相互关照与维护,给人的感觉是如此的自然与舒服,让你丝毫都察觉不到繁华都市里那种无处不在的"隔膜"之气。而这种"隔膜"之气所造成的别扭场景,我们见过的太多了。

　　特别是随着近年社会环境的不断恶化,不但是路人之间相互抱着高度的防备心态,就是熟人同事或者间接的朋友之间,也不敢或者说忌惮于倾心相待。由于生活中经历过太多的无奈,大家慢慢都学乖了,都会自觉不自觉地给自己留个心眼儿。因此,平时人与人相见,无论嘴上说得如何甜,仍然会感觉到内心里隔着一层东西。

　　而这种人满为患所造成的习以为常的隔膜状态,到了这里好似了无踪迹。这是为什么?

　　想来想去,直到游完嘉峪关城楼,我们再次打听返回市内的道路,从同样体现友好、带着善意的详尽回答中(详尽到你没有询问的,只要对方认为有必要,也会不厌其烦地给你介绍),我才豁然开朗,瞬间明白了,说到底,这与人具备足够的心灵空间有直接的关系。

　　我国经济在新世纪的迅猛发展,在城市里主要体现在高楼大厦越来越多,随着这种钢筋水泥的不断堆积,人的心灵空间被挤压得越来越小。城市空间的狭小,造成了大街上车堵人拥;时空竞争的激烈,又无形中派生出了形形色色的时代病:情绪急躁,心理变态,人的心灵被过多的欲望、名利和身外之物拥堵得密不透风,哪还有空隙容得下别人?

　　日益狭小的心灵空间和越来越强的世俗欲望,催生了各种形式的沮丧、妒忌、仇恨、算计心理。人的内心整天被无穷的烦恼、焦虑搅扰着,必然离从容、温馨、怡然、恬淡的生命体验越来越远。

　　仔细想想,造成这种现象的重要原因,首先与社会环境的恶化有关系。环境催生了不正常的急功近利心态,而不正常的心态又会加速环境的进一步恶化,这种恶性循环的结果,表现在人与人之间的关系上,即会生发出一种本能的防备心理和莫名的排斥意识。

　　客观地说,西部边远地区地广人稀,这些年机会不多,发展得慢一些。但是由于环境特别是城镇环境还没有明显的恶化,日常的生活节奏从总体上说也还是张弛有度的。在这种环境中,人们具备充足的心灵空间,表现在心态上就显得相对从容淡定,没有过多的奢望与攀比,人与人之间也就少有嫉妒心、排斥性。心灵的空间大了,即使遇上不如意的人,不顺心的事,也能表现出足够的容忍和接受度。

　　相比因发展过猛所造成的心灵无时不挣扎的生活状态,这种相对平静的环境里所存遗的淡然怡然、安适舒畅的快乐,才是更接近人生本体的,是值得守护一生的。

　　当然,我们处在一个发展变革的时代,要发展变革就必须付出一定的代价,然而如果这种代价造成的是生命本体的扭曲,那就有悖于发展的初衷了。因此,物质创造发展过程中带来的环境恶化与心灵变异的矛盾,必须引起人们的重视。如何有效地解决和避免这种矛盾,主客观两个方面都需要努力。

　　客观上,需要从大政方针到具体政策等多个层面进行调整,这不是哪一个人所能左右的。而主观上,通过自身努力,扩大心灵的空间,促进心灵的优化,却是每一个人都能够做得到的。

到这里，我想到了刘心武曾经写过的一篇小说《立体交叉桥》。它描写了北京东单的一户底层居民，一家三代人住在一间16平方米的房子里。由于生活空间的狭小拥挤，造成了人的心态变形，进而使这个家庭矛盾频发、冲突不断。城市道路狭窄了会整天堵车，生活空间拥挤了则会整天堵心。所以，他们盼望着东单的立交桥赶紧动工，因为只有搬迁才能改变现有的居住环境。

顺着这个思路设想一下，随着城市立交桥的不断建设，如果人们在心里也能建起自我的立体交叉桥，心灵的空间便会得到极大的扩展，进而也能获得更多舒畅开怀的体验。

首先，立体交叉的心灵空间，能让人从不同层面不同方位和角度来思考问题。这样就能够分清楚哪些是人生必须较真的，哪些是可有可无的，哪些是过眼风景、身外之物，哪些需要放下，哪些值得珍惜，哪些应该努力，哪些不能错过。想清楚了人生过程的这些轻重缓急，人就能变得从容淡定，许多事情才能想得开看得透，才能有效地避免那种因心烦意燥而"色于市"的现象。

其次，立体交叉的心灵空间，有利于面对繁杂人事关系时的自我调解与有效疏通。遇上烦恼的事，就不会一直堵在心里。心灵畅通了，人才善于包容，勇于接纳，无论处在什么环境中，都能够以善意待人，以善心处事。始终保持着平衡的心态与舒缓的情绪，不但有利于与族亲家人的和睦相处，而且更有利于工作环境的优化与社会环境的和谐。

总之，人的心灵空间决定着人的生活情态和生命体验，有关这一点，这次西北之旅给我留下的印象太深了。除了上面提到的所见所闻之外，从很多平凡细微的言语行为中，都能够体现出来。

在兰州的时候，我们乘公交车去省博物馆，上车时曾询问司机下车的站点，司机师傅回答之后，并未把这事甩在一边，到了该下车的站点，他不但提醒我们该下车了，而且还指着路对面的建筑，告诉我们博物馆就在那里。当时我就想，如果是一个空间狭小的心灵，对方巴不得你赶紧下去，哪还有心思给你进一步的提醒？

在旅游的最后一站银川，下火车后坐上出租车，与司机师傅聊起银川来，他的话语里透出的是清贫者的满足。当我们赞叹银川空气质量好时，他一点都不谦虚，说前几年去了趟山东某个城市，感觉整天都雾茫茫的，好几天没见到太阳。他告诉我们，银川这里生活水平不高，但是天气好，蓝天白云的天气多得是，道路宽，车也少，一般不会堵车的。

这种心态，真让人羡慕。这不是阿Q精神，这是心灵空间的调节作用。话又说回来，就是阿Q精神，那又怎么样？外部大环境不是平民百姓能够改变的，既然环境改变不了，再不许自我调整寻开心，那还让不让人活了？

丰子恺有幅图解说得好："既然没有净土，不如净心。"心不焦躁了，起码能让自己生活得舒心安宁。心灵空间的大小，直接影响到生命品质的高低。如同南怀瑾所说：大其心，才能容天下之物；虚其心，才能爱天下之善；潜其心，才能欢天下之理。

特别是置身于外部压力越来越大的城市，心灵时刻都面临着受到挤压的危险。只有构建起自我的立交桥，扩展起足够的心灵空间，人才能豁达、开朗，才能平和、友善，才能心舒气畅，进入生命的本真体验。

走咧走咧去宁夏

"走咧走咧去宁夏，不等天亮就出发……"

这是一首专为宁夏旅游打造的歌曲，歌中介绍了宁夏的重要旅游景点和红、黄、蓝、白的地方特产。

2015年初夏，儿子从美国回来探亲，我们一家三口启动了蓄意已久的大西北之旅。在游览过了嘉峪关、敦煌和兰州之后，作为返回泰安途中的中转景区，宁夏成了我们最后一站。在自助游览了西夏王陵之后，我们第二天参加了旅行社的一日游，游览了沙湖、贺兰山壁画、镇北堡西部影视城等景点，在一日游即将结束时，导游小姑娘为我们唱起了这首歌。

歌中有这么一句话："来到宁夏走一走，才算走遍全天下。"创作者的原意，肯定是想借以说明宁夏风光和物产的独一无二。然而从我个人的角度，却衍生出了到宁夏旅游机会难得的别样理解。

与古代丝绸之路上东西贸易交汇重要通道的地位有所不同，中华人民共和国成立之后，由于宁夏独有的地域和方位特征：长期处于西部欠发达地区的包围圈内，远离现代交通特别是铁路交通的主干线，当然还有诸如此类的其他一些原因，造成了宁夏的地理开放幅度受到较大的限制。

我几年前去西藏，可以在途中顺便考察一下青海；两年前去新疆，虽然由于参加市人大常委会改变了行程，但也曾经设想过中途在甘肃停留几天。而宁夏所处的地理位置，就很难在出游规划时搭上这类的顺便之旅。如果专程去一趟，又会觉得成本效益不够理想，再加上其他有关的原因，就造成了很多人往往都会推迟去宁夏旅游的计划。

我们这次去甘肃的嘉峪关、敦煌游览，本来也想顺便拐个弯去游览青海湖等景点的，但反复分析后还是觉得，处于青藏线上的景点，以后的机会毕竟还是比较多，而像宁夏这样的地方，如果这次放弃了，今后就必须专程去，无论是从时间成本还是游览成本上，都会大打折扣。所以，最后还是决定选择从宁夏过路，返回泰安。

后来儿子问我："是不是这次来了宁夏，中国的所有省份包括台湾省在内，你都去过了？"我想了想，还真的是。如果单从国内的范围来理解"天下"的话，正是应了歌中的那句话：来到宁夏走一走，才算走遍全天下。

实事求是地说，这次银川之行，可谓真正认识和基本了解了宁夏。

我们是5月23日晚上，乘坐K916次车从兰州出发，第二天早晨7点到达银川的。在预订的宾馆住下，到餐厅吃过早餐，接着就到市内的旅游公交乘车点，坐上了发往西夏王陵的专线公交车，开始了第一天的自助游览。

参观考察西夏王陵，是儿子一直主张的银川游览项目。

儿子从小喜欢历史，我也很奇怪，他是什么时候从哪里了解了这么多中国历史的资料，包括一些历史上的演绎故事？譬如西夏王国，在我这里简直就没有什么概念，之前根本不知道在中国还有这样一个长达190多年、神秘而令人惊叹的古国。妻子更不用说，她热衷的是那些山川花草、旖旎风光，对这种陵啊墓啊的，历来不感兴趣。只是出于集体主义观念，她才跟着坐上了公交车。不过到了目的地，她没有进游览区，只在门口等着我们。

通过一上午的参观考察，我才基本了解了西夏的历史概况。它是中国历史上以党项族为主体建立的王朝，建都兴庆府也即现在的银川。从党项族拓跋氏李元昊于公元1038年建立王国开始，历经190年，因为后来在一夜之间神秘消失，所以留下的文字记载很少。但它却在银川以西30公里左右的贺兰山东麓，留下了地域辽阔规模宏大的一座座帝王陵墓，成了中国现有规模最大、地面遗迹保存最完整的帝王陵园之一，被誉为神秘的"东方金字塔"。

对西夏王陵的参观，让我产生了一种由衷的感叹，中国的历史不但悠久，同时也太丰富太厚重了，我真正了解的内容很少很少，有点愧对祖先。追溯其原因，是"文化大革命"十年历史教育荒芜的结果，还是自己主观上不够努力？恐怕这两个方面都存在。

历史是一本领悟不尽的教科书，我们不应当轻率地放弃了对它的阅读。第一天的游览，使我颇受教育，所谓"神奇宁夏"，这应该是内涵之一吧。

第二天，我们参加的是旅行社的银川一日游。主要景点是沙湖、贺兰山岩画和镇北堡西北影视城。有自然风光的游览，也有历史遗产的考察，还有对文化创造文艺生产过程的体验，收获应该说是全方位的。

位于宁夏平罗县西南的沙湖，距银川有56公里的路程。平心而论，无论是在边关还是在内地，也无论是在高原沃野还是在繁华的都市，我们见过的湖泊真是太多了。然而坐上游船飘荡在湖面上你才感觉到，沙湖自有其他湖泊不具备的特色：它将湖润水色与大漠风光融为一体，在苍茫空旷的背景下，让人感受到一种相应生辉的独特游览体验。

沙、水、苇、山等自然景源，本来是各自独立、俗常可见的，然而沙湖将它们有机地结合起来，总体上便形成了沙抱翠湖、湖润金沙、芦苇丛生、风光如画的奇特视觉效果。那种广漠中生发出来的旖旎温婉，带给人的感受，非置身其中而无法体察与领略。特别是展览馆走廊上的彩画里，描绘着有关沙湖的美丽传说，更给这一具有独特风光的景点，蒙上了一层神秘的面纱。

蒙古族姑娘贺兰，因仰慕天山岩画，只身专程到天山踏寻，途中邂逅党项族男子漠汉。男子高大英俊、文武双全，女子善骑会射、品貌非凡，两人一见钟情，随之海誓山盟、私定终身。然而无常的世事往往难遂人愿：成吉思汗欲纳贺兰为妻，西夏皇帝也欲定漠汉为驸马。两人誓死不从，决定私奔。于是，月圆之夜，贺兰骑青色骏马来到初恋之地与漠汉相会，双双吃下仙药，女方化作泉湖，男方化作沙漠，相依相偎在一起，永不再分离。这就是传说中的沙湖来历。

在岁月的发展更替中，人们继续展开丰富的想象，不断充实着传说的内容。譬如说，贺兰的丫鬟化作了芦苇，贺兰所骑的骏马化作了贺兰山等。贺兰山原名为天山，也正是为了纪念这个美丽的爱情传奇，后人才将其改名为贺兰山。如果站在山下遥望，那匹马的马鞍在山顶上还清晰可见。后来又有人演绎说，多年后，成吉思汗"冲冠一怒为红颜"，发兵西夏，刀血屠城，使党项族从历史上一夜消亡，只留下了残美壮烈的王陵。

　　头脑中萦绕着贺兰、漠汉凄美的爱情故事，坐在游船上眺望远处的贺兰山，好似能听到山后广袤草原上战马的嘶鸣，再回味头一天游览西夏王陵受到的震撼，在凝想历史传说中感受现实奇景，你会不期然地被这一方丰厚而深邃的土地所征服：神奇宁夏，言之不虚。

　　一日游的第二站是考察贺兰山岩画。它所带给游览者的，是别一番的艺术冲击力。

　　在古代，贺兰山是匈奴、鲜卑、突厥、回鹘、吐蕃、党项等北方少数民族驻牧游猎、生息繁衍的地方，在长期的历史发展过程中，随着文明的不断进步，先民们把平时的游猎场面、生活场景还有思想意念凿刻在岩石上，便留下了贺兰山岩画这一可贵的历史文化遗产。据介绍，在南北长200多公里的贺兰山腹地，发现的古岩画遗址有20多处。而不同地点的岩画所体现出的内容和特色，也是完全不同的。

　　这其中，最具代表性的是贺兰口岩画，它处于贺兰山中段，距银川50余公里。游览区景色幽雅，奇峰叠嶂，泉水潺潺，在沟谷两侧绵延600多米的山崖石壁上，分布着千余幅岩画。其艺术造型粗犷浑厚，构图朴实，姿态自然，具有较强的写实性。其题材、内容与表现手法都十分广泛，富有想象力。根据图形和手法分析，岩画刻制于不同的历史阶段，大部分产生于春秋战国时期。

　　据介绍，在贺兰山白芨沟等地，还发现了表现乘骑征战人物形象的成片彩绘岩画。除记录先民们的生活场景，贺兰山岩画还反映了当时自然崇拜、生殖崇拜、图腾崇拜和祖先崇拜等。

　　听着导游的讲解，再细细地观察品味，人们能从那轨迹深浅不一、线条形态各异的图形中，领悟出当时的岩画创造者对美好生活的向往与追求，以及当时的社会习俗、生活情趣和审美观念。作为神奇的遗存之谜，贺兰山岩画，称得上是研究我国历史发展和文化传承的艺术宝库。

　　对文学专业出身的我来说，一日游最感兴趣的内容，是最后一站的镇北堡西部影视城。

　　可能因为所抱的期望值太高了，一开始我还真有点儿失望的情绪。刚从汽车上下来，走进影视城的大门，一直走到中心的小广场，都没有激发起我多大的游览兴趣。然而当沿着游览导示牌一层层地进入城中腹地，慢慢地才被它的原始和古朴所吸引。无论是电影故事中那些原初场景的再现，还是由此涉及的中国现当代历史年代的场景展示，都不断地让人联想起很多生命过往的难忘时刻。

据有关材料介绍，影视城是在一个原始古堡的基础上修建的。张贤亮1961年在农场劳动改造时，就发现了这一处古堡遗址，至20世纪80年代初期，他将这一发现介绍给了影视界，后来便又开始筹建影视基地。迄今为止，已有近百部影视剧在这里选址拍摄，其中的《牧马人》《红高粱》《黄河谣》《黄河绝恋》《老人与狗》等，都先后在国际国内获得了大奖。影视城也获得了"中国电影从这里走向世界"的美誉。

走进《牧马人》《红高粱》《龙门客栈》等影片的拍摄场地，会让人有一种身临其境的感觉。那其中的月亮门、柴草店、酒作坊、铁匠营，还有"文革大院"等，不但在电影拍摄中起过作用，从社会历史的角度上说，作为一种文化的再现与创造，也称得上是难能可贵的财富。

实际上，张贤亮本身的生活经历，就是当代人不可多得的传奇。一个传奇性的人物，历经磨难九死一生而未悔，在改革开放的形势下，除了写出具有深度、富含哲理、饱润着地气的作品，又从物质财富的意义上，创造了如此规模宏大的拍摄地，这不能不说是宁夏这片土地上的又一个神奇。

登上古城堡，站在高台上俯瞰整个影视城，我感受出了一种奇特、雄浑、苍凉、悲壮的氛围，它在总体上所突显出的格调，会让人在陈旧的表象体貌中体察出一种内在的雄健与冲动。我终于明白了，镇北堡整体上散发出的荒凉感、原始意味以及黄土气息，富有不可多得的丰厚内涵，能触发一种独具自我的美的价值冲动，艺术家们置身其中，会自然而然地生发出原生的想象力与创造力。

在原来的游览计划中，如果时间允许，我们曾想到沙坡头去看一看的。

沙坡头位于宁夏的中卫市，距银川200多公里，属于腾格尔沙漠的边缘，紧临黄河。这一景点之所以出名，与王维《使至塞上》中"大漠孤烟直，长河落日圆"的名句不无关系。作为对文学感兴趣的人，来到宁夏，当然希望去看看触发诗人灵感的奇景之地，去感受一番大漠孤烟、长河落日的情韵。

后来之所以放弃了，一是觉得路程较远，时间有些紧张；二是看沙坡头景区的介绍，当地为了吸引游客，在游览区打造出很多象征化的现代式体验道具，什么"天下第一索"、"古老水车"、羊皮筏子等，甚至还添置了可以沙海冲浪的越野车。有这么多当代人自以为是的主观打造，王维时代的那种苍凉悲壮还能感受得到吗？不得不心存疑虑。

当年王维以监察御史的身份奉使凉州，出塞宣慰，察访军情，并任河西节度使判官，实际上内心里是怀揣着被排挤出朝廷、怀才不遇的悲凉的。所以，途中写出《使至塞上》，应该是诗人面对边疆沙漠的浩瀚无边、边塞旷野的宏阔苍凉时的一种复杂情感的逆袭式抒发。

苏轼评价所说的"诗中有画""画中有诗"，实质上即是指情与景相融互生的美学效果，离开其景，难以传递内心深处的坚毅劲拔；离开其情，则难以描绘出空旷苍茫中的雄奇瑰丽。至于专家们一直以来争论考证的具体写作地点，其实是无关紧要的。诗歌是极度超时空的想象与联想中的创作，非要追究其细节进而对应到现实中去验证，是最蹩脚的审美接受方式。

在游览敦煌时，从月牙泉折返到鸣沙山，在儿子的鼓励下，我们又登上了贴附在细沙上的云梯。到达山顶，那一望无际的如洗的碧空，刮净刮净的，不见一丝浮尘；绵延起伏的黄沙，连接着天际。静静地凝望，除了漫黄的沙丘和碧蓝的天空，整个世界空旷平静得如同凝固在那里。我当时在头脑中搜索形容这一境界的词语，浮上来的便是王维的"大漠孤烟直"的诗句。

世上太多的时刻，是有心栽花花不开、无心插柳柳成荫的。登顶敦煌鸣沙山，本来是体验从上往下滑落时的沙鸣声的，由于天时地利等诸多因素的变化，如今听沙鸣对于游览者来说，更多地只能停留在传说之中了。立足山顶，能让人联想到大漠孤烟的奇景，也算是意外的收获吧。

其实这也不奇怪，本来，敦煌鸣沙山就处于库姆塔格沙漠边缘，与宁夏中卫的沙坡头、内蒙古达拉特旗的响沙湾和新疆巴里坤哈萨克境内的巴里坤镇同称为中国的四大鸣沙山，置身于任何一个景区，其中的环境感受应该都是有相通之处的。所以，立足敦煌的鸣沙山顶，完全能够体验到沙坡头的大漠孤烟的洪旷苍茫，至于黄河落日的雄浑峻奇，那就要靠想象来弥补了。

于是，在感受过西夏王陵、贺兰山岩画、镇北堡和沙湖各具品性的神奇之后，我们决定保留着沙坡头景区的神秘感，待今后再来体验。

……

概括宁夏之旅的体会，可以用简单明了的四个字：不虚此行。

还有一点应该特别指出的是，宁夏首府银川，给我们留下了良好的印象。从大街到小巷，到处干干净净的。特别是交通，很少堵车，也不拥挤。在返回泰安的列车上，同包厢里正好有一位鲁南老乡，他在银川承包工程，多年来一直长住那里。我们就此考证了一下，他说银川一直就是这个样子。

所到之处，所见所闻，足可以使我们相信宁夏人的那句话：塞外江南，神奇宁夏。

回忆访美趣事

来自美国的神秘电话

2000年9月,我刚刚接手泰安师专校长职务没多长时间。一天上午,正在办公室里聚精会神地审读一份文件。

有人敲门。

"请进。"我头也没抬地回应了一声。

"刘校长,有美国打来的一个电话,找您的,接过来还是不接?"办公室工作人员推门走进来,站立门口,以带点庄重的口气请示我。

"美国的电话?"

"是的。"

猛然一听,我当时蓦地紧张了一下。你想想呗,那时刚刚跨入新的世纪,我国改革开放的大门虽然说全面打开了,但对于生活在相对封闭的山城里的知识分子,美国,依然属于一个遥远而敏感度极大的国度。再加上自己刚刚成为泰安师专的法人代表,身上肩负着自感神圣而繁重的使命,那政治意识当然是十分强大的。听说有美国来的电话找我,要保持如同现在这般坦然的心态,当然是不可能的。

"美国哪里?对方是干什么的?"我连着问了两个问题。

"不知道。是个女的,她没有介绍自己,只是说找您,请您接电话。"

是啊,作为办公室工作人员,接到的又是国际电话,对方不作自我介绍,在没请示领导之前,当然不好擅自采取追问的态度。不该问的不问,这基本的保密意识和处事原则,他们还是清楚的。

面对着需要当即决断的事情,我在内心里着实沉静了几秒钟的时间,经过紧张的思考，我没有答应把电话接过来，而是决定跟着工作人员到学校办公室去接电话。

当时心想，不就一个电话吗？别管怎么说，自己也是一校之长。遇到突发情况，从容应对才能显示既有的素质。美国的电话怎么了，就是遇上个训练有素的女间谍，想要刺探什么情报，只要咱保持警惕，思想坚定，怕她干什么？再说还离着十万八千里呢。

走到学校办公室，我郑重其事地拿起了听筒。

原来，这是来自美国宾夕法尼亚州的一个电话。打电话的是一位美籍华人，自我介绍叫张丛丛，是宾夕法尼亚州米赛亚大学的毕业生。她应邀协助南京爱德基金会等机构举办的中国校长培训班的筹备事务。打电话给我，主要是想通过我了解一下培训班成员的有关情况，以便更好地做好准备工作。

这才让我想起了，还有不到一个月的时间，自己就要去美国考察了。刚刚接手校长职务，繁杂棘手的事情一个接一个，整天埋头于工作之中，要不是这电话提醒，我还真的暂时把出访的事远远抛在脑后了。

这也难怪，因为这次去美国考察，参加的是南京爱德基金会与美国基督教亚洲高等教育联合会董事会合作的一个培训班性质的考察团，成员主要由宁、赣、鲁三省有关师专的校长组成，所有的赴美筹备工作全是由南京爱德基金会负责的，学校就相对比较超脱，所以，筹备情况办公室并不知情。

南京爱德基金会是一个由中国基督徒发起、社会各界人士参加的民间团体。作为一个公益组织，它的宗旨是在信仰相互尊重的原则下开展海内外的友好交往，共同献策出力发展我国的社会公益事业，特别是促进医疗卫生、教育、社会福利和农村的发展。自1985年成立以来，每年都针对江苏、江西和山东三省的师专实施外教援助。

这次组织的校长赴美考察培训，某种程度上说也是一种公益性的活动，考察团在美国的一切费用包括培训的经费，都是由邀请方美国基督教亚洲高等教育联合会负责的。考察团除了参加十多天的培训学习之外，还要对美国的社区教育和其他各级各类教育进行实地考察。这对学习借鉴西方发达国家办学及教育管理经验，促进学校在社会主义市场经济下的改革发展，毋宁是一个难得的机会。

这一次考察培训的具体工作，由美国宾夕法尼亚州的米赛亚大学具体承办。刚从这所学校毕业不久的张丛丛，被邀请来协助办理培训班的一些事务。她是上海人，初中毕业后就去了美国，对南方还有一些记忆，而对北方省份的风俗习惯就不甚了解，从有关材料中查到了泰安师专的电话，于是她便打过来了。

想想也是啊，那时候的美国通信已经相当发达，从某种程度上说，应该和现在的中国通信水平差不多吧。更何况他们又不存在通信垄断，国际电话费便宜得很，打个国际长途，就如同和国内电话聊天差不多。她想象不到那时中国通信的落后程度，可以说当时的程控交换机还没完全普及，除了孩子在外留学的家庭之外，一般人对国际长途还是陌生的，你猛然间来个国际长途找领导，自然会引起办公室工作人员的高度警觉。

张丛丛找我的目的，就是想征求一下对这次培训班有什么建设性的意见。她特别强调，包括在吃饭方面有什么具体的要求，譬如吃不惯西餐什么的，她也可以尽早想一些办法解决。

了解了对方的主要目的，我们便相约在下一次通话的时候具体交流考察方面的有关问题。

感受到美方对这次培训班特别重视，我真的很快就张丛丛希望了解的几个问题，分别给山东的几位校长通了电话，按照张小姐说的意思，问他们有什么要求。可问题是，他们几位和我一样，都是第一次去美国，根本提不出什么建设性的意见或建议来。大家就一个意思，期待着出发的日期赶紧到来。

在后来的通话中，我与张女士聊起吃西餐的问题，她曾经给我承诺，说如果实在吃不惯，她可以从家里拿个电饭煲，给我们蒸米饭，或者拿个高压锅煮点稀饭什么的。我心想这又不是一两个人，也不是一两顿饭，整个考察团二十多人呢，又在那里待这么多天，你一个高压锅能解决什么问题？煮点稀饭只给北方人吃，可南方人对米饭更青睐，总不能让他们看着吧。

所以对她想到的生活方面的有关问题，我也只能真诚地表示感谢。告诉她，我们山东去的五个人，全都是汉族，在吃饭方面没有什么特别的要求。至于江苏、江西的校长们，如果有个别要求，有关方面也应该会提前告知承办单位的。她能对同胞如此关心体贴，让我非常感动。至于吃的方面，是没有什么特别要求的。

当时边电话交流边想，不就是西餐吗，也别把中国人的胃想象得太弱了，无非就是牛肉面包，水果沙拉，再加上冰镇酒水，就是再油盐不见、生不拉几的，十多天的时间总是能够克服的。

在后来的几次通话中，张女士还提前向我介绍了整个培训班的安排计划，她那意思，让我看看，如果觉得哪里不妥，可以提出来进行调整。实际上她恰好当时没有选准对象，你想想，我第一次去美国，对一切都不熟悉，再加上刚刚接任校长职务，去美国满心里装得全是学习，只要有经可取，哪还管考察安排合不合适。所以，就根本不是提意见的主儿。

虽没提出什么意见和建议，但几次电话联络之后，我和张丛丛却成了未曾谋面的熟人。在美国的整个考察培训期间，她为我提供了很多方便，想办法给我开了一些"小灶"。

我们培训班的主持人Dorothy Gish博士，原来曾是米赛亚大学的教务长，在学校里的职位仅次于校长。她是一个有趣的单身老太太，一见面给人印象最深的是她头上的那顶帽子，特别漂亮。后来发现，她所戴的帽子每天换一顶，从不重样。据张丛丛介绍，Dorothy Gish对帽子的喜爱是出名的，在她住的别墅里，有一个专门收藏帽子的房间，整间屋里挂满了各色各样的女式帽子。大家都希望去参观一下，可老太太有个脾气，从来不邀请人去她家里。张丛丛是Dorothy Gish博士最得意的门生，两人关系就像母女一般。就是利用这种关系，张丛丛征得了Dorothy Gish的同意，在一个中午，带我去她家里做客，并参观了她储藏帽子的房间。真是让人大开眼界。

在培训班即将结束的时候，张丛丛又经过多方联系，终于约定好一天下午，开车到宾馆里把我接到学校里，去校长办公室与米赛亚大学的时任校长会了面。她担任临时翻译，我们中美两位校长之间，就许多感兴趣的话题进行了亲切友好的交流。这对我刚刚担任校长在工作上的开拓创新，提供了许多可资借鉴的东西。

诸如此类的一些单独性活动与交流，都应该是集体活动之外的额外收获。与其他校长相比，也算是由"神秘电话"而带来的考察学习中的特殊待遇吧。

代表团里的山东大汉

这次的宁、赣、鲁三省代表团，山东省有5位成员，分别来自山东教育学院、临沂师范学院、泰安师专、滨州师专和枣庄师专。大家个头都在1米75以上，与两个南方省份的同事们比起来，比较明显地展示了山东人的形象。特别是抵达美国之后，在五大三粗的美国人群中，也只有这几位山东大汉可以和他们一比高低了。

就这一点，我们山东的几位成员应该不乏自豪感。

不过，在整个考察过程中，山东人的憨厚、直爽，在体现出齐鲁之邦厚重文化特点的同时，与南方同行的精明、灵活比起来，有时也显示出不少的弱点。特别是受孔孟思想熏陶所形成的儒雅、敦厚，与那种大男子主义的潜在意识结合在一起，就造成了对外交流中的被动形态，对那种主动适应新环境的热情，不但做不来，还往往看不惯，使所谓的谦谦君子风度，在复杂的文化环境中显露出一股颟憨气。

培训班在美国考察活动的所有经费，都是由美国基督教亚洲高等教育联合会董事会提供的。正是因此，承办这次活动的米赛亚大学，无论从哪个方面看，都称得上高度重视。从课堂培训的讲授到现场考察活动，可以说每一天每一个小时都安排得满满的。最多的时候，一个下午的时间会有四个专题讲座。由于我们乘坐的航班在日本转机时出现故障，耽误了六、七个小时，所以，飞机抵达美国底特律的时候，没有赶上预订的去哈里斯堡的最后一班飞机，在机场的宾馆里住了一夜，第二天抵达哈里斯堡安顿好已是上午9点多。然而举办方依然还是按照原先的日程安排活动，为了把晚到的时间补回来，甚至还取消了原定的中间休息时间。

在此后的十多天里，我们一直都是在一种快节奏、高效率的安排下度过的。短短十几天时间，就高等教育的机构管理与未来规范、校长的权力与责任、学校发展与经费筹集、社区大学的功能与结构、教师的责任与教学考核等十多个重点议题，听了专家的专题讲授，并进行了现场交流探讨。

在课堂培训之余，组织者还安排我们到纽约、费城等地，具体考察了哥伦比亚大学纽约师范学院、天普大学、薛平斯宝大学、盖帝斯宝大学、哈里斯宝社区大学等美国的重点大学、州立大学和私立大学的办学情况，并走访了州政府教育部门，

289

会见了高等教育厅主要官员。

在培训班驻地，以不同的形式参与和考察了米赛亚大学的日常管理过程：旁听了该校董事会会议，参加了学校教员大会，与学校各管理部门的主要负责人进行了交流，深入学生食堂和宿舍了解情况。另外，还在有一天的活动结束后，将考察团成员分成三人一个小组，被邀请到学校教员的家里共进晚餐，就各自感兴趣的话题作广泛的交流。

如此快节奏的活动安排，使得考察团成员很少有自由活动的时间。那么每天从宾馆到学校的路上，或者外出考察时的汽车上，抓住机遇开展切实有效的娱乐活动，以调节因听课紧张带来的沉闷气氛和单调心理，就成了工作人员十分重要的一项工作内容。好在张丛丛小姐虽然是一位上海人，但却有着北方女性那种豪爽、泼辣的性格特征，她的陪伴，为考察团带来了不少的开心快乐。

张丛丛是1980年初中毕业后到美国的，在美国读完了中学，又在米赛亚大学本科毕业。她十几岁离开故土，对南方的风土人情尚有一定记忆，而对北方文化的了解就只能是停留在书本里了。所以，对这次考察团里山东的几位校长，她一开始就抱着一种好奇感：山东男人忠实豪放，干什么事儿都会显示出一种大男子主义的味道，她只是听说过，从来没有亲身的感受与体验。所以，对我们这次代表团里仅有的五名山东大汉，她从一开始就留心进行着细致的观察。

因为我和张丛丛之间有一段时间的电话交往，彼此算是熟人，所以，刚走出哈里斯堡机场与迎接我们的承办方人员会合时，我就专门把其他四位山东的校长介绍给她认识。此后每天往来于宾馆和学校的路上，只要有机会，张丛丛就会向我求证她从书本上或者传言中了解到的山东风土民情。张丛丛的丈夫是个有着绅士风度的美国人，所以，她对山东男人的大男子主义究竟是什么表现，就有着浓厚的探寻兴趣。为了分散她在我身上的注意力，我便开始施展自己"闷骚"的本能，有意识地慢慢怂恿着张丛丛到其他几位山东校长那里去寻开心。

一来二去，彼此相互混熟了，张丛丛掌握了山东男人的几个特点，便声称要利用这次机会来办培训班，专门改造山东大汉的大男子主义思想。她征求我的意见，要选一个重点人物作为改造对象，我便话里话外地给她分析，怂恿她最后选择了相对身高较低、身材秀气、脾性比较随和的B校的S校长为重点训练对象，经过认真分析，她也自认为S校长是最有希望改造好的。

此后，张丛丛便开始按照美国男人的绅士标准来培训S校长。

每次上车前，张女士便会交给S校长一杯冰水，让其为她端着，说是如果她在车上感觉渴了，以便随时饮用；下车的时候，她会把自己工作用的文件箱，还有其他许多东西，包括随身的女士小包，都交给S校长，请她帮助提着；进了会议室、教室或者活动室，只要是房间内，都需要S校长赶忙帮她把外套脱下来，按要求放在衣服架上。逢到下雨的时候，还要求S校长专门为她撑着伞，始终跟随在身旁。

S校长在国内哪受过这种"委屈"啊，所以服务不到位的现象随时都会发生，动作不及时、不标准不规范，自然也无可避免。每到这时，心直口快的张丛丛就会毫不客气，拿S校长与自己的丈夫作比较，说他哪里做得不及时，哪里做得不到位，如果评分的话肯定是不及格的。

关键是，张丛丛是一位大大咧咧、心直口快的女士，她那无所遮拦的重口味的大声训斥，每每会搞得S校长一时无所适从，变得手忙脚乱，制造了很多笑料和话题，着实活跃了气氛。

不过活跃气氛是活跃气氛，一个人从小形成的品格秉性和行为习惯，不是一时半会儿就能够改变的。特别是到最后的几天里，张丛丛对S校长的训练项目不断增加，随着那不满意的训斥声的不断增多，S校长所处的尴尬状态几乎时不时地就会出现。有些曾经被张丛丛反复警告、提醒下一次要特别注意的绅士动作，S校长依然不是临时忘记就是做不到位，因而，在失误不断屡受批评及格无望的情况下，S校长索性耍起赖来，无论你再怎么说，他都一副死猪不怕开水烫的状态，这就让张丛丛束手无策了。

在大家的阵阵笑声中，张女士终于失望地宣布，看来山东大汉在她手里是改造不好了，她对山东大汉彻底失望了。

然而，随后发生的一件事，却又改变了张丛丛的观点，使她不得不对山东大汉另眼相看了。

那是一天晚上，我们乘车到宾夕法尼亚州州政府所在地的大剧院去听交响乐。

由于我们时间排得很紧,讲座结束后接着吃过晚饭,才分乘两辆车赶到剧场的。没想到在汽车停放的过程中,由于地下停车场入口的高度不富裕,前面那辆车的后部被入口上部卡住了。没办法,司机只好把后轮胎的气放了一部分,加大马力,车还是动不了,进不去也出不来。

　　开演时间马上到了,万般无奈之际,忽听有人说,上去几个分量重的试一试。这时候,大家想到了山东大汉。虽说大汉一般在行动方面不够敏捷,在为人处世上反应不够灵活,但是要论重量,显然要比南方的同行们更加具有优势。不说别的,一个人多出十斤,我们五个人就会多出大半个人的分量。大家都听说过一根稻草压死一头骆驼的故事,关键时刻,不要说多出几十斤,就是几斤几两,都能够决定事情的结果。

　　时间紧迫,车的后轮胎已经放得扁下来了,继续再放气,司机不敢冒这个险,如果一会儿开不出来了怎么办?所以,只好同意换人来试试。我们山东的几位都在后面的车上坐着,于是赶紧下来去前一辆车上挤座位。五个人齐刷刷地上去了,挤到了最后一排,司机听到指令,加大油门,只听"呼"的一声,车开进去了。

　　大家一片欢呼,

　　心情好振奋啊!

　　后面那辆车,依然照着这种办法,把后轮放放气,我们坐到最后排,然后再多上两个人,没费多少力气,车就开进了地下车库。大家如释重负,加快步伐从车库里出来,排着队检票进到剧场,刚刚坐下,音乐会就开始了。

　　听完了交响乐,回到车库里如法炮制,再一辆辆地把车从地下停车场里开出来。这个过程中,有一些同事可以在上面等着,有一些则必须跟着我们这五位山东大汉来来回回地轮番进入地下停车场。因为车上重量不足,就过不了出口这一关。

　　在这个过程中,组织者自我解嘲地解释,因为我们这次培训班的时间比较长,每天都要在宾馆和学校之间打好几个来回,为了大家舒服一些,组织者租用的是两辆高座豪华中型轿车,可没想到超出了人家地下停车场的标准,才发生了这次被卡住的尴尬局面。

　　不过还好,人多智慧多力量大,事情最后终于解决了。

最重要的是，在这次事情解决的过程中，平时看着不显山不露水的山东大汉起了关键作用。大汉大汉，言下之意就含蕴着外形引人注目而头脑总有些简单的意味在里面。不过尺有所短寸有所长，有人在这方面不突出，但是很可能别的方面就能够派上大用场。特别是在大家都盼望着赶紧将车从卡住的出口处开进去的时候，我们几位帮着终于把车都送进了停车场，那来来回回、上车下车之间，就曾引来过众人的不一样的眼光。

"今天山东大汉真是派上大用场了！"

经过这件事，张丛丛女士对山东大汉佩服得五体投地。直到多天后谈起来，她还庆幸那天晚上的交响音乐会，多亏了五位山东大汉。

吃的"坦率"与"无奈"

承办这次学习考察活动的学校米赛亚大学，是一所典型的乡村大学。后来我才真正知道，作为高等教育发达的国家，美国大学建在小镇上或者是山坡上的，很多很多。好在美国的乡村和我们想象的不一样，从某种意义上说，这个国家的先进发达程度，从自然面貌和生活条件上说，与欠发达或者发展中国家相比，主要的差别就体现在乡村里。

可能我们去的那个季节也好吧，正值秋高气爽、层林尽染的时候。我们一次去近郊参观，下车来到一个山坡上休息，举目远望，看到的就是一望无际的"高尔夫球场"，遍地绿草如茵，在高低起伏的绿丛中，那红黄相间的树木丛林，点缀其中，就如同一幅葱郁而高贵的油画一般。当时我就想，是不是这个国家的人均占地面积太大了，怎么田野里就跟公园似的？再认真想想，还不光是土地宽广，能将这么广阔的土地修饰得如此精美如画，没有富足的经济作基础是不可能的。

这里的农村人，已经彻底摆脱了生活需要为吃饭思虑的生活层面，从人生的境界上说，充分施展自己的聪明才智，不但只是为了吃好喝好，更大的意义上，是不断提升自我的生命境界，开始充分享受大自然的馈赠了。

培训班放在乡下大学里来举办，所住的宾馆也是标准的乡村宾馆，只不过它在各个方面，都远远地超过发展中国家城市里的四星级水平。那宾馆周围没有任何的建筑,全是空旷的草坪地。在星期天的时候,除了偶尔能够看到一家三口在草坪上玩球之外,再没有任何的人迹踪影。再远处能够看到的,还有高速公路上那来来往往、只见其影不闻其声的如流的汽车。

置身在这样的环境中,你马上就能想到,人们对中美两国环境的那两句总结,是多么的智慧和形象。一个是:好山好水好无聊;一个是:真乱真差真热闹。

有一点可以肯定,在这样的环境里,无论你干什么,都能够沉下心来。只要你是真想来学习的,那这是最好的环境,所以,我当时觉得住在如此安静幽美的宾馆里,每天坐车去同样安静幽美的大学里去听课,去讨论交流,真的很幸运,感觉也很过瘾。

当然,这样的乡村环境,对我这样完全土生土长的所谓"凤凰男"来说,虽然很合脾气,可一日三餐都要到宾馆餐厅里去吃,因为这里没有城市里的唐人街,更没有中餐馆。即使大家吃得没了胃口,组织者联系能做中餐的饭店偶尔送来一顿中餐,也带着浓浓的西餐味儿。你想自己去找个中餐馆改善一下,就远没有城市里的方便。

再说,21世纪之初,中美交流还不频繁,到美国去参观考察探亲旅游的中国人相对较少,远不像现在这样,到处都是应运而生的中餐馆。那时候,除非在诸如华盛顿这样的大城市的唐人街,一般的地方,要找一个能做中国菜的饭馆,还不是轻而易举的事情。

到了胃口对西餐抗议比较厉害的时候,我才真正理解了张丛丛女士先前在电话里,为什么要专门提出如果吃不惯西餐,她可以从家里带一个高压锅,必要时为我们蒸米饭的建议。

我当时很坚定地谢绝了,心想不就是吃西餐吗?哪至于搞得如此兴师动众。可等到真的身处美国,才知道事情远不像我想象的那么简单。

刚到转机城市底特律的那天晚上,代表团到旅馆安排好房间后,领队张利伟先生就告诉大家:机场因晚点发给每位乘客的"红包"里的代餐券,是只能在机场餐馆里才有用的。尽管十多个小时的飞行时差使大家少有胃口,但离天亮还有好几个小时,晚餐总是要吃的,于是大家纷纷拿出餐券交给翻译。

待餐馆把饭送来，每人领了打开一看，一份足够三四个人吃的。眼看着那露着番茄酱和红肉丝的硕大比萨饼，还有未加任何佐料的精肉制品，原本就没有任何食欲的胃里，变得要多满有多满。下意识地拣起那仅有的几片生菜叶放到嘴里，一边咀嚼着，眼前便自然地浮现出大腹便便的美国人的形象，心想他们身上那么多的脂肪，一定与吃得多而无节制有直接的关系。

后来的时日证明，我的这种推测有一定道理。美国人在吃的方面，确是称得上能吃、爱吃，吃相文雅，但却坦率而毫无顾忌。

组织者讲每天活动的安排，第一件事总要把在哪里吃饭、吃什么讲得清清楚楚。在我们经常活动的小礼堂和教室里，每天都摆有各类小食品。一到休息，美国人都是直奔食品摆放的区域，拿起个小碟子，选好几样自己喜欢的，就像中国人在公开场合一休息就开始抽烟似的，毫不避讳、津津有味地品尝着。一开始，我们还以为那是为了招待客人才专门摆放的，后来才知道，他们自己学校平时开会，也是这个样子。

我们曾参加了米赛亚大学的一次董事会，看到董事们来了以后，首先要做的事情是先拿个小碟子，盛上几样小食品或者水果沙拉，边吃边与同事寒暄交谈。即使开全校教员大会，在几百人的会场里，后面也摆着各种各样的食品和水果，不少大腹便便的教授，都边吃边听发言席上的发言。那种自然的仪态，显示出独有的"美国风度"。我当时曾与身边的同行开玩笑说，他们会场里摆放小点心，大概相当于我们的记工作量，都是作为吸引大家到会的一种手段。

美国人"吃"的坦率，表现在形式上多种多样。

到薛平斯宝大学参观，这是组织者早在几个月前就定好了的。他们也以高规格的接待标准进行了准备。可到了一看，会见场所和招待我们吃饭安排在一个地方。在一个小礼堂里，前边是主席台，后边摆着一些座椅，算是开会交流的场区；再后边紧接着就是一些餐桌。预定的议程完成后，大家不用挪地方，向后一转，就势围坐在餐桌上便可吃饭。在盖帝斯宝大学，他们的形式稍有不同，但会议室和餐厅仍然连在一起，只不过中间隔了个走廊而已。

将宴会厅和会议室合在一处，我想这与美国吃的是西餐有直接的关系，饭菜基本上是微波炉里出来的,电气化和西餐化使他们不必担心油烟的污染。我们住的那家旅馆,一进门就是吃饭的地方,那里摆放的各种食品散发出来的味道,通过走廊直通到我们住的房间里。每次从外面回来,未曾进门,首先闻到的就是巧克力和烤面包味儿。

美国的许多食品,都离不开巧克力。又加上他们对"吃"的不避讳,往往将吃、住及工作学习场所不加规避地连在一起,于是就给人留下一个难以磨灭的印象:不论走到哪里,好像都摆脱不开那满世界弥漫着的烤面包和巧克力味儿。

美国人吃得"坦率",而我们在吃过了几天之后,真的就越来越感到吃的"无奈"。连续地吃西餐,喝冰水,一到吃饭,像我这种典型的东方人的胃口,就会本能地产生一种拒斥性反应,一拿起刀叉,看到眼前的牛排面包,头脑里就禁不住会浮现出那色香味俱佳的芹菜炒肉丝来……

一旦连续地吃下去,那胃口真的就不听自己招呼了,反抗最激烈的时候,不要说闻到味儿了,就是看到餐厅里那一排排形状各异的大面包,还有深红浅绿的"水果派",都会产生满满的反胃想吐的感觉。

特别是那放在冰块上的稠腻果酱,和那油光锃亮的一枚枚苹果一串串葡萄,个头虽不大,但颜色艳丽得晃眼,含糖量高到什么程度?我家乡有句俗语,把甜腻过度叫"甜得咽心",用来形容当时的感觉,真是要多贴切有多贴切。

连着吃了几天,越吃心里越腻歪。到了真有些抗不住的时候,大家只能用相互解嘲的方式来调节自己的胃口:

"怪不得我们一直批判资本主义呢,整天吃生肉喝凉水,一天到晚让人感觉不到热乎气儿。"

"就是,顿顿吃的既没油味儿也没盐味儿,哪有社会主义国家优越啊,整天吃香的喝辣的。"

"哈哈哈哈!"

在相互调侃取笑的过程中,大家不断地为吃惯了粗茶淡饭的胃口找理由、打掩护,用苦中作乐的方式来平复空腹的抗议。

值得庆幸的是,出发前各位都听从有出国经验的朋友介绍,每个人都适当地带了一些当地的即食特产。像我，就带了不少的泰山煎饼，用塑料袋包好裹在衣服里，装进旅行箱里办了托运，这时候便成了难得的珍贵食品。等到回宾馆进餐实在没有胃口的时候，就登梯上楼，到自己房间里，用咖啡小壶烧点开水，就着榨菜啃煎饼，那食欲，立马噌噌地往上蹿。

到纽约去考察那天，接待方考虑到大家的习惯，晚饭选在了一家中餐馆。端上来的几样中国菜，尽管与国内的没法比，大家还是吃得有声有色。一高兴，许多人就自掏腰包要来几瓶啤酒，就着并不地道但却是中餐原料做出来的几样炒菜，推杯换盏地喝起来。

此时此刻，置身于空间不大的餐馆里，好像回到了远隔重洋的故土。特别是吃够了那种不加修饰的高蛋白和高脂肪食品，再品尝每一样中国小菜，那味道，真的像东方人的品性一样韵味十足。

连自诩为在国内对菜品比较挑剔的"美食家"们，这时候也顾不得对端上的并不正宗的炒菜品头论足了，不论是什么菜，只要一上桌，大家品尝起来，那津津有味的感觉，丰富地展现在表情上。就连原来不甚喜欢的，譬如我，原本并不喜欢四川泡菜，可当时端上了一盘，再品尝起来，感觉都是魅力无比的。

就是从那次开始，我对泡菜的印象发生了彻底的改变。到现在，很多时候在餐馆吃饭或者是在超市购物，只要有可能，都会把泡菜作为必选的菜肴之一。

感怀之处是追溯

——俄罗斯考察琐忆

一、布拉戈维申斯克

我第一次踏上俄罗斯的土地，是在2002年8月。

全国师专的校长联谊会在黑龙江省的黑河师专召开。当时，泰安师专与其他市属院校合并，刚刚升格为泰山学院不久，按照教育部批复的要求，为地方培养合格的中学教师依然是学校办学的首要任务。所以，作为联谊会的常务理事，为了保持与其他高等师范院校的交流，我应邀参加了那次会议。

那是我担任高校领导以来，第一次到北方边境的一个城市参加业务会议。黑河师专所在的黑河市，是黑龙江省最北部的一个地级市，它与俄罗斯的远东城市布拉戈维申斯克，仅一江之隔。黑河师专事先与公安部门联系，为每一位参会人员办理了临时护照，在会议期间专程考察了布拉戈维申斯克的国立师范大学，并游览了市容市貌和郊区农庄。

布拉戈维申斯克，中文名字海兰泡。清朝时期，这里曾是中国领土，名为"大黑河屯"，1858年《中俄瑷晖条约》签订后被帝俄割占改为今名。现在是俄罗斯阿穆尔州的首府，相当于我国的省会城市。城市面积321平方公里，人口50万，是俄罗斯著名的大学城。

在黑河开会期间，我们住的宾馆正好是一座临江建筑，从北面的房间窗子里望去，对面布市沿江的风貌可谓一览无余。与黑河市沿江正在进行的轰轰烈烈的建设场面相比，对面布市的江岸上，就显得特别空旷而沉寂。目所能及的十几公里的江岸上，看不到什么大型的建筑，一下子映入眼帘的，只有一个大型坦克的雕塑，长长的炮筒指向着黑龙江。

看到这一景象，我头脑里浮上的第一个念头是：黑河市或者说黑龙江省的领导，怎么能容忍这样的一种景象在那里安然无恙？难道就不考虑一下黑河市民的情感容忍度吗？特别晚间沿江散步的时候，每当看到对面大型坦克炮那种肆无忌惮的样子，内心里的压抑感就会久久地萦绕不去。

按说，两岸在20世纪末就已经开展了贸易交流，无论是民间的还是官方的，双方往来频繁，相互的协商应该是不断深入的。为什么江对岸还存在着这种对立感极强的雕塑，是实在让人费解的。也可能是外地人的少见多怪吧，反正在参加会议的那几天，对岸那长长的坦克炮，就如同插在心头的一根针，时时都会让人感觉不舒服，就想着把它拔出来折断扔掉。

所以，那天过海关来到对岸，在参观布市的黑龙江沿岸广场的时候，我第一个就去查看了那座坦克造型。它实际上是江边公园的一个景点，好似用水泥堆积起来的。站在它身旁，无论你从哪个方向看，那长长的炮筒都不偏不倚正对着隔岸的黑河市。我猜想，这可能是当年两国军事冲突时遗留下来的产物，但时间都过去了近30年，两国已经建立了睦邻友好关系，再让一辆指向明确的"坦克"依然矗立在那里，从哪方面都说不过去。

最关键的是，这里原本还是我国领土，被沙皇帝国强行霸占，如今却还有一座雕塑在那里虎视眈眈，只要是有心人，肯定会是别有一番滋味在心头的。

也可能有这样一种背景的作用吧，再加上后来的几件事，还真的从情感上影响了我对布市及俄罗斯人的一时判断。

走在破旧的沿江水泥路上，看着那条原属于中国的内河，如今已成国际界河的黑龙江，再加上炮筒直对着中国的坦克雕塑，我的头脑里，便止不住地浮现出沙俄10多万军队对中国居民实施大屠杀的海兰泡事件，还有江东六十四屯惨案。

还在刚接到参加会议邀请函时，知道会议地点是在黑河，自知历史知识掌握不多的我，就专门找来一些有关的材料进行了查阅，基本弄清楚了被外国历史学家称为黑龙江上有史以来"最大的屠杀，最大的悲剧，最大的罪恶"的"庚子俄难"的前后过程。

当真的立足于海兰泡的黑龙江岸边，身边却依然矗立着一座炮筒直指中国城市的巨型坦克雕塑时，100多年前那"江水宛若血流""骸骨漂溢，蔽满江洋"的残酷景象，便挥之不去地在我的脑海里反复地上演。

想想当年五六千无辜的中国居民被残杀的情景，沙俄帝国所制造的庚子俄难，应该作为中华民族的一段沉痛历史记忆，时不时地在人们心中敲起警钟。

当然，中国与俄罗斯之间，不仅仅存在着《瑷珲条约》、海兰泡事件、江东六十四屯惨案等难以忘却的记忆，也还有第二次世界大战期间苏联红军在反法西斯战争中做出的贡献，以及出兵中国打击日本侵略者，帮助解放东北等历史事件。包括中华人民共和国成立后的一段时期，也曾流传着"苏联老大哥，帮助新中国"的佳话。至于后来中苏论战的是是非非，以及苏联解体后俄罗斯与中国新型关系的确立，等等，这些近代以来中俄两国之间的孽债情缘，其间所蕴含着的民族之间、国度之间的复杂元素，不是我等能够分析明白的。

我们也应该清楚，国与国之间，不能永远背负着历史的包袱，只有友好相处，才能促进这个地球的良性运转。但这种友好关系的确立，必须是在前事不忘、后事之师的基础上，否则，如果只顾眼前，让"有奶便是娘"的投机心理泛滥成灾，那早晚是会栽大跟头的。

所以，有些事可以退让，有些事可以商量，而原则上的事，始终必须要有底线。任何的交往都是平等相待才能长远的。到如今，那岸边的巨型坦克炮筒依然指向着隔岸的中国，我们好像视而不见，这总是不好吧？

反正那几天，我对此是耿耿于怀的。

而后来发生的几件事，就更加影响了我的心情。

首先是来到布市入住宾馆的时候，导游去办理房卡，我们坐在大厅的沙发上休息，那沙发的茶几上，放着两张桌签大小的卡片，拿起来一看，上面用汉语写着一段话："我们都是年轻漂亮的姑娘，如果你想××××，怎么怎么样……"

好家伙，这不明摆着专门针对中国人的吗？我当时跟同行者开玩笑说："看到了吧，武力没有把握了，开始施展美人计了。"

同行者是个老实人，"嘿嘿"了两声说："人家实行资本主义制度了，一切都放开了,这很正常。你看,那边还有人在赌博呢。"

"是啊,它们是完全西化了,开始明目张胆地做皮肉生意来赚钱,那也不能专门只对中国人吧。"我依然不服气地与朋友闲聊着,"好歹你也弄几张日语、英语或者韩语的卡片放这里,别光只盯着江对岸。这样,也才能增加点中国人住这里的安全感。"

好在这种完全开放也有好处,一切都摆在明处,只要你关起门来睡觉,没有人打扰。并不像我们这里,表面上很干净,可是你一旦关上门睡觉的时候,那暧昧的电话便会不断打进来。虽然对这种复杂的环境在心里有点打嘀咕,但晚饭后自己把门关得严严的,看完电视到点儿睡觉,直到第二天起床,还真是没有任何的电话干扰。这也算是放下了一颗心了。

吃过早餐,我们乘车去游览市容市貌。先是到达了列宁广场,看到那高大的列宁雕像,首先想到的是拍照留影。因为我们都是共产党员,指导我们思想的理论基础是马克思列宁主义。而且在我们最需要文化营养的时候,所看到的电影,不是《列宁在一九一八》,就是《列宁在十月》。所以,站到列宁雕像前拍照留念,便成了来到列宁广场的首要选择。

我站到拍照的位置上,朋友那里举起照相机,刚要按动快门,就只见两位俄罗斯小姑娘赶紧跑上来,一左一右站到了我的身旁。还没等我想明白怎么回事儿,只听朋友手里的相机"咔擦"一声,照片拍好了。紧接着,两位小姑娘把手伸出来,用并不流利的中国话告知我:

"十个卢布,十个卢布。"

我这才明白,原来她们是在这里扮模特儿挣钱的。

我心里老大不高兴,在列宁雕像前留个影,本来是很严肃的事情,猛然间跑来两个姑娘一边一个,不伦不类的,你还问我要钱。我边去朋友那里拿我的相机,边装着听不懂她们的意思。

可是你不给,她们就一直跟着你,伸着手,嘴里不住地念叨:"十个卢布,十个卢布!"

这多煞风景啊,赶紧掏出换好的卢布,给她们了。

再拍照的人,知道了她们的这一招数,便都很严肃地预防着她们的突然袭击。

大家感叹说，看来经贸交流所带来的后果，在欺行霸市方面，俄罗斯的远东城市，比起中国的旅游景点，有过之而无不及。

你以为这就开眼了，接下来发生的事情，更是让人有点不寒而栗。

在参观了阿穆尔州博物馆、大教堂之后，游览车把大家带到一个商店门前，让大家下车去购物。

俄罗斯有什么值得购买的，在出发前和会议间隙的交流中，大家都了解得很清楚了。论小商品，俄罗斯与中国根本不在一个量级上，但是有一样东西却是俄罗斯最为著名的，那就是紫金，它与铂金、黄金并称为世界三大金。所以，大家一边下车一边都嚷嚷着要去看紫金项链或是戒指什么的。想想也是啊，好不容易过境一趟，虽然是一个边境城市，但总是要捎点东西回去，才不枉出国一回吧。所以，一进到商店里，大家就直奔着一排排的紫金饰品的柜台而去，想看看有没有合适的紫金饰品，买了送给亲人或者朋友。

我来到一个顾客不多的柜台前，示意营业员把一个戒指从柜台里拿出来，正要问价格的时候，一只手伸到我面前，抢先把戒指拿去了，我转头一看，是一位俄罗斯姑娘，她把戒指戴到了自己的手上，五指伸开在眼前晃了晃，然后又摘下来交给我：

"这个挺好，很合适！"

她会说中国话！

仔细一打量，原来是我们前面那辆车的俄罗斯导游。

我明白了，看我想买紫金戒指，她热情地帮我挑选呢。我呢，别看在城市里生活了这么长时间，骨子里还真的摆不脱旧观念形成的逆反心理。本来是想看看挑选一下，如果合适就买一个的，可是让导游抢先这么一戴，我却彻底打消了要这枚戒指的念头。

我是给自己老婆买戒指呢，你却抢先拿来先戴上了，凭什么呀？

不买了。我立马将戒指交回到营业员手里，示意她放回去。再看看别的吧，正想转身去别的柜台，那导游姑娘却把我拉住了，示意有事跟我说。

我停下脚步看着她，听她说什么。

她悄悄地用并不熟练的中国话向我表述，那意思是让我晚饭后到宾馆门旁的一个什么地方去找她，她在那里等着我。我心想，我们车上的导游并没说晚上有什么活动啊？也可能她带的那个团队有什么活动安排，将我误认为前一辆车的人了。

照我的理解，导游所推销的，大多是看什么晚会表演之类的。所以，我就一字一句地告诉她，我不是她那个团队的。

她看我没明白，便又给我重复刚才的意思，而且连说带比画，要我晚饭后一定去宾馆门旁的什么地方，她会准时在那里，在叮嘱一定要去、不见不散的时候，还特别强调，不要让领导知道！

到这时候，我似乎有些明白了她的意思，后背开始有点嗖嗖地往上蹿凉气的感觉。你想想呗，不让别人知道，特别是不要让"领导"知道，一个人去找她，那能有什么好事儿啊，吸毒？赌博？还有，哎呀，不能往下想了。

说时迟那时快，我决定赶紧摆脱她的纠缠，什么也不买了，加快脚步往店外走去。她呢，却一直紧跟着我继续唠叨。见我不再有什么回应，她还以为我始终没明白她的意思，便着急地问："你不明白吗？"

我赶紧回复："我不明白！"

她以为自己说得不清楚，本来汉语就说得磕磕巴巴的，一时找不到合适的词儿，一着急，便愈加怪腔怪调地嚷嚷道："你——很——漂——亮！"

我的天，连形容女人和孩子的话都用上了。

我再也无法掩饰自己的紧张，加快脚步冲出了商店，紧走慢赶地回到自己乘坐的车上，再也没有下来……

半小时之后，大家都回来了，问我怎么回来得这么早。我支支吾吾正要说"没什么可买的"，一位女会友可能在远处看到了我摆脱导游的场面，开玩笑地说：俄罗斯女郎看中刘校长了，要把他留下来，吓得他躲到车里不敢出来了。

哈哈哈哈！大家你一言我一语，轻松随意地开着玩笑。

而我的心里，却始终有一个阴影驱赶不出来。内心里谈不上有多恐惧，但总是觉得缺少了既有的安全感。直到第二天顺利通过布市海关，游船行驶到黑龙江心的时候，才算彻底放松下来。

尽管过去了很多的时日,后来每每提起布拉戈维申斯克之旅,那种心神难宁的记忆,依然会令人感叹。

追溯历史,审视现实,会让人想到很多很多,偶然遇到的大事小情,也能引人思绪万千。

二、圣彼得堡

5年之后,即2007年9月9日至14日,我带队访问圣彼得堡人文大学等俄罗斯高校,又一次踏上了俄罗斯的土地。

从2005年开始,泰山学院与圣彼得堡人文大学就开始协商中外合作办学事宜。在通信交流中,我曾经就两校合作的有关设想向对方提出过一个具体方案,建议两校采用"2+2"和"1+3"的合作方式培养人才,即我方学生入校后在中国学习两年或者一年,其中包括俄语的学习和强化,有关课程可以由俄方派教师来我校授课;从第三年或者第二年开始,学生进入圣彼得堡人文大学学习两年或者三年,成绩合格者,由对方颁发本科毕业证书。

2005年年底,圣彼得堡人文大学校长查别索斯基先生给我回信,原则上同意两校合作办学的方案,并邀请我方到他们学校访问,就有关事宜进行具体协商。于是,我与有关部门和院系负责人组成考察团,于2007年9月踏上了俄罗斯的土地。

我们乘坐的飞机首先抵达莫斯科,在那里完成了既定的活动安排,于11日晚乘火车,经过一夜的旅程,在第二天的清晨抵达了圣彼得堡。

迎接我们的翻译是一位上海姑娘,她是学体育的,上中学时就去了俄罗斯,大学毕业后留在了圣彼得堡。她一见到我们,首先进行自我介绍,说自己叫程程。

听她如此一说,同行的刘主任马上开了个玩笑:"程程,你看我们校长像不像许文强?"

程程没说话,用含笑点头表示着会意。

这样的见面寒暄,一下子就拉近了彼此之间的距离。

接下来的考察交流过程,确实也让我们感受到,程程是一位生性皮实、性格直爽而又在接人待物上把握有度的姑娘。虽然她所从事的职业每天都会与形形色色的人打交道，但你却很难在她身上看到那种虚伪夸张的表演式言谈，更看不到从事这方面职业的人很容易暴露出的见惯春风秋月式的世故与油滑。她大方开朗的外表中所包蕴着有些内敛的行为举止，使我们在圣彼得堡的那几天里，时时都能够感受到有如故交陪伴的从容与安然。不论是到高校进行访问与交流，还是进行有关的社会文化考察，都变得舒心而随性。

在圣彼得堡的那几天里，给我留下的印象是非同凡响的。

首先是对圣彼得堡人文大学的访问交流。

访问考察圣彼得堡人文大学，是这次行程最重要的内容之一。所以，我们安排了一整天的时间。先是参观了学校的校园建设、教学设施、学生学习生活设施，深入图书馆、课堂、学生宿舍等进行考察。在此基础上，与第一副校长克里莫夫·奥列克·尤里耶维奇和有关的系主任就旅游、经贸、艺术、教育等专业的合作办学进行了深入交流。双方在"2+2""1+3"的合作培养模式、教师进修、学术交流、学生暑期社会实践、图书资料交换和教育研究项目的合作等方面达成了一致意见。

虽然由于我方的一些客观原因，包括上级有关部门的审批程序的原因，两校合作办学的协议后来没能按时签署实施，然而这次访问的成果，依然对我校的教学改革特别是人才培养模式的更新，起到了本质上的促进作用，可以说从办学理念到教学管理的方方面面，都具有重要而深远的意义。

譬如对方的办学理念，当时就对我的内心形成了不小的冲击。

对方办学理念的开放与务实，在访问一开始就让人印象深刻。刚一下车，就看到一位举止干练、待人热情的女职员在校门口迎接我们，代表校方欢迎我们来考察指导。她首先介绍了这所学校的发展历史、现有规模和办学特色，当然还有学校所处的城市方位以及建筑特征等，并应大家的要求，在学校门口的校牌旁一起合影留念。

还未进校门，就初步了解了学校的基本情况，这种宾至如归的接待方式，使人感到既亲切又务实。这位女职员引领我们走进校门，到早就准备好的分管校长的办公室里与主人见面寒暄后，就与我们告别了。在她离开之后，我们才了解到，她原来是一位正在就读的大学生，是受学校邀请担任日常的外事接待工作的。

这有点让我大吃一惊，在前期接待的整个过程中，每个环节把握得如此恰到好处，言谈举止上表现得如此得体，还真让我们以为她是一位富有接待经验的学校正式职员呢。确认她还是一位在读的学生，我马上就感受到了泰山学院与圣彼得堡人文大学之间的办学差距，而这种差距首先是体现在办学理念上的。

诚然，为了使学生能得到锻炼，或者说更直接的目的是给家庭困难的学生提供勤工助学的岗位，我们学校也经常选择一些学生到有关部门从事社会实践，然而这种锻炼从本质上说，更多的是停留在学生活动的层面上来操作的，根本没有进入人才培养的方案实施之中。所以，即使让学生担任一些部门的事务性工作，那也是纯事务性的，从来也没有或者说不敢将学生当成一位真正的职员，把某一个岗位完全交给他们，让其经受独当一面的锻炼。

在参观学校教学场所的时候，这种一切以培养学生整体素质为要的办学理念，让我受到的冲击更加强烈。这不但体现在他们的课堂教学完全是双向交流式的模式，更为重要的是无论是哪一种专业，他们都能够最大可能地打破封闭式课堂灌输的教学环境的局限，而通过一种开放式的教学环境的构建，让教学过程最大限度地摆脱单纯的理论讲授的弊端，而让学生在开放式、全方位的专业体验与操作中掌握知识和技能。

这方面，不但体育艺术类专业的训练场地的设施有明显的体现，就是在传统专业的教学设施上，学校也尽可能地为学生构建一个课上充分发挥自主性、课下又能积极进行自我体验的校园环境。

譬如在他们的校园里，你会看到不同类型的立体声画对位的环境体验设施，譬如大海、沙滩、山川河流、花草树木等，这些适应着专业教学所需要的环境体验而构建的场景，能让学生在身临其境的体验中感受到单纯的理论教学难以企及的专业魅力。换个角度说，在学生学习专业知识时，尽可能地为其提供专业理论相对应的典型体验环境，这已经成为学校校园建设的核心理念。在整个参观的过程中，我一边观看一边庆幸，自己一直强调的"大学从某种意义上说就是一种氛围"的观点，在这里又一次得到了印证。这更加坚定了我沿着自己设定的教改目标砥砺前行的决心。

其次，对圣彼得堡城市面貌和传统文化的考察。

参观考察圣彼得堡这座城市，你能够触摸到世界文明在欧亚交汇之地发展历史的质感，进而真正感受到俄罗斯文化的丰富内涵与独特魅力。

实事求是地说，虽然到了21世纪才来到圣彼得堡，可对这座城市的印象，从小学时代就深深地镌刻在了头脑中的重要位置。那时候，一提到的苏联的十月革命，就会马上想到这座英雄的城市。如今，炮轰冬宫的"阿芙乐尔"号巡洋舰，还停靠在涅瓦河边，那发出了十月革命一声炮响的大炮，依然昂首指着冬宫。当我们真正踏上"阿芙乐尔"号巡洋舰的甲板，深入它的腹部近距离地感受当年英雄之舰的气场之时，耳边仿佛听到了十月革命那隆隆的炮声。那一刻，我的思绪从遥远的波罗的海岸边，一下子就飘回到了遥远的故乡土地，那条少年时期上学的小路，还有那座回荡着琅琅读书声的教室。

当然，对于圣彼得堡这所城市来说，它的真正的魅力，远不止于这一点。我对这座城市的兴趣，更多的是源于十月革命之前那些更为悠久而丰富的历史。

查阅资料得知，作为俄罗斯的第二大城市，圣彼得堡是俄国沙皇彼得一世于1703年5月27日下令建造的。它的第一座建筑物是扼守涅瓦河河口的圣彼得保罗要塞，后来借用要塞的名称为这座城市命名，开宗明义，就显示出了它与欧洲其他城市的不同凡响之处。譬如说，所有欧洲首都的名称均为一个字，而且仅拥有一个含义，而圣彼得堡的名称却包含有三个不同的起源："圣"，源自于拉丁文，意为"神圣的"；"彼得"是耶稣的弟子圣徒之名，在希腊语里解释为"石头"；"堡"在德语或者荷兰语中称为"城市"。如此一来，这个城市的名称不但与彼得大帝之名相吻合，并且还蕴含着不凡的文化背景。它不但沿袭了德国及荷兰的文化传统（德国语荷兰语同属日耳曼语系），并且城市的象征意义和以圣徒彼得为守护神的古罗马紧紧相关。

由于独特的历史文化背景，圣彼得堡一直被誉为"博物馆城"，它拥有50多所博物馆，其中位于冬宫的艾尔米塔什博物馆，是世界三大博物馆之一，现为俄罗斯国立博物馆的一部分。内藏着很多世界珍贵名画和雕塑，如达·芬奇、毕加索、梵高等名家油画，都能激起参观者的莫名兴奋。还有它收藏的名贵钟表器皿等，总数达

270多万件，可谓集世界之大成。另外，作为俄罗斯的一座文化名城，圣彼得堡设有40多所高等院校与400多个科研机构。

让人感兴趣的还有这座城市的建造格局和建筑特色。圣彼得堡作为沙皇时代的首都，整体上体现了彼得大帝"通向欧洲的窗口"的建设构想，它坐落于波罗的海芬兰湾东岸涅瓦河河口，是在涅瓦河三角洲的近百个岛屿及河漫滩涂的基础上规划建设的，主体城市由40多个岛屿组成，经700多座桥梁连接。由于河渠纵横、岛屿错落、灯光旖旎，素有"北方威尼斯"之称，成为俄罗斯最具欧洲特色与风情的城市。

深入城内，俄罗斯古建筑群比比皆是：18世纪早期的，像彼得保罗要塞及彼得保罗大教堂（彼得大帝葬地）；夏花园及园中被誉为俄罗斯的凡尔赛的夏宫等；18世纪后期的，像斯莫尔尼宫，与法国巴黎的罗浮宫、美国纽约的大都会博物馆齐名的冬宫，塔弗列奇宫，阿尼奇科夫宫等；19世纪初的喀山大教堂，伊萨克基辅大教堂，特别是始建于1858年，历时40年建成的圣埃萨大教堂（又称伊萨基辅大教堂），因拥有世界第三大教堂的地位而举世闻名。

当然，以上这些都是历史的遗迹，曾经的辉煌并不能改变如今因经济低迷而发展缓慢的现实。不过作为一座富有文化传统的城市，它的精神品貌中所折射出来的可贵成分，依然令人感佩。打个比方来说吧，游览今天的圣彼得堡，让人有一种面对没落贵族般的感觉，它虽然没有了先前的绚烂与富足，但那往日的贵族气息和神采，还是能够不时地让人产生一种仰望敬佩之感。

举一个例子吧，也可能是因为这个城市的人口比较稀少的原因，我们走到大街上，不论那街道如何冷清，却一定都是干干净净的，完全不像有些国家的城市，虽灯红酒绿、霓虹靓丽而污秽遍地、嘈杂凌乱。它素颜质朴，但不失体面。包括圣彼得堡人的一行一动，都能让人感受到这里的居民有着良好的教养。我们不止一次地看到，在大街上的公交车站旁，只要有三个人以上，那一定是排着队站在那里等车的。

还有，游览普希金城。

游览普希金城，是考察圣彼得堡最让我难忘和感兴趣的一项内容。

无论是参观冬宫、夏宫，都能够被那些神奇建筑所体现的艺术价值所征服。然而，对普希金城的参观，才真正能够感受到终于实现考察伟大艺术家生活之地的梦想的激动。

普希金城，位于圣比得堡以南25公里，里面坐落着叶卡捷琳娜宫、亚历山大宫等著名建筑。那里原来称为"皇村"，即皇帝的村庄，其中的叶卡捷琳娜宫是彼得大帝送给自己的情人、后来成了妻子、皇后乃至女沙皇叶卡捷琳娜的消夏别墅。现在人们看到的融合了花园景观与宫殿建筑的皇室度假胜地，是历经了俄罗斯两位女皇统治的时代完成的，风格明显有别于其他男性沙皇统治时期的景观。它占地102公顷，最重要的景点就是蓝白相间、巴洛克式风格的叶卡捷琳娜宫。

18世纪末，在叶卡捷琳娜宫对面建成了一所贵族学校，1811—1817年，俄罗斯最伟大的诗人、19世纪浪漫主义文学代表人物普希金曾经在这所学校里读书，度过了六年的时光。所以，1937年，为纪念普希金逝世100周年，皇村改名为普希金城。直到现在，每年6月的第一个星期天，这里都要隆重庆祝普希金的生日。

也可能是与自己所从事的专业有关吧，到俄罗斯考察访问，首先想到的是俄罗斯那些伟大的文学艺术家。而圣彼得堡，本来就是一座文化名城，许多著名的俄罗斯诗人和作家都在此生活过，譬如普希金、莱蒙托夫、高尔基等。当然，在我心里，普希金是其中最具文学艺术冲击力、作品最能让人震撼的作家与诗人之一。

亚历山大·谢尔盖耶维奇·普希金被许多人认为是俄国最伟大的诗人。作为19世纪俄国浪漫主义文学的主要代表人物，由于他作品的崇高思想性和完美的艺术性，一直被认为是俄国文学的奠基人，作品被译成多国文字，具有世界性的重大影响。

由于普希金的作品中洋溢着对自由、对生活的热爱，包蕴着对光明必能战胜黑暗、理智必能战胜偏见的信仰，所以被赞誉为"用语言把人们的心灵燃亮"的一代文学高峰。高尔基曾经指出："普希金的创作是一条诗歌与散文的辽阔的光辉夺目的洪流。此外，他又是一个将浪漫主义同现实主义相结合的奠基人；这种结合赋予俄罗斯文学以特有的色调和特有的面貌。"

我们是在一个上午乘车抵达普希金城的，也可能是刚刚下过了小雨的缘故吧，走进普希金城,置身于叶卡捷琳娜花园之中,那天空如洗、绿树成荫、碧水如镜的优雅环境中,掩映着梦幻般的座座宫殿建筑,让人感受到了俄罗斯女沙皇统治下的非同寻常的历史遗迹。

静静地观赏着叶卡捷琳娜花园,我的头脑里忽然蹦出了这样一种念头:男人除了生理和体力上的先天优势之外,实际上没有什么可得瑟的。之所以一般都认为这个世界是男人的世界,其重要的原因是留给女人的机会太少。无论是俄国的叶卡捷琳娜一世和二世,还是中国的武则天,都无比充分地证明了,一旦女人掌握了主动权,她们的欲望、创造力,包括人性上的为所欲为、纵横恣肆等方面,都丝毫不逊色于男人。实际上现实中多个领域中的阴盛阳衰现象,也足以说明了这一点。

参观普希金城让我最激动不已的,说到底还是对俄国一代天才诗人生长环境的零距离接触与感受,无论是参观当年的学校旧址还是漫步于矗立着诗人雕像的公园小径,我的内心里,都会产生一种意欲探寻伟大诗人对生命与爱情的顽强追求与执着讴歌的民族与时代动因的冲动。

当我站在普希金的雕塑前,以仰慕的神情观赏这位性格豪放文情恣肆的浪漫才子时,他那著名的描写爱情的诗句,便止不住地疾驰而至,在头脑里徜徉游荡。不论是直抒胸臆还是借物抒怀,你都能够从其中感受到一种生命与爱情的冲击力:抒发对情人的爱恋以及相聚时的欢乐,语言如痴如醉;诉说与恋人生离的痛苦或者死别的悲伤,情感悲痛欲绝;表达对心上人的思念与祝福,吟唱缠绵悱恻,等等。不论是年轻时的狂热与浪漫,还是成年后的深沉与思索,那与生命不可分割的爱情,都被表现得深入肌理,令人赞叹。

读过普希金的爱情诗,你才会坚定不移地相信:真正的爱情不是占有与索取,而是共享与奉献。

有人说,普希金是最擅长用审美的方式表现人之本能欲求的大师。这恰恰从一个角度说明了他创作非同一般的特征。因为爱情的本质表现之一,即是对伦常生活秩序的越轨和颠覆,所以,冲破禁忌和反抗伦常,以情欲打败宗教,也便成了普希金很多叙事性爱情诗的共同主题。

对此,文学界也存在着评价上的分歧,然而,我却非常欣赏诗人将生命和爱情描述得如此惊世骇俗的勇气。包括诗人表现于生活中的那种放荡不羁的情感情欲，也应该抱之以宽容理解的心态。因为伟大的艺术家与典型的道德楷模，本就是生发于完全不同的两种人生的内驱力。所以，非要让艺术家成为道德完人，那只能是自欺欺人。说到底，衡量一个艺术家的最公平的标尺只有一个，那就是他所创造的艺术本身。

正是因此，我才坚定地相信，普希金爱情诗所生发出来的那种思接千里视通万里的冲击动能与艺术魅力，是能够对读者起到一种净化与升华功能的，他无愧为"俄罗斯诗歌的太阳"的赞誉，包括对中国诗歌创作的影响，都是意义深远的。而诗人自身生活中的是是非非，包括他为了妻子和自己的荣誉选择与贵族丹特士决斗，最后丧失了生命，很难说值得肯定，但却足够令人钦佩与赞叹。从某种意义上说，这是文学家特别是浪漫主义创作的真正原动力。

三、莫斯科

莫斯科是我们2007年赴俄罗斯考察的第一站。

作为俄罗斯政治、经济、文化中心的国际化大都市，对莫斯科这座城市的考察，我充满期望的内容，除了想近距离地感受一下莫斯科大学的氛围之外，至于其他的方面，本来就没有多少深入体察的打算，原本就想着，看看克里姆林宫，逛逛红场，坐坐久负盛名的莫斯科地铁，感受一番"森林中的首都"的气氛，就够了。

为什么？因为在我的潜意识里，无论是从政治还是经济的角度，莫斯科在世纪交汇那些年所发生的"过山车"式的变化，给人一种瞠目结舌的不安全感。所以，即使双脚已经踏上了这座城市的土地，我也宁愿让自己的思绪继续徜徉在俄罗斯传统文化艺术的想象氛围里。

这么说吧，作为骨子里就有些浪漫情愫的理想主义者，我在莫斯科度过的那些时日，头脑里始终萦绕着的，一直是《莫斯科郊外的晚上》那温馨优美的音乐旋律。换句话说，无论走到哪一个地方，我都宁愿将当时具体的景物风情，叠印到歌曲所描述的历史背景里去体会，而尽量回避过于具体过于详尽的现实体察。

这并不是说现实有什么不好，只能说我情感至上的心结比较执拗，不愿意让现实去破坏早已在头脑中固化了的艺术情境,因为作为生命感受中的对象物,艺术的境界有时候比现实更能生发出情深意浓的质感。

我们抵达莫斯科的第二天,恰是中国的教师节。在考察过克里姆林宫和红场,瞻仰了无名烈士墓和列宁墓,完成了日程安排的其他活动之后,翻译把我们带到莫斯科郊外的一个中餐馆共进晚餐。

乘车到达目的地的时候,天已经完全黑下来了,从车上下来,眼前全是郁郁葱葱的林木,环顾四周,那丛林给人的感觉旷达而幽远,一条小路绵延无尽地伸向远方。路旁的不远处,一方不大的中餐馆,静悄悄地坐落在那里,散发出一种不事声张的温情。在四周绿荫的掩映下,房间的小窗里透出的灯光,弥漫着沉静婉约的魅力。

此情此景,不由自主地就会让人联想起"深夜花园里、四处静悄悄"所描述的轻幽美好的意境。

我们来到房间里坐下来,忘记是哪一位了,说在异国他乡过教师节,更应该喝点酒以示庆祝。我没有反对,大家自掏腰包买了几瓶啤酒,开始畅饮起来。我呢,不喝酒,头脑里却一直在萦绕着《莫斯科郊外的晚上》那幽美的旋律。此前在祖国土地上对俄罗斯风情的无数次浪漫的想象,全都被那难以排遣的文学情结所取代。

真正地置身于莫斯科郊外的晚上,那人生最现实的感受,依然被艺术的征服力拉回到了20世纪50年代,那个自己并不熟悉只能靠想象来感受的充满着浪漫情怀的岁月里。

那是一个什么样的年代,我没有切身的感受,但是从后来接触到的不同身份的过来人那里,则让你不得不相信:他们的火热的青春和浪漫的情怀,一定如同《莫斯科郊外的晚上》所描述的意境那样纯真而美好。

由于对这首歌的喜爱,我曾经专门查阅过有关资料:作为流行世界各地的苏联著名歌曲,《莫斯科郊外的晚上》是1956年为纪录片《在运动大会的日子里》专门创作的。由米哈伊尔·马都索夫斯基作词,瓦西里·索洛维约夫·谢多伊作曲。歌曲结合了俄罗斯民歌和俄罗斯城市浪漫曲的某些特点,内容简洁、明快、流畅而富有鲜明的情节感。在第六届世界青年联欢节上,原唱弗拉基米尔·特罗申一经演唱,便夺得了金奖，成为苏联歌曲中的经典。

近半个世纪以来，《莫斯科郊外的晚上》在世界各地广泛流传，形成了世界音乐文化史上罕见的现象。1957年9月，这首歌经年轻的歌曲译配家薛范中文译配后，从此便成为中国家喻户晓的名曲。

一首简洁通俗的歌曲，何以能如此地深入不同国度不同民族青年人的内心？在我个人想来，它除了具备当年苏联社会主义国家的政治背景的优势之外，最为关键的，还是歌词出色地描绘了与大自然相得益彰的年轻人内在的纯朴之美：静静花园里那纯真心灵中萌生的爱情，难以说出但又无法自持的真诚激动的心声，还有长夜过后黎明到来时那依依惜别的祝愿，等等，都和温馨静谧的大自然之美和谐地交融在一起，让人眼前不断浮动着那特有年代的鲜活画卷。而曲作者那富有魅力的、水晶般剔透的旋律，又将歌词所表达的意境羚羊挂角般地扩展为既现实又浪漫的全新境界，让人听后仿佛就觉得，这首歌是从真实的爱恋环境中自然而然地诞生出来的。

是的，在后来对莫斯科的考察过程中，让人更加坚信，只有人与自然高度和谐的环境，才能产生纯美的情爱。相反，如果大自然被损毁得斑驳陆离，处处人满为患，时时喧嚣不断，彼情彼景即使有所谓的爱情在演绎，那肯定也是靠私欲来支撑的，不纯粹不自然也不优美。

换句话说，《莫斯科郊外的晚上》为什么如此受到青睐，这与莫斯科的环境保护所带来的人与自然的和谐也不无关系。你不得不佩服，莫斯科确实无愧于"森林中的首都"的美誉；你也不得不相信，只有这样的森林中的城市，才能够流淌出如此美妙的歌曲。

看看介绍就清楚了，莫斯科的名称，来源于穿越整个市区的莫斯科河，这使得城市具备了独有的水的灵气。除此之外，它的绿化率也是世界上少有城市能够比拟的：市内有11个自然森林区、98个公园和800处街心花园。

从1276年首任莫斯科大公达尼埃尔立莫斯科为首府，称为莫斯科公国的都城，到15世纪中期莫斯科成为统一的俄罗斯国家的都城，1712年彼得大帝迁都圣彼得堡，再到十月革命后苏维埃政府和共产党中央委员会从圣彼得堡迁到莫斯科，使之正式成为苏联首都，这座城市几经变迁，可能有很多方面受到过影响，但是它的自然环境却是愈来愈显示出自身的优势，森林覆盖率越来越高。

在考察莫斯科大学那天，我才真正领略了什么是名副其实的森林城市。

莫斯科大学始建于1755年，不但历史悠久，办学规模也十分宏大，现在校区的主楼高达240米，共33层，有3万多个房间。考察它的校园环境，能让你切身地感受到它的开放包容追求卓越的办学理念。特别是它那四周被森林环绕所生发出的静穆幽雅的氛围，让人一旦置身其中，就会排落掉诸多的杂念，除了一心向学和追求卓越，似乎很难有其他的选择。

天色近晚的时候，我们走出校园来到莫斯科大学的门口，两边能够看到的，除了树木还是树木，给人的感觉，那绵延的丛林无边无际。从大门再往前走，正对的便是麻雀山观景台，站在观景台上俯瞰莫斯科河和市区景色，会让人不由自主地联想到"深夜花园里四处静悄悄"的幽雅与宁静，意识的河流即刻会被《莫斯科郊外的晚上》那优美的旋律所截获。

我当时就想，这首歌已经跨越了半个世纪，这期间，世界格局特别是政治经济形势变幻莫测，歌曲的魅力却依然能够长盛不衰，这除了它艺术上的成功之外，一定还有更能触动人情人性的东西在起作用。

譬如歌曲从最私密的情感出发，传达出当时最普泛的爱国情怀，这种通过具象环境里的个人体验来提炼弘扬抽象理念的思维特征，就不但能让人感觉到亲切自然，也有利于歌曲的内涵在传唱过程中通过触动敏感的情怀而大大延伸。从这个意义上说，《莫斯科郊外的晚上》是爱情歌曲，而传递的又不仅仅是孤立的男女之爱；歌中所描述的是莫斯科近郊夜晚的景色，带给人的感受又不仅仅局限于一隅一地。它通过富有魅力的词曲形式，在具体环境里巧妙地融入了那个时代的年轻人对祖国、对亲友、对一切美好事物的挚爱和热情，而这种缘于人的本能的爱恋，是超越时空超越民族的，所以才能够久唱不衰。

就拿歌曲对中国的影响来说，当时流传之广就是出人意料的。有人做过统计，几乎没有一种音乐刊物、一本歌曲集子没有发表过这首歌，也几乎没有一家唱片公司没有录制过这首歌。可以这样说，《莫斯科郊外的晚上》的母语是俄语，但世界上用汉语唱《莫斯科郊外的晚上》的人远比用俄语唱的人更多，用一位电视主持人的话说：用中文演唱的《莫斯科郊外的晚上》，早已融入了演唱者个人的体验和情感，从某种意义上说，它已经成为地地道道的中国歌曲，与当时传唱的《喀秋莎》《山楂树》《三套车》等，成为青年人追踪的时髦歌曲之一。

当然，在《莫斯科郊外的晚上》流行到中国的时候，我还是一个不具备长时记忆能力的幼儿，对当时的情景不可能有任何印象。然而，从我后来接触到的不同岗位、不同职业和不同性格的过来人当中，足可以想象到当时的年轻人对这首歌的狂热和崇拜。

从小学时代，我就对文学产生了"初恋"，在阅读当年最容易找到苏联小说诗歌的同时，也对《三套车》《喀秋莎》《莫斯科郊外的晚上》等歌曲的旋律，有了一种发自内心里的追捧。中国度过了十年浩劫迎来了历史新时期，我成为一名高校教师，接触到的年长者，大都是20世纪50年代末60年代初大学毕业的，他们的青年时代，是伴着苏联歌曲度过的。很多人对中国的经典歌曲不一定会唱，但是提到《莫斯科郊外的晚上》，却总能不由自主地哼起那熟悉的调子。

我印象最深的一个场面，是20世纪末期，山东省教育厅要对高校进行教学评估，当时我正在泰安师专教务处工作，按照上级的教学评估细则，泰安师专的办学条件差距很大，然而面对困难，我们没有别的选择，只能迎难而上，在大家的不懈努力下，最后终于通过了上级的检查考核。在学校领导和校内专家共同欢聚的晚宴上，看到房间里的卡拉OK设备，有人提议当时主管教学的一位学校领导唱首歌以示庆贺。出人意料的是，这位从未唱过歌的校领导，竟然拿起了麦克风，点了首《莫斯科郊外的晚上》，空前地颠覆了他平时含蓄内敛、自我约束的典型性格，唱得颇有深情，听起来也算得上纯熟流畅，到最后，在座的同龄人都不由自主地跟着一起唱起来。

可见，这首歌的旋律，已经融入了一代人的血液里。

所以，在莫斯科的那几天里，无论是乘坐世界上规模最大、使用效率仅次于纽约的地下轨道交通，还是游览市内的自然景点，只要是耳闻目睹的对象能够让人产生联想，我的思绪都会被牵引到《莫斯科郊外的晚上》那摄人心魄的旋律和意境中，不时地就会产生一种时空穿越的奇幻的感觉。

前些年的某一天，我上网浏览，不经意地在凤凰网上看到了一个视频，是在2006年11月中国文联第八次全国代表大会、中国作协第七次全国代表大会的联欢会上，时任中共中央总书记的胡锦涛，与吴雁泽、刘秉义、李双江、刘斌等四位著名歌唱家一起，深情演唱《莫斯科郊外的晚上》。他们唱得那么深情那么投入，一曲结束，全场人员纷纷站了起来，掌声经久不息。那场面，令人分明感受到，无论是总书记还是歌唱家，一定都想起了20世纪50年代的那段浪漫而又深情的岁月。

追寻着凤凰网主持人那句"涛哥的歌声很动人"的话语，我的思绪开始腾空遨游，从那深情的歌声中，更加不容置疑地确信，纯美真情里能包孕人间大义，倾心挚爱中会生发家国情怀。正因此，那诞生于20世纪50年代的歌曲，才能够跨越时空、思接万里。无论何时何地，只要有人唱起，就会让人心思神动。

　　我的心上人坐在我身旁
　　默默看着我不作声
　　我想对你讲但又难为情
　　多少话儿留在心上

　　长夜快过去天色蒙蒙亮
　　衷心祝福你好姑娘
　　但愿从今后你我永不忘
　　莫斯科郊外的晚上
　　……

含蓄是一种生活情态，也是高超的艺术表达方式。人类发展和艺术发展的历史都反复证明，含蓄的东西才有内在的生命力。因为它少受外在客观条件的影响，靠着自身的蕴藏，也能够让生命源远流长。

吟咏着那温婉曼妙的歌词，我想到了莫斯科之行陪伴我们考察游览的翻译与导游，两位年轻的俄罗斯姑娘。虽然接触的时间不长，但她们的言谈举止，却彻底扭转了我5年前在布拉戈维申斯克所形成的对俄罗斯姑娘的灰色印象。

由于莫斯科航班的延误，我们在北京国际机场登机的时候，比原定的时间晚了七八个小时，本来在上午抵达莫斯科的飞机，结果到了晚上的十点多才在莫斯科机场着陆。完成了烦琐的出关程序，我们拉着各自的行李箱，在出口处看到了写有我名字的标示牌。举着牌子的，是一位俄罗斯姑娘，打眼一看就知道她是纯正的俄罗斯血统，在少女时期像瓷娃娃似的可爱。

姑娘的名字我已经记不清了，我们接上头之后，她用汉语问了我航班延误的原因，此后就没再说什么，领着我们向大巴停靠的方向走去。

一切安排就绪，大巴开动了，双方开始了相互的交流，然而也只是处于你问我答的模式中，接机的姑娘很少主动说话。这倒让我松了一口气，因为五年前布拉戈维申斯克留下的阴影，使我对俄罗斯的女性翻译或导游始终保持着一种潜在的警觉心理。特别是这次自己带队出访，尽管其他四位都是中层干部，但我还是暗暗提醒自己，一定要加强管理，绝不能在出访过程中发生问题。毕竟我们五个人，除了有一位比我年长之外，其他都比我年轻，更何况还有一位是"60后"，如果考察过程中真遇上了布市那位"开放型"的导游，出点事儿就麻烦了。

这下好了，从交流中得知，迎接我们的这位翻译是一位小学教师，她是利用业余休息时间做兼职的。一接触就能让人感觉到，性格文静、说话得体，没有那种职业化导游所练就的精明与油滑。到宾馆办好了入住手续，她将房间的钥匙发到我们手里，简单介绍了在莫斯科的考察行程，讲清楚了早晨起床就餐的时间，就准备告别离开了。

遇上一位相貌典型的俄罗斯姑娘，感兴趣者就建议她跟我们到房间里坐坐，让画家刘主任给她来张速写。面对邀请，她说天太晚了，大家都很劳累，应该早点休息。含蓄地婉拒又不让人难堪，不知别人怎么想，反正我是满心里庆幸：遇上这样一位颇有为人师表风范的导游，我得省多少心啊。

那小学教师只陪了我们一天的时间，周一就必须去学校上课了。接她班的另一位翻译，是在读的大学一年级学生，就更加单纯。在相处的几天里，我们充分感受到了她毫无世故之态的单纯可贵之处。在我们离开莫斯科回国那天，她送我们去莫斯科国际机场，忘了是谁给她开了个玩笑，说我们马上要分别了，到机场总该有个告别仪式吧。听了这话，小姑娘开始浑身不自在，到机场下车后，把我们送到候机楼门口，她便急着要挥手告别。

有人逗她，"现在就走啊，怎么着也得送我们入关吧？"看她那怯怯为难的样子，我赶忙把手伸出来，"他们给你开玩笑呢，感谢你这几天的辛劳，再见。"

见我开始为小姑娘打圆场，大家也纷纷伸出手来，说了一些感谢的话，就此握手告别。

……

当然，我们这次遇到的两位俄罗斯姑娘，只是个案，并不能代表莫斯科的翻译和导游的整体状态。但无论是巧合还是侥幸，陪伴我们考察莫斯科的两位俄罗斯姑娘，我十分满意。因为在她们身上，还能够看到俄罗斯传统女性的温情可爱之处，特别是言谈举止中表现出的爽直而善良、多情而羞涩的品性，真的很难得。

我应该谢谢她们，借用《莫斯科郊外的晚上》里的一句话：

衷心祝福你，好姑娘！